他的诗歌让世界知道他的民族

——鲁若迪基的诗歌和他的世界

马绍玺　曹晓剑　编著

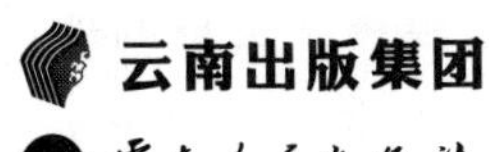

云南出版集团
云南人民出版社

图书在版编目（CIP）数据

他的诗歌让世界知道他的民族 ：鲁若迪基的诗歌和他的世界 / 马绍玺，曹晓剑编著. -- 昆明 ：云南人民出版社，2022.6
ISBN 978-7-222-20813-1

Ⅰ. ①他… Ⅱ. ①马… ②曹… Ⅲ. ①鲁若迪基－诗歌评论－文集 Ⅳ. ①I207.22-53

中国版本图书馆CIP数据核字(2022)第031376号

责任编辑：苏映华
助理编辑：梁明青
装帧设计：李　扬　师　彪
责任校对：解彩群
责任印制：窦雪松

TA DE SHIGE RANG SHIJIE ZHIDAO TA DE MINZU
—— LURUO DIJI DE SHIGE HE TA DE SHIJIE
他的诗歌让世界知道他的民族
—— 鲁若迪基的诗歌和他的世界
马绍玺　曹晓剑　编著

出　版　云南出版集团　云南人民出版社
发　行　云南人民出版社
社　址　昆明市环城西路609号
邮　编　650034
网　址　www.ynpph.com.cn
E-mail　ynrms@sina.com
开　本　720mm×1010mm　1/16
印　张　30
字　数　430 千
版　次　2022年6月第1版第1次印刷
印　刷　云南新华印刷二厂有限责任公司
书　号　ISBN 978-7-222-20813-1
定　价　59.00元

如需购买图书、反馈意见，请与我社联系
总编室：0871-64109126　发行部：0871-64108507　审校部：0871-64164626　印制部：0871-64191534

云南人民出版社微信公众号

理性的光芒让世界更加丰富多彩（代序）

丽江市一级巡视员、丽江市政协原党组副书记常务副主席　高世祥

我曾经在宁蒗县工作十三年，这段时间是我从求学到就业，从学校到社会，在实践中领悟社会人生的重要时期。在十几年职业生涯中，我认识交往了许多当地汉族、彝族、普米族、纳西族摩梭人朋友，从他们身上学习、了解了不少少数民族的习俗和文化。特别是通过参与撰写《宁蒗彝族自治县志》，编写《中国县情大全·西南卷》中的《宁蒗彝族自治县》篇，编制宁蒗县国民经济与社会发展“八五”规划，执笔泸沽湖开发可研报告，较为深入地了解了宁蒗各个世居民族的历史和文化。神奇刚毅的小凉山、柔美多情的泸沽湖养育了聪明智慧的各族儿女，让宁蒗成为一方人杰地灵的沃土。这里不仅仅盛产荞麦和洋芋，还盛产作家和诗人。由于长期从事文字工作，我对文学有所偏好，因而结交一些趣味相投的朋友。他们中的很多人往往有两个身份：一个是机关干部，为了宁蒗经济社会发展而奉献自己的才干，为了父老乡亲的衣食住行而默默工作；另一个身份是作家、诗人，在工作之余，用手中的笔写出了大量的文学作品，成为小凉山和泸沽湖这片土地上的文化代言人。鲁若迪基就是其中的佼佼者。他作为机关干部，人们往往只知道他的汉名曹文彬，而文学圈内的大多数朋友却只知道他的少数民族名字——响当当的鲁若迪基。从机关干部的角色来说，他是成功的，他凭借自己的勤奋敬业、正派为人一路升迁，官至正处级。作为一名诗人，他更加成功，他凭借自己的聪明才智和勤奋思索，数十年如一日坚持诗歌创作，用平实精妙富于诗意的语句表达深奥的人生

哲理和细微的情怀感受，引领着宁蒗县的诗人群体，在文学道路上攀登跋涉，一路前行，成功打造出了让中国当代诗坛瞩目的小凉山诗人群。

我到丽江工作几年后，鲁若迪基也从宁蒗县提拔到丽江市担任市直单位的处级领导。在我担任丽江市文化广电新闻出版局局长和丽江市政协分管文化文史工作的副主席期间，我们相处的机会更多了。一群默契的老友聚在一处，分享他的诗歌作品，听他讲一首诗歌背后的故事。在欢声笑语中，我们更加领悟他的诗句中蕴含的智慧和他特有的人格力量。他的很多诗歌作品，如《1958 年》《小凉山很小》《没有比泪水更干净的水》《女山》等，都是我们耳熟能详的。

通过一首诗，我们可以了解一个诗人的瞬时情感，然而，当我们面临一个著作众多、声名卓著的诗人时，却难以完整地抵达他的内心世界。从青春少年到沉稳中年，鲁若迪基在他的诗歌创作道路上行稳致远，先后出版了诗集《我曾属于原始的苍茫》《没有比泪水更干净的水》《一个普米人的心经》《时间的粮食》《母语唤醒的词》等，并且先后获得了鲁迅文学奖提名、徐志摩诗歌奖、全国少数民族文学创作"骏马奖"、湄公河国际文学奖等重要奖项，作品被翻译成英语、俄语、阿拉伯语、西班牙语、蒙古语等多种语言。他本人也先后当选为中国作家协会全委会委员、中国少数民族作家学会副会长、云南省作家协会副主席等职务，多次以诗人身份出访美国、德国、法国、意大利、墨西哥、阿根廷等国家，参加了亚太（越南）国际诗歌节、墨西哥城国际诗歌节、埃斯库多国际诗歌节（墨西哥）、"非洲之角"国际诗歌节（埃塞俄比亚）。这时候，我们面对的鲁若迪基，是出生在小凉山深处一个小山村的具有国际影响的少数民族诗人，他所呈现出来的是一种丰富多元的特性。我们再来回顾和审视他的诗歌作品，仅仅凭借个人之间的了解与认识，即使有深厚的交往，也会因为专业学养的不足而显得力不从心。

此刻的鲁若迪基，我们不仅需要去倾听与阅读，更重要的是通过理性的思考去辨识与解读。

事实上，这一项工作，很多人已经在做了。近年来，随着鲁若迪基诗歌作品在数量上不断增多，在质量上不断提升，国内众多的文学评论家已经把关注的目光指向鲁若迪基及其创作。马绍玺、张永权、张同吾、谢有顺、李美皆、尹汉胤、宋家宏、纳张元等国内著名文学评论家对鲁若迪基的诗歌进行了专题研究，撰写的研究文章在《光明日报》《文艺报》《中国当代文学研究》《民族文学研究》《南方文坛》等重要刊物上发表；云南师范大学、大理大学、楚雄师范学院等高等院校相关专业的老师把鲁若迪基诗歌作为研究生和本科生的课程内容，开展了深入持续的研究；丽江师专则把鲁若迪基诗歌与小凉山诗人群的共性作为研究对象，列入丽江市社会科学研究基金项目，开展专题研究。这些研究从理论的角度，以理性视角，把鲁若迪基及其诗歌作品作为研究对象，进行了深入全面的审视与解读，涉及文学、民族学、人类学、宗教学、美学、生态学等诸多领域。在此基础上，基于对鲁若迪基诗歌作品的研究，我们还可以进一步看清鲁若迪基诗歌作品产生的诸多背景，比如小凉山诗人群美学特征、宁蒗县自然和人文地理、普米族历史源流、人口较少民族的诗人对现实世界潮流的感知与回应等等。可以说，通过这些研究成果，我们既看到了鲁若迪基作为一个诗人丰富而复杂的内心世界，又看到了一个特定的地理区域在诗人笔下所反映出来的独特个性。

面对众多的鲁若迪基诗歌研究成果，我们还怀有一种遗憾，那就是对这些研究成果的统一整理与归纳。丽江作为鲁若迪基的出生地和成长地，为此也曾经做过一些努力。2015年，“鲁若迪基诗歌研究”被列入丽江市哲学社会科学及重点文艺著作出版基金资助出版项目，但是因为客观情况，出版基金中断，这本书的出版因此而搁浅了。6年后的今天，这本书终于出版面世。作为鲁若迪基的挚友，得知这一消息，我倍感欣慰。我认为，马绍玺、曹晓剑两位老师编著的这部《他的诗歌让世界知道他的民族——鲁若迪基的诗歌和他的世界》的出版，不仅仅是对鲁若迪基诗歌艺术理论研究的重大成果，更是丽江文学研究领域的一个重大突破。这本书的出版面世告诉我们，对于一个地方来说，作家诗人们的文学创作固然重要，对一个作家、一群作家的作品进行及时的、全面的、深入的总结与回顾同样重要。因为它会告诉我们，一个作家在不断成长起来的路上，经历了什么，做到了什么，将要走向哪里。而这些问题，都是值得同行者去思考和实践的。

鲁若迪基是丽江文学领域的重要品牌，《他的诗歌让世界知道他的民族——鲁若迪基的诗歌和他的世界》的出版是对这一品牌打造的重要延伸。在这本书即将出版的时候，我在倍感欣慰的同时，还迫切希望有更多类似的研究成果被我们推出来，催生更多优秀的文艺人才，进而形成更多的文学品牌。到时，丽江的文艺高原上将会出现一座座高峰，丽江文艺事业的繁荣发展也就更加底气十足了。

祝福鲁若迪基，祝福丽江文艺事业。

2022 年夏

目 录

第五辑　诗心是一颗怎样的心　399

附录一　友人诗　423

第一辑

用诗歌让世界知道普米族

从小凉山走出的普米族诗人[①]

张永权

我认识鲁若迪基，是在他投给刊物的诗稿中。大约在十年前，我翻阅大量的自由来稿时，发现了鲁若迪基的名字，又是小凉山泸沽湖畔的普米族，诗中给我印象较深的是一首《我爱……》，“我爱蓝天／那里，想象的船／从来不会触礁／然而，我更爱大海／因为海里有新的风帆／悲壮地升起”。诗不“先锋”，也不朦胧，但却清新，充满了简洁、朴实的韵味，也初露出了一位少数民族文学新人的诗的才华。我为我国人口较少的普米族，出现了一位诗歌新人而高兴。以后，我们《边疆文学》不断发表他的诗作，并把他请到昆明来参加全省性的民族作者笔会，扩大他的创作视野，提高他的思想、艺术水平。我们出差宁蒗，又和他一起谈诗说文。在同他的接触中，我觉得这个普米族小伙子，朴实得就像小凉山的一块石头、一把红土，不像有些文学青年那样，会说一些讨人喜欢的甜言蜜语。但他的内心，却似乎有一团火在燃烧，有一片浪在激涌。在创作上，他勤奋刻苦，在我们刊物发表的作品，不断有新的突破，还在全国有影响的一些文学刊物，诸如《民族文学》《星星》诗刊上读到他的佳作。要知道，他发表的这些作品，完全是靠自己作品的质量征服编辑的，和那些靠拉关系发表作品的不能同日而语。他的诗《面对山》曾获《云南日报》“南国云”征文二等奖；发表在《边疆文学》的《金沙江（外三首）》，荣获第五届全国少数民族文学创作“骏马奖”。他以作品证明，鲁若迪基是从小凉山走出的普米族诗人。他

---

① 本文为作者为鲁若迪基第一部诗集《我曾属于原始的苍茫》所写的序。《我曾属于原始的苍茫》由民族出版社2000年1月出版。

在25岁时加入了云南省作家协会，最近又荣获第三届“边疆文学奖”及全国“少数民族文学创作‘骏马奖’”。

作为一名少数民族业余作者，鲁若迪基的可贵之处，不仅在于勤奋创作，而且他能正确处理“业”与“余”之间的关系。他努力工作，以出色的业绩赢得同事和上级的好评，正因为如此，他的业余创作才得到了群众和领导的支持。他的作品发表了，获奖了，领导和同事们都为他高兴，都祝贺他。大家都知道，鲁若迪基能从一个父母都目不识丁的贫困家庭走出，最后走出小凉山，登上首都文学的最高领奖台，很不容易，这当中，他不知付出了多少心血啊！

鲁若迪基成长为一名较有成就的普米族诗人，还在于他有一颗爱祖国、爱人民、爱自己民族的赤子之心。当他读到俄国人顾彼得写的《被遗忘的王国》时，就被顾彼得把普米族（还有几个民族）说成是“没有希望的民族”所激怒。他怀着强烈的爱国热忱写诗，他说：虽然普米族不到四万人，但以各方面的成就来证明，这个民族是大有希望的，他要通过自己的努力，让人们说：嘿，这个普米小伙工作不赖，诗写得也不错，看看他就知道那个俄国人在瞎扯。可见，鲁若迪基的创作，从一开始就有一种自觉的责任感和使命意识，对于一个从小凉山走出的文学青年来说，这是难能可贵的。读鲁若迪基的第一部诗集《我曾属于原始的苍茫》，我不厌其烦地说一些“诗外”的话，不仅是为了让读者更好地读他的诗，也是为了让读者真正读懂鲁若迪基这个人。

当我们读懂了鲁迪若基其人，就不难理解诗人的那首《金沙江》所抒发的高原女儿为什么既“崇敬山的伟岸”，又“向往海的广博”，当她终于“从少女的河／流成母亲”，把自己托付给大海后，而她的情“仍紧系着高原的魂”。这样的诗行，是作者心灵的吐露，所谓“诗言志”，从鲁若迪基塑造的金沙江女儿的诗的形象中，我们再一次强烈地感受到了。

爱故乡、爱人民、爱自己的民族，说到底，就是爱祖国。无论是《山里人》表现的忧郁，还是《我是小凉山》《以树的名义》《在天安门城楼留影》中的赤诚，都让我们感觉到诗人那颗赤子之心的跳动，我为我们的祖国又出现了一位从小凉山走来的诗人而欣喜。在我们伟大的中华人民共和国50华诞之时，鲁若迪基出版这部诗集，是一份多么圣洁而崇高的生日贺礼啊。

爱，是人类永恒而共同的主题。爱在这位青年诗人的笔下，歌唱得很动人、很浪漫，也很有色彩。《泸沽湖之恋》就是一组很有特色的爱情诗。这些作品，诗的表达方式很有个性，但又是民族的。“等你”，“也许，我最终会等成一块石头”(《等你》)，爱的执着与坚定，表达得如此简洁、如此明白、如此形象，又如此有诗味，岂不比那些“同居”“狂吻”之类的爱情诗，更有艺术魅力？《猪槽船》中摩梭人的爱情是：“离传说很远很远的地方／湖水清澈如大地的眼睛／只要望上一眼／世俗的尘土就纷纷飘落。”新颖、形象，让人一看就明白其中的韵味，其表达更有诗的含蓄。“当我们的目光悄然相遇／一座柔美的桥／无声地连接在一起／一个我走过去了／一个你走过来了／我们的心房悄悄开启了门”(《当我们的目光悄然相遇》)，诗人把相遇的目光，隐喻成柔美的桥，想象的奇特、艺术的张力，使爱的浪漫如此美丽，如此迷人，诗的空间很大，耐人寻味。像这样的作品，诗集中还有很多，读者细品，自然会品出芬芳、品出甜蜜，当然也会品出爱的苦涩。

小凉山粗犷苍茫，泸沽湖美丽轻柔。从小凉山泸沽湖畔走出来的普米族诗人鲁若迪基，他的诗，大概也具有这样苍茫的美丽，轻柔之中也时有刚健的音符飞扬。读这部诗集，我们看到了一位青年诗人的成长和成熟，可以毫不夸张地说：鲁若迪基大有希望，普米族大有希望！我们期待着诗人更多更好的作品问世。

(原载《昆明日报》，1999年10月11日)

写属于自己的诗

——读鲁若迪基的诗

宋家宏

我和很多人一样，很少读诗了，不是因为当下的诗写得不好，而是我和这个时代一起生活得越来越世俗，在世俗的语境中，认为只有小说和散文甚至纪实作品才适合于阅读。大量的好诗在我们不读诗的过程中从我们的视线中消失，鲁若迪基就是一位曾经从我的视线中消失的普米族诗人。我偶然读到他的诗集《我曾属于原始的苍茫》，感到有些意外，云南还有这样一位优秀的诗人！最近这部诗集荣获了全国少数民族文学创作“骏马奖”。

在这个喧哗的时代，鲁若迪基的诗却写得很宁静，好诗总是从寂静的地方开始的。他写诗虽然已有十多年的历史，主要写作于 20 世纪 90 年代，但他没有刻意去模仿 20 世纪 90 年代诗歌写作的种种范式，无论是“知识分子写作”“民间写作”，还是“叙事性”“戏剧化”这些 20 世纪 90 年代诗歌著名的关键词都没有在他的诗歌中留下多深的印迹，我们在鲁若迪基的诗歌中很难找到某一种潮流可识别的特征。

有时，鲁若迪基像一个民间歌手，作品中充满了民间的气息，如《致远方的朋友》：“来普米家随便坐坐吧／远方的朋友／木屋多的是随和／锅庄边／尽情享受阿妈的一桌热情／让苏理玛酒把话拉长／拉长成一座桥／搭在心与心间。”有时他又像一个 20 世纪 80 年代的朦胧诗人，如《故事》：“细雨／织就了／思念的网／呵，我要用它／捞捕／那远去的故事……”他忠于自己地域的、民族的文化特征，也忠于自己的心灵感受，然后用适当的方式来表达，写那些属于自己的诗。他写泸沽湖、小凉山、虎跳峡，写他故乡的土地。这位普米族诗人更爱唱的是情歌，诗集中的第一辑“泸沽湖之恋”全是抒写爱情的情歌。这些情歌唱得质朴、奔放、明白晓畅，只须读诗句，即能被他的激情感动，阐释的言说反而显得多余。如《遥远的你》：“正对着窗口的那颗星／是遥远的你／每夜，我们都如约地／用目光诉说彼此的爱恋／当夜空布满乌云／我的目光无法抵达你的企盼／那飘落下来的点点滴滴／是你思念的泪珠吗／呵，我把它一颗颗串起来／挂在自己的心上。”

在他这本薄薄的诗集中，我很喜欢一首名为《远方》的诗：“路没有尽头／父母苍老的背已弯成桥／搭在艰难的岁月上／让我含泪踩过”，写出了生命旅程中的悲壮与忧伤，一代又一代人在没有尽头的路上，不断踏着上一代人苍老的背，走向远方。他有很多诗写到“远方”“遥远”等词句，这是一个身居山里的诗人意识深处的向往，但当他真的到了“远方”时，所表现出来的仍然是大山里的普米族人的典型心理，站在上海的“东方明珠”之下，他写道“站在亚洲最高的塔下／我仰起头来／像仰望一座高山／凉帽就落在地上／站在塔顶／也许可以望见遥远的故乡”。无论他走多远，还是想看到自己的故乡，异域的风景再美，也只是看看而已。都市的景观，甚至不够成为向往，它们离自己真实的生活很远，而且也不是唯一美好的景观，他在这首诗的后半部分写道：“人真是个怪物／总想往高处走／还想上天／其实往低处走／同样可以广博伟大／就像水／最终汇成汪洋大海。”

读鲁若迪基的诗，他的质朴、率真会让你感到阅读中的轻松感，他从不在诗中为你制造阅读的困难，读起来不困难的诗不一定就不是好诗。他也不是一个刻意探索诗歌“文体”的诗人，没有刻意强调诗歌写作中的技术性因素，似乎能表达他的心灵即可，不管它是哪种方式。诗歌在 20 世纪 80 年代后突然爆发式增长，之后越来越呈现出“各写各”的状态，谁也不能号称自己是唯一。当集体写作解体之后，潮流即不复存在，人为地推举出某种潮流，只会让一些诗人和读者远离它们。放弃潮流对自己的引导，以个体的方式阐述诗与生活的理解，完成诗人自己灵魂的倾诉，这也许才是诗的方式。

（原载《春城晚报》，2002 年 7 月 18 日）

鲁若迪基　玛达米

陈世旭

我去泸沽湖寻访摩梭人，在湖边遇见鲁若迪基。

鲁若迪基是山民。“在我生长的地方 / 开门见山 / 山里有猎人谛听 / 渐渐远去的踪迹 / 有背系羊皮的女人 / 背着花篮穿过密林。”

于是他深情。“我是小凉山 / 是把女人从传说从苦海荡来的 / 猪槽船 / 为寻梦而至的蓝眼睛黑眼睛们 / 一个如意的归宿”，“是不肯回头的目光流水 / 是鹰划过长空的一声嘶鸣 / 也是爱得深恨得深的男人 / 无法忍住的 / 眼泪”。

于是他浪漫。“踽踽而行 / 与夜为伍 / 只因你是唯一让我心跳的女人 / 你是我全部的痛苦和欢乐 / 我无法堂堂正正走出你的家门 / 只有越墙而逃。”

于是他豪迈。“习惯于崎岖 / 走出并不崎岖的感觉 / 属于梦的年龄 / 一切算不了什么 / 山道，不过是我手里一根鞭子。”

鲁若迪基是诗人。“以树的名义 / 生长在滇西北高原 / 相信这片土地 / 能收获语言”，他“不想重复 / 被别人重复过的主题 / 独自默默地撑起 / 一个梦想”。

于是他朴实。“那些水稻很实际 / 那些水稻就在田野里 / 金黄金黄的 / 代表秋天发言”，“母亲站在十月的晒场 / 高高地扬起手臂 / 秋天就这样生动起来”。

于是他忧伤。“经幡阴影下 / 你佝偻的背 / 让我不忍卒读 / 那是梵文上的一个字么”；“山里有很多小溪少女 / 她们没有见过海 / 却常常做着 / 海的梦 / 她们呆呆地坐在床上 / 听风吹打着古老的门窗 / 这时候，海便咸涩地挂在 / 她们的眼角”。

于是他多产。“与山有关的诗 / 堆积如山 / 常有警句从坡上滚下来 / 沉甸甸如石头”。

鲁若迪基是官员，担任着一个县局的领导工作。“我曾属于原始的苍茫/属于艰难的岁月/如今， 我站在脚手架/把祖先的梦想/一一砌进现实”。

于是他清醒。“喝苏里玛酒的父亲读我 / 目光常追逐起一只翱翔的鹰 / 背系羊皮的母亲读我 / 眼里一片绿色的希望。”

于是他痛切。“水引来了 / 温饱问题自然解决了 / 可是，那些外出打工的妇女 / 还是没有回来 / 听说有几个在春节回了趟家 / 又把在家的小妹带走了”。

于是他激昂。“不想知道天有多高地有多深 / 只想以山民后代的名义 / 吆喝着群山 / 走向没有回声的平原”。

完整地说,鲁若迪基是流淌着山民血液、肩负着社会职责的诗人。在泸沽湖，他带我们去篝火边跳锅庄，去村寨听走婚的脚步，去摩梭人的祖母房触摸历史，让我们吃坨坨肉，喝苞谷酒，然后寄来了他的诗。他的诗清澈像泸沽湖的水，坚硬像小凉山的石头，灼热像长年不灭的火塘。

鲁若迪基是普米族人，他说他是为普米族写诗，这是他的宿命。普米族只有四万多人，他写诗，就是普米族写诗。“穿着披毡麻布从刀耕火种 / 走来 / 风餐露宿从黎明前的黑暗 / 走来 / 看呀 / 我用手臂掀动狂风巨浪 / 荡去枯枝败叶无尽的灾难 / 让十二个民族在新的枝头 / 吐露心曲”。

鲁若迪基身高一米八，黝黑，细眼，鹰钩鼻。他的诗已经荣获全国少数民族文学创作奖。他自己也有足够的信心，“只是在静默里学会了 / 把忧郁的日子 / 塞进酒壶”的岁月早已过去，“时光的落叶纷纷 / 如今，我无愧地说 / 可以远远地出嫁了”。

我相信，这个普米汉子担当得起他的使命。衷心地祝福你：

鲁若迪基，玛达米。

（原载《人民日报》，2004 年 5 月 29 日）

鲁若迪基诗歌中的古典气韵与民间格调

冶进海

中国诗歌铺陈意象，追求境界。以意象作为组成诗世界的各个要素，才能产生巨大的阅读张力和鲜活力。普米族诗人鲁若迪基的诗歌里，首先有鲜明的意象。比如那首《泸沽湖》，意象特别密集，有“凯迪拉克”“毛驴”“念着佛珠的老人”“骑马”“糌粑”“酥油茶”“火塘”“长毛狗”“摔跤”，等等，这些意象的组合，给我们呈现了充满民族风情和欢乐海洋的泸沽湖。当然，倘若仅仅是描摹现象，诗歌就会很一般了。中国诗歌基本上是由景入情，借景抒情，四言绝句，基本上前两句写景，后两句抒情或抒怀，“景”就是“意象”，抒发出来的情感就是作者独特的思考或者认知，而这种认知宽广的深度就是诗歌的境界。鲁若迪基的这首诗歌不是仅仅呈现这些密集的意象，而是由表面的泸沽湖意象深入泸沽湖中人的心灵世界，这个世界里只有两个字：真诚。诗歌中是这样写的，“不要忘了闭上你的臭嘴 / 用眼睛去说话 / 用心去敲心的门 / 在一万次的拒绝之后 / 你可能成为王子”。也就是说，只有真诚、只有执着、只有坦诚心灵，在泸沽湖人与人之间的交流中、男人对女人的追求中，你才能有所收获。而甜言蜜语、玩花招、搞一些所谓的浪漫的小动作，那是毫无意义、注定要失败的，注定与这个世界是隔离的。由此，神奇的泸沽湖之所以神奇，读者可以窥之一二。

先铺陈意象，然后抒怀，将诗歌深化到一种深沉的、高远的、美妙的境界，这是鲁若迪基诗歌的魅力所在。比如诗歌《无法吹散的伤悲》，用了“尘埃”“沟壑”“屋檐下的父母”“泥土”等意象，写的是对生死的无可奈何和对亲人的那种浓浓的爱。《一路葵花》中，意象尽管只是机场路边的“向日葵”，但诗人从这一意象中得出了别人没有体悟到的感觉，写了对即将离别的朋友的一种美好祝愿。中国古代诗人很少有写向日葵的，向日葵这个意象是当代诗人很喜欢用的，但用来用去，主要表达一种旺盛的生命力和坚强的力量。鲁若迪基却没有这样写，他通过向日葵来写离别，这个离别可能有淡淡的伤痛，但不是执手相看泪眼，或者黯然销魂者，唯别而已矣，也不是“劝君更尽一杯酒，西出阳关无故人”的悲怆，他用“我只想轻咬你的耳朵 / 祝你一路平安”，就这么简简单单的一句，“想用牙咬住太阳的向日葵”，就有了不一样的指向，出现了不一样的境界。还有那首《疼》，描摹的是电视画面的意象，表达的是对战争的憎恨和对和平的企盼，这是一种高超的境界，是一种大爱的境界，一句“一袭黑衣的女人 / 在应该怀着孩子的地方 / 揣上了仇恨和炸弹”，多好呀，“一袭黑衣的女人”是仇恨的象征，“孩子”是未来和平的象征，“炸弹”是恐怖的象征，读完之后，令人感慨颇多，思考良久。

王国维境界三重里说，最高境界是“众里寻他千百度，蓦然回首，那人却在，灯火阑珊处”，为什么会在“灯火阑珊处”呢？我个人的看法是，对一个诗人来说，意象，就是灯火阑珊的地方，最普通的意象中，最能表达深沉的、高远的、美妙的境界。鲁若迪基虽然生活在当下，写的是新诗，但诗歌的底子是古典的，意象展现的境界是开阔的，一句话，就是有古典气韵。

诗歌不是时代的简单注脚，也不是各种外来思潮的印证。在继承古典气韵的同时，鲁若迪基的诗歌是立足生活、扎根大地的，具有民间文学的一种清新的格调，感情真挚，语言秀丽，由此带给读者隽永的意境，有种返璞归真的意味。只要读完了小学的读者，鲁若迪基诗歌中的所有字词没有不认识的。这是诗歌走向大众、拥有更广泛的读者面和更深远的生命力的第一个条件。但简朴、洗练不等同于简单，鲁若迪基的诗歌是经过大量的推敲，才成为洗练的、口语味的字句，来表达一种民间的、真诚生活的情感。这种情感有别于宏大玄奥的命题。比如“说那真是个狗日的年代 / 不用计划生育”“不要忘了闭上你的臭嘴”等鲜活的、口语化的句子融入，使诗歌充满了一种张力，展现一种民间的语言状态。这样的语言不是俚俗，而是一种高贵的民间格调。同时，这样的民间格调延伸到情感上，就是一种真挚的书写。比如诗歌《长不大的村庄》里，诗人是这么写的，“更多的人一生下来 / 就长了根 / 到死也没有离开过”，这是对坚守家园的农民的赞歌，也是对中国几千年来能延续下来的文化的称颂。当然，其中有对脸朝黄土背朝天的父辈们的悲悯，有不得已的苦痛，就如一个当地的老人，望着生活过的土地时淡然做出的总结。

在这样一个前提下，仔细阅读鲁若迪基的每首作品，几乎都有一种曾经沧海后的家园回望与哲学深度的物象观照。对于迷信写诗只是一种技巧或者演练语言游戏的人来说，这种珍贵的感受是无法获得的。这是一个扎根在大地上的诗人才能拥有的品质。于是他写离别、亲情、城市化、战争、历史……不管写什么，都站到了一个普通诗人难以企及的高度。

（原载《中国民族报》，2010 年 1 月 29 日）

读鲁若迪基《没有比泪水更干净的水》

韩作荣

这是云南普米族诗人鲁若迪基的作品集，诗编为两辑，上辑为《小凉山的歌》，下辑为《泸沽湖的爱》。

作品有浓郁的地域特色和民族情怀，那是“河在身上奔流为血，山在身上生长为骨”的具有血缘关系的植根于故土的原创性写作，也是对大自然充满敬畏与隐秘感的泛神性写作，亦是充满了真挚情爱、揭示历史、揭示现实与未来的人性写作。他的诗，揭示了这个至今只有四万多人的少数民族的生存状态、生活方式，他们的喜怒哀乐与独特风情，以及普米族人的纯朴善良、乐观豁达、勤劳果敢的民族性格与精神追寻。诗人对这片神奇、美丽且富饶的土地与湖泊所倾注的大爱与感恩之情，以啼血的吟唱与疼痛感，以梦幻与现实交织的独特感受，写出了一个民族的风俗史与心灵史。

从作品中可以看出，诗人的写作受到普米族民歌的深厚滋养。他的诗章写得单纯、灵动，直白却不失韵味，是适于吟唱的表白但不浅薄，是说得少但意象鲜明，情感与内涵深厚的作品。

作为当代的诗人，鲁若迪基亦有着对现实、对生活的敏感和发现。冷静地描述一群羊“小心翼翼地走向屠场”的生命的悲哀；一个健壮的男人由于饥饿，面对美丽的少女“无力看她一眼”的那种瞬间感受的捕捉。对“光棍村”的现实感怀，对“体内野兽”的审视，以及对爱情的大胆、痴迷、抵达极致的倾情描述与自白，都写得贴近生活的本质，率直且动人。从他的诗中，既能看到生活的实感，又能感知飘得起来的超越。或许，由于诗人善于运用本民族的思维，并易于汉语的表达，使他的诗在语言上没有俗常的陈词滥调，充满了新鲜感。

总的看来，鲁若迪基的作品在少数民族诗人中是较为出色的，这是一本有特色、有质量的诗集，尤其是人口较少的少数民族能出现这样一位诗人，非常难得，值得关注。

（原载《丽江日报》，2010 年 3 月 14 日）

情如白云，爱若净水

——读普米族诗人鲁若迪基的诗

张同吾

普米族是个仅有四万多人口的少数民族，世世代代在云南群山的褶皱中繁衍生息，他们历经贫穷和苦难，沐浴在新时代的阳光下，感受中华民族大家庭的温暖。普米族有山一般坚强的性格，水一般洁净的灵魂，他们热爱生活、敬奉神灵、向往自由。在这片贫瘠的土地上，生长花朵，生长爱情，生长希望，也生长诗歌。鲁若迪基就是普米族一位有才华的诗人，他已出版了《我曾属于原始的苍茫》《鲁若迪基抒情诗选》等诗集，并多次荣获全国少数民族文学创作“骏马奖”。现在他的一部新诗集《没有比泪水更干净的水》刚刚出版，在我的案头飘散着淡淡的墨香。

鲁若迪基的诗是一种心灵独白，也是唱给普米族的情歌，包容着他对这片土地及这片土地上的亲人们的挚爱深情。他在自序中写道：

> 我常怀着感恩的心情面对上天恩赐的一切。我是那片土地上千万个孩子中最为普通的一个，是在母亲的目送下，举着火把走过黑路的孩子，我上山狩过猎，下湖撒过网。我在鸟儿还没有醒来的早晨，喝过清明的泉水，为的是让自己比鸟儿更聪明，嗓音更嘹亮，以便能更好地为那片土地上的人们啼血地吟唱。我深深地爱着那片土地上的人们！在我的诗里留有他们的笑，他们的泪和期盼的目光。我与他们同悲同喜同落泪，对未来的日子充满希望。我的诗是那片土地的一捧土，是爱恨交织的疼痛。

这段话明晰地阐述了他作品的血肉和灵魂。他的情思是纯净的，就像《雪邦山上的雪》，“它在阳光下闪闪发亮 / 映照着我内心的洁白 / 想到雪一样的普米人 / 我的泪水忍不住流下来”，他把大地视为“上苍赐予的白纸 / 不是谁都可以轻易落下黑字”。他是怀着敬畏的心情，“以一个普米人特有的方式 / 仰天而诵 / 让话语融进雪花 /——我的诗就是这样 / 抒写在这张纸上了”（《雪地诗篇》）。同样，月光下的《女山》《雪地上的鸟》《梅里雪山》《云南的天空》《云层后面的人》等许多篇什都以白色为底色，绘制出普米族富有人性魅力和民族风格的诗意画卷。他饱蘸激情和泪水来描述自己的感受，“家里有两把筛子 / 一把细筛 / 一把粗筛 / 母亲用细筛筛我上学的盘缠 / 再用粗筛筛家里人吃的粮”，“当我面对稿纸 / 仿佛面对筛子的眼”，“最后筛出一粒石子 / 细看是一颗肉长出的心”（《筛子》）。这种感恩情怀，也表现出他的怜悯意识，面对《一个彝族阿妈》的贫穷与慈爱，面对《乞丐》而无以捐助时的尴尬与惭愧，面对《光棍树》光棍们的凄凉与无奈，哪怕是面对走向屠场的羊，他都有一种油然而生的悲哀。只有爱若净水、情如白云的诗人，才会有这样澄净而美丽的诗情。还有那些泸沽湖恋曲，都是具有鲜明民族特色、闪耀着人性魅力的情诗，他描绘的《泸沽湖》的万种风情，把我引向一片自由的天地，男人的勇猛、女人的浪漫都融入一种人间仙境之中。鲁若迪基写给妻子的情诗，也别于一般柔婉缠绵，而是炽热如火，刻骨铭心，魂飞梦萦。

鲁若迪基为自己生长在这片神奇的土地而自豪，他向敬仰《斯布炯神山》一样敬仰自己的父母和家乡，“我低头的时候 / 泪水洒在母亲的土地上 / 我抬头的时候 / 魂魄落在父亲的山上”，“我背靠的山 / 叫作斯布炯 / 在我的心中 / 它比珠穆朗玛峰 / 还要高大雄伟”。他的家乡也有过苦难的历史，《1958 年》以及以后的几年，是人为的荒诞梦想所制造的饥饿，让新婚之夜也无法勃起男人热恋的冲动，这是对人性最大的戕害。对于诗人，只有人性的觉醒才会有历史感悟的觉醒，他充满信心地瞩望未来：一代新人“打开了一条叫金沙江的门 / 他们像打开装满粮食的柜子 / 打开了一条叫怒江

的门 / 他们像打开自热化的酒坛子 / 打开了一条叫澜沧江的门 / 他们就这样打开着 / 一扇扇通向大海的门 / 他们也用黄酒和古老的酒歌 / 把我的心门打开 / 让我自豪地说 / 我是天的儿子 / 我是地的儿子 / 我是天地间站立的普米人”（《三江之门》）。门是象征，海是象征，这种面向世界、面向未来的心志，就是时代精神的艺术凝聚。城市的崛起与繁荣，是物质文明与人类进步的标识，但同时又是一柄双刃剑，高楼林立缩小了自然空间，也产生了人与人的交流的隔膜，鲁若迪基对此充满了忧患意识，“我还是无法 / 把那些楼里的人 / 想象成快乐的鸟 / 来往不断的汽车 / 我怎么也无法 / 把它想象成河流”，“走在水泥路上 / 我的头发 / 钢筋一样竖了起来”（《我无法想象》）。他甚至觉得“城市的灯火下 / 没有夜 / 也没有甜美的梦”（《穿过夜空的乌鸦》）。这是对于人与自然相和谐的期冀与向往。

鲁若迪基的诗，常有精美绝妙的比喻，他说《小凉山很小》，“只有我的眼睛那么大 / 我闭上眼 / 它就天黑了”；“只有针眼那么大 / 我的诗常常穿过它 / 缝补一件件母亲的衣裳”；“只有我的拇指那么大 / 在外的时候 / 我总是把它竖在别人的眼前”。他还常在意象营造中含着哲理，使诗更有韵味。倘若他更注重叙述的简约凝练、构思新颖和诗意升华，他的诗一定会更加具有思想启示性和艺术感染力。

（原载《光明日报》，2010 年 3 月 26 日）

也说诗人鲁若迪基

叶　梅

在人们谈到民族文学时，经常会听到对少数民族诗人的夸赞。从遥远的《江格尔》《格萨尔王》《玛纳斯》等民族史诗走到今天的诗歌吟唱，少数民族的诗人们显然带着与生俱来的诗性，相比小说、散文等文体，诗歌似乎是他们更擅长的表达方式。

比较突出的例子如蒙古族诗人阿尔泰，这样一位身高一米八的草原之子，常以开会讲话发言为难事，但如果请他吟唱他的诗歌，他的口舌顿时会流畅起来；如果再用母语，那更是口生莲花，一串串词如珠玑滑落而出，加上这位高大诗人雄浑的低音，你会以为这是一位天生的表演艺术家。这里要说的是一位跟阿尔泰身高相仿的普米族诗人——鲁若迪基，他同样不善言语，但凡要请他开口时，他都常以他的诗以及歌，配以手势和身体的摇动来表达情感——普米族是一个能歌善舞的民族。

最近在一些不同的场合，常有人说起鲁若迪基，因为他的那些诗。而我也时常想起这位诗人，总不免同时想到他的民族。普米族是一个与中国古代氐羌族系有着渊源关系的族群，根据本民族的传说和历史文献记载，普米族的先民原先是居住在青海、甘肃和四川交会地带的游牧部落，后来逐渐南移，13 世纪中叶，一部分人被征召入元军，随忽必烈远征云南，此后留在了那块温暖的地方。鲁若迪基的祖先正是这样来到了云南，与分布在云南兰坪、丽江、维西、永胜、宁蒗等地的同胞一起，跟纳西族、白族、彝族、藏族、汉族等多民族世代相处。曾经长达一千多年的迁徙历程，使普米族人创造了很多想象丰富的民间歌谣，通过一代代普米族人的口传身授流传至今。

如早在东汉时期就已开始流行的《白狼歌》，讲述普米族起源的神话《直呆木喃》，借东巴文、藏文记录下来的关于宗教历史的《古利歌》，还有叙述天地形成和人类起源的古歌、原始宗教祭祀活动中的仪式歌、婚俗歌、丧葬歌、苦歌、劳动歌、情歌等生活歌谣。

从鲁若迪基的诗里，我们能读到祖先留给他的声音。自遥远的地方迁徙而来的祖先，因为对这块土地的挚爱而做出的选择，传给了鲁若迪基，他参透了祖先的暗示，让他将爱毫无保留地献给了这片土地，“河流太多了 / 我只选择无名的那条 / 茫茫人海里，我只选择一个叫阿争五斤的男人 / 做我的父亲 / 一个叫车尔拉姆的女人 / 做我的母亲 / 无论走在哪里 / 我只背靠一座 / 叫斯布炯的神山 / 我怀里 / 只揣着一个叫果流的村庄”(《选择》)。这片土地生长万物，其中包括诗人和诗。简朴天然，温暖美丽，鲁若迪基的诗，俨然是那片土地上自然生长的另一种作物，有洋芋的甜、荞麦的苦，还有不为人道的一丝神秘，那或许就是祖先留下的声音。

他的诗比他的脚步更快地走出了那片山地。算起来，鲁若迪基的文学之路已经走了多年，熟悉他的人会说，鲁若迪基的诗越写越好了。他的诗集《没有比泪水更干净的水》汇集了近年来他的一些精彩之作，虽然与一些重要奖项擦肩而过，却引起了许多读者及评论家兴味盎然的关注，甚至有一些诗句在人们的阅读中流传。它让许多从未到过小凉山的人发现了那座山的魅力，让并不知道泸沽湖水深的男人女人感受到了那水的凉和热。其中有一首诗，我曾忍不住一次次提起，这是一首让人心疼并骄傲的诗《小凉山很小》：

小凉山很小
只有我的眼睛那么大
我闭上眼
它就天黑了

小凉山很小
只有我的声音那么大

刚好可以翻过山
应答母亲的呼唤

小凉山很小
只有针眼那么大
我的诗常常穿过它去
缝补一件件母亲的衣裳

小凉山很小
只有我的拇指那么大
在外的时候
我总是把它竖在别人的眼前

这首能使人联想的诗，不止一次地让我对鲁若迪基和他的民族肃然起敬。人口只有 4 万多人的普米族，是我国人口不足 30 万人的 28 个人口较少民族之一，鲁若迪基用他的诗为自己的民族做了代言，他让普米族这个民族的名字更加响亮，也使得四面八方的人们更多地领会到这个名字所蕴含的丰富意义。

在这个时空距离越来越小、普米族人所居住的山地也逐渐感受到工业化、城市化、商业化强烈冲击的时代里，鲁若迪基开掘着对土地和劳动的尊重，“小凉山上 / 我面对洋芋 / 就无法回避洋芋后面的 / 那片土地 / 那片土地上的耕牛 / 耕牛后面挥汗如雨的 / 农人……/ 无法轻松地把它吃下去”（《餐桌上的粮食》）。鲁若迪基写过很多回归自然、还原生态的纯净优美的诗，对云南山地的风光有着绝妙的抒情，如天籁之歌。

这让人联想起一位叫陈哲的音乐人，他认为所有普米族的歌曲都跟森林有关，于是他走进山野去寻找大树，一走走了十几年，在普米族人居住的山林里发现了直径 2 米、周长 6 米多的大树，那些 1200 年到 1500 年前就有了生命、从唐宋时期活到今天的伟大之树，带给音乐家巨大的震撼，他呼唤人们要像普米族人一样保护森林、保护优秀的文化传统。而鲁若迪基早已将这种意识刻进骨子里，他的民族自称“木祖”——天的子民，从古至今讲求万物有灵、天人合一，因此他无论去到哪里，回家对他来说都是一件至关重要的事：“从柏油路 / 回到山路 / 从钢筋混凝土的楼房 / 回到木屋 / 从熟悉而又陌生的人群 / 回到父老乡亲身旁 / 从汉语回到母语 / 告诉斯布炯神山 / 和每一个果流人 / ‘阿金米义色’（普米语：我回来了）”（《回家》）。而对违背自然、践踏自然的行为，他的忧伤和愤怒溢于言表，“一条河 / 经过一座城的时候 / 受伤了 / 它捂着伤口 / 急切逃离 / 却被阻挡在 / 一个个工厂 /……看不到向海的路 /……投入海的怀抱 / 它已奄奄一息 / 海愤怒了……”（《愤怒的海》）

无论去没去过泸沽湖的人，都知道那是一个多情的地方，常年生活在泸沽湖边的鲁若迪基用他的诗揭示了那里的爱有多深，情有多真，让我们感受到多民族文化的绚丽动人。我无法一一列举他那些炽热昂扬又情趣幽默并举的诗句，只想说，谁如果还没去过泸沽湖，那么不妨读一读鲁若迪基的诗，而如果已经去过泸沽湖，那更要读一读鲁若迪基的诗，他会让你真正懂得那片土地。

更重要的是，如果要了解普米族，就一定要读一读鲁若迪基的诗。

（原载《文艺报》，2011 年 6 月 13 日）

屹立在民族历史的风景中

——读鲁若迪基诗集《没有比泪水更干净的水》

尹汉胤

这是一片浸透诗情的土地，在这片美丽迷人的高原上，生息着一个古老民族——普米族。这个来自北方草原、血液中流淌着游牧马蹄声的民族，至今仍保留着以歌唱表达生命感受的远古遗风。漫漫岁月中，这个民族流传着许多想象丰富、绚丽多彩地记述人类起源、原始神话、图腾崇拜、畜牧迁徙的歌谣。普米先民以浪漫幻想解释自然、征服自然、讲述民族历史的口传文学，深刻地影响了普米族人的心理性格、生命状态。他们一代代以口耳相传的形式，延续着先辈的智慧理想、族群历史，坚守着独特的民族文化，从远古悠然地歌唱着走来。

温暖的火塘旁，酒碗中荡漾着洁白的月光。一出生就在母亲的怀抱中聆听着歌声长大的鲁若迪基，古老民族文化的基因，萌动在他的体内，最终凝聚为一颗朴素的诗心，而遗存在血液中的游牧基因，又使他的诗心充溢着自由奔放、飞扬不羁的浪漫情怀。生活在俯望大地、仰望苍穹的高原上，苍茫雄阔的高原却在他的诗中，被浓缩为可触、可摸的一种生活感觉。

小凉山很小
只有我的眼睛那么大
我闭上眼
它就天黑了

小凉山很小
只有我的声音那么大
刚好可以翻过山
应答母亲的呼唤

小凉山很小
只有针眼那么大
我的诗常常穿过它去
缝补一件件母亲的衣裳

小凉山很小
只有我的拇指那么大
在外的时候
我总是把它竖在别人的眼前

——《小凉山很小》

然而，读过这首诗的人，有谁会小看他的家乡呢？生长在小凉山的怀中，聆听着泸沽湖潺潺涟漪度过童年的鲁若迪基，对生命、民族、山川、故乡、亲人的诗意表达，质朴自然，亦如伴随他长大的土地、岩石、花草、树木……浑然天成、朴实无华，表现出他对诗的独特理解和对诗的本质追求。然而，细细吟咏品味他的诗，朴实的诗句中蕴涵着山野的意象气息，自然中律动着生命的节奏和民族远古历史的回声。“我认为口语诗是最朴素、最鲜活的，它应该能给诗歌注入新的活力。”鲁若迪基用诗实践着自己的这一创作追求，坚持以原生态的朴素语言为自己的民族立言写史，逐渐形成了自己诗歌的语言风格。“我就是带着深深的民族文化的烙印，唱着小凉山的歌走向文坛的，我唱的歌也许不重要，重要的是我在歌唱，我的声音别人无法替代。”这就是鲁若迪基对自己诗歌创作的内心独白。

日本思想史家渡边京二，在其《看日本：逝去的面影》一书中，以江户文明的逝去告诫世人：“文化还活着，文明却死了。一个文明灭亡了，身为只此一度的有机的富有个性的文明灭亡了。”这无疑是 21 世纪人类所面临的普遍悲哀。一种文明的灭亡，意味着地球上一个千百年来才形成的独特文明，就此离开了这个世界。而对于一个民族来说，这便意味着自己民族灵魂的丢失。从只有 4 万多人口的普米族走来的诗人鲁若迪基，从他拿起笔开始写诗的那一刻，胸中便自觉存在着一种使命和责任。面对自己民族悲壮的历史、苦难的生存记忆，作为一个延续着的民族，山川可以改变，生活可以改变，服装可以改变，唯一不能改的，就是流淌在血液中的民族灵魂。一个民族一旦丢失了自己的灵魂，这个悲哀的民族便只剩下一具可怜的躯壳，一个没有生命的民族符号。鲁若迪基用自己的诗捍卫着自己民族灵魂的底线，勇敢地成为民族灵魂的守护者。

我要像山一样　站起来
我要像河一样　淌尽自己
我要成为时间的粮食　喂养历史
我要让一个古老的民族　重新出土

——《自白》

读着他这首铿锵有力的《自白》，我们有理由相信鲁若迪基，他不仅用诗自觉地为自己的民族歌唱，更用诗自觉承担起民族历史传承的责任。任何一个民族在其生存历史中经历的所有苦难，都会在民族心灵上留下痕迹。鲁若迪基在创作中始终屹立在民族历史的风景中，咀嚼着民族苦涩的过去，思索着民族的未来。创作中，他始终以自己是一个普米族诗人而骄傲，并以此为创作源泉，生发着诗歌创作的激情与动力。这种强烈的民族情感，来源于他对自己民族深深的爱，同时也来自别人对他民族的伤害。“60 多年前一个叫顾彼得的俄国人来到云南，在三江并流处，看到这个深陷于大山褶皱中的民族时，妄言：这是个没有希望的民族。”这句话深深地刺痛了鲁若迪基的心，也使他下定决心，要用自己的诗为自己的民族未来证明，并使之成为自己民族记忆的一部分。

当今世界，许多古老辉煌的民族文化遗存，正以惊人的速度迅速消亡着。鲁若迪基对此有着清醒的认识：“我们少数民族作者就是应该去书写这种最内在的、只属于这一民族的东西。少数民族文学的价值不仅仅因为它的‘文学样式’，更因为它在人类文化史上独一无二的‘文明形态’。从这个角度来说，少数民族作家是人类文化多样性的‘守护者’。”毋庸置疑，一个少数民族作家，在从事创作时，对自己民族要承担起弘扬民族文化的责任，只有这样，他才是一个真正意义上的少数民族作家。

我与鲁若迪基相识在 21 年前的一次笔会。20 多年来，他在诗歌创作道路上一步一个脚印走来，坚定扎实，每一个脚印中都映照着自己民族的历史风景。

蓝天下的玉龙雪山，随四季晨昏阴晴，不断变幻着色彩，永远不变的，是它那棱角分明的岩石性格，超拔雄浑的大山气宇。雾霭缭绕中，偶尔露出的玉龙雪峰，深情地俯瞰着脚下丰饶旖旎的丽江坝子。栖息在高原深处，浪漫多情的泸沽湖同样以盈满泪水的眼睛，目不转睛地凝望着壮美的玉龙雪山。

鲁若迪基是幸运的，这片美丽的土地不仅养育了他，还赋予了他一颗丰盈奔放的诗心，他的民族又给予了他书写不尽的诗意生活，相信鲁若迪基不会辜负这片土地、这个民族、这个伟大的时代。

面对这个有 4 万多人口的普米族的诗人——鲁若迪基，我唯有期待。

（原载《文艺报》，2012 年 7 月 25 日）

他的诗歌让世界知道他的民族

于 坚

诗人这种动物，真是很难预料会出现在世界的哪个角落，也许是皇宫的后花园，也许是工厂光线灰暗的车间深处，或者这里——1998 年的某日，我站在小凉山的一处山谷中，看着下面白云飘扬，云开处，荒凉的山包上蹲着一个小村子，这里出了一位诗人。

他正站在我身旁，高大英武，是普米族人，名叫鲁若迪基。我跟着诗人鲁若迪基走进他的故乡，如果将林立其间的花椒树、梨树、桃园、蜂窝、鹰巢、雾、春天的花光……忽略不计，这村庄可谓简陋至极，似乎就是木片和泥巴糊起来的工棚。看不见一个汉字，人们也不说汉语，说普米语和彝语，可以和诸神沟通的语言。鲁若迪基的妈妈走来了，大地沉了一下，老夫人穿着土布黑裙，头上缠着黑色布带，慈祥，庄严，像所有人的母亲一样。黄昏后的余光中，我看见她坐在村口的岩石上，如一位女王，与妇女们侃侃而谈，溪流在她们旁边淌着，时而有人来汲水。她是村里最勤劳智慧的妇女，家庭因而富足。

夜晚，普米族巫师（韩规）为我占了鸡骨卦，兆头吉祥。这位白胡子爷爷是普米族人最古老的诗人、通灵者，他的脑袋里装着无数的诗，他是传人、作者，也是发表这些诗歌的载体。他住在另一个村庄，经常来鲁若迪基家串门。因为来了客人，全村都集聚到鲁若迪基家，围着火塘唱歌。这个地方具备了诗歌的一切要素，诗歌早在遥远的年代就诞生了，只是不用汉字记录。他父亲的马丢失了，他越过高山、河流，去滇西北的一个个集市，寻找他亲爱的老马。这位父亲大多数时候保持沉默。

诗人鲁若迪基的诗，今天已经排列成分行的汉字，通过出版社发行，被长江流域以及更遥远地区的人们阅读，我是其中之一。他最近的光荣是，刚刚获得湖北武汉的一家文学刊物（《芳草》）颁发的诗歌奖。他的故乡对此一无所知，他们已经有足够的诗歌，鲁若迪基的文字只是为了告诉世界，这个民族的存在。鲁若迪基有一次对我说，他通过诗歌为他的民族提高社会地位，就像一位写诗的格萨尔王。

鲁若迪基十岁开始学习汉字，他指着对面的高山说他的小学就在那里。看不见什么小学，只有些石头在春天的阳光下发亮，似乎蕴藏着玉。十年后，他取了个曹文彬的汉名前往遥远的汉地上大学，离开了他的家乡。这故乡足够成就一位诗人，只是等着发表了。雨果说：一位诗人要有三位老师，一位母亲，一个教士，一座花园，这三样他都有了。

他写诗了，因为要引起班上一位女生的注意，所以写诗取悦于她。世界美如斯，那女孩代表着世界。通过诗来引起世界的注意，这种古老的念头来自何处？火塘边的韩规？当老巫师在黑暗中歌唱的时候，妇女们眼睛闪着热情的光，狗变得激动，从火塘上一跃而过。

永恒的女性，指引我们上升，歌德说。女生指引着鲁若迪基，她说汉语。他写诗了，他的第一首诗写的是梦见自己在写诗。

十多年前的一天，有人敲门。门外站着一位黑脸膛武士，似乎刚刚下马，我恍惚瞥见他腰间挎着一把宝刀。进屋，坐下，拿出诗集，他是鲁若迪基，我们立即谈论诗歌，就像多年的兄弟。我永远感激他，他带来了普米族人的神。

他写得很认真，他要获得诗歌的光荣，他谈论诗歌就像在谈论圣战。他要通过他的诗歌让世界知道他的民族。这个民族人数不多，但诗歌辽阔。他不满足作为一个少数民族诗人，他狂热地研究当代新诗的现代主义之流，诗就是诗，在诗歌上，民族主义不是优势。他做到了这一点，就是没有署名鲁若迪基这种少见且令人想到少数民族的名字，他的诗也不会被忽略。他写出了那种基本的诗歌，那种世界诗歌。他把握到诗歌的超越性，地方、母语是诗的出发点，然后超越，普度世界人生。朴素、简洁而充满张力。不是修炼和知识的掌握可以达到的，必须天生，有了这个，就能出淤泥而不染。他最早的诗集，受到主流诗歌的影响，以为诗歌是对生活的粉饰。现代派诗歌也许有种种弊病，但有一点可取：它一直在努力穿越谎言。鲁若迪基后来受此影响，他的诗歌回到了故乡，这是他的第二本诗集，在他的写作历史中，可谓横空出世。

故乡与爱情，是鲁若迪基诗歌的两大根基。

天空太大了
我只选择头顶的一小片
河流太多了
我只选择故乡无名的那条
茫茫人海里
我只选择一个叫阿争伍斤的男人
做我的父亲
一个叫车尔拉姆的女人
做我的母亲
无论走在哪里
我只背靠一座
叫斯布炯的神山
我怀里
只揣着一个叫果流的村庄

——《选择》

这是诗人的花园，由此，他向诸神的世界升华。鲁若迪基与当代许多汉语诗人不同，他是个敬畏神灵的诗人。20 世纪，汉语诗歌热衷于各式各样的主义、意识形态，抛弃了诸神。我很难想象诗人居然是唯物论者。诗人是通灵者，召唤灵魂是鬼神的事业，诗人向神灵学习通灵术，这就是雨果说的“教士”。我最近重读唐诗，再次为唐诗中对神灵世界的敬畏所震撼，那是诸神在场的时代，因此“笔落惊风雨，诗成泣鬼神”。云南，是中国最后的诸神依然在大地上秉烛漫游的土地，在鲁若迪基的诗歌中，神的在场、庇护和对它们的敬畏是自然的，这并非虚妄的迷信，这是他民族的生活经验和常识。

天庭里
谁擂响了战鼓
谁挑起了新的争端
一道闪电
我看见神苍老的容颜

——《一道闪电》

我不知道
给我老实巴交的双亲的是谁
我不知道
给我一座叫斯布炯神山的是谁
我不知道
给我一个叫果流的村庄的是谁
我不知道
给我一个看不见的大海的又是谁
我对那个“我不知道”的所在
永远心存感激

——《我不知道》

我心中是有个菩萨的
当我俩走进一片阴影
这个菩萨
想伸出一只手
想伸出十只手
最后想伸出一千只手
把你搂在怀里

然而，还没有伸出一只手
我俩已进入一片光明
菩萨只得双手合十
不易察觉地笑了一下

——《心中的菩萨》

他是一位天生的情人，他的爱情热烈而赤裸，这种爱情非常古老，已经成为过去时代的传说。

兰子
我是你的“野人”啊
我是你的“疯子”啊
没有你
我不知道去哪里撒野
也不知道去哪里发疯了

——《给兰子》

这是人类青年时代的爱情，爱情今天已经成为虚拟之物，鲁若迪基的爱情世界令我们害羞、激越，这种罕见的古老爱情已经升华为神性的故事。

鲁若迪基热烈地走向城市，那就是我们时代的罗马，每一个诞生在穷乡僻壤者的必由之路，当代教育使然。然而，鲁若迪基的天性使他对新世界充满怀疑，他并不信任新世界。天性多么重要，天性是神启的，它使受惠者永不迷失。

一群羊被吆喝着
走过县城
所有的车辆慢下来
甚至停下来
让它们走过

羊不时看看四周
再警惕地迈动步子
似乎在高楼大厦后面
隐藏着比狼更可怕的动物
它们在阳光照耀下
小心翼翼地走向屠场

——《一群羊从县城走过》

诗人鲁若迪基正是在“高楼大厦”中写下了这些，他不会踌躇满志而忘记根本，在他的诗歌中，故乡成为一种形而上的隐喻，一种精神寄托。这是一种神话的方式，云南少数民族诗人都有这种潜在的神话思维方式。有一天，鲁若迪基送我一个牛头，我一直挂在家门顶上，我相信那头牛的神力会保佑我。而鲁若迪基以及他的诗歌，也是我个人的一个神话。

每次把来人目送出办公室
萨雅寺就呈现在眼前
然而，我从来没有注意过它
似乎它的存在与我无关
今天，当我认真地在雨中看萨雅寺
那塔顶那风铃那袅袅的香火
还有连绵的远山……
我的目光被一点点吸了过去
我感到一只无形的手
在掏我的心
我不寒而栗
急忙收回目光
拿起一张报纸

——《萨雅寺》

这首诗意味深长。“拿起一张报纸”，这是一个象征，象征现代人的护身符，现代人靠这个庇护。相当脆弱的东西。鲁若迪基暗示了他内心的矛盾，也是古老文明和现代文明难以调和的矛盾。他将如何应对？

他真的爱这个世界，他不是自我表现的诗人，他是母亲和花园的诗人，神的诗人。

（原载《文艺报》，2013 年 2 月 25 日）

巧遇鲁若迪基

铁　扬

第一次到云南，按照友人的指点，先到西双版纳，后来丽江。原来丽江和西双版纳的风貌差别是如此之大，这包括了民族习俗，也包括了地貌和温差。在 7 月西双版纳炙热的气候里刚享受过基诺族在高脚楼中的招待，又来到气候宜人，还有几分凉意的丽江。

出机场后，接待我们的是一位有着高大身躯、面目黝黑、五官明晰、眼睛炯炯有神的汉子。凭感觉我猜他是一位少数民族朋友。果然，他有着一个奇特的名字——鲁若迪基。我和同伴坐在鲁若迪基的车上向我们预定的饭店行进。窗外是白云缠绕的山峦和开阔明丽的低地。一路上鲁若迪基话语不多，对丽江的美丽山水也未做过多介绍，他心中总像还有另外一个世界。车行半天，鲁若迪基才“不显山水”地告诉我他是普米族人，也可以叫他鲁若，他写诗，现在在丽江文联工作，并说他曾在中国作家协会所属的“鲁院”(鲁迅文学院)学习过。“诗”“作协”“鲁院”，这些词引出了我们对话的兴趣。

谈到鲁院，他显得格外激动，话语中充满着对那个地方的敬意。他说，在那里读了许多名著，认识了许多作家，还听过一些名家讲课。他的诗集曾进入鲁迅文学奖最后一轮的评奖，那年有五部诗集获奖，而他的诗集只一票之差排在了第六。谈到此，鲁若的表情明显表现出几分遗憾。我说，我是一位画家，对评奖的事也不陌生，任何一个评奖过程都有阴差阳错，至今人类还没有发明一种能衡量文学和艺术的衡器和量具。我说，有谁能评判出第五和第六的差别在哪里？作家、艺术家终生都会遇到这难以公断的事。鲁若笑着，脸上又显得无比轻松，话也多起来了。他为我讲起普米族的故事，每个故事都带着对普米族人以及普米族人所处山水的深情，每个故事里都有对祖辈的无比敬重。至此，我已经觉得鲁若迪基是一位不折不扣的诗人。显然普米族所处的那块天地的灵性也附在了鲁若的灵魂中。而养育他的父辈也给了他智慧，给了他真实的感悟和情操，他有根，他不是无源无根的漂流汉子。很快我的猜测就得到了证实。

到达酒店已是下午，鲁若还是没有过多的热情表达，只告诉我晚上他不准备请哪位领导出面为我搞什么接待宴会了，他只约了几位朋友为我“接风”。还真实地告诉我，吃饭并不重要，重要的是和几位朋友认识。对此，鲁若的谈吐是神秘的、自得的。

晚上我如约在一个极普通的饭店和鲁若的朋友们见面，几位朋友都是普米族人，和鲁若迪基一样浑身带着普米族人特有的纯朴和坦然。大家围着一个不大的圆桌而坐，每人面前都有一组用塑料膜包着的简单餐具，谁也没有过多寒暄。我入座后大家就用筷子把塑料膜“嘭嘭”捅开，算是正式开宴。桌上是一只沸腾着的大铜锅，锅周围是一盘盘“山”样的新鲜菌类，满地瓜子皮证明着他们早已在这里等待我了。除了那一个大铜锅和那一盘盘新鲜菌类，他们还为我准备了珍藏十年以上的老白酒。几位朋友一杯杯地满着酒，酒过三巡，鲁若才神秘地把几位朋友向我做了真实而详细的介绍。他要向我证实这几位朋友可不是一般人，他们虽不写诗，但他们很会唱歌，几位歌手还幽默地冠有属于自己的“封号”。鲁若问我：“知道有位叫容中尔甲的藏族歌手吗？”我说：“知道，他好像还在‘星光大道’上得过年度冠军。”鲁若说：“下面我将为你隆重推出的是容中尔乙、容中尔丙、容中尔丁。”于是，尔乙、尔丙、尔丁站起来向我笑着致意，那笑可不是一般的笑，笑里包含着他们对各自“封号”的认同感，好像在说他们虽然不是尔甲，但他们是仅次于尔甲的尔乙、尔丙、尔丁，这不用怀疑。

既是尔乙、尔丙、尔丁到场，当然是要唱歌的，珍藏十年的老白酒下肚，也当是唱歌的好时候了。首先登场亮相的当然是尔乙，他唱了茶马古道上赶马人的情歌：赶马人走着崎岖的山路，想着情人对他的“勾魂”，忘掉了路的艰辛。尔乙表情老到，声音坚实洪亮，俨然一副专业歌者的架势。我受歌声的感动，想着他若站在“星光大道”的舞台上，弄不好也会得个年度冠军，周冠军、月冠军就太亏了。

接着唱歌的是尔丙、尔丁，他们唱歌的架势虽然没有尔乙那么专业，但声音各有千秋，歌声里尽是普米族人的新老故事。我听着歌，想着他们的排名次序也许并不准确。

随着歌声，鲁若不住地观察我，他看我一面真心领略着歌声，一面为他们拍手称赞，有时我还情不自禁地随声附和时，他也乐了。现在该他了，他要向我朗诵他的诗。他先朗诵了他的名篇《小凉山很小》，又朗诵了《1958 年》。

诗对于人的感动是奇妙的，有时你觉得这首诗好，就是“诗好”而已，你仍然是个旁观者，但对鲁若的诗我是从内心受到感动的，我像是个“参与者”，你不能不跟随他在小凉山里行走、思索。在那首《小凉山很小》里，他道出了一个普米族人对小凉山的真爱，当这爱变成诗时，他不是把一座山无限地“夸大”(这是诗人的通病)，而是把它无限地“缩小”，缩成拇指、缩成针眼、缩成一缕歌声……他觉得小凉山小了，他的歌声才能轻而易举地越过山梁，答应他母亲的呼唤，一个小凉山的孩子随时都可以回家，哪怕是他的声音。而他的那首《1958 年》，更是一首幽默、辛辣、冷峻、顽皮的小诗：“1958 年 / 一个美丽的少女 / 躺在我父亲身边 / 然而，这个健壮如牛的男人 / 却因饥饿 / 无力看她一眼……/ 多年后 / 他对伙伴讲起这件事 / 还耿耿于怀 / 说那真是个狗日的年代 / 不用计划生育。”

我不知道除了诗以外，还有什么办法用几行文字就能描写出一个时代，而对那个时代的描写又是如此传神。然而更有意思的是，这首诗还引出了一个更幽默的反义故事：当有人把这诗念给鲁若的父亲——一个赶马人听时，老人却说：“这个杂种，他怎么能这样写他父亲，他哪里知道他父亲从来没有放过身边的任何一个女人。”

你可以理解老人的回答是对儿子的斥责，也可以理解为老人的回答更是对那个年月的真实写照，老人只不过不和“它”一般见识罢了，这也是一个普米族人的大度之处吧。

歌声和诗伴着餐桌上的铜锅和鲜菌持续到深夜，没有不散的筵席，筵席散了，我也才真正认识了鲁若迪基和他的朋友们。啊，普米族人，原来这样。他们虽然不是像山一样高大的汉子，但他们心中有各自的山，山就是屹立在他们心中的民族意识吧。也难怪鲁若对他面前的小凉山写了又写。但作为诗人，他情感之大，早已高过了他面前的小凉山。至此，我想起俄国诗人普希金的一首叫作《纪念碑》的诗："我为自己建立了一座 / 非人工的纪念碑 / 在人们走向那儿的路径上 / 青草不再生长……"我没有理由拿鲁若和普希金相比，要比也可以，普希金的豪言壮语是傲慢的，而鲁若不必用人工为自己建造纪念碑，他心中有小凉山就够了。后来我又读了鲁若的一些诗，小凉山和鲁若是无论如何也分不开的，它们的形象你能说不是纪念碑？普希金说在人们走向那儿的路上青草不再生长。鲁若说，"草原上的草 / 疯长着 / 风吹来 / 也不肯低下头去"。那就是鲁若迪基走过的路，也是寻找鲁若迪基和寻找小凉山的人走过的路。草，不是不再生长，草，在"疯长"。

（原载《文艺报》，2014 年 7 月 25 日）

无须“证明”的诗情爱意

——读鲁若迪基诗集《没有比泪水更干净的水》

史习斌

原名曹文彬的普米族诗人鲁若迪基的身份并不是单一的，但他似乎能在不同世界的穿梭中让诗歌保有一种单纯的质地。读罢《没有比泪水更干净的水》，诗中内含着的一种洗净苦难的清纯是给我的最深印象。

中国的彩云之南，是诗人的生长之地，那是一个美的所在，枕着小凉山，怀抱泸沽湖。《没有比泪水更干净的水》正是聚焦于此，唱出了“小凉山的歌”，说出了“泸沽湖的爱”。诗人以近百首诗的容量向读者展示了生养自己的那片土地的沧桑与纯净，讲述了红土高原上人们爱恨情仇的人生故事，隐含着一个普通家庭的成长历史，呼唤着一个“没有希望的民族”的文化记忆。

这种多维的诗情展现和文化书写是从诗人的民族认同开始的，《自白》是一个宣言：“我要像山一样 / 站起来 / 我要像河一样 / 淌尽自己 / 我要成为时间的粮食 / 喂养历史 / 我要让一个古老的民族 / 重新出土。”诗人所属的普米族是一个人数并不多的少数民族，有语言而无文字，在长期的发展过程中做出了贡献，也遭受了轻视和误解，这首《自白》写出了诗人内心的心声，表达了一种重建民族文化的雄心壮志，这种民族认同强化和民族文化追寻在鲁若迪基的诗中明显而强烈，形成了一条鲜明的抒情线索。

着眼于地域文化和地域景观的诗性书写，是鲁若迪基实现民族文化追寻的一个切入点。《云南的天空》一诗，云擦拭着天空、天空擦拭着云，写出了一个“蓝得没话可说”“白得让人想起稿纸”的云南；《雪邦山上的雪》由洁白的雪想到了亲人和民族的苦难，实现了自然之景与故乡之情的结合；《梅里雪山》更是写出了世人对梅里雪山的崇拜感，呈现了纷繁的色彩美。

对故乡的立体表现和深情体认在鲁若迪基的这本诗集中是一个重头戏，有着全方位的情感渗透，并且集结成为一个密集的诗情火山口。《小凉山很小》写道：

小凉山很小
只有我的眼睛那么大
我闭上眼
它就天黑了

小凉山很小
只有我的声音那么大
刚好可以翻过山
应答母亲的呼唤

小凉山很小
只有针眼那么大
我的诗常常穿过它
缝补一件件母亲的衣裳

小凉山很小
只有我的拇指那么大
在外的时候
我总是把它竖在别人的眼前

在诗人笔下，小凉山已经内化为自己的视听器官，和自己的成长记忆联系在一起，小凉山很小，在诗人心中却是永远竖起的“大拇指”。

生长之地永远留存在诗人最初的记忆中，也是诗情触发的原始根源。《长不大的村庄》写出了与村庄相关的两种人的极端状态，“有人走出村庄了 / 再也没有回来”，“更多的人一生下来 / 就长了根 / 到死也没有离开过”，前者在走向荣耀中背叛了村庄，后者的人生命运又被死死拴在了土地上，这种矛盾的情感是每一个从农村走出来的人所共有的，在诗人的眼里是那样真实而又难以割舍。沿着这条情感之河顺流而下，会有更多的发现：《没有比泪水更干净的水》写出了泪水汇集而成的亲情河流之干净清澈；《洋芋故事》掩饰不住被母亲称为“鲁若洋芋”的优良品种受到乡亲们青睐时的满心欢喜；《一个彝家阿妈》展现了一个清贫的彝家阿妈杀鸡招待“我”时复杂的情感，乡邻的纯朴以及“我”受到如此爱戴之后内心的悲凉沉重；还有《斯布炯神山》中的民族信仰和乡土情怀；《果流》对故乡的村庄果流流露出的温情和依恋；《光棍村》对新时代农村“凋敝”现状的真实反映；《都市牧羊人》中那个来自乡村的城市新市民在都市迷茫与乡土自信之间面临的文化矛盾，都是诗人乡村书写和故土体认的深层次发展。

这一主题的涉猎，《选择》是一个总结：

天空太大了
我只选择头顶的一小片
河流太多了
我只选择故乡无名的那条
茫茫人海里
我只选择一个叫阿争伍斤的男人
做我的父亲
一个叫车尔拉姆的女人
做我的母亲
无论走在哪里
我只背靠一座
叫斯布炯的神山

我怀里
只揣着一个叫果流的村庄

——《选择》

一个人的出生好像是别无选择的，故乡、父母都无权自己决定，但从文化上来讲，内心深处对家乡、家庭、家园的认同感显得更为重要，诗人的这种发自内心的“选择”正是一种深度的文化认同，也是一个掷地有声的总结性陈词。

除此之外，爱情书写也在这部诗集中占了一定的比重，且不乏既好懂又耐读的诗，如《叶子开出的花也叫思念》：

我闭上眼就能想到
哪里是你的房
爬满了叶子花的墙上
盛开着怎样紫色的思念
我闭上眼就能想到
哪里是你的门
梳妆台前　有怎样的芳香四溢
我闭上眼就能想到
哪里是你的床
恬淡的光里
你将会怎样温柔地睡眠

这首诗在“多情”的爱情反应中流露出内心深处的真情，在对“俗世”的情事铺写中体现出诗歌情境的不俗之处，足可代表集中情诗的风格和水平。其他情诗也各具特色，《披星戴月的女人》透出一种童话般的浪漫，《我总是那么迫不及待》充满青春的激情和纯真，《走婚》则用诗歌的形式呈现了一种独特的民族婚恋文化，“千百年来／只有摩梭人／能穿越死沉的婚姻／走进爱情里”，诗人对纯净爱情的追寻肯定可见一斑。

在这部诗集中，还有一些诗是独立自主而存在的，体现的是思考的乐趣和把玩的快感。比如《山语》，用山里独特的视角观照平原和大海，吟出句句“山语”，凝结着山里人的生活体验、人生阅历和思考智慧。比如《木耳》，成功制造了切身的感官冲击，写出了真实的生命体验。还有《短笛》，通过对生活点滴的精致提炼，奏出了简洁明快的西部乐曲。这些诗看似分散随意，实则非长期体悟而不可得，称其为诗集中最纯粹的诗意亦不为过。

鲁若迪基的诗写得很实，有一种边地山民特有的实诚，没有过多的诗艺耍酷，也没有滑向各种主义的喧嚣泥淖，而是力图用最朴实的语言和最接近自然本真的心灵状态老老实实地写，但又明显看得出他的用心、用力。他所看重的不是语言的刻意雕琢及其他，而是诗意的捕捉和原生态呈现。这样的诗艺追求是有风险的，成功了就会超越那些精雕细刻的学院派，在不事雕琢的背后给人朴实率真的力量，从而达到诗歌的高层境界；如果不成功，就会显得缺乏诗歌的“手艺”，甚至流入平淡，而这又是诗歌的致命伤。鲁若迪基在这部诗集中的探索虽不能说完全成功，但一定是颇有成就的。

“我想用诗证明：诗人是爱的代名词，即便是恨，那也是因为爱。”这是鲁若迪基在自序中所写的“诗的证明”。《没有比泪水更干净的水》一集，抒情诗占了绝大部分，其中情诗又占了很大的比重。当然，这种爱是超越情爱，已经辐射到了亲人、故乡和民族的爱。其实，诗情爱意是无法证明、也无须证明的，只要写作者用了心，阅读者是有心人，其间的深意自是可以参透，妙处自然可以意会。诗是用情感打通彼此的心灵的，任何时代都是这样。

（原载《特区文学》，2015 年 5 期）

用诗歌让世界知道普米族

李　娜

在人们谈到民族文学时，经常会听到对少数民族诗人的夸赞。从遥远的《江格尔》《格萨尔王》《玛纳斯》等民族史诗走到今天的诗歌吟唱，少数民族的诗人们显然带着与生俱来的诗性。云南省作家协会副主席、丽江市文联党组书记、著名诗人鲁若迪基，就是一个民族文化的守护者，一位少数民族诗人。

鲁若迪基，这个名字本身就盈溢着浓浓的诗意。他从峻岭千里、群山绵绵的小凉山走来，他从弥漫着远古静谧而充满神秘魅惑的泸沽湖走来，高大黑俊，笑容谦和，眼睛里闪烁着真诚与友善。他来自于一个只有 4 万多人的少数民族——普米族。他用他的诗作，诉说着对自己民族的热爱、对文学的热爱，以及自己肩上承担的文化重任。

“民族文化，包括普米族文化并非凝固不变，它会随着时代的发展而不断丰富。在文学中坚守的‘民族性’，不是狭隘的‘民族主义’或‘地方主义’，而是以世界的眼光、时代的眼光不断发掘民族传统文化的精华。只有认识到这个层次，我们才会感到自己肩上的文化重任，才会有更多的人尊重少数民族文学事业。我的终极目标就是用自己的诗歌为人类文明留住一份由4万多普米族人共同创造的、如今依然在中国西南的崇山峻岭中鲜活存在着的普米族文化。”鲁若迪基说。

普米族孕育出诗歌的梦

1967 年 12 月 3 日，鲁若迪基出生于云南省宁蒗县翠玉乡，在小凉山区的一处山谷中，荒凉的山包上蹲着一个小村子。如果将林立其间的花椒树、梨树、桃园、蜂窝、鹰巢、雾、春天的花等忽略不计，这村庄可谓简陋至极，看不见一个汉字，人们也不说汉语，只说普米语和彝语。

说起鲁若迪基，总不免同时想到他的民族。

普米族是一个与中国古代氐羌族系有着渊源关系的族群，根据本民族的传说和历史文献记载，普米族的先民原先是居住在青海、甘肃和四川交会地带的游牧部落，后来逐渐南移，13 世纪中叶，一部分人被征召入元军，随忽必烈远征云南，随后留在了那块温暖的地方。鲁若迪基的祖先正是这样来到了云南，与分布在云南的兰坪、丽江、维西、永胜、宁蒗等地的同胞一起，跟纳西族、白族、彝族、藏族、汉族等民族世代相处。曾经 1000 多年的迁徙历程，使普米族人创造了很多想象丰富的民间歌谣，通过一代代普米族人的口耳相传流传至今，如早在东汉时期就已开始流行的《白狼歌》，讲述普米起源的神话《直呆木喃》，借以东巴文、藏文记录下来的关于宗教历史的《古利歌》，还有叙述天地形成和人类起源的古歌，原始宗教祭祀活动中的仪式歌、婚俗歌、丧葬歌，苦歌、劳动歌、情歌等生活歌谣。

从鲁若迪基的诗里，能读到祖先留给他的声音。自遥远的地方迁徙而来的祖先，因为对这块土地的挚爱而做出的选择，传给了鲁若迪基，他参透了祖先的暗示，让他将爱毫无保留地献给了这片土地，“河流太多了 / 我只选择无名的那条 / 茫茫人海里，我只选择一个叫阿争伍斤的男人 / 做我的父亲 / 一个叫车尔拉姆的女人 / 做我的母亲 / 无论走在哪里 / 我只背靠一座 / 叫斯布炯的神山 / 我怀里 / 只揣着一个叫果流的村庄”（《选择》）。这片土地生长万物，其中包括诗人和诗。简朴天然，温暖美丽，鲁若迪基的诗，俨然是那片土地上自然生长的另一种作物，有洋芋的甜、荞麦的苦，还有不为人道的一丝神秘，那或许就是祖先留下的声音。

他的诗比他的脚步更快地走出了那片山地。

鲁若迪基 10 岁开始学习汉字，10 年后，他取了个汉名曹文彬去外地上大学，离开了他的家乡，这故乡足够成就一位诗人，只是等着发表了。对于自己的写作经历，鲁若迪基说如今算起来也有 20 多年的诗龄了："我写诗是在上中学的时候，那是 20 世纪 80 年代，一个诗歌的狂热年代。在读了一些课本上的诗之后，我又翻阅了一些报刊上的诗，还看了流沙河先生的《写诗十二课》，非常喜欢这种表达方式，自己也有种想表达的冲动，于是，开始写诗。我发表第一首诗是在 1988 年第一期的《原野》上，我在上面发表了平生第一首诗《诗梦》，写我在梦里写诗。"而被问及他开始写诗的原因，他笑谈是因为要引起班上一位女生的注意。

在鲁若迪基之后的大量作品中，故乡与爱情成为他诗歌的两大根基。"我以为有怎样的土地就有怎样的庄稼，有怎样的生活就有怎样的诗歌。我的诗歌汲取了民间的滋养。云南西北绵延着千里小凉山，还深藏着梦幻般的泸沽湖。神秘的斯布炯神山下，有个美丽的村庄叫果流，我就出生在那里。童年的记忆里，山村里没有电，更没有电视，一切现代文明的成果都离我们很远。生活应该说是清贫的。可是，我们离神话很近，离民歌很近，离诗歌很近。我们经常在火塘边听我母亲唱民歌，听我父亲讲故事。我认为高明的诗人就是应该把一个复杂的东西简单化，而不是把一个简单的东西复杂化。我的诗歌最感动人的那部分都是写故土的，因为我的根在那里，因为我深深地爱着那片土地和那里的人们，那是需要我用一生去爱和表达的。"

中国 56 个民族中，人口在 30 万以下的民族被称为"人口较少民族"，普米族就是其中之一。可是，长期以来由于各种原因，很多人不知道这个民族，更不知道她的文化。"所以，我希望用我的诗歌让人们知道有这么个民族存在。"鲁若迪基说。

一颗独一无二的心灵

一位优秀的诗人，必定怀有一颗独一无二的心灵。当鲁若迪基讲起普米族的故事，每个故事都带着对普米族人以及普米族人所处山水的深情，每个故事里都有对祖辈的无比敬重，显然是普米族所处的那块天地的灵性也附在了他的灵魂中。从鲁若迪基对小凉山的吟唱、对生活的思考、对人民和民族命运的关切和对爱的倾诉中，人们能够读到他身上蕴涵着的一种好诗人所应有的、被称为“神的火花的东西”，一种“美的感觉”，一种“视觉和听觉的灵敏性”，特别是一颗“美好的、沉思的心灵”。

一首好诗必然浸润着浓郁的情感，对于亲人、故乡及自己的普米族，鲁若迪基的爱刻骨铭心。他的那些抒发亲情和乡情的诗大多没有出现一个“爱”字，可是所描述的生活细节和意象无不浸润着浓郁的诗情和深深的爱意。“我的诗歌有些是‘游记’，可是，这些诗歌是发自内心的思索和感叹，和一般走马观花写下的浅表东西有本质的区别。有时，我们把自己熟悉的一些事物，放置到一个陌生的地方时，会产生奇妙的感觉。这种‘感觉’有时就是诗。时空的转化、认识的差异，可能会彻底颠覆自己过去的一些认识和经验。比如我写《想起父亲》，其实我就是看到一个巴黎郊外的农民，开着车来，爬上一辆耕地的拖拉机，把地犁了后又开车走了。同样是农民啊，小凉山上我的父亲却那么艰辛，差别是那么大，一想起来，那种‘痛’就弥漫在自己全身，让我潸然泪下。这让我对‘农民’有了新的认识。这些诗歌无论怎么写，我都会把自己放进去，以一个山里孩子、一个‘少数者’的角度切入。”还有那首被众多读者称道的《小凉山很小》：在诗人的心目中，边远的小凉山，小到“只有我的眼睛那么大”“只有我的声音那么大”“只有针眼那么大”“只有我的拇指那么大”，但诗人在外的时候，总是把他的拇指“竖在别人的眼前”。这种发自内心的民族自信心和民族自豪感，就是源于诗人所说的：小凉山的“土地里能生长出伟大的梦想”。当然，这也源于他对自己民族和祖国的赤子之情。

诗歌是语言的艺术。当然，诗歌也不仅仅是语言，但语言是最基本的。作为少数民族诗人，鲁若迪基非常羡慕那些拥有自己文字的民族，“他们可以用母语写诗，那是多么幸福的事！可是，普米族是个有语言，却没有文字的民族。所以，我非常遗憾没有用母语写过诗。我是个用汉语写诗的普米族诗人。汉语意味着我融入这个社会的一个通道，意味着我的工作，包括我的写作。可是，我的母语却面临着流失的风险，这种痛苦别人是无法感受到的。”然而，从一些杰出的少数民族作家，如老舍、沈从文、阿来、吉狄马加、扎西达娃、叶梅等看，“非母语”写作非但没有影响他们的作品，反而还成就了他们。“这也给了我用汉语写诗的信心。汉字毕竟经过几千年的发展，非常丰富，它足以表达我们想要表达的东西。在我这里，汉语是祖国的语言，我是把它当作母语用的。”

在《没有比泪水更干净的水》的自序里，鲁若迪基说：“我的诗要证明的是，在这个伟大的国度，每个民族都拥有希望。我的诗就是这个民族希望的证明。我的诗就是这个民族希望的一部分。”鲁若迪基原先是小凉山的一个放羊娃，通过写作，他成为一个优秀的诗人，其作品曾两度获得全国少数民族文学创作“骏马奖”。鲁若迪基用他的诗为自己的民族做了代言，他让普米族这个民族的名字更加响亮，也使得四面八方的人们更多地领会到这个名字所蕴含的意义。无论去没去过泸沽湖的人们，都知道那是一个多情的地方，常年生活在泸沽湖边的鲁若迪基用他的诗展示了那里的爱有多深，情有多真，让我们感受到多民族文化的绚丽动人。也许这里无法一一列举他那些炽热昂扬又情趣幽默并举的诗句，只想说，谁如果还没去过泸沽湖，那么不妨读一读鲁若迪基的诗，而如果已经去过泸沽湖，那更要读一读鲁若迪基的诗，他会让你真正懂得那片土地。更重要的是，如果要了解普米族，就一定要读一读鲁若迪基的诗。

聊起目前的状态，鲁若迪基说他近两年主要编了几本书，如与和文平、和建全两位普米族作家编选了《新时期中国少数民族文学作品选（普米族卷）》，与丽江普米族文化研究会会长胡革山一起编选了《当代普米族诗人诗选》，等等，写的诗比较少。“我觉得自己的创作在徘徊，需要找到一个突破口，但还没有找到。我有时真想沿着祖先的迁徙路线步行一趟，一个村庄一个村庄地游走，把我的同胞们生活的地方完整地走一遍。但由于工作原因，一直没有实现。我想，等我走遍了普米族的村村寨寨、山山水水，我的诗可能会有大的突破。”

人类文化多样性的守护者

每个民族都有自己的文化，而文化是有差异的，这种差异应该是值得倡导和尊重的。鲁若迪基说他希望用诗歌维护人类文化的多样性："因为我是个诗人，我只有诗歌这种方式，维护一个静态的东西是容易的，维护一个动态的东西则很难。文化作为一个多种形态的东西，你去维护更是难上加难。我说的'维护'，无外乎就是在诗里多添加些本民族的元素，让更多的人通过我的诗歌知道我的民族，知道我民族的文化。因为别人的'知道'，这种文化可能存活得更广更久远。"

全球化时代，少数民族裔的写作确实是这个世界的一大亮点。放眼世界来看，很多诺贝尔文学奖获得者也是少数民族裔。如果把全球化比作大海，主流文化就是大江大河，少数者就像小溪。"我们要走的是这样的路：一条溪流（各个少数民族）在汇入长江黄河（世界上任何其他民族）后，依然保持自己的鲜活个性，最终流入宽广的大海，为中华文明与人类文明的和谐与繁荣做出独特的贡献。这是一个长期艰难的过程，但值得我们为之付出。"鲁若迪基说。

作为少数民族诗人，除了要面临一般人面临的问题外，还要面临其他诸如失去语言、习俗、文化、宗教甚至故乡的危险。"某一天，当你说某某是某民族的诗人时，他可能只是一个符号了，并不能够代表什么了。所以，在现有的条件下，诗歌的民族性主要就是用诗歌这一文学样式，更好地去表现这个民族在这个时代的境遇和心灵印记，把这个民族特有的具有世界特质的优秀文化挖掘和传递出去。"

鲁若迪基自小受佛教和普米韩规教的影响，对"万物有灵"深信不疑，这使得他的诗里连木头也会喊疼。"我希望通过一个普米诗人的眼光，融入普米族的历史文化，站在时代的前沿，敞开心扉，发出对这个世界的独特声音，这是我的梦想。但我觉得还没有做好，有待将来努力。"

在今天这个全球化的时代里，少数民族文学的意义更加重要。少数民族文学最重要的特性是它的民族性，民族性不仅是民风民俗、民族服饰，还是一种内在的精神。"我们少数民族作者就是应该去书写这种最内在的、只属于这一民族的东西。正是从这一角度来说，少数民族文学的价值不仅仅因为它的‘文学样式’，更因为它在人类文化史上独一无二的‘文明形态’。从这个角度来说，少数民族作家是人类文化多样性的守护者。”鲁若迪基时刻提醒自己作为民族作家的责任。

事实上，普米族人已不乏各级作家协会会员，也正是在鲁若迪基的带动下，宁蒗涌现出“小凉山诗人群”，并多次获得全国少数民族文学创作“骏马奖”，引起了全省乃至全国文学艺术界的普遍关注。作为“小凉山诗人群”的一员，鲁若迪基非常谦虚，他说：“我不敢说自己发挥了多大的作用，作为一个群体，应该说这是大家共同努力的结果。唯有继续努力，写出更好的诗作。”

（原载《中华儿女》，2015 年第 9 期）

鲁若迪基诗歌的乡情与哲思

黄　玲

由中国作协编辑出版的《新时期中国少数民族文学作品选集（普米族卷）》中收入普米族诗人鲁若迪基的《面对山》等12首诗，这些诗虽然数量不多，但能体现出他诗歌创作的基本特色：故乡、民族和爱情。作为人口较少民族普米族的诗人，鲁若迪基力图用诗的力量来构筑一座神性的精神堡垒。

和其他诗人笔下的故乡略有不同，鲁若迪基笔下的故乡有两个参照点：

一是离开故乡之后的回望视角，使他能在距离所制造的审美视角下发现故乡的独特与不平凡。

那些原本普通平凡的事物被诗人赋予特殊的隐喻，因此获得了一份浓郁的诗意。比如，故乡随处可见的山，进入诗人的诗行后，其精神指向变得清晰起来。虽然山会挡住人的视线和外界的声音，制造贫穷与落后，但是它对一个民族的意义也是不可忽视的，诸如品格的坚强、心性的陶冶。

鲁若迪基诗歌中最有代表性的是《没有比泪水更干净的水》。诗人诉说了泸沽湖畔一个叫德胜的村庄和自己生命的情缘。那里生活着他的父母、亲人、朋友，也是他生命里永远的起航之处。诗人精心选择了“泪水”这个饱含情感的意象，泪水代表着人类最纯洁的亲情、爱恋与思念，诗人坚信“这个世上，没有比泪水更干净的水”，亲人的泪水和自己的泪水流在一处，可以洗涤游子的心灵，留下一份永远的赤子情怀。

鲁若迪基写故乡的村庄，写故乡的大山、河流，也写故乡的亲人，其中还有一份对民族和故土淡淡的忧思。他是新中国成立后成长起来的第一代普米族文化人，胸怀着一份对于民族的历史责任感，他的诗也因此多了一份沉甸甸的内涵。

他的诗除了对故乡、民族深厚的情感，还有一份理性的自觉与思考。他选择从人类文化多样性的角度来理解本民族文化的独特性，认为世界文化的丰富与多姿正是民族文化多样性的体现。身为诗人的鲁若迪基，在写作与思考中逐步升华和提高自己的境界，把用诗歌维护人类文化多样性视为自己的责任和义务。

鲁若迪基诗歌的第二个参照点是充满哲理的“大”与“小”的对比。

或许是因为出生于一个人口只有四万多人的民族，诗人对“大”与“小”的理解充满哲理和思辨性。这方面，他最有代表性的诗是《小凉山很小》：

小凉山很小
只有我的眼睛那么大
我闭上眼
它就天黑了

小凉山很小
只有我的声音那么大
刚好可以翻过山
应答母亲的呼唤

小凉山很小
只有针眼那么大
我的诗常常穿过它
缝补一件件母亲的衣裳

小凉山很小
只有我的拇指那么大
在外的时候
我总是把它竖在别人的眼前

诗中的“小”是一种充满强烈主观性的感觉，隐喻着故乡的自然界和主体心灵的密切关系。诗人选择了眼睛、声音、针眼、拇指四个意象，建立了一组表现小凉山之“小”的意象群，使小凉山和读者之间的距离缩小、变近、触手可及。诗人还把故乡和母爱巧妙地连接到一起，声音应对着母亲的呼唤，针眼和母亲手中缝补的衣裳相连，故乡具象为大地母亲，生动感人。

诗的最后一节，诗人完成了顿悟式的隐喻，把对小凉山的爱浓缩于“拇指”，相当于音乐中主旋律的飙升与完美的落幕。一个拇指，照亮了整首诗的意境。诗人对故乡的大爱从“小”处入笔，最终却营造、升华出一个博大的诗境。

在鲁若迪基的诗中，“大”与“小”既是世界矛盾性的存在，也可以是和谐统一的互相参照。他的诗也写大的事物，比如《云南的天空》写天空的神奇与干净，比如《雪邦山上的雪》写雪的纯洁与诗意，比如《三江之门》写自然的雄伟壮丽。但是诗人更注意追求由“大”到“小”的转变，使诗的情思突然由天空回到大地，落到具体的“小”的审美上。最后的结语更是转向强烈的民族自豪感的表达：“我是天的儿子 / 我是地的儿子 / 我是天地间站立的普米族人。”

鲁若迪基的诗歌在不断提升和进步，除了故乡给予他永恒的创作源泉和精神动力，还得益于他对民族文化的深入思考。他已经注意到民族文化和民族文学中民族性的变与不变的特殊关系，领悟到要以世界的眼光和时代的眼光，去不断发掘民族文化传统中的精华。他还深刻认识到，普米族虽然人口只有四万多人，但是其民族的独特性和文化的鲜活个性，却是不可取代的存在，可以为中华文明与人类文明的繁荣做出独特贡献。

这是鲁若迪基写诗的自信之源，也是其诗歌产生高度的重要基础。

（原载《中国民族报》，2016 年 5 月 18 日）

冬日的暖　时间的粮

高　照

茫茫的“直呆木喃”洪水时代，
没有天地和万物，
也没有生存和死亡。
宇宙全是黑压压的洪水，
没有白天和黑夜的迹象。

——《“直呆木喃”创世纪》

曾几何时，茫茫黑夜，寒冷与饥饿缠住了夜风中行人的腿，他们来自远方，他们是“白狼王国的子孙”，他们能歌善舞，勤劳耕耘，在新时期的洪流中愈发生机勃勃，我对他们的理解首先来自一位诗人，与其说是他的精气神，不如说是诗的真情意让我初见便难以忘记，他就是鲁若迪基。

谦和的笑，如那冬日里的阳光，温暖直入人心；明亮的眼，如那泸沽湖不经意荡起的层层清亮，涟漪了整个夏天；高大黑俊的容貌，如那千里绵绵的小凉山，坚实友善且真诚可靠。他带着诗人独有的清雅在这个冬日里送上了他的暖意——《时间的粮食》诗集，由云南人民出版社出版发行。

他的诗，总携着几分纯净与虔诚，似乎“是一切的真 / 一切的善 / 一切的美存在的证明”（《没有比泪水更干净的水》）。这样的纯净与虔诚，来自他心底对诗梦的坚守与执着，仿佛“一只蝴蝶 / 栖息在我的梦中 / 轻轻地扇动 / 如花的翅膀”，就像“一首小诗 / 溢流着馨香 / 跳跃在花蕊……”（《诗梦》）他的梦想绝非潇洒于蓝天白云的轻风细雨，而是有着深抓黄土、根深蒂固的浓浓乡情。“我是小凉山 / 是把女人从传说从苦海荡来的 / 猪槽船 / 为寻梦而至的蓝眼睛黑眼睛们 / 一个如意的归宿 / 我是小凉山 / 是牧牦牛羊群流云 / 稍不留意把过去牧作马 / 驮起心酸的老人 / 是手里拉着背上背着肚里还装着 / 孩子的母亲们 / 是男人酒后一顿拳脚臭骂之后 / 又被搂着睡去的女人”（《我是小凉山》）。他笔下的小凉山不再遥远苍凉，而是有了时间上纵横的质感，有了血脉中跳动的温度，有了生活中被点滴拾起的满满温情。“你是高原的女儿 / 你崇敬的伟岸 / 更向往海的广博 / 于是 / 选择水的方式 / 告别家园 / 一次次 / 你抚摸石头 / 感悟生命的流程 / 天籁之音便响彻峡谷 / 当你少女的河 / 流成母亲 / 你已把自己托付给了大海 / 然而 / 你的情 / 仍紧系高原的魂”（《金沙江》）。金沙江畔的怀想，铭记于心的乡土恩情，虽选择了以水的方式奔涌向前离开家园，却不忘以风的天籁之回响馈赠山谷，或许这才是诗人对梦想款款深情之所在。“我曾属于原始的苍茫 / 属于艰难的岁月 / 如今 / 我跃上脚手架 / 把祖先的梦想 / 一一砌进现实”（《我曾属于原始的苍茫》）。当梦想被一砖一瓦地砌进现实，诗人经历了苦难、品尝了酸楚，然而诗人却选择了以树的方式，挺直了枝干，望向美好的远方，“无法选择轻松欢畅 / 有的只是曲曲折折 / 也许 / 左一脚是梦 / 右一脚也不一定是现实 / 但只要不停地行进 / 我就能成为你向往的 / 远方一株美丽的树”（《远方》）。祖辈的梦想根植于诗人的心田，经历了漫漫长路，终归回到了最本初的那一粒渴望结出丰硕果实的种子，种下现实，开出梦想。鲁若迪基用诗歌的方式，诠释了最浓的深情不过乡情，最温暖人心的不过真情至纯，最该捧入掌心的定当是祖辈留下的谆谆梦想的食粮。诗人之情，乡土之谊，那些食粮，在我的心中渐渐晕染开来，成了冬日里的一团暖。

他曾在诗中说：“见到你的那一刻 / 我就知道 / 你是我今生要等的人。”（《等你》）而此刻，我想说，见到你的那一刻，我就知道，你就是我今生要等的人，要读的诗。

（原载《丽江日报》，2016 年 9 月 4 日）

在这个伟大的国度，每个民族都拥有希望

任维东　李睿宸　陈冠合

无论走在哪里
我只背靠一座
叫斯布炯的神山
我怀里
只揣着一个叫果流的村庄

这首名为《选择》的诗，描绘的是普米族诗人鲁若迪基的家乡。1967 年，他出生在云南省丽江市宁蒗彝族自治县一个叫果流的村庄。数百年前，普米族先民从西北长途迁徙而来，选择定居于此。多年之后，鲁若迪基用“长在那片土地上的另一种作物”——诗歌，把他深爱的故乡和普米族文化带出了大山，将当代普米族人民的幸福生活故事传递给世界。

用诗歌表达对祖国的爱

站在拉市海湿地附近的玫瑰园里，远望着黛色的大山，身材高大的鲁若迪基向记者讲述着他小时候饿着肚子上学的故事。从 11 岁起，他便翻过大山、蹚过河流，外出上学。从那个位于小凉山中、泸沽湖边的小山村到县城，50 多千米的路程，往往要走上一整天。

他说：“山区不出产大米，我们一般吃的都是苞谷饭和自己家带来的洋芋。可在长身体的年纪，还是常常感到很饿。”为了以后能经常吃上一碗大米饭，在高中毕业后，他选择报考云南省楚雄粮

食学校。却没想到，因为在校期间发表的一篇作品，他开始与诗歌结缘。

在此之前，作为人口较少民族的普米族，长期处于“有语言而没有文字，有口传文学而没有书面文学作品”的状态。当鲁若迪基走上诗歌创作之路后，儿时在火塘边听过的母亲唱的民歌、父亲讲的故事、家乡的村寨和山水，都为他提供了源源不断的灵感；而参加滇西笔会、云南省作家协会改稿班、中国作家协会鲁迅文学院高研班等经历，则开拓了他的眼界，坚定了他的文学理想。

从 1988 年创作的第一首诗歌《诗梦》算起，至今鲁若迪基已出版《我曾属于原始的苍茫》《没有比泪水更干净的水》《一个普米人的心经》等 6 部诗集，并收获了全国少数民族文学创作“骏马奖”、首届汉语诗歌双年十佳奖、第三届徐志摩诗歌奖等荣誉。

鲁若迪基认为，诗人是爱的代名词。而这份“爱”，从不局限于对故乡、对亲人的爱的表达。虽然在鲁若迪基的诗歌里，很少直接出现“爱”的字眼，但当写到祖国时，他却说愿意“把祖国当作金币”，永远“揣在自己怀里”。

在这些年里，鲁若迪基发现，家乡的小村庄建起了幼儿园，不少村民家门口有了小汽车；夜晚读书时曾用来照明的松枝，已被崭新的电灯替代；上学时到县城要步行一天的山路，如今开车一小时就可抵达……曾经想到就忍不住流泪、被形容为“雪一样的普米族人”，正在迎接崭新的小康生活。他说，不论是个人的成长经历，还是在整个民族的发展历程中，都始终能感受到党和国家的关爱。因此，在创作时，自己的爱国之情总是自然地流淌出来。

将家乡的变化“竖在别人的眼前”

“当我走上文学创作之路后，我就梦想着通过文学让世界知道这个民族，通过诗歌传递中国 56 个民族和睦团结、奋发向上的精神。”鲁若迪基表示。他在诗集《没有比泪水更干净的水》的自序里写道：“我的诗要证明的是，在这个伟大的国度，每个民族都拥有希望。我的诗就是这个民族希望的证明，我的诗就是这个民族希望的一部分。”

三十多年来，鲁若迪基的作品已经被译为英语、俄语、西班牙语等多种外文。如今，身兼中国少数民族作家学会第四届副会长，云南省作协副主席，丽江市文联党组书记、主席等职务的他，已经到访过美国、墨西哥、法国等国家。越来越多的人通过阅读他的诗歌，接近和了解他的民族和他所热爱的普米族文化。

2003 年，写下一首《小凉山很小》诗篇时，鲁若迪基还在丽江市宁蒗县担任财政局局长。作为国家扶贫开发重点县和云南省 27 个深度贫困县之一，宁蒗县曾经长期是丽江市脱贫攻坚的“主战场”。“当时，宁蒗县 24 万人里有 19 万人没有摆脱贫困，吃不饱穿不暖，贫困面很大。”鲁若迪基回忆。如今，宁蒗县脱贫摘帽的目标已经实现，包括傈僳族、普米族在内的 12 个民族彻底撕掉了千百年来绝对贫困的标签。

2017 年，在第六届墨西哥城国际诗歌节开幕式上，鲁若迪基用普米语和汉语分别朗诵了《小凉山很小》，让普米语第一次在大洋彼岸回响。他骄傲地告诉大家，自己来自中国一个仅有四万多人口的少数民族，如诗中所写，他要将自己的故事、家乡的变化“竖在别人的眼前”。

“作为人口较少民族的一员，能够见证伟大的变局、参与伟大的时代，并将自己亲身体会的中国故事传递到国外，我感到非常有力量。”鲁若迪基说，除了继续做好本职工作、培育青年作家之外，未来自己还计划尝试小说和其他形式的文学创作，更好地展现普米族的历史文化和家乡在新时代的发展风貌。

（原载《光明日报》，2021 年 5 月 31 日）

第二辑

诗空中闪烁一颗小凉山的明星

背靠凉山的普米族诗人鲁若迪基的诗歌创作

马绍玺

普米族青年诗人鲁若迪基是一位与著名的小凉山有着血缘关系的诗人。几年前他用诗歌的方式从故乡小凉山出发，一路走向了全国诗坛。现在他已经是中国少数民族诗坛的一位重要而且独具个性的诗人了。鲁若迪基的诗歌创作获得了第五届、第七届全国少数民族文学创作“骏马奖”，2004 年第三届“华语传媒文学大奖”年度诗人提名奖，首届《人民文学》“德意杯·青春中国”诗歌优秀作品奖等许多奖项。普米族世居于云南，属云南所特有的人口较少的少数民族，至今人口仅 3.36 万（据第五次人口普查）。“骏马奖”是该民族所获得的最高文学创作奖。当诗人把获奖的荣誉告诉母亲时，这个一直生活在泸沽湖边上的普通农家妇女却怎么也弄不明白获奖是什么意思，还说这是种粮食一类的事情，为什么要获奖呢？母亲一生唱过无数的山歌，却不知道儿子是一个诗人，而且是今日普米族中成就最高的诗人。在母亲的生活里，山歌是用心和用口唱的，就像种田种地一样，是一个人生活的一部分，它的存在及吟唱跟生存之外的东西无关。

第一部诗集《我曾属于原始的苍茫》[①]出版后的几年里，鲁若迪基的诗歌不断在《诗刊》《诗选刊》《星星》《民族文学》《作家》《上海文学》《芙蓉》等名刊上出现，并有作品入选《中国少数民族文学经典文库·诗歌卷》《1999 中国新诗年鉴》《2000 中国新诗年鉴》《中国诗歌精选》等多种权威版本，有的作品还被翻译成英文，在异

---

① 鲁若迪基．我曾属于原始的苍茫．北京：民族出版社，2000.

域文化的读者中被翻阅[①]。鲁若迪基又把这些创作收获告诉母亲，算是对母亲多年养育之恩的报答。母亲的答话像个智者的回答，说："这很好，好比我一年里种出了好粮食，背去卖了几袋，让别的人也尝尝。"听了母亲的话，鲁若迪基这个会说三种少数民族语言的诗人不说话了。在凉山一带，许多事物都以它们沉默的一面存在着。

母亲是诗歌的源泉之一

其实，母亲一直是鲁若迪基诗歌文本的重要源泉。在他的诗歌世界里，母亲既是给自己肉体生命的普通妇女，又是给自己"文化生命"的属于原始苍茫的凉山。作为女性的母亲扶养、关爱着诗人的生命；作为土地的母亲给了诗人属于自己的文化身份和创作资源。鲁若迪基诗歌的出发点就从这里开始。

在故乡
母亲的手
不畏荆棘
翻过山岭
遥遥地
向我伸来

——《山路》

恬静的山寨
母亲开始呼喊
晚归的孩子
那声音

① 鲁若迪基：《木耳》，原载《春城晚报·山茶文艺副刊》2001年2月9日。后被杨克主编的《2000年中国新诗年鉴》收入；2002年8月被澳大利亚《外国文学杂志》收入。见 Introduced and Translated by Ouyang Yu, In Your Face: Contemporary Chinese Poetry in English Translation, Otherland Literary Journal, No.8,2002, Melbourne, Australia.

在我眼里　渐渐长高
最终支撑起
那一黑色的天幕

——《爱》

多年以后，诗人发现，母爱并没有随时间的流逝而消逝；在荆棘丛生的故乡，越过重重生活的艰辛，母亲以及她生命深处所有的爱，用一条路的长度与宽度为我伸展着。无爱的生命是漆黑的。拥有爱的母亲懂得用自己的方式去灌溉生命。那农家山寨傍晚母亲呼唤晚归孩子回家的普通而熟悉的声音，在我的生命中成了母亲最爱的部分。这声音因为爱而有了生命，因为爱而在我的世界里成长着，它们驱除了我生命中所有的恐惧与黑暗，让我有了“家”，有了光明与坦荡，并因此得以“诗意地栖居”。

经幡阴影下
你佝偻的背
让我不忍卒读
那是梵文上的一个字吗
已是很深的夜了
你的目光还在深山中搜寻
你的声音
还不断颤悠悠地划过山寨的梦
让病床上的儿子
忍不住留下一脸的泪
哦，母亲　只因山里多了些规矩
你才多了些牵挂多了些皱纹　多了些白发

——《唤魂》

生活的艰难意味着爱的艰辛，母亲不仅是生命的诞生者，更是生命的关爱者、操劳者、呵护者。《唤魂》抒写了母爱的艰难、执着和伟大，以及母爱对我生命的洗涤。也许，再也没有什么比唤魂更能体现母爱的焦急与执着了。在云南的山间河谷、房前屋后、白天黑夜，我常常听见这种面对生命时近乎哀求的、浸满了泪水的、发自母爱深处的声音。《唤魂》短短几行，写尽了当爱受到挫折时，母爱自身所显出的执着、无私与伟大。

小凉山是诗人的“文化母亲”，给了他文化身份

小凉山是隐现在鲁若迪基诗歌深处的文化母亲，正是这块世代生活着自己民族的原始苍茫之地，赋予了他属于自己的文化身份，让他在当下漂泊的文化河流中找到了属于自己的文化之根。

赤脚从远古走来
蹒跚在崎岖的山道
裹件破毡
怎敌他八面风来急
索性背靠大凉山打个盹
寒战的几千年就过去了
睁开眼　世纪的冰凌已经解冻
我曾属于原始的苍茫
属于艰难的岁月
如今，我站在脚手架
把祖先的梦想
一一砌进现实

——《我曾属于原始的苍茫》

诗的前半部分诗人既叙写了自己民族从远古到今天的历史，这历史似乎一直在沉默中进行——“原始的苍茫”是它的对应意象，几千年仅似一个寒战的瞬间；又写出了自己以及自己民族“背靠大凉山”的文化之根。已经睁开了眼的诗人十分明白，自己的责任就

是要写出这片土地过去与现在的现实与梦想。这似乎是诗人鲁若迪基写作的宗旨。

我以树的名义
生长在滇西北高原
相信这片土地
能收获语言——我扎下深根
相信这片星空
能孕育美的意境——我伸长力量的手臂
…………
我以树的名义　把最初的崇拜交给秋风
等待痛苦　等待一次圣洁的洗礼

——《以树的名义》

这些漂亮的诗句写出了诗人的文化选择：鲁若迪基这棵诗歌之树是扎根于自己脚下的泥土的，他的诗歌资源就来自他的母族，来自太阳与星空照耀下的滇西北高原，来自属于茫茫凉山的独特时间和空间，以及包容于这时空中的一切。这种文化选择使得鲁若迪基的创作与凉山这块深厚的土地保持了一种亲缘关系，与这土地上顽强、鲜活的生存状态获得了血肉之联。

我们还必须注意到，在鲁若迪基的诗歌世界里，给他生命与母爱的母亲与给他们文化身份的母亲凉山又是彼此重合的，他最好的诗歌就是这两个“母亲”合力的结果：

小凉山很小
只有我的眼睛那么大
我闭上眼
它就天黑了

小凉山很小

只有我的声音那么大
刚好可以翻过山
应答母亲的呼唤

小凉山很小
只有针眼那么大
我的诗常常穿过它
缝补一件件母亲的衣裳

小凉山很小
只有我的拇指那么大
在外的时候
我总是把它竖在别人的眼前

——《小凉山很小》

这是一首充满文化自传色彩的诗歌。在诗歌里，诗人自豪地宣称：虽然小凉山很小，但小凉山就是我的文化母亲，我的文化身份就是小凉山给予的；我并不因为小凉山的小、贫穷、边远而害羞，相反我因为它的文化而自豪，因为它独特的文化给养而“总是把它竖在别人的眼前”。由于母亲与小凉山之间的同构关系，因此诗歌中那些在字面上献给母亲的情感更加深了诗人与小凉山之间的“血肉之情”。

真正属于民间的诗歌品质

由于诗人的文化之根深扎于小凉山腹地，并不断地从那里获得属于那片土地的文化滋养，因此，鲁若迪基的诗歌创作具有民族与地域的意义。

太阳要落山了

山寨的门都打开了
通向寨子的路　像一只手
迎接着晚归的牛羊
放学的孩子
和劳作归来的人们……
山寨就这样收留着属于自己的一切
只有猎人还没有踪影
一个孩子还坐在坡上
望着要落山的太阳
当太阳最后调皮地抹了一把山头
溜下山去
黑夜张开口要吞没他的一刹那
他听到了母亲的呼唤
那呼唤惊得黑夜
久久没有合上嘴
这时候　只有太阳不知到哪里去了
它被谁收留了呢

——《望着太阳落山》

这是一幅山寨落日图。诗人关注的不是落日之美景，更不是要像传统美学那样去“品味”这一切。他所关注的，是山里人每日几乎相同的日落时分的生活，以及蕴含于其中的那份不易觉察的，带有几分哀怨与失落的情感。这类对山村生活“原生态”书写的诗歌在鲁若迪基的诗里有相当多的数量。但是，我们并不因此而判断他的民族地域特色。因为鲁若迪基不是那种“将民族文化的一部分随便阉割下来保存和发展”[①]的诗人。他的诗歌不是对本土文化加以包装后的贩卖，也不屑于为满足强势文化的好奇心而有意在文本中创造出一个符合别人审美需求的文化“他者”形象，从而让自己获得

① 余华．文学与民族．作家杂志，2000（08）．

关注与成功。

像前面所引诗句一样，鲁若迪基的民族地域特征真正体现在他诗歌简单、率直的语言表现力与叙事方式上。我相信，这种品质的获得与凉山腹地少数民族的生活方式与思维习惯有关（不带贬义），与诗人从小就熟唱的几百首民歌的表现艺术有关。它们使鲁若迪基具有了一种当前大多数诗人都已丧失的、真正属于民间的创作品质：用最直接的方式进入事物的核心，以最易感悟的艺术手法表现诗意。鲁若迪基最好的诗歌都体现了这种简单、率直的风格。

云南人太神奇了
每天都让很多的云
擦拭着自己的天空
擦得那么干净
蓝得没话可说
干净的云南的天空
擦拭它的云
也不染一丝灰尘
那样洁白
白得让人想起稿纸
忍不住想在上面作首诗

——《云南的天空》

北京北海公园
一根铁杆上
那么黑黑的一点
飞起来的时候
我才知道
那是一只乌鸦
乌鸦在乡下
是很普通的一种鸟

为什么北海公园会有这样的鸟呢
乌鸦飞起来
乌鸦不停地扇动翅膀飞起来
为什么北海公园
就不能有这样的鸟呢
我说的这只乌鸦
不是在小学课本里
喝水的那只
它还没那么聪明
不知受谁的指使
它飞来　栖在一棵松树上
告诉我　一个亲戚不在了
我用弹弓射了颗石子
它飞起来　栖在另一棵树上
告诉我　真的一个亲戚不在了
回家后　一个亲戚真的不在了
我想起那只乌鸦
那只不停地告诉我坏消息的乌鸦
心想那真是只好乌鸦
或许，在这个世上
乌鸦是唯一没有学会谎言的鸟

——《我曾见过的乌鸦》

就我的诗歌素养来说，它们是我近几年来所读到的最好的诗之一。我就是因这两首被《诗选刊》选编的诗而注意鲁若迪基的，那时我还不知他是何许人。但是我深深记住了它们带给我的心灵的颤抖：在人们越来越把诗歌创作专业化、复杂化的今天，仍然还有人用这种简单的方式写着好诗，这些诗所透露出的诗意和美感以及它的言说方式，正是当下许多作家们丢失了的文学精神本源。

鲁若迪基的这类作品在意象的营构方面几乎谈不上“诗意”，

更没有一股我们所熟悉的情感之流——通常是那种矫揉造作或故弄玄虚式的——将其裹挟。从表面看，它甚至太随意太松散，造句与叙事的方式更是太散文化。然而，凭着诗人的能力，一切都在有层次地展开着，那些通过“有意味的形式”而涌现的诗意，就像山间冬日里暖暖的阳光，不但抵达我们的肌肤，而且沁入我们的心房，像温暖的血液浇灌着我们毫无诗意的生命，整个作品世界显得新鲜、单纯，闪烁着一种透明的气质。当然，这些诗意有时是以一种寒冷和痛苦的方式抵达我们心灵的，但是，在艺术的领域，寒冷和痛苦也是一种抚慰，也是我们麻木的精神世界所需要的。我以为，这种天真的诗歌气质应该是鲁若迪基从自己的民族地域文化中继承的最好的美德。面对今日诗坛，我们甚至可以把这种诗歌美德视为“边缘”对“中心”的一种颠覆。这也恰是少数民族诗歌在今日诗坛上的文本意义之一。

返回了文化故乡的诗歌

这里，鲁若迪基再次让我们面对一个关涉创作与理论的永恒问题：在何种意义上民族作家的作品才是具有民族性的？今天，在这个全球化的时代里，世界的结构已经不再是简单的单元式存在，民族间世界范围内的相互依赖和人们的全球性意识正在形成。因而，今日少数民族作家、诗人的真实文化背景已经较过去开阔广泛得多，而不再可能仅仅是自我民族的。在这样一个全球化的文化背景里，外在物质文化的趋同已经不可避免，因而，民族性与民族意识的内涵已经不可能只是一些民族的外部显在特征了，它的中心内容应该主要显现在民族文化的精神价值与审美文化领域。对这一问题的理性思考有利于创作的深化与理论的建构。可喜的是，当前的少数民族文学界已经有许多优秀者在这方面显出了自己的深刻思考与有益实践。他们不再仅仅关注民族特色的外部特征，更走出了早期那种为赢得异域文化猎奇的眼光而进行民族风情甚至民族陋习展览的心理，而把自己的文化思考深入自己的民族文化根系中。

这些番茄　面包
这些奶酪　热狗
这些黄油　咖啡
这些牛奶……
都是机器的产物
只要付了钱
你不用去思考什么
就可尽情享用
然而　小凉山上
我面对洋芋
就无法回避洋芋后面的
那片土地　那片土地上的耕牛
耕牛后面挥汗如雨的　农人……
无法轻松地把它吃下去

——《餐桌上的粮食》

这是一首从知识的海洋返回脚下的土地的诗歌，是一首从遥远的文化想象返回脚下的文化故乡的诗歌；诗中诗意的营构策略本身就在轻与重的对比中鲜明地突出了对故乡凉山生存方式及其文化精髓的尊重；诗歌的“叙述方式”更是简单、直接。在大多数诗人已经习惯于复杂的思考，把诗歌中的基本情感说得越来越玄学的时代里，鲁若迪基却在那些最简单却又从未有人发言的地方，“用聪明人最始料不及的简单破解了一切复杂的机关”[①]。这应该就是越来越被当代诗坛遗忘了的民间文化的精华及其对鲁若迪基的影响的表现。鲁若迪基的另一首“用那么几行诗就把一个年代否定”[②]了的取名为《1958 年》的诗，在风格与特征上与《餐桌上的粮食》是一致的，

① 阿来．文学表达的民间资源．民族文学研究，2000（03）．

② 鲁若迪基．关于《1958 年》及其他．边疆文学，2005（11）．

它们都“在有限的文字里给人以无限的震撼”[1]：

1958 年　一个美丽的女人
躺在我父亲身边
然而，这个健壮如牛的男人
却因饥饿　无力看她一眼……
多年后　他对伙伴讲起这件事
还耿耿于怀
说那真是个狗日的年代
不用计划生育

——《1958 年》

诗歌表面的简单与浅显并没有淹没鲁若迪基诗歌内在的美。现实生活的切身感受与诗人的天赋让鲁若迪基随着创作的进行而不断深入自己的民族文化根系。在他写泸沽湖畔带有风情性质的诗篇中，呈现给我们的绝不是展览，而是对一份独属于这片土地的独特文化的强调。他多次写到被游人视为天堂的泸沽湖以及湖上那让人浮想联翩的猪槽船：

这里　你没有级别
无论你是乘坐凯迪拉克
还是骑毛驴
你只是作为一个人
走在湖边
与那些数念着佛珠的老人擦肩而过
如果你想领略它的万种风情
你要学会骑马
学会砍柴种地
学会捕鱼打猎

① 鲁若迪基．关于《1958 年》及其他．边疆文学，2005（11）．

学会唱歌跳舞
学会喝苏里玛酒吃猪膘肉
学会走夜路哼无字的歌
学会盘腿坐在火塘边取暖
学会在烟熏中闭上眼睛吃糌粑
这里不是天堂
天堂永远在我们头顶之上……
不要用奇异的眼光去探寻……
只有这样　你才能踏上花楼
才能抠一下你爱上的女人的手心
不要忘了闭上你的臭嘴
用眼睛去说话　用心去敲心的门

——《泸沽湖》

在这首较长的诗里，鲁若迪基没有简单地去描写湖上的风光与奇异的民情——这往往是这类作品较容易出现的常态，而是写出了深藏于物质背后的无处不在的民族文化，写出了事物因文化而有价值的哲理。他告诉游人，泸沽湖就是一个文化的湖，它的存在因文化而得到彰显，因文化而显出独特。真实的泸沽湖与你的想象无关，更不是你臆造的那个人间天堂。如果你想走进这湖，走进湖畔的女儿国，那么请放下你的身份，放下你的文化，在湖边做这片土地的儿女吧。只有这样，在你面前呈现出来的才是一个真实的泸沽湖，而非概念化了的泸沽湖[①]。

---

① 藏族著名作家阿来在《西藏是一个形容词》（见《阿来文集·诗文卷》，人民文学出版社，2001 年 8 月版，第 141 页— 183 页）一文中强调，在绝大多数人那里西藏只是一个与“遥远、蛮荒和神秘”相关的形容词，“而不是一个应该有着实实在在内容的名词”。阿来说：“当你带着一种颇有优越感的目光四处打量时，是绝对无法走进西藏的。”在这一点上，普米族诗人鲁若迪基在《泸沽湖》一类的诗歌中所言说的，正与阿来的言说同质。阿来说的是一种普遍现象，在游人的眼里，泸沽湖也是一个形容词，而不是一个有着实实在在的属于自己内容的名词。

鲁若迪基的诗歌在对民间文化资源的吸取与利用方面所做的有益尝试值得我们对他以及他的作品进行关注，并长久地期待。而且，民族文学研究领域不应该忽略和忘记民间资源在当代少数民族文学中的存在状态。著名藏族作家阿来在《文学表达的民间资源》一文中强调了自己创作中常被忽略了的民间资源的影响，他感叹说，“一个令人遗憾的情况是，一方面西藏的自然界和藏文化被视为世界性的话题，但在具体的研究中，真正的民族民间文化却很难进入批评界的视野”“这种不公平正是对民间文化的不公平”。① 作家阿来和诗人鲁若迪基都以作家与诗人的气质与敏感提出了一个被理论界长期忽视了的课题，如果不对这一问题足够重视并付之艰辛的行动，那么理论对少数民族文学创作的阐释就总是缺失的，而且是不完整的。

（原载《民族文学研究》，2004 年第 3 期）

---

① 阿来．文学表达的民间资源．民族文学研究，2001（03）．

诗空中闪烁着一颗小凉山的明星

张永权

今年3月底，在云南省第六次作家代表大会上，出生在宁蒗县小凉山上的普米族青年诗人鲁若迪基，被与会代表选为省作家协会副主席。消息传到小凉山，从山城的文学“沙龙”到小凉山普米族的木楞房，从酒吧间的文学青年到火塘边的父老乡亲，他们都情不自禁地为鲁若迪基举起了祝贺的酒杯，也通过卫星电波，把这一喜讯传送到更多的普米族人中。

他们说：鲁若的当选，是普米族的光荣，是小凉山的光荣。

因为他们想起了解放前那个走进小凉山的俄国人顾彼德的话。当时，那个高鼻子大胡子俄国人也真能吃苦，泸沽湖畔的摩梭人家、小凉山上彝族、普米族人的火塘，都曾留下了他采风的足迹。但这些民族一旦进入他的文字，走进他那本《被遗忘的王国》，却显出了所谓优等民族的傲慢，把包括普米族在内的几个少数民族，说成是“没有希望的民族”。这武断的结论，引起了小凉山上许多人的愤怒。鲁若除了愤慨外，还多了一些沉思。顾彼得为什么会那样说？封闭的高山峡谷，不能阻挡思想的飞翔，像小凉山上的苍鹰一样，飞得高，就能看得远，就能飞到另一种天地。鲁若想，除了奋发图强，做出一番事业来，别无他路。一定要让事实来证明，那个俄国人的话是一派胡言！鲁若出生在小凉山上一个叫果流的小山村，父母都是目不识丁的老实农民。刻苦勤劳聪慧的小鲁若，让他们看到了小凉山上的鹰的形象。火塘不是儿子的天地，他应该飞出去，飞得更高、更远。于是，他们从鸡蛋、洋芋中抠出钱来，让鲁若读书，小学、初中、高中，鲁若从书中走进了文学。文学，特别是诗歌，成了他追求的目标。他开始学习写诗，就把目标定得很高，他非常崇拜鲁迅、郭沫若、马雅可夫斯基这些中外文学大师，他第一次向外写稿，便从这些文学大师的名字中，各取一个字，作为他的笔名，于是后来便有了一个叫鲁若迪基的诗人。

今天，鲁若当选为省作协副主席，不仅是对他的文学事业的成就的肯定，也是小凉山上不到四万多人口的普米族人的光荣和骄傲。这也再一次证明，那个顾彼德的话，完全是一派瞎扯！普米族人怎能不兴奋，怎能不奔走相告？

事实让我们看到，鲁若是从小凉山上升起的一颗明星，在云南高原，甚至在中国诗坛，作为诗人，他都是名副其实的。

他的诗，以特有的诗质，闪烁在诗空中，引起了诗坛甚至文坛的关注。

让我们来看看这些事实吧：

20 世纪 80 年代末期，他的诗《面对山》获《云南日报》“南国云诗歌大奖赛”二等奖；1998 年，他因诗歌创作上的成就，获云南省边疆文学奖与少数民族文学新人奖；2000 年他发在《边疆文学》的组诗《不一样的天空》，获第五届边疆文学奖 · 作品奖；2005 年，他的诗获云南日报文学奖二等奖。

20 世纪 90 年代中期，他发在《边疆文学》上的《金沙江》（外三首），荣获第五届全国少数民族文学创作“骏马奖”；2002 年，诗集《我曾属于原始的苍茫》荣获第七届全国少数民族文学创作“骏马奖”。不久后，《一群羊从县城走过》获《人民文学》首届“青春中国”优秀诗歌奖。之后，他加入中国作家协会。

2005 年初，他又获得由《新京报》和《南方都市报》共同主办的第三届华语文学传媒大奖“年度诗人”提名奖。这是在全国很有影响的一个文学传媒大奖。在云南获此殊荣的，过去仅有于坚一人。对鲁若入围提名奖，推荐评委和评委会秘书长、著名评论家谢有顺都对鲁若的诗有相当深刻的好评。他们认为这位泸沽湖畔的年轻诗人的作品，读了“叫人眼前为之一亮。他在背靠‘神山’和怀抱‘村庄’中注入朴素而澄澈的情绪，自由地律动出对大地、对生活、对自然的特殊理解，分外动情”。他们还引用诗人于坚的话说：“鲁若迪基的诗立足于土地和故乡，带有朴素而持久的动人魅力。”又说他的诗“有着大地般的简明和清晰……有一种当代诗人笔下不多见的喜悦之情”。

这之前，鲁若的诗，因其特有的魅力，在全国各大刊物亮相，并纷纷被各选刊转载。《作家》《上海文学》这些发诗不多的综合性文学刊物，都以《鲁若迪基诗歌》《鲁若迪基的诗》为题，发表了他的组诗。在全国颇有影响的大型文学刊物《芙蓉》又以《鲁若迪基的诗》为题，一次发表了他 10 多首诗，并用整整一版刊登了他身着普米族民族盛装的大幅照片。2004 年 6 期的《大家》，也同样以《鲁若迪基的诗》为标题，再次推出他的又一组力作，并被中国作家协会主办的《文艺报》评为优秀作品排行榜的榜首。他的不少作品还入选《中国诗歌年鉴》和由中国作协选编的《中国诗歌精选》等全国性选集。《诗刊》《诗选刊》不断转载他的作品。他发表在《边疆文学》“力作”栏目中的《云南的天空》，就同时被《诗刊》的刊中刊《中国新诗选刊》和《诗选刊》转载。诗人写道：“云南人太神奇了 / 每天都让很多云 / 擦拭着自己的天空。”他的另一首诗《泸沽湖很大》也同时被多家刊物转载，那种想象和意象，完全显示了鲁若诗歌的个性色彩：“泸沽湖很大 / 太阳落进去 / 只有镜子那么大 / 月亮落进去 / 只有月饼那么大 / 星星落进去 / 只有眼睛那么大……”这是一位对故乡有着赤子般痴情的诗人，对故乡、土地和自然的特殊的抒写方式，我们从中读到了诗人那纯净如雪的真爱真情。

爱，是鲁若诗歌表现最多的题材。在他那里，既有少数民族情爱的袒露，也有人与人之间、人与自然之间关爱的抒写。情爱，他写得天真、浪漫、火热、单纯，而有哲理，“并非所有的爱 / 都适合你 / 就像雪 / 它吻过的一些花死了 / 只有梅 / 吐艳”（《别样的爱》）。读这样的爱情诗，也是在读人生的哲理诗。对摩梭人神奇的爱情生活，鲁若摒弃了对风情的展览和猎奇，而是通过他那颗诗人之心去感悟、去发现，用诗的细节去窥探一个民族特殊的爱情生活。

情人之间“目光相遇的瞬间”，是微妙的，也是令人动心而美好的。在这样的瞬间，“我们的秘密 / 只有天空知道 / 他窃笑了一下 / 却笑落了无数颗明亮的星星”。这种“天人合一”“物我相融”的诗境，是诗人把“有我之境”和“无我之间”统一起来后创造出的一种明澄而又含蓄的境界。鲁若的情爱诗令人难忘，但他对故土、大自然的爱，则以一种大爱博爱之情，更叫人感佩。《雪地诗篇》也是以他普米族诗人特有的抒情方式，抒发了他对故乡、大自然刻骨铭心的情怀。在他的诗中，小凉山的雪地太洁白了，洁白得“不是谁可以落下黑字”的。而作为诗人的鲁若，却用“仰天而诵 / 让语言融进雪花”，写成了一篇没有任何污染的“雪地诗篇”。对大自然的一片痴爱诗情，自然也得到了大地的回报：雪后的一片青绿，那是野火也烧不尽的小草，也是一片生命勃发的雪地诗篇。这样极富个性的诗，是诗人在小凉山、金沙江、泸沽湖感悟生命流程后，从他骨子里、灵魂中升华出来的真诗、好诗。《雪地上的鸟》和《雪地诗篇》可谓姊妹篇。在大雪纷飞的寒冬，鸟儿们“蜷缩成一小团 / 偶尔望望灰蒙蒙的天 / 它们的眼里 / 世界是那么小啊 / 小得没有躲藏的地方”。而在这时，那些拿弹弓的孩子，却悄悄地向它们靠近。诗人对小鸟的关爱和悲悯之情，扣动着我们的心弦，我无法不与作者共鸣，我的心似乎也在灼痛。

鲁若迪基诗歌中的爱，是非常丰富的。近年来，诗人把他关注的目光转向边远山区的弱势人群，其诗风也由过去那种单纯清新的如诗如画的抒写，转向沉郁凝重。《光棍村》是这方面的代表作。因为缺水，连饭都吃不饱的山乡农村，妇女都外出打工了，便成了闻名的光棍村。后来县长拍板解决了饮水问题，温饱也有了，但“那些外出打工的妇女 / 还是没有回来 / 听说有几个在春节回了趟家 / 又把在家里的山妹带走了”。诗人的思考，已经从物质上的扶贫，转向了对精神上的关注。这样的作品还有《望江一枝花》《异乡》等。

鲁若在文学之路上探索前进，散文写得很有个性。《达赖喇嘛六世的情怀》获云南省报纸副刊作品一等奖，并被《散文选刊》转载。一些诗歌新作不仅在表现形式上传承着他一贯简洁、明澄、朴素的诗风，而且思想内蕴也更深刻了。《1958年》《洋芋的故事》，表面的澄澈里蕴含着深邃的思想。“1958年/一个美丽的女人/躺在我父亲身边/然而，这个健壮如牛的男人/却因饥饿/无力看她一眼……”特殊年代的特殊细节，写出了特殊的不幸。简洁的诗行却叫我们想起许多、思考许多。《洋芋的故事》中诗人用喜剧似的幽默，写出了那称之为“鲁若洋芋”的传奇故事。我曾经爬上小凉山万格梁子下的一个叫菜子沟的彝族村庄，那里过去连洋芋都吃不饱的山民们，因种上了“鲁若洋芋”，不仅温饱了，还盖了新房，买了彩电，种“鲁若洋芋”的彝族人，也是腰挂手机，不时和四川、内蒙古的洋芋老板热线联系，“鲁若洋芋”走出了小凉山。小凉山的彝族人、普米族人也开始“小康”了，和城里相比，也在一步一步走向“和谐”。其中的故事，就是讲鲁若不仅是一位有爱心的诗人，也是一位有党性的共产党员。他在单位成立了脱青洋芋科学试验站，他和试验站的科研人员一起，把这种“鲁若洋芋”推广到全县。在小凉山上，我亲历了鲁若带着试验站的科研工作者，攀登在万格梁子山上的情景，他们被紫色的、白色的洋芋花簇拥着，就像攀登在五彩缤纷的天路上。小凉山人说：这是一条给彝族同胞带来富裕的天路。过去亩产两三百斤洋芋的小凉山，因种上“鲁若洋芋”，亩产都在千斤以上。鲁若的母亲还把这种洋芋当成“神”一样供着。

于是，鲁若迪基这位普米族诗人，被评为全县人民满意的公务员。这时，我想起他新写的一首《小凉山很小》的诗：“小凉山很小/只有针眼那么大/油灯下/我的诗常常穿过它/缝补一件件母亲的衣裳”诗中的母亲，就是诗人大爱中的父老乡亲。诗人和土地、人民的血肉关系，诗人胸中小凉山的未来，使他的诗，具有一种迷人的精神品格。

鲁若成为一名普米族的诗人，成为从小凉山升起的一颗诗星，并非一蹴而就，他甚至经历过许多痛苦和失败，但他从小就有一种鹰击长空的勇气。他的同事李文华曾经说起，鲁若刚到单位工作时，正是谈情说爱的年龄，但他从不外出，下班后总是把门紧关着，不知这个小伙子在搞啥名堂。后来见他的诗不断发表，李文华才知道他是在房里写诗、改诗、读书。

除了他的刻苦、追求及永不言败的精神外，鲁若的成功，也包括从他小学、中学的老师到许多文艺报刊编辑所付出的心血。他上楚雄粮食学校时，语文老师易如文上作文课，鲁若都要交一大堆习作。对此，易老师非但没有责备，反而鼓励他，在他的作文上批道："中专改语文，众云非正门；难得君有意，不负有心人。"他的诗寄给《玉龙山》杂志，是史义发现了他的诗才，便发表了他的处女作。他的《面对山》寄给《云南日报》参加"南国云"诗歌大奖赛，李开义发现了他的灵气，面对山，一个普米族少年居然会写出"李白三千丈白发孙髯翁长联 / 从悬崖上挂下来 / 古朴的山歌……"李开义编发了这首诗，还评为征文二等奖。20 世纪 80 年代末，他把《以树的名义》等诗寄给《边疆文学》。当时，他不认识《边疆文学》任何一位编辑，对此不抱任何希望。我在翻越如山一样高的作品时，鲁若迪基的名字和《以树的名义》的诗行吸引了我："我以树的名义 / 生长在滇西北高原 / 相信这片土地 / 能收获语言 /——我扎下深根"从不长的诗行中，我仿佛看到了小凉山的那方"星空"，有一颗诗星正在升起，便很快编发在 1990 年的《大西南文学》第一期上，这是他最早发在省级文学刊物上的诗。以后又编发了他的《金沙江（外三首）》。不久，举行全国少数民族文学创作"骏马奖"的评选，我又把《金沙江》剪下来交给省作协初评。省作协上报北京后，喜讯传到了小凉山，《金沙江》荣获第五届全国少数民族文学创作"骏马奖"，这是鲁若第一次登上全国的领奖台。

鲁若成功后，总是"以树的名义"，没有忘记土地的恩情。他对我说起他中小学的老师时，眼中闪着感激的泪花。他说："我还要特别感谢两个人，一个是我当时的领导胡全，一个是我妻子周文英的大力支持。"

初到工作单位，工作干完后，鲁若在办公室也会看书、写诗。这时，一些人有意见了。但胡全却说："小伙子工作是卖力的。做完了工作，读点书，写点文章，总比那些一杯茶一张报放在桌前吹牛的人好。"但在私下，胡全又对鲁若语重心长地说："小伙子，你写诗，我支持。

但我们这里不比大城市，在办公室还是要注意一些影响。写诗，只能是业余的。”鲁若记住了胡局长的话，工作很出色，诗也越写越好，入了党，走上了领导岗位。

前年冬天，我去小凉山采风，鲁若设家宴招待我。他妻子亲自下厨，忙了半天，弄了一大桌小凉山的特色菜。我向他妻子敬酒，感谢她对鲁若的全力支持，感谢她对我们文学事业的支持。小周是摩梭人，眼里荡着泸沽湖的清波，也荡着摩梭女人的热情。她是银行职工，工作出色，家务做得井井有条，特别是小女儿患脑瘫，她的难处可想而知。但她却笑着说："摩梭女要撑起一个家庭的整片天，一切都习惯了。”鲁若听了这句话，眼里潮湿了，他以诗人和丈夫的真情，举起酒杯，向这个诗人家庭的“女神”，敬上了最真诚的一杯酒。

鲁若在诗路上一步一个脚印地攀登着，一个和谐的环境，又促使了他的成功。

2006 年 4 月，在他当选为省作协副主席后，又在全省“文艺界四个一批”人才表彰大会上，登上“新人奖”的光荣榜。

这样，鲁若迪基就成了小凉山上这个四万多人口的普米族的第一个中国作家协会会员，第一个云南省作家协会副主席，第一个受到云南省文艺界“四个一批”人才表彰的普米族青年诗人。这三个“第一”也是从小凉山走出的普米族青年诗人对他的故乡——宁蒗彝族自治县成立 50 周年献上的一份特殊礼物。

如今，已经乘上“骏马”飞奔的鲁若迪基说：“下一个目标，是鲁迅文学奖。”有他的刻苦努力和不懈追求，我们相信他，一定会快马加鞭，登上鲁迅文学奖的领奖台。我们衷心地祝福他，期待着他下一个目标的实现。

（原载《边疆文学》，2006 年第 9 期）

想念一种有感而发的诗歌

谢有顺

有一次和李少君交谈，我们都觉得，这些年的文学领域中最热闹的是小说，成就最大的恐怕当数诗歌。很多诗人，穷多年心力，还在探索如何更好地用语言解析生命，用灵魂感知灵魂，这多么难得。当多数小说日益简化成欲望叙事，日益臣服于一个好看的故事这个写作律令，不少诗歌却仍保持着尖锐的发现，并忠直地发表着对当下生活的看法。许多新的话题，都发端于诗歌界；许多写作禁区，都被诗人们所冒犯。诗人是受消费文化影响最小的一群人，风起云涌的文化热点、出版喧嚣，均和真正的诗人关系不大，他们是社会这个巨大的胃囊所无法消化的部分，如同一根精神的刺，又如一把能防止腐败的盐，一直在时代的内部坚定地存在着。优秀的诗人，总是以语言的探索，对抗审美的加速度；以写作的耐心，使生活中慢的品质不致失传。

正是因为存在这些“孤独的个人”，我对诗歌一直怀着一份崇高的敬意。

我总觉得，有一个人就有一种文学，有多少个人就有多少种文学。写作到一定的时候，技艺层面已经区别不大了，彼此之间比的就是胸襟和气度。很多作家在文字、叙事、谋篇布局上都流畅得不得了，可他就是写不出好作品，究其原因，还是作者这个人太小、太窄，境界上不去，视野打不开。李后主、曹雪芹他们是在用命写作的，鲁迅也是把自己写死了，这种生命投入，代价是很大的。今天很多作家把写作变成了谋利、谋生、得名的工具，笔虽然还在写，心里对写作却是轻贱的，这样的人，怎么能够写出大作品？这就好比《红楼梦》中，史湘云、林黛玉她们，可以写出感伤的诗句，王熙凤就写不出来，这不仅是说王熙凤的文化水平不行，更是指她这个人的旨趣和胸襟有限。我记得《红楼梦》第七十八回，史湘云和林黛玉有一次在水边联句，联到后面，史湘云看到有一只白鹤从水面飞起来，顺口就说出“寒塘渡鹤影”，林黛玉想了一会儿，对出了“冷月葬花魂”的千古绝唱（当然也有很多抄本用的是“冷月葬诗魂”，究竟那个字是“花”还是“诗”，两种意见都有人坚持，我这里姑且用“花”）。这是晚上，你想想，在那样的环境、那样的心境里，两个女子，一个史湘云，一个林黛玉，对出了这么一个绝对，那个时候，她们一定共同想到了自己那飘零的身世、凄苦的家庭。这两句诗，王熙凤或者薛宝钗能对得出来吗？不可能。她们没有这种身世飘零的体验，对“冷”字也绝不会有林黛玉的体会那么深。王熙凤最多来一句“一夜北风紧”，她的文化和心灵都只达到这个水平；薛宝钗在那样的环境里长大，也对不出“冷月葬花魂”的句子来。这两句诗只能出在寄人篱下、身世悲凉的史湘云和林黛玉身上，别人是做不出也想不到的。

说到诗与人的关系，王维是一个很好的例子。我们都很熟悉他的“空山新雨后，天气晚来秋。明月松间照，清泉石上流”。雨、天气、明月、松、清泉、石，写的都是物，看起来没有写人，妙就妙在王维以“空”字开头，从而使得他笔下的物字字入禅，字字都带着禅味，写出了一种“身世两忘，万念皆寂”的心绪。“明月松间照，清泉石上流”，在我看来，这是中国诗歌中最美、最幽静的画面了，但到最后“王孙自可留”一句，我们发现，作者原来是有一种隐士的心态。王维的诗都有这个特点，比如《终南别业》中“行到水穷处，坐看云起时”，一个“穷”字，把一个人的心境完全写出来了。王维还有一首诗很有名，《秋夜独坐》：“独坐悲双鬓，空堂欲二更。雨中山果落，灯下草虫鸣。白发终难变，黄金不可成。欲知除老病，唯有学无生。”中间的这两句“雨中山果落，灯下草虫鸣”，我特别喜欢，有静也有动。雨、山果、灯、草虫是静物，但因着一个“落”字，一个“鸣”字，情景就动起来了，有一股大自然的气息扑面而来。

山果在雨中为何会落呢？一定是成熟了，或许就是秋天，它是被雨打下来的；草虫呢？在灯下鸣。这个情景里，必定有一个人，在安静的夜晚，在雨中，在灯下，在谛听窗外的山果落下来，在听草虫的鸣叫。他的心境如何呢？大概有一点感伤，或许还有点凄凉吧。作者没有直接写，但我们可以想象出来——这就是王维诗歌的高妙之处，“不著一字，尽得风流”。

有很多唐诗是传诵千古的，像“清明时节雨纷纷，路上行人欲断魂”，像“月落乌啼霜满天，江枫渔火对愁眠”，作者写到一种心境的时候，会用到“断魂”“愁眠”这样的字眼，《红楼梦》里的史湘云写《咏白海棠》，里面也有一句很好的诗：“花因喜洁难寻偶，人为悲秋易断魂。”她也用了“断魂”一词。但究竟为何事“断魂”，为何事“愁”得难以入眠，诗人没有说出来，读者可自己去想象，去填补。钱穆说：“这样子作诗，就是后来司空图《诗品》中所说的羚羊挂角。这是形容作诗如羚羊般把角挂在树上，而羚羊的身体则是凌空的，那诗中人也恰是如此凌空，无住、无着。断魂中，愁中，都有一个人，而这个人正如凌空不着地，有情却似还无情。”相比之下，王维的诗歌境界比这个还要高，他连“断魂”“愁”字都不用，但还是能够把人的心境写出来。

人的境界不同，写出的诗就不同。20世纪以来，诗歌发生了革命，用白话写了，但我觉得，有些诗歌的品质不仅没有更朴直，反而更难懂了。尤其是这二十几年来，中国诗歌界越来越倾向于写文化诗，写技巧诗，诗人的架子端得很足，写出来的诗呢，只供自己和少数几个朋友读。这是不正常的。中国是诗歌大国，诗歌情怀在很多人心里依然存在，现在何以大家都不想读诗了？时代语境的变化是一方面，另一方面，问题可能还是出在诗人自己身上。我有很多诗人朋友，我和他们的交流也不少，坦率地讲，他们的诗歌会走到今天这个境地，有一个很大的原因，就是他们把诗歌都写成了纸上的诗歌，这样的诗歌，只在书斋里写，和生活的现场、诗人的人生，没有多大的关系。诗歌一旦成了“纸上的诗歌”，即便技艺再优美，词句再精炼，如果情怀是空洞的，心灵是缺席的，它也不过是文字游戏罢了，意义不大。

中国的唐朝，诗歌盛极一时，诗人遍地，但那个时候的诗人，他们的生活和诗歌是结合在一起的。他们在诗歌里所要实现的人生，和他们的现实人生是有关系的。也就是说，他们的诗歌，绝不仅仅写在纸上，相反，最好的诗歌，都是他们在生活现场中写出来的。比如李白那首著名的《赠汪伦》，就是汪伦来送李白，要李白留一首诗给他，李白就即兴用汪伦递过来的纸和笔写上："李白乘舟将欲行，忽闻岸上踏歌声。桃花潭水深千尺，不及汪伦送我情。"据说，汪伦的后人到宋代还保留着李白写的这首诗的原稿。李白当时是有感而发，而有感而发正是诗歌写作最重要的精神命脉。唐诗三百首里被传唱的那些诗歌，基本上都是在生活现场里写出来的。比如，陈子昂的《登幽州台歌》，是他登了那个幽州台，才发出"前不见古人，后不见来者。念天地之悠悠，独怆然而涕下"的感慨的。因为有了那个实实在在的"登"，诗歌才应运而生。他是登了幽州台才写诗的，并非为了写诗才登幽州台。古代的很多诗，都是这样"登"出来的。杜甫写过《登高》，"无边落木萧萧下，不尽长江滚滚来"，他还写过《登楼》，"花近高楼伤客心，万方多难此登临"，他还有一首《登岳阳楼》，"亲朋无一字，老病有孤舟"。这些，都和杜甫的生活现场有关。李白有一次登黄鹤楼，本来想写一首诗，结果呢，"眼前有景道不得，崔颢题诗在上头"，多么真实。还有李白那首著名的"故人西辞黄鹤楼，烟花三月下扬州。孤帆远影碧空尽，唯见长江天际流"，题目就叫《黄鹤楼送孟浩然之广陵》，是送行诗。而"弃我去者，昨日之日不可留；乱我心者，今日之日多烦忧"这样的名句，也是有一次李白在宣州谢朓楼设酒饯别朋友时写的。李白他们的诗几乎都不是在书斋里写的，他们一直在生活，在行走，同时也在写诗。他们的诗歌有生命力，是因为他们的诗歌从诞生之日开始，就一直活在生活中，从未死去。而今天一些诗人写的诗歌，还没有传播，就已经死了，因为这些诗歌从来就没在诗人的生活或内心里活过，死亡是它们必然的命运。

鲁若迪基的诗能引起我的注意，是因为他的诗是活在他的生活中的。很久没有读到这种语言有大地质感、精神面貌又朴素清新的诗歌了。他的诗歌，简明而直接，应该说，他自觉地接续上了一种有感而发的写作传统。这是他诗歌的生命所在。他写的多是短诗，诗虽短，但它所凝结的生命容量却一点不小，正如他的《小凉山很小》，写出的恰恰是一种故乡和内心的广大：

小凉山很小
只有我的眼睛那么大
我闭上眼
它就天黑了

小凉山很小
只有我的声音那么大
刚好可以翻过山
应答母亲的呼唤

小凉山很小
只有针眼那么大
我的诗常常穿过它
缝补一件件母亲的衣裳

小凉山很小
只有我的拇指那么大
在外的时候
我总是把它竖在别人的眼前

这是一个忠诚地面对自己脚下这块土地的诗人，他的诗歌视角，往往是有限的、具体的、窄小的，但经由这条细小的路径，所通达的却是一个开阔的人心世界。我很喜欢懂得在写作中限制自己，同时又不断地在写作中扩展自己人生宽度的作家。米沃什说：“我到过许多城市，许多国家，但没有养成世界主义的习惯，相反，我保持着一个小地方人的谨慎。”鲁若迪基长期居于云南边地的泸沽湖畔，典型的小地方人，不缺“小地方人的谨慎”，这使得他在大地、生活和人群面前,能够持守一种谦逊的话语风度,从而拒绝夸张和粉饰。他的眼中，泸沽湖、小凉山、日争寺、一个叫果流的村庄，都是具体的所指，他注视它们，和它们对话，感觉它们的存在，写出它们和自己生命相重叠的部分，如此平常，但又如此令人难以释怀。

天空太大了
我只选择头顶的一小片
河流太多了
我只选择故乡无名的那条
茫茫人海里
我只选择一个叫阿争伍斤的男人
做我的父亲
一个叫车而拉姆的女人
做我的母亲
无论走在哪里
我只背靠一座
叫斯布炯的神山
我怀里
只揣着一个叫果流的村庄

——《选择》

这样的诗歌，是小的，也是有根的，更是有精神来源地的。鲁若迪基是真正以小写大、以简单写复杂的优秀诗人。他从来不空洞地抒情，而是扎根于那些细微的感受，从感受出发，他的细小和简单，便获得了一种深切的力量。中国不缺复杂的诗，但缺简单、质朴、纤细的诗心，因为在复杂中，容易黏附上许多文化和知识的装饰，而简单、质朴和纤细里，所照见的就是诗人自己了。我曾读到过一个叫张冰儿的九岁白血病患者的诗，她在诗中说："妈妈，妈妈／你真不容易，我病了这么久／你仍然那么地爱我"——我为此深深地感动；我还读过德国集中营一个叫玛莎的小孩写的一首短诗："这些天里我一定要节省／我没有钱可节省／我一定要节省健康和力量，足够支持我很长时间／我一定要节省我的神经和我的思想和我的心灵／和我精神的火／我一定要节省流下的泪水／我需要它们很长，很长的时间"——看到这里，我也良久无语。多年之后，我读到了鲁若迪基的一首《想起父亲》的诗，也不复杂，却照样令我感慨万千："去欧洲旅游／某个早晨／我看见一个人把车开到地边／戴上手套／爬上一辆拖拉机／把地犁了／又开车走了……／这就是欧洲的一个农民啊／我忧伤地想起／我的父亲／在小凉山上／吃力地跟在牛的后面／一把把的汗洒在土里／让土也有了汗的味道。"一次不经意的"想起"，它的后面却站起了一个沉重的身影，一个与汗交织在一起的父亲的形象，散发着土地的气息，不乏辛酸和伤感——从欧洲到小凉山，从记忆到现实，弥合二者间的距离的，正是那个赤诚的"我"。

鲁若迪基的诗，最大的特色是有"我"。有"我"就有性情，而性情的真实流露，正是诗歌获得生命力的核心秘密之一。钱穆说："摩诘诗若是写物，然正贵其有我之存在。子美诗若是写我，然亦正贵其有物之存在。"写我，要有物的存在；写物，也要有我的存在。写俗世，要有灵魂参与；写灵魂，也要有俗世作为容器。互相作为对方存在的证据，这就是把人摆到作品里面去。也有那种超脱的作品，像李白的诗，他喜欢道家，喜欢老庄那种人生，他的诗，不愿意直接写自己的生命，而是追求生命从现实人生中超越出来，但正如超世间也是一种世间一样，超人生实际上也是一种人生。李白不过是把自己更巧妙地隐藏在神采飞扬的文字后面罢了。杜甫、苏东坡这样的诗人，是直接写人生的，也是把自己直接摆进作品里面的，所以，有时在他们的诗中能读到惊心动魄的东西。唯有这样的文学，能够让读者的心也贴上去，从中体会另一种人生，感受另一种性情。

鲁若迪基以他的简明和朴素，写出了一个宽阔、沉静的"我"。

他那些写故土的诗，看似写物，背后却分明是在写自己。比如他的《女山》：“雪后 / 那些山脉 / 宛如刚出浴的女人 / 温柔地躺在 / 泸沽湖畔 / 月光下 / 她们妩媚而多情 / 高耸着乳房 / 仿佛天空 / 就是她们喂大的孩子。”这首诗与其说是在写山，还不如说是在写诗人如何看山，因为在这样的诗中，一直有一束眼光在山上移动，最后，当诗人写到月光下“高耸着乳房”的山脉，“仿佛天空 / 就是她们喂大的孩子”，这束眼光就不仅人性化，而且也神性化了，这样的大地哲学，真是难得的诗语。甚至，在《1958 年》这样有历史感的诗里，鲁若迪基作为诗人的眼光也一直存在，不过更加隐蔽而已：“1958 年 / 一个美丽的少女 / 躺在我父亲身边 / 然而，这个健壮如牛的男人 / 却因饥饿 / 无力看她一眼……/ 多年后 / 他对伙伴讲起这件事 / 还耿耿于怀 / 说那真是个狗日的年代 / 不用计划生育。”面对沉重的历史，鲁若迪基没有简单地陷入批判的泥淖，更多的是用人性的细节，说出历史背后那无法言说的感伤。“这个健壮如牛的男人”在饥饿年代那些根本的、个人的经验，为重述那段日益抽象的大历史，补上了可以感觉的场景和气息。这样的诗，在当代并不多见。

格林说，作家的经验在他的前二十年的生活中已经完成，他剩下的年月不过是观察而已。“作家在童年和青少年时观察世界，一辈子只有一次。而他整个写作生涯，就是努力用大家共有的庞大公共世界，来解说他的私人世界。”我感觉鲁若迪基的写作正是如此。他的诗是简明的、朴直的，也是在生活的现场有感而发的，尤其是在他面对故土和亲人时，他作为诗人天真的性情就清晰可见。在这样一个崇尚复杂和知识的年代，鲁若迪基的天真、简明和有感而发，显得尤为宝贵。正如在这个世界主义哲学盛行的写作时代，鲁若迪基笔下那些有根的“小地方”经验，照样能够把我们带到远方。他的诗是可阅读的，也是可期待的。

（原载《芳草》，2008 年第 1 期）

鲁若迪基诗歌论

马绍玺

一

小凉山很小
只有我的眼睛那么大
我闭上眼
它就天黑了

小凉山很小
只有我的声音那么大
刚好可以翻过山
应答母亲的呼唤

小凉山很小
只有针眼那么大
我的诗常常穿过它
缝补一件件母亲的衣裳

小凉山很小
只有我的拇指那么大
在外的时候
我总是把它竖在别人的眼前

——《小凉山很小》

海德格尔在讨论诗人特拉克尔诗歌语言的文章里提出：“每个伟大的诗人作诗都出自唯一的诗。衡量其伟大的标准在于，这位诗人对这唯一的诗是否足够信赖，以至于他能将他的诗意纯粹地保持在这首诗的范围内。”①虽然鲁若迪基还不是伟大的诗人，但他是一位用自己所有的作品去言说那首独属于他的“唯一的诗”的诗人。这首“唯一的诗”就是鲁若迪基从出生到现在一直生活于其中的故乡小凉山。

对这首“唯一的诗”的信赖奠定了鲁若迪基的诗歌基础。在诗集《没有比泪水更干净的水》的后记中，鲁若迪基说：“我出生在云南大地滇西北小凉山泸沽湖畔一个普米族家庭。质朴的民歌是我诗歌汲取不尽的源泉。作为行吟在这片土地上的歌者，我以为枕着小凉山就够幸福了，没想到怀里还抱着个泸沽湖！我深爱着这片土地上的人们，我的诗里有他们的笑，他们的泪和期盼。我与他们同悲同喜同落泪，并对未来的日子充满希望。……我的诗是长在这片土地上的另一种作物，有洋芋的甜、荞麦的苦，还有不为人道的一丝神秘。我知道土里能生长伟大的梦想，我把自己根植于小凉山大地上。我不希望我的诗长成高楼大厦的模样，而是像质朴的庄稼——一滴雨就能让它醒来，一阵风就能让它睁开眼睛……”

对小凉山的信赖与坚守让鲁若迪基和他的诗与自己脚下那片被称为“故乡”的土地之间建立起了一种亲密的、血缘般的关系。于是，小凉山土地上一切的人、事、物、情感便成了他诗歌观念中具有本体意义的东西；小凉山土地上的树木、石头、太阳、月亮、河流、飞鸟、村庄、母亲、情歌、猪槽船、花楼……便成为诗人的“母语”：

我以树的名义
生长在滇西北高原
相信这片土地

① 海德格尔．诗中的语言：关于特拉克尔的诗的探讨 // 倪梁康，译．20 世纪西方宗教哲学文选（下），上海：上海三联书店，1991：1237.

能收获语言
——我扎下深根
相信这方星空
能孕育美的意境……

——《以树的名义》

我是小凉山
是把女人从传说从苦海荡来的
猪槽船……

——《我是小凉山》

天空太大了
我只选择头顶的一小片
河流太多了
我只选择故乡无名的那条
茫茫人海里
我只选择一个叫阿争伍斤的男人
做我的父亲
一个叫车而拉姆的女人
做我的母亲
无论走在哪里
我只背靠一座
叫斯布炯的神山
我怀里
只揣着一个叫果流的村庄

——《选择》

文学写作对象的空间与范围是无限宽广的。但是，鲁若迪基是一个懂得退守的诗人，他理性地要求自己从广阔的空间与虚幻的想象中退回，把诗歌的根基落实在那“只有针眼那么大”的故乡小凉山上。鲁若迪基诗歌的这种“退守”品质，让我想起了美国作家威廉·福克纳，这位伟大的小说家一生也只写那属于他的“邮票般大小的地方”[①]。而且，鲁若迪基诗歌的这种退守品质更将他自己从当下那“已经找不到自己家乡”的写作者群体中分离出来，[②]使自己成为一位拥有并真实地生活于故乡泥土之上的诗人。“故乡果流/……那里的河/在我身上奔流为血/那里的山/在我身上生长为骨/我熟悉那里的神/也认识那里的鬼/他们见了我/都会拥抱一下/这个世界/只有那里的鬼/不会害我”（《果流》），“接近故乡就是接近万物之源。故乡最玄奥、最美丽之处恰恰在于这种对本源的接近，绝非其他。所以，唯有在故乡才可亲近本源……”[③]于是，那些故乡习以为常的事物以及它们之间质朴的关系所具有的各种魅力就呈现在诗人面前了：

雪后　那些山脉
宛如刚出浴的女人
温柔地躺在　泸沽湖畔
月光下　她们妩媚而多情
高耸着乳房
仿佛天空　就是她们喂大的孩子

——《女山》

① 威廉·福克纳（1897—1962），美国“南方文学”流派的主要代表人物，1949 年诺贝尔文学奖获得者，著有《喧哗与骚动》《我弥留之际》等。他的作品绝大多数以他虚构出来的位于密西西比州北部一个“邮票般大小的地方”——约克纳帕塔法县为背景写成，被统称为“约克纳帕塔法世系”。

② 谢有顺在《文学是慢的历史》一文中对当代作家中这种“已经找不到自己家乡”的精神状况感到担忧。他指出“现在很多的写作者，他们已经找不到自己的家乡了。你看他的写作，好像是有家乡的，其实骨子里早已失去了对故乡那种情感。这恐怕不是一个写作者才面临的问题。整个国家在城市化、现代化的过程里，越来越多的人都对故土丧失了本应有的那种骨肉般的感情”。载谢有顺：《先锋就是自由》，山东文艺出版社 2004 年版，第 141 页。

③ 海德格尔．荷尔德林诗的阐释．孙周兴，译．北京：商务印书馆，2000：24.

诗中诗性与灵感的闪现不是技艺的操作，而是诗人在某场大雪之后对故乡的一次瞬间拥抱，就像闪电掠过山峰，一切都在语言中被照亮，世界得以被重新认识。

“在故乡中”的这种“与本源亲近”的品质不仅让鲁若迪基的诗性多了《女山》一类的智慧与轻盈，更多了一份关注脚下土地的“疼痛感”的生命体验的品质。正是这份品质让鲁若迪基的诗歌情感密度厚实起来，拥有了一种走出诗人自我的情感世界，去拥抱小凉山6025平方千米土地上演绎的各色生活的能力：

乡长说这个村缺水
饭也吃不饱
妇女都外出打工了
是个光棍村
有七八五十六个光棍
县长戏说请他与寡妇村联系一下
然后拍板解决了人畜饮水问题
水引来了　温饱问题自然解决了
可是，那些外出打工的妇女
还是没有回来
听说有几个春节回了趟家
又把在家的小妹带走了

——《光棍村》

一个通常由小说来完成的题材，在诗人口语化的叙述和“戏剧化”的处理中，实现了诗意的写作，在最简洁的篇幅里融入了尽量丰富的现实人生。

从文化生态的角度讲，鲁若迪基诗歌的这种“在故乡中”并且“与本源亲近”的品质不仅规定了他诗歌写作对象的选择，更浇灌出了属于这片土地的诗歌艺术。他的诗歌通常采用简单、率直的语言，在叙事性的陈述中突出某个饱含诗人智慧的戏剧性因素，从而让诗歌显出某种难得的类似于日常生活的平易感和智慧感。

通往机场的路上
你打来电话
说路的两旁
开满了葵花
非常美丽
那么多的向日葵
把大地装扮得一片金黄
令你怦然心动
你这向阳的红花呀
也许还不知道
我就是其中那株
想用牙咬住太阳的向日葵
而现在　我只想轻咬你的耳朵
祝你一路平安

——《一路葵花》

虽然是一首写分别的情诗，但诗人没有像大多数情诗那样去写海誓山盟或哭哭啼啼，而是选取了一个极其日常的生活情景——分别时的通话，一种常见的自然景物——向日葵，一种谈话式的口吻——日常叙事。诗人的智慧显现在他把这些极其普通的东西连缀成诗的能力上，而巧妙的戏剧性安排成为这首诗诗意显现的一个关键性因素。诗人先写开满路边的葵花，写葵花点燃了“你”的情感，紧接着把恋人喻为“向阳的红花”，把自己喻为路边花丛中“那株想用牙咬住太阳的向日葵”，可是，现在因为你从路中经过，我不想咬住太阳了，“我只想轻咬你的耳朵 / 祝你一路平安”。比喻间的转承，“咬”字的妙用，平易亲切而又精炼的叙事，让情人间爱的温暖、甜美与可人跃然纸上。

诗歌是语言的艺术。语言与诗意间的关系一直是现代汉语诗人孜孜探索的问题之一。著名小说家、诗人废名先生 20 世纪 30 年代在北京大学讲授中国现代新诗时指出，“旧诗的内容是散文的，其文字则是诗的”，“新诗要有别于旧诗而能成立，一定要这个诗的内容是诗的,其文字则要是散文的”。[①]鲁若迪基沿着废名指出的路子，用他的带有故乡土地根性的口语为我们呈现了诗歌语言的一种可能。他的诗歌语言都是口语的、散文式的，但内容却是诗的。比如：

这些番茄面包
这些奶酪热狗
这些黄油咖啡
这些牛奶……
都是机器的产物
只要付了钱
你不用去思考什么
就可尽情享用
然而　小凉山上
我面对洋芋
就无法回避洋芋后面的
那片土地　那片土地上的耕牛
耕牛后面挥汗如雨的农人……
无法轻松地把它吃下去

——《餐桌上的粮食》

无论从语言、诗意还是诗歌题材来看，这首诗像鲁若迪基的绝大多数诗歌一样，主动从知识的海洋返回脚下的土地，从遥远的文化想象返回真实的生存根基，从复杂朦胧的书面语返回简单朴实的日常口语，在轻与重的对比中鲜明地突出了对故乡生存方式及其文化精髓的尊重。在大多数诗人都已经习惯于复杂的思考，把诗歌中的基本情感说得越来越玄学的时代里，鲁若迪基却在那些最简单却

① 废名．新诗问答．新诗十二讲——废名的老北大讲义．沈阳：辽宁教育出版社，2006：231.

又从未有人发言的地方，“用聪明人最始料不及的简单破解了一切复杂的机关”[①]。这应该就是越来越被当代诗坛遗忘了的民间文化的精华及其对鲁若迪基的影响的表现。难怪评论家谢有顺称赞鲁若迪基“是真正以小写大、以简单写复杂的优秀诗人。他从来不空洞地抒情，而是扎根于那些细微的感受，从感受出发，他的细小和简单，便获得了一种深切的力量”。[②]

二

鲁若迪基诗歌的魅力还得益于他对一些宇宙间根本性问题的执着的诗性思考，比如对时间问题的思考。这类思考让他的诗歌获得了一种大地般的深厚品质。时间问题是宇宙间人的根本性问题之一，因为谁都无法躲避时间，任何人的存在也总是在时间中存在。正因为这样，人类艺术史上才留下了那么多关于对时间问题思考的智慧结晶。也许，偏僻且带蛮荒色彩的小凉山一带的人文环境更让鲁若迪基多了一份从现代社会的繁忙与麻木中抽出身来，沉浸于时间与生命的各种自然事项中的可能。于是，我们发现，鲁若迪基写得最好的那些诗，几乎都是从那种世俗的、为我们习惯了的、流动不息的时间长河中打捞出来的时间的“定格”，这些诗为我们提供了停下脚步、静下心来、细细体验生命的可能，它们甚至成为我们窥视那永远也看不见的“时间”本身的“窗口”。

日子是有牙齿的
只是藏在牙床下面
就像给孩子喂奶
冷不防咬你一口
揪心地——疼

——《日子》

① 阿来．文学表达的民间资源．民族文学研究，2000（03）．

② 谢有顺．想念一种有感而发的诗歌．芳草，2008（01）．

宇宙间所有个体生命的过程都是一个与时间抗争的过程，可惜的是这场竞争的结果早已被注定——个体生命总是时间的战败者。因此，我们最根本的不幸是由于我们存在于时间之中，唯有时间是我们无法超越和摆脱的。于是，人作为一种有限性的时间存在，时间每一分每一秒流逝都成了我们生命中永远无法抹去的疼痛。诗中“牙齿”“牙床”的意象贴切而生动，写出了时间对人的啮食感。而“就像给孩子喂奶 / 冷不防咬你一口 / 揪心地 /——疼”几行，更是残酷地写出了个体生命对时间流逝的恐惧和疼痛感。这样的诗是有着极强的生命意识的。

鲁若迪基诗歌中的这种“有时间性”的“现代人的视界”，[①]以及他对这种“时间性”的思考充分体现出了他的诗歌的现代性品质。在鲁若迪基这里，时间的未来纬度意味着对生命完整性与丰富性的呼唤，但是，生命在现实生活中却没有像期盼中那样得以实现。

这个春天
我溜达在小城
不知道该干什么
山上的花儿开了
大地将渐渐绿起来
然而，我独自溜达在小城
不知道该干什么
穿行于叫卖声长成的丛林
我听不到自己的歌唱
我漫无目的地溜达
最终驻足在城外
看着一条河
在离我不远的地方
流向春意浓浓的远方

——《春天》

---

① 威廉·巴雷特.非理性的人.段德智，译.上海：上海译文出版社，1992：55

这是一首有着无限生命意识的充满震撼力的小诗。春天是一个万物争先显示生命力和创造力的季节，然而，诗人却只能荒废着生命，无为地“溜达”在小城里，“不知道该干什么”。这里写的绝不是生命的无聊，而是生命在时间意识中觉醒后的孤独、焦躁与痛苦，一种源于人的有限性的生命叹息。这首小诗的精彩和震撼还来自所采用的对比手法。诗中诗人把孤独与残缺的“我”与“这个春天”里其乐融融的“物”进行对比，让震撼从对比中显出：春天“山上的花儿开了／大地将渐渐绿起来”，这是生命的复苏与创造，也是诗人所渴望的生命状态，然而，现实中我的生命并没有随春天的来临而显出新的景象，我“只能独自溜达在小城／不知道该干什么”，只能任随时光的流逝荒废着自己的生命。小诗的结尾处把这种对比推向了高潮。小河在我的眼前流向了“春意浓浓的远方”，走进了生命的丰富与向往，而我却依然只能“驻足在城外”，在大自然的丰饶中体验着自己生命无边的荒芜感。这是一种极其残酷的生命体验，“春天”以及在春天里各得其所的“物”不断地加深着诗人内心深处所体验着的这种残酷性。所有这些，都让诗人在生命的荒芜中更加渴求着生命的完成。

在另一首诗中，鲁若迪基把人的时间的有限性放在浓浓的亲情中来书写，产生了刻骨铭心的、催人泪下的审美效果：

日子的尾巴
拂不尽所有的尘埃
总有一些　落在记忆的沟壑
屋檐下的父母　越来越矮了
想到他们最终　将矮于泥土
大风也无法吹散
我内心的伤悲

——《无法吹散的伤悲》

全诗在叙事性的口吻中，紧紧抓住“屋檐”“矮”“泥土”这些表现力极强的意象，写出了人在川流不息的时间河流里的宿命：死亡终将降临，即使是我们最深爱着的、最不愿放弃的父母，也无法逃脱这一命运；死亡并不因为人间的爱与亲情，也不因为我们的恐惧与祈祷而放弃一切。

三

在鲁若迪基近期的诗歌中，有相当数量的作品涉及了各种常见的动物，甚至直接以动物的名字作为诗题，比如《雪地上的鸟》《我曾见过的乌鸦》《鹰》《狼》《羊》《布谷鸟》《心中的鸟儿》《斯图加特的一只喜鹊》，等等。这类诗歌既是鲁若迪基“在故乡中”写作的表现，又传递出了他对现实人生的沉重思考。

一群羊被吆喝着　走过县城
所有的车辆慢下来
甚至停下来
让它们走过
羊不时看看四周
再警惕地迈动步子
似乎在高楼大厦后面
隐藏着比狼更可怕的动物
它们在阳光照耀下
小心翼翼地走向屠场

——《一群羊从县城走过》

这是一首对人类自身行为和文化价值进行思考和批判的诗歌。“羊群”最应该出现在山间或田野，但现在它们被吆喝着走过县城——诗人抓住了一个充满张力的生活场景。在稠密的人群和车辆中，“羊群”意识到“在高楼大厦后面 / 隐藏着比狼更可怕的动物”——读到这里，有良心的读者都清楚那比狼更可怕的动物究竟是什么。可是，与人相比，羊毕竟是弱势动物，一切都已无力反抗，只能“在阳光照耀下 / 小心翼翼地走向屠场”——“阳光照耀”与“走向屠场”，多么不谐调的场景和事件呀，突然的死亡就这样在灿烂阳光的照耀下降临了。这里，鲁若迪基把我们现实生活中弱者的生存命运、人类行为的残酷性、文化价值中值得重新思考的方面，都做了呈现和思考。

我不愿用笼统的生态意识来概括鲁若迪基的这一类诗歌，因为这些诗清晰地表现出了一种深刻的对宇宙间生命问题的深切关怀情怀，这种情怀已经远远超过了一般的生态问题。下面这首诗中，诗人写他在雨后小心翼翼地走在路上，唯恐不小心踩死路上的一只青蛙，接着在诗歌的第二节里，诗人由自己的行为而呼吁天地间应该更多一份怜惜、珍爱生命、保护弱者的生命情怀：

雨后　指头那么大的蛙
满地跳来跳去
我走在路上　小心翼翼
怕不小心要了它们的命
有时，不得不停下脚来
仔细辨认那些灰色的点
是不是小蛙

如果有什么
从我们头顶走过的时候
也能小心翼翼
我不知道
还有什么比这更幸运

——《路遇》

在另外一首诗里，鲁若迪基继续着这种生命情怀，写雪地上因“没有家 / 没有东西吃”而“蜷缩成一小团”的鸟，它们的命运并不因为环境的恶劣而得到孩子们更多的同情与关怀：

它们的眼里
世界是那么的小啊
小得没有它们藏身的地方
雪还不停地下着
它们已听不到什么声音了
而拿着弹弓的孩子们
正悄悄地向它们靠近

——《雪地上的鸟》

在大多数现代汉语诗歌已经沦落为纯粹个人、私己生活的日记式记录的当下，这类诗歌中健康的生命意识和关爱情怀，完全可以成为诗人们的一座精神丰碑；在“当现代诗在更大程度上具有个人意义和美学意涵的同时，它却失去了过去公认的社会道德意义”[①]的当下诗坛，这类诗歌完全可以成为现代诗歌的方向之一。

1949 年，西班牙诗人胡安·希梅内斯在写给他的好朋友何塞·拉蒙·路易斯·卡诺的信中说：“如果一个诗人有各种声音，或者他的声音有各种变换，由于有不同的声音，或者由于声音本身的不同类型，他便能触动一切。”[②]鲁若迪基正是这样一位拥有多种声音的诗人。他的那些用心灵的声音写出来的朴素诗歌拥有了触动一切的品质。

（原载《南方文坛》，2009 年 4 期）

---

① 奚密．从边缘出发：现代汉语诗歌的另类传统．广州：广东人民出版社，2000：73.

② 希梅内斯．希梅内斯诗选．赵振江，译，石家庄：河北教育出版社，2007（178）.

心灵的歌吟与诗意的营造

——鲁若迪基的诗美

杨玉梅

泸沽湖的爱情有多深，小凉山的情怀有多广，这块土地孕育的普米族诗人鲁若迪基做出了生动诠释。鲁若迪基从20世纪80年代后期开始文学创作，90年代以来作品频频在《人民文学》《诗刊》《民族文学》《星星》《诗选刊》《边疆文学》等刊物发表，有的被收入《中国新诗年鉴》《中国诗歌精选》《中国最佳诗歌》等权威选本，有的被译介到国外，曾获人民文学优秀诗歌奖、边疆文学奖、全国少数民族文学创作“骏马奖”、首届汉语诗歌双年十佳奖及第三届华语传媒文学大奖2004年度诗人提名等。2008年《芳草》杂志首期推出“汉语诗歌双年十佳”，刊发了由十位批评家举荐十位诗人的作品，鲁若迪基是其中唯一的少数民族诗人，谢有顺在《想念一种有感而发的诗歌》评论中把鲁若迪基的诗歌放到中国的诗歌传统中进行考察，赞赏了鲁若迪基诗歌的朴素、单纯和真挚之美，认为“在这样一个崇尚复杂和知识的年代，鲁若迪基的天真、简明和有感而发，显得尤为宝贵”。从鲁若迪基的诗美艺术中可以洞开诗歌创作的秘密，获取对诗歌本质的深刻认识。

一、生活与情感的深情吟唱

新时期以来，各民族在社会转型期生活的变革、社会前进的探索和时代浪潮的推进，这是适合于小说叙事的变革内容，这是小说为文学主流的时代，而并不太适合于诗歌的吟唱和抒情。特别是在转型期浮华、焦躁、迅捷的时代语境中，在商业化、大众化、世俗化、消费主义和功利主义的冲击下，诗歌往往成为宣泄孤独、苦闷、寂寞、焦躁情绪的手段，成为一种自赎、自恋、自救、自慰的方式，因此大多数诗歌难以卒读。变革的浪潮不可能不冲击到泸沽湖畔小凉山一隅，可是在鲁若迪基的诗歌中，我们读到的是别样清新、优美、高雅而沉静的情思，一种单纯、真挚而浪漫的抒情。他说："小凉山上 / 我面对洋芋 / 就无法回避洋芋后面的 / 那片土地 / 那片土地上的耕牛 / 耕牛后面挥汗如雨的 / 农人……/ 无法轻松地把它吃下去。"（《餐桌上的粮食》）他吃着故乡的洋芋、荞麦和苞谷成长，骨子里浸润着荞粑粑的味道和苏理玛酒的气息，诗作中充满了对故乡的拳拳赤子之情。他的诗充满了新鲜浪漫的抒情却又无不是对生活的真实描摹，他的诗富于奇特的丰富想象却又无不是脚踏大地的抒怀，不是虚幻的浪漫或奇异性的展览而是来自灵魂深处的对于生活的吟唱和情感的抒发，朴素的表达中蕴含着对生活的敏锐发现和睿智思考，为此而使得诗作充满着独特的韵味和美感。

一个独特而成功的诗人，必定怀有一颗独一无二的心灵。从鲁若迪基对小凉山的吟唱、对自然生命的关怀、对人民和民族命运的关切和对爱的倾诉中，我们读到了他身上蕴涵着的被高尔基声称一个好诗人所应当拥有的"一种称为神的火花的东西"，一种"美的感觉"，一种"视觉和听觉的灵敏性"，特别是一个"美好的沉思的心灵"[①]。因为这颗独特的心灵，泸沽湖畔的日常生活在鲁若迪基的眼里幻化，成为诗意的存在，成为他表现美好心灵和真挚情感的依托。他在《花楼》中描绘了富于神奇色彩和民族特色的花楼：

花楼是一朵美丽的花
开在泸沽湖这片神奇的土地

① 高尔基．文学书简．文学理论学习资料（下）北京：北京大学出版社，1981：17.

夜色吞没了山庄
花楼一线温馨的光
照着门前的小路

湖水涌上来又轻轻退回
没有狗的狂吠
宁静的夜里
我不过是一株醒着的树
我不知道涌向花楼的路有多远
也不知道你究竟有几个好哥哥
当一个黑影踏上小径
我全身的骨头被踩得吱吱作响
无法言说的痛

就这样　面对花楼
我切割自己的心　下酒

在这里诗人把花楼比作开在泸沽湖神奇的土地上的一朵美丽的花，生动地传达出了花楼的温馨和浪漫，这是一个盛满爱情和温情的家，花的意象给人留下了深刻的印象。而夜色里花楼前一线温馨的光和门前那条小路，把读者带进了一个诗意而浪漫的境界。“湖水涌上来又轻轻退回”，既是实写更是虚写，虚实结合，通过湖水的波澜来隐喻抒情主体内心的情感波澜，不动声色地刻画出一颗被感情深深折磨着的心灵，优美、温柔而又有力。宁静的夜里“没有狗的狂吠”，只有一颗剧烈跳动的心，“我不过是一株醒着的树”，树都动了情，在夜里还醒着，堪称神来之笔，让人眼睛为之一亮，眼前仿若涌现出一棵多情的树，更烘托出了抒情主体情感的炽热。而“我”是惆怅而忧虑的，因为“我不知道涌向花楼的路有多远／也不知道你究竟有几个好哥哥”，终于“当一个黑影踏上小径／我全身的骨头被踩得吱吱作响／无法言说的痛”，这里诗人采用幻觉，把抽象感情具象化，通过骨头被踩的响声来表达痛苦的感觉。最后，诗人通过夸张和虚幻的手法道出了抒情主体的痛楚和绝望。简短的小诗，却诉说了一个生动感人的爱情故事，营造出一个诗意盎然情深意浓的境界，花楼的诗意并不在于外观形状的奇特而在于其所承载的感情容量和那种爱而不得的复杂体验。

关于泸沽湖的爱情和走婚习俗，在《泸沽湖恋曲》和《走婚》中，鲁若迪基做出了精彩的描述。《泸沽湖恋曲》分八节叙述了爱情的诞生和发展过程。第一节写道，“天黑了 / 什么也看不见 / 只有泸沽湖 / 在心里亮着 / 照着一条弯曲的路”，泸沽湖隐喻纯洁的爱情，“在心里亮着”，在黑白对比中，一个“亮”字让人眼前也跟着一亮，可称为奇妙的诗眼，照见了爱情的光芒。人生的路弯曲前行，不能没有爱情，自然地引出了第二节的解释，因为“没有女人陪伴的旅途 / 注定是寂寞的 / 想不起女人的旅途 / 注定走向了死亡”，爱情的色彩在人生中不可或缺，那么就去追寻，于是踏上了通往花楼的小路，“一路风尘 / 盘腿坐在火塘边 / ‘阿哥累了吧’ / 端上茶 / 那热气 / 像她一样袅娜”（第三节），热茶和关切的话语似乎让人感受到了火塘边的一片柔情，故事进一步发展，于是“沿着湖边 / 沿着传说 / 沿着林荫小道 / 说说心里话”（第四节），情感还待进一步酝酿，于是在夜幕中“燃起篝火 / 吹响笛子 / 跳起欢快的锅庄舞 / 原谅踩了你的脚 / 拉着你的手 / 只想在你手心抠一下 / 告诉你 / 我已爱上了你”（第五节），爱情之火在一方已经燃烧，可是花楼的主人不知是否留了门，男方在心底呼唤，“别把门关紧 / 别把窗关死 / 别装熟睡了 / 轻轻投一小块石头在房上 / 问路怎样走 / 不开门也行 / 只要开一下窗 / 不开窗也行 / 只要听听 / 你就能听到 / 一颗心怎样为你而跳”（第六节），在第七、第八节抒情主体坦言爱上了村庄的女人，“我不知道 / 自己还能不能走出泸沽湖”，委婉道出人物深陷情网而不能自拔。全诗在地方风俗展示的基础上叙述一个爱情故事的发生和发展，作者抓住生活的细节描绘人物心理，把故事情节一层层推进，写风俗、写故事其实是为了写故事之外的人和情，传达出青年男女对于爱情的渴望和追求，独特的地域性风尚习俗中蕴含着人类共通性的爱的命题，从而使得诗作清新、明朗，情感富有感染力。

同样，在《走婚》中，诗人不是描述走婚的奇异和独特，而是集中笔力描述这个独特的婚姻出现前的爱情长旅，“牧羊的地方走/猪槽船上走/泸沽湖边走/歌声里走/锅庄舞中走/一天一天地走/一月一月地走/一年一年地走”，在生活的不同层面所谓的“走”，实际上就是在生活中诞生了爱情，营造了爱情，也道出了摩梭人对于爱情的谨慎和执着态度，这里的爱情并不是轻而易举和随意进行的，只有经过了重重“走”的考验、情的酝酿，才能“最终走进姑娘的心房里/千百年来/只有摩梭人/能穿越死沉的婚姻/走进爱情里”，诗人重复使用了10个“走”字，把“走婚”习俗放在深沉的爱情观中加以阐释，让人获得对“走婚”习俗的深刻认识和理解，给人独特的阅读感受。不论是泸沽湖、泸沽湖水、猪槽船，还是花楼、走婚，等等，凡是与泸沽湖相关的景物或习俗，在鲁若迪基的诗中经过情感的浸润都成为爱的象征，在世人皆懂的爱的表达中，这些原本可能充满异质文化特色的习俗风物都成为对爱的阐释，成为诗人情感的寄托，使得读者透过甚至忘却风俗的奇异而获得一种情感的共鸣。

在鲁若迪基的诗歌中，爱是最鲜明的主题。他说：“爱或不爱/是比死还是活/更难回答的问题。”（《断章》）这正是解读鲁若迪基诗歌的情感线索。他的诗绝大多数是关于爱的诉说，不仅仅局限于爱情，更有亲人之爱、故土之爱、生命之爱等多方面的情感内涵，正如他说的：“只要风儿到达的地方/都有我真诚的祝福和问候。”（《让风吟诵》）感情的浓度和强度，体验的深浅，人人有别。一首好诗必然浸润着浓郁的感情，但是这并不够，诗歌的秘密在于把感情变成可触的形象，只有独特的形象才能显出感情的独特和诗意的内涵。丹纳说：“一部书越是表达感情，它越是一部文学作品；因为文学的真正使命就是使感情成为可见的东西。”[①] 鲁若迪基诗歌的魅力不仅仅在于诗中饱含着爱的纯洁、热烈和执着，感情的细腻和丰盈，

① 丹纳.《英国文学史》序言.西方文艺理论名著选编（中卷），北京：北京大学出版社，1986：154.

更在于在他的诗中这些感情充满着血和肉，带着生活的气息和大地的芬芳，被描绘成可以感触的“可见的东西”。

爱情是文学的永恒命题。对于爱情的复杂体验和感触，堪称文学抒情的永远动力，但爱情的表白常常缺乏新鲜的内容和打动人心的细节，为此而会显得空洞和老套。鲁若迪基的爱情诗却不落俗套，独具魅力，这不仅仅在于他能够大胆而直率地抒发爱的真实而复杂的体验，更在于他能够以富于智慧的构思与平中见奇的意象把抽象的感情具象化，使得情感的表达震撼人心。如《等你》中写到认定了所要等待的人，“我凝聚起所有的情感／准备用一生的时间／等——你”，哪怕会 “等成一块石头／然而，只要你向我走来／不用镐锤／只要你的目光／能够温柔地看上我一眼／我就会在支离破碎中／迸发出爱的火花”，“等成一块石头”形象道出爱的执着和坚定，只要温柔的一眼，“我就会在支离破碎中／迸发出爱的火花”生动传达出爱的神奇力量，并且隐含着爱情等待的淡淡忧伤，韵味无穷。诗人在《开满鲜花的草地》中把开满鲜花的草地比作爱情的床，在一种奇特的境界中描写爱，美妙的爱情能“让大地的心脏／停止了跳动”，读来让人为之一振，刹那间让人产生跟随大地停止呼吸的震撼，构思奇妙而又合情合理，不是对爱进行直接描写，却把爱的氛围渲染得美妙而温馨。在《给兰子》中，诗人把对爱人的思念转化为对生活的点点滴滴的回忆，没有写海誓山盟的煽情话语，却只是描述平常的举动带来的幸福，这些具体的生活细节和画面比宣言更能营造温情的氛围，道出人物深深的思念。又如《我爱过的女人走了》描述爱的失落和痛苦：

冬天　我挡不住
一场从天而降的雪
我爱过的女人
像一块通灵的玉
在风雪中消失
茫茫雪原

找不到她远行的足迹
柴门前
那只秃顶的老狗还在昏睡
不知什么时候才能醒来叫一声
我走进屋里
火塘是热的
饭菜是热的
端起碗
一朵雪花就飘落下来
很多往事　这时候
哽在我的喉头
让我无法下咽

诗人不是直抒胸臆直接表达内心的痛楚，而是采用白描的手法，在虚实结合中描述让人失落和感伤的场面。那一场雪也许是现实的雪，也许是心灵世界里降落的大雪，心爱的女人在茫茫雪原中消失，三言两语勾勒出一幅伤感而苍茫的画面，意境深远，回味悠长。屋里的火塘是热的，饭菜也是热的，而心却是冰冷的，一朵伤心的雪花（泪水）落到热饭里，在冷暖对比中进一步烘托出对爱的渴望和失去了爱的沉痛。最后四句更把痛苦的心情淋漓尽致地表现出来，一个"哽"字又是一个有力的诗眼，生动而形象地把复杂的情感体验展示出来，具有力透纸背的感染力。

对于亲人、故乡及自己的普米民族，鲁若迪基的爱刻骨铭心。他的那些抒发亲情和乡情的诗大多没有现出一个"爱"字，可是所描述的生活细节和意象无不浸润着浓郁的诗情和深深的爱意，无不是饱含热泪的抒怀，以至于他一次次写道"我的泪水忍不住流了下来"。《唤魂》写佝偻着背的母亲在深夜为儿子唤魂："已是很深的夜了／你的目光还在深山中搜寻／你的声音／还不断颤悠悠地划过山寨的梦／让病床上的儿子／忍不住流下一脸的泪。""颤悠悠的声音"和"搜寻的目光"描绘出母亲的急切和焦虑，更让"病床上的儿子”落泪，母亲的爱和儿子的感恩心理在这幅乡村图画中生动地传达出来。《远方》中写道：“路没有尽头／父母苍老的背已弯成桥／搭在艰难的岁月上／让我含泪踩过／无法选择轻松欢畅／有的只是曲曲折折。”含泪踩过父母脊背弯成的桥，不是真实的现实，却是可信的艺术真实，在一种虚幻的真实中生动表现出父母的负重及诗人对父母的感恩和愧疚心理。《没有比泪水更干净的水》看似平常的叙述，但是隐喻着深沉的爱的主题，村庄和亲人对“我”的等待正是爱的守候，是爱让一家人走到了一起，让一家人一起流下了热泪，没有一个“爱”字却尽是爱的表达，泪水在诗中隐喻着爱，正是在这个意义上说“在这个世上，没有比泪水更干净的水了”。鲁若迪基以这首诗名作为自己的新诗集名，可见诗人对这首诗的偏爱及其蕴涵着的深意。

然而，生老病死、生离死别却不由爱而改变，生命也不会因为情和爱而得以永存。对于生命的离去，或是想着生命的可能离去和不可避免的永诀，鲁若迪基在诗中表达了自己的哀伤和忧虑。《梦》写梦见掉了一颗牙后的心情，因为老人说过梦见掉牙会有亲人离世，所以这样的梦令人惊恐，“如果那不是一个梦就好了／我顶多掉一颗牙／然而／现在是真的在做梦／梦里还掉了一颗牙／我为梦忧伤／我的亲人们／在九十高龄的奶奶率领下／排着队／从我泪光中走过”，这里的诗句自然朴素，平实如话，像是自言自语又像是对人倾诉，一种无尽的哀伤缓缓流出，“现在／我每天都怕／有一个电话／从天上——打来”，一个借代的用法巧妙地把诗人唯恐亲人离世的忧虑和伤感生动地传达出来，诗意悠长。又如《无法吹散的伤悲》：“日子的尾巴／拂不净所有的尘埃／总有一些／落在记忆的沟壑／屋檐下的父母／越来越矮了／想到他们最终／将矮于泥土／大风也无法吹散／我内心的伤悲。”诗人把抽象的日子具象化成为有尾巴的事物，而尘埃可称为日子中那些不幸的时刻，特别是委婉地以人“矮于泥土”来暗指死亡，是对生活细节的新发现和描述，这样的一种独特表达不仅给人新的阅读感受，更能使伤悲的情绪直逼心灵，震撼人心。

鲁若迪基对生活进行多方位、多层次的观照，不仅抒写生活的美好、温馨和其乐融融的一面，还表现生活的艰辛、困窘和矛盾；不仅仅抒写乡村的现实情状，还关注本民族的社会变迁；立足故土而心怀天下，把关注的目光扩大到故土上的人民和生命，甚至对于整个社会和世界都充满了人文关怀，体现出一种民间叙事的立场及作为少数民族作家的民族责任感和使命感。为此，他能够突破狭隘的自我抒怀和地域之狭窄而获得丰盈的内容和宽广的气度。比如，基于对故乡的深爱，他把山路比作母亲的手，“在故乡 / 母亲的手 / 不畏荆棘 / 翻过山岭 / 遥遥地 / 向我伸来”（《山路》），故乡是母爱的延伸，既体现了艺术上的意象构思之巧，更包含着深沉的母爱内涵。在诗人眼里，自己的果流村庄的一切都饱含生命和感情，甚至连鬼都是好鬼，“那里的雨是会流泪的 / 那里的风是会裹人的 / 那里的雪是会跳舞的 / 那里的河 / 在我身上奔流为血 / 那里的山 / 在我身上生长为骨 / 我熟悉那里的神 / 也认识那里的鬼 / 他们见了我 / 都会拥抱一下 / 这个世界 / 只有那里的鬼 / 不会害我”，这些描述故乡的养育之恩和呵护之情的语言朴素，却以别出心裁的想象道出了诗人对故乡的挚爱之情。《我是小凉山》通过几个形象和画面勾勒出小凉山沧桑的历史，传说中女人从苦海里荡来的猪槽船，放牧牛羊的辛酸老人，手里拉着、背上背着、肚里还装着孩子的母亲及被男人一顿拳脚臭骂的女人，几个形象具有高度的概括力，浓缩了生活的艰难和苦涩，“看呀，我用手臂掀动狂风巨浪 / 荡去枯枝败叶无尽的灾难 / 让十二个民族在新的枝头 / 吐露心曲”，表现了诗人立志改变现实、奋勇搏击的进取精神和创造美好小凉山的人生理想。

此外，《光棍村》《一个彝家阿妈》《乞丐》和《比夜更黑》等抒写现实生活的苦难，《你将怎样把自己忘却——致橱窗女郎》《疼》等把同情的目光投向异国他乡的女人，均表现出对底层人物命运的深切关怀。此外，还有许多描写世间自然物和生物的诗作，在诗人看来，自然物都是富有性灵的生命的存在，诗人对它们也报以人性的理解和生命的关怀，使之成为诗人表现自我及对世界的认识和理解的方式，蕴涵着独特的社会人生内涵。

二、诗意营造的技巧

诗歌的妙处在于能在平常处发掘生活的新意，那些日常生活经由诗人的情感浸润和大胆想象而构成一个神奇的意蕴丰盈的诗意境界。诗人不仅要有从日常生活中发现神奇的敏锐感觉和敏感心灵，更要通过独特的想象把对生活的新发现巧妙地表达出来。诗歌是关于生活、情感和想象的艺术，诗人表现的思想、感情和感受只有来自生活，和一般人的思想、感情和感受一样，才具有真实性和感染力，可是感情即便丰富，如若只是平铺直叙、只是对生活进行庸俗的描摹也不可能成为好诗，不能给人阅读的愉悦和情感的共鸣。诗意和美感的产生来自巧妙的构思和独特的想象，需要有一种特殊的技巧处理。沈从文认为，《诗经》和《离骚》之所以具有永久性的文学价值，就是在文字的安排上亲切、妥帖、近情、合理，它们是靠“技巧”而存在的，而“技巧”就是要求作者下笔时，在运用文字铺排故事方面，能够细心选择，能够谨慎处置，妥帖而恰当。[①] 因而诗歌的技巧实际上就是力求在朴素自然的表达中表现真实的生活和独特的感情，如果忽视了思想内容而只是一味追求形式，矫揉造作或是精雕细刻，感情没有依托，言之无物，只会使诗歌变得空洞和虚无。

鲁若迪基的诗情感朴素而平常，却独具韵味和美感，这无不得益于技巧的巧妙运用，在于文字安排上的“亲切、妥帖、近情、合理”。想象让普通的感情变得新奇，使平常的生活与感情变得神奇而辉煌，而巧妙机智的构思让朴素的语言闪烁出诗意的光芒。如《长和短》讲述的是日常生活中恋人之间或是亲友之间常见的感觉：“与你在一起 / 时间总是很短 / 不知不觉 / 星星已满天 // 当我独自一人 / 时间总是很长 / 天边的太阳 / 也不肯轻易落山 / 还用布满了血丝的眼 / 看着我。”都是朴素的话语与合情合理的表达，毫无造作的痕迹，而最后描述太阳用“布满血丝的眼看着我”，普通的意象经过情感的处理而获得了新意，让人为之一震。《小凉山很小》在平常的话

① 沈从文．论技巧．百年经典文学评论．武汉：长江文艺出版社，2004：181.

语表达中隐藏着深刻的哲理：

小凉山很小
只有我的眼睛那么大
我闭上眼
它就天黑了

小凉山很小
只有我的声音那么大
刚好可以翻过山
应答母亲的呼唤

小凉山很小
只有针眼那么大
我的诗常常穿过它
缝补一件件母亲的衣裳

小凉山很小
只有我的拇指那么大
在外的时候
我总是把它竖在别人的眼前

——《小凉山很小》

诗人采用复沓、对比的手法分四节把小凉山的小和大巧妙地表现出来，第一节写小凉山只有眼睛那么大，可是闭了眼天就黑了，隐喻着小凉山就是诗人的天，如天一般大；第二节写小凉山只有“我的声音那么大”，可是这个小的声音可以去应和母亲的呼唤，是充满着大爱的小凉山；第三节写小凉山只有针眼那么大，可是诗人的诗能穿过它去为母亲缝补衣服，母子之爱不可估量；第四节写小凉山只有拇指大，我却总把它竖在别人的眼前，对小凉山的爱和敬仰在此句生动显示出来。语言质朴，构思巧妙，想象也合情理，把诗歌语言的朴素和构思之精巧非常逼真地表现出来，可称为鲁若迪基诗歌的经典之作。

小诗《我没有去送你》的语言也十分亲切自然，道出没有去送“你”的原因是怕在车站把自己送走，在幽默和机智中烘托出了情感的浓度和深度，巧妙的构思使得离别的情感获得了新意和诗意。《是什么让我这样宁静》没有明说幸福的感觉，而通过梦幻般的宁静加以传达，“仿佛雨就没有下过 / 那是一个梦 / 或者连梦都不是 / 一切就这样静下来 / 只有你的手指 / 如蛇穿行在我的黑发 / 让我昏昏欲睡 / 真想这样死去 / 想到死 / 我像想到一位朋友 / 感到无比的温暖”，最后把幸福得要死的感觉比作温暖的朋友，构思独特，意境悠长。再如更短小的诗《回乡路》：“太长了，我把它折叠，装进，五彩缤纷的梦里。”诗中的语言贴切自然，但是把漫长的回乡路折叠起来装进梦里却是一种独特的表达，在奇特的想象中表现出诗人对生活的深刻体察和对故乡的深切眷念之情。

朱光潜说：“艺术家之所以为艺术家，不仅在于有深厚的情感（因为只有深厚的情感不一定能够表现为艺术），而尤在能把情感表现出来。他的创造要根据情感，而在创造的一顷刻中却不能同时在这种情感中过活，一定要把它加以客观化，使它成为一种意象。他自己对于这个情感一定要变成一个站在客位的观赏者，然后才可以得到形式的完美。”[①] 把情感加以客观化也就是使情感形象化，如丹纳说的“使感情成为可见的东西”。高尔基说：“在诗篇中，在诗句中，占首要地位的必须是形象——即表现在形象中的思想，它比披着字句外衣，尤其比披着过分陈腐的字句外衣的思想，更为有力。”[②] 饱含情感的形象（意象）的妥帖、合理和近情，成为诗人重要的艺术追求。鲁若迪基具有诗性的思维，善于将抽象的感情或思想通过具体的形象表现出来，使之成为可触或可见的东西。比如在《花楼》

① 朱光潜．文艺心理学．上海：复旦大学出版社，2005：186.

② 北京大学中文系文艺理论教研室，编著．文学理论学习资料（下）．北京：北京大学出版社，1981：18.

中诗人以湖水的涌动来隐喻内心的情感波澜，以全身的骨头被踩得吱吱作响来暗示无法言说的抽象的痛，感情在这里通过可见并具有声音的意象传达出来，生动、贴切而传神，具有诗意的美。在《泸沽湖恋曲》中，诗人将泸沽湖隐喻为爱情："天黑了 / 什么也看不见 / 只有泸沽湖 / 在心里亮着 / 照着一条弯曲的路。"在有形的意象和可见的氛围中感受爱情的光芒，新颖而独特。《当我们的目光悄然相遇》把无形的目光交流喻为柔美的桥："当我们的目光悄然相遇 / 一座柔美的桥 / 无声地连接在一起 / 一个我走过去了 / 一个你走过来了 / 我们的心房悄悄开启了门。"目光的交流化为桥上相遇之人的来往，无形的情感共鸣通过心房的开启加以暗示，"桥"和"心房"意象的巧妙运用把抽象的情感交流生动形象地表现出来，营造出诗意的氛围。《遥远的你》把抽象的思念化为有形的泪珠："思念的泪珠 / 一颗颗串起来 / 挂在自己的心上。"想象和隐喻贴切而合理，是对爱的一种生动而独特的表达。在《快乐的山》中，诗人把快乐类比为有形的鸟、河流和山，无形的快乐都被喻为可见的东西，意象的巧妙运用让寻常的情感焕发出诗意的光芒，别有情趣。

因为情感的浸润，诗中的意象往往具有双重意义，它们既是自然的，更是隐喻或借代的。诗人借景抒怀，移情于物，写物其实是为了更好地抒情。比如，鲁若迪基多次写泸沽湖，泸沽湖及其相关物在他的诗中俨然就是纯洁、真挚爱情的象征，因而他说"在这个世界 / 只有泸沽湖水 / 能托起猪槽船 / 只有猪槽船 / 能载动纯洁的爱情"，"这里的水深不可测 / 水性再好的男人 / 也难以泅渡"，通过语义的双关道出泸沽湖单纯而浓郁的情感氛围，表达诗人对泸沽湖的热爱和对纯洁爱情的向往与追求。《樱桃》表面写自然生活，而实际隐含着一个生动的爱情故事，种植的樱桃成熟了、结果了、酸或是甜都可能是自然的存在，而它更意味着爱情的发生、成熟过程及其复杂的滋味，把一个自然的生活细节营造成一个诗意的境界，"意"——爱情的多种况味使得单纯的"象"——樱桃获得了多重审美内涵。

鲁若迪基的诗往往不是直抒胸臆，而是多采用叙事的方式、白描的手法，通过独特的意象来借景抒情，借事抒怀，为此而获得了另外一种审美特质——画面感。情景交融的画面充满韵味、富有美感，这样的意境在鲁若迪基的诗中俯拾即是。上文提到的《唤魂》《我爱过的女人走了》《给兰子》《泸沽湖恋曲》《花楼》等都是别具意味的诗画结合的作品，在浓郁的境界中表达思想、感悟人生，诗意隽永。又如《扬场的母亲》勾勒出母亲劳动时的温馨场面：

母亲站在十月的晒场
高高地扬起手臂
秋天就这样生动起来
她轻轻地吹着口哨
把那些四处游荡的风儿
从很远的地方唤来
让汗水喂养的粮食
在风的唇边　沉甸甸地落下来
望着堆成小山的粮食
母亲脸上有了幸福的微笑
秋天就在那一刻定格了

全诗充满浓郁的生活气息，十月的晒场承载着丰收的成果和喜悦，母亲高高扬起的手臂隐喻着农人丰收的幸福，母亲的口哨把风儿从很远的地方唤来，让汗水喂养的粮食在风的唇边纷纷落下，拟人的运用贴切自然，别具韵味。“粮食”“风”和母亲一样都是生命的存在，既是实写也是虚写，想象独特却又合乎情理，生动的充满质感的语言营造出一个幸福温馨的画面，感人至深。

另一首叙述母亲故事的诗《一个彝家阿妈》饱含着诗人对底层人物的深切关怀和同情，它不对老人做任何评价，不直言老阿妈的善良和热情，而是客观叙述一个事实。为了一个登门看望她的客人，老人不惜奉献出家里唯一的经济来源——杀掉仅存的一只鸡，老人精神的富足和现实的困境形成鲜明的对比，行动和言语的力量比高尚的评价或概括更具有说服力。而诗人的言行也无声地道出了内心的感动，老人的爱心和善良在他看来是最干净的东西，他说“哪怕是一口小汤”都无法下咽，夸张的手法，深刻表现出诗人内心的感动和伤悲，“走出很远 / 我也没法走出那份悲凉”，升华了主题，余韵悠长。朴素的语言勾勒出一个别具意味的生活图景，塑造了一个可爱、可敬又可怜的老阿妈形象，和艾青的《大堰河——我的保姆》具有异曲同工之妙。

又如《马蜂窝》也通过画面的描绘表达诗人对生活的细腻观察和独特思考：“核桃树上 / 有个马蜂窝 / 秋风把树叶当作钱 / 数走了 / 马蜂窝开始裸露出来 / 黑色的门 / 开启着 / 等待那些永不飞回的勇士 / 看着马蜂窝 / 看着蜂门筑起的温暖的家 / 心里的竹竿 / 在即将抵达蜂窝时 / 又一节节碎裂。”诗人通过大胆的想象，运用拟人的手法把秋风吹落叶说成秋风把树叶当成钱而数走了，平常的生活因为独特的表达而生发新意。马蜂窝开启着门等待它的主人，把一个枯燥乏味的马蜂窝描绘得温馨而多情，那一节节破裂的竹竿显示了这个特殊的意象产生的独特感染力。

在对生活的描绘和情感的抒发中，鲁若迪基借景抒情，通过丰富的意象来传达内心的感受和人生的体验，而在对自然的描绘中，又报以人性的理解和关怀。他写了大量的描写自然的诗作，如《夜来香》《有一条路》《苞谷地》《怒江》《山雨》《虎跳峡》《金沙江》《洋芋故事》《果流》《斯布炯神山》《狼》《羊》《乌鸦》《喜鹊》《身边的风》《雪地上的鸟》《木耳》《木头》等，特别是故乡、泸沽湖及其湖畔的自然常常成为诗人吟诵的对象，在诗人看来自然都是富有灵性的生命的存在，体现了普米族朴素的万物有灵的自然观。鲁若迪基说：“我的诗歌的民族性，表现在我的诗里有普米族文化的烙印：人不是这个世界的主宰，万物有灵，人与自然和谐相处。”[①]因而，他说木耳是木头长出的耳朵，猜想着“当它被人活活扯下 / 木头是不是暗叫了一声”（《木耳》）；山岗就像一个老人，

① 马绍玺．在他者的视域中：全球化时代的少数民族诗歌．北京：社会科学文献出版社，2007：212.

山里的烟囱好像是老人在吸烟，山肚子里的石头被掏空后，这个山像老人一样佝偻着背，还像病人一样咳嗽，“我还听到他不住地咳嗽／那声音多像爷爷离去前的干咳啊／想到这里／我的泪水忍不住流了下来”（《老人的山岗》）；大地是有心跳的，“当天空闪烁爱的誓言／骏马眼里／两条眠着的蛇／让大地的心脏／停止了跳动”（《铺满鲜花的草原》）；黑夜是有嘴的，它会因为母亲的呼唤而被惊得“久久没有合上嘴”（《望着太阳落山》）；世界也是有尾巴的，“一声狗叫／惊醒了世界／它踩到夜的尾巴”（《短笛》）；风也是识字的，“谁说风不识字／喇嘛们／把经幡挂在高山上／让风去吟诵”（《短笛》）；雨是会出汗的，“那些雨／走了多远的路？／它们的汗／不住地流下来”（《短歌》）；太阳是有眼的，“天边的太阳／也不肯轻易落山／还用布满了血丝的眼／看着我”（《长和短》）；日子也是有牙齿的，“只是藏在齿床下面／就像给孩子喂奶／冷不防咬你一口／揪心地——疼”（《日子》）。这些有形的或无形的东西在诗人眼中不但有生命，而且诗人通过天真的想象移情于物使它们更充满了人的情感和生活的复杂体验。特别是《泸沽湖畔的庄稼》对庄稼的命运做了深刻体悟：

这些庄稼
越来越远离粮食
它们在湖边越长越高
高于灶膛
高于我们的嘴
日子的牙齿
很难咬动它们
作为风景的一部分
它们在风中的哆嗦
只有年迈的老人能感受
只有他们知道
在没有旅游之前

那些庄稼在他们眼里
有时比泸沽湖还美

诗人以非常独特的视角审视庄稼，把庄稼视为有感觉的生命体，通过庄稼跟农民关系的变化、庄稼作为粮食和被当成风景后的不同感受来揭示庄稼的命运。庄稼作为风景，虽然越长越高、越长越好，却越来越远离了自我，远离了生活，远离了作为粮食来维持生命，作为农民的命根的原本价值，它们在风中哆嗦的想象给人阅读的震慑，庄稼的命运让人不由得产生对人类存在的更多深刻联想和思索，扩大了诗作的思想含量，很好地表现了鲁若迪基对生活、对自然的细腻体察和敏锐感受，以及对自然的神奇想象和生命观照，充满了神话色彩。

鲁若迪基的诗不论是内容的丰盈和情感的丰富，还是形式上想象的奇特和意象的新颖，无不受益于自己的母族文化资源。盛产民歌的普米族让鲁若迪基沐浴在民歌的氛围中，在歌谣声中成长，他说母亲的歌谣就像天上的星星一样多，小时候常常在母亲的歌谣中进入梦乡。民歌是他创作的不竭源泉，这不仅体现在诗歌内容上，更表现在人们对于世界的天真想象和理解，那种诗性的思维和简洁朴素的文风，以及朗朗上口的口语化特色，都可以在民歌中找到依据，特别是作为诗人的天真大胆的丰富想象，更是和普米族朴素的自然观、宇宙观相关。鲁若迪基说："在这个科学日新月异，神话逐一破灭的时代，我还是个依然相信着月亮是嫦娥飞奔的月亮，太阳是夸父追逐的太阳的人。我甚至疑心我母亲是斯布炯山神的女儿，不忍心我父亲孤苦伶仃才下凡嫁给他。我总能在我母亲脸上发现神的和蔼慈祥，从我父亲身上看见人的纯朴善良。"这样天真烂漫的想象和对世界带有神话色彩的认识方式，为鲁若迪基的诗性奠定了基础。当然，诗的意象和构思却不是轻松获得的，鲁若迪基说一首好诗的完成常常得冥思苦想多日甚至更长时间，特别的还需要灵感的降临。他那些看似得来全不费工夫的自然朴素的作品，其实都是对生活进行深思熟虑和艺术上冥思苦想的结果。

总之，对故土的热爱和深刻了解、爱的执着追求、母族文化的滋养以及诗人的天赋与探索，成就了普米族诗人鲁若迪基。他以其独特的诗歌追求和尝试走到了中国新时期特别是20世纪90年代以来中国诗坛的前沿，提升了少数民族诗歌在中国诗坛的地位。这样的一条探索之路，为中国少数民族乃至整个中华民族的诗歌创作提供了诸多有益的借鉴。

[原载《诗歌月刊》下半月刊，)，2009年第7期）]

眷念与泪水

——鲁若迪基诗歌论

李美皆

这个叫鲁若迪基的诗人神奇得像一个传说，好像是从《阿诗玛》《芦笙恋歌》之类的电影里走出来的。鲁若迪基来自普米族，一个只有四万多人的民族，他的家在云南小凉山山脉的斯布炯山下、泸沽湖边一个叫果流的村庄里，他的父亲是茶马古道上的赶马人，他的母亲是果流村里的“女王”，“她会唱的民歌如星星一样多”。他说，他是那片土地上千万个孩子中最普通的一个。他还说，作为行吟在那片土地上的歌者，他是幸运的宠儿。他幸运，是因为他深深爱着的那片神奇美丽的土地给了他生命，也给了他诗篇。他说，他的诗是那片土地上的一捧土。

鲁若迪基的诗歌主题，可以简单地归纳为两个字：眷念。其文本所充分表达的，是诗人对故乡的眷念以及对故乡女人的眷念。

一

对于小小的故乡，鲁若迪基有着赤子般的情怀。对于诗人来说，故乡就是“我”，“小凉山很小 / 只有我的眼睛那么大 / 我闭上眼 / 它就天黑了”（《小凉山很小》）。因为故乡太小了，小得令人怜惜，所以愈加对她爱得心口疼痛，“想到雪一样的普米族人 / 我的泪水忍不住流了下来”（《雪邦山上的雪》）。这诚如奈保尔所言：“当你成为一个诗人的时候，你看见什么都想哭。”对于造就了“我”的造物之神，诗人充满感恩：

我不知道
给我老实巴交的双亲的是谁
我不知道
给我一座叫斯布炯的神山的是谁
我不知道
给我一个叫果流的村庄的是谁
我不知道
给我一个看不见的大海的又是谁
我对那个“我不知道”的所在
永远心存感激

——《我不知道》

只有懂得对造物之神感恩的人，才会对生命怀有虔诚的敬意。对于诗人来说，故乡就是“我”的血脉：

河流太多了
我只选择故乡无名的那条
茫茫人海里
我只选择一个叫阿争伍斤的男人
做我的父亲
一个叫车尔拉姆的女人
做我的母亲
无论走在哪里
我只背靠一座
叫斯布炯的神山
我怀里
只揣着一个叫果流的村庄

——《选择》

其实，斯布炯只是一座小得几乎不能叫山的山，爬上一趟，就跟去一趟自家后院差不多，然而在诗人心中，她却是一座神山，与母亲一样无与伦比。果流，诗人故乡的名字，让我为汉语的魅力而折服，两个字的组合，就胜似一幅美轮美奂的图画，因为它是流动的美。五颜六色的鲜美的水果，从山谷间雀跃流过，一路芬芳，这就是这个名字呈现给我的画面。我怀疑这个名字是诗人音译或意译出来的，这是一个属于诗歌的名字：

我从很远的地方来
我知道一个叫和国生的兄长
在一个叫德胜的村庄
等着我
在我还没有出生的时候
那里的村庄就等着我
在我还没有走路的时候
那里的路就等着我
我出生了
我长大了
我终于顺着他们的目光走来了
我们走到了一起
——《没有比泪水更干净的水》

诗人把自己的“血脉”汇入时间和自然的河流，一个家族的血脉流淌成为千古八荒的一部分，这种相伴相生悠悠而来，是生命出处的寻觅，同时也意味着归属感，令人内心安详。对于生命，诗人会如此本能地进行绵长的追溯，这一点，只有贴近自然、贴近大地、贴近生命本真的人才能做到。不知道是不是被现代文明的高楼大厦阻挡了思路，生活在城市当中的人，很少会把血脉延展到自然的时空，也很少会把思绪拉得这么悠远。诗人的目光，可以自由而轻易地穿越到远古：

没有人的世界
谁是第一个
思考这个世界的动物

——《短歌》

只有那些拥有深邃广袤的内心时空的人，才能达到如此自由的穿越。诗人把生息的链条置于一个村子的血脉中：

长大的是孩子
老人一长大
就更老了
…………
生死那么一些人
有人走出村庄了
再也没有回来……
更多的人一生下来
就长了根
到死也没有离开过

——《长不大的村庄》

这里面有忧伤，但那忧伤也是绵厚温暖的。死亡作为最后的归属，是血脉绵延不可避免的一环，诗人也没有回避：

屋檐下的父母
越来越矮了
想到他们最终
将矮于泥土
大风也无法吹散
我内心的伤悲

——《无法吹散的伤悲》

这样的伤悲，似乎也是土地自然的一部分，有土地的厚重、浑朴的质感。生与死都是大自然的一部分，如山野草木。人与自然的和谐，包含着生的和谐，也包含着死的和谐。

鲁若迪基对于故乡的心态是完全自足的，这亦可视为对乡土文明的心态，与此相对应的是他对于以城市为代表的现代文明的批判。“一群羊被吆喝着/走过县城”，“羊不时看看四周/再警惕地迈动步子/似乎在高楼大厦后面/隐藏着比狼更可怕的动物/它们在阳光照耀下/小心翼翼地走向屠场”（《一群羊从县城走过》）；“我是心里装着一群羊/走进城市的”，城市里充满了狼，城市就是一只巨兽，羊“吓得四处奔逃/我自己也迷失了方向”，“只有把一幢幢高楼/想成一座座山/才能找到方向/才能找到我丢失的羊”(《都市牧羊人》）。在上面两首诗中，城市是一头狼，而进入城市的羊象征着来自故乡的美好人性，它不是被狼吞噬，就是在惊吓中迷失。鲁若迪基的诗也写了城市对美好自然的破坏，“一条河/经过一座城的时候/受伤了”，因为，它被工厂阻挡，“看不到向海的路”，终于投入海的怀抱时，“已奄奄一息，海愤怒了”（《愤怒的海》）；城市里，“水泥和砂石/搅拌的轰鸣声”，“让黑夜和白天/没有了界限/城市的灯光下/没有夜/也没有甜美的梦”（《穿过夜空的乌鸦》）。城市文明正在吞噬着乡土文明，对此，诗人感到忧虑，“农田被一幢幢楼吞噬了/嘴角边也没留下一丝痕迹”（《越过远处的山岗》），“那些外出打工的妇女/还是没有回来/听说有几个在春节回了趟家/又把在家的小妹带走了”（《光棍村》）。后一首诗中，还潜藏着一个民族的男性的幽怨：城市抢走了他们的女人。

耕作是乡土文明最基本的特征，所以“一个诗人问我的父母/为什么不搬去城里/他们说没有土壤/种不出粮食”（《短笛》），这里面有对土地的依恋，也有对耕作这种生存方式所带来的踏实感的依恋。泸沽湖现在已经成为一个著名的旅游地，可是，生活在那里的人，却在怀念他们的庄稼：

在没有旅游之前

那些庄稼
在他们眼里
有时比泸沽湖还美

——《泸沽湖畔的庄稼》

无论哪个民族，生活都是用来过的，而不是用来看的。泸沽湖的生活成为商业性的“被看”，便失去其本色，这不仅是对自然的破坏，也是对生活形态的破坏，归根到底，是文化的本真意义的丧失。

乡土文明是贴近自然的，而城市文明则越来越背离自然，因此，诗人尽管生活在城市，却无法认同城市：

林立的高楼
我怎么也无法
把它想象成森林
即便可以
我还是无法
把那些楼里的人
想象成快乐的鸟
来往不断的汽车
我怎么也无法
把它想象成河流……
走在水泥路上
我的头发
钢筋一样竖了起来

——《我无法想象》

也许，正是有现代文明作对比，原始文明才凸显出它的美。可是，无论怎样拒绝认同城市，诗人毕竟还是选择了生活在城市。文明选择上的悖论在沈从文和张承志那里已分明存在，沈从文和张承志都是站在城市文明的立交桥上，眺望并礼赞和企慕着原始文明的，却从不自问：田园将芜，胡不归？城市是人为的存在，乡村是自然的存在，在城市与乡村、现代与原始的对比中，后者显然更接近文学艺术，更适合抒情，更为文艺家所青睐。我曾经见证过一群作家对于新农村建设的争论，一派认为，农村修了柏油路，盖了楼房，把农民安置进去，村子就消失了，乡土文明就消失了，殊不可取；另一派认为，可不可取应由生活在那里的农民来说话，难道为了让不生活在那里的知识分子欣赏到乡土文明，农民就该一辈子走在泥泞路上，住在土院子里吗？这样的争论恐怕永远都得不出“正确”答案，人对于现代物质文明的向往是无法阻挡的，物质文明进程对于原始文明的破坏又是难以避免的，我们只有带着梁漱溟式的疑问拭目以待：这个世界会越来越好吗？现在的农家乐、生态旅游实际上是转了一个圈又回到原点：先为了赚钱把农村和生态变成“物以稀为贵”，再用赚到的钱回来体验，这算不算一种“反哺”？有钱人可以说，没有小溪怎么了？没有溪边的浣纱女怎么了？我有钱，只要我想看，就可以花钱造一条小溪，让一群浣纱女在溪边表演给我看。可是，如果没有钱，就算溪边有再多浣纱女，我又有什么心情去看呢？这听起来好像也有道理，只是，文化的本色失去了。总之，就是钱可以回过头来解决文化问题，而文化无法解决钱的问题。对于这样的问题，文学能给出什么解决之道呢？好像无能为力。然而，鲁若迪基的诗却使我切实地感受到一种文明的美，切实地升起一种珍惜和保护美的愿望，也许这就是文学的无用之用。

诗人对于现代文明精神的软化也感到不满，他写道：

我们在动物园见到的狼
其实是丧家的变种狗
狼作为一个名词
生活在词典的一角
眼里放着幽蓝的光
啊——呜——
就那么简单的一句

就令现代诗人自愧弗如

——《狼》

而在另一首诗里，他用想象来填补心中的不满：

没有鹰的天空
真的空了
想象了一下
一只鹰从心里飞出

——《鹰》

鹰象征了一种雄性的精神，可是，它只能在想象中从心里飞出了。城市的天空是没有鹰的，没有鹰的天空被我们默认为正常。我们已经习惯了没有鹰的天空，就像习惯了没有英雄的年代。

狼代表的是野性，杰克·伦敦曾经写过《野性的呼唤》，鲁若迪基也写过《体内的野兽》，可是，这些野性万一真的被呼唤出来，将往哪里安置呢？野性，即原始性，是在人与野兽的争斗中养成的，而在人与人的争斗中，养成的是美其名曰“文明”的东西，这种“文明”的摧伤力并不在野性之下，那么，闯入文明的野性将如何存身？电影《金刚》中，女主人公把拯救她的大猩猩金刚带回城市，可等待金刚的是文明的围堵和捕杀，金刚注定无路可逃。呼唤原始人性的回归只怕是叶公好龙式的悖论，因为，虽然那个学会驭龙术的人正苦于找不到龙，但这世界上，毕竟连假装好龙的叶公都没有几个了，龙若真的来了，该怎么办呢？它能找到那个会驭龙术的人吗？那个会驭龙术的人会找到它吗？叶公好龙，并非虚伪，只是在不同维度的喜与不喜而已。

在《小凉山的歌》这一辑中，《木耳》是一首特别奇妙和精巧的诗：

是木头
是木头长出的耳朵

木头的耳朵
它听到了什么
当它被人活活扯下
木头是不是暗叫了一声
我们把它煮熟
放进嘴里的一刹那
只一声脆响
我们仿佛咬了自己的耳朵
那一刻　我们木了

这首诗由木耳到人耳，由木到人，无论感觉还是意象，都有一种绝妙的对称性，这种对称性达到了一种可以用点和线以及立体的空间概念来表达的程度，仿佛一张对折起来便可以相互印证的纸，简直是巧夺天工的神来之笔，堪与顾城的《远和近》、卞之琳的《断章》相媲美。

二

在两性伦理已经固定成型的今天，泸沽湖是一个美丽的异数，一个文化的另类。泸沽湖的水和泸沽湖的女人令外面的世界绮念丛生而又无从表达，但在泸沽湖边长大的鲁若迪基却可以大胆地唱出《泸沽湖的爱》。“只想在你手心抠一下 / 告诉你 / 我已爱上了你”，“看看抠了下手心 / 先是吃惊 / 后笑了笑 / 再低下头的女人 / 我不知道 / 自己还能不能走出泸沽湖”（《泸沽湖恋曲》）；“在花床上 / 抠一下你爱上的女人的手心”，“这就是泸沽湖 / 这里的水深不可测 / 水性再好的男人 / 也难以泅渡”（《泸沽湖》）；“你说在她最美丽的时候 / 学会低头 / 她才会美丽一生 / 为了守护你一生的美丽 / 我像一头雄狮 / 昂首天外”（《披星戴月的女人》）……“抠一下手心”，这是泸沽湖男人和女人的爱的情态，没有更多的表达，只这轻轻一下，就挠到心的痒处，令人怦然心动。在鲁若迪基对于女性的审美中，“低头”是其最钟情的一个美的姿态，就像徐志摩所赞美的日本女人：“最是那一低头的温柔，像一朵水莲花不胜凉风的娇羞。”在两性关系以女性为主导的泸沽湖，女人原来也是这般低眉敛首不胜娇柔，如泸沽湖的水。这样的阴柔，足以激起泸沽湖男人的阳刚，男人才能像“雄狮”，才能“昂首天外”。中国传统的两性审美就是阴阳合道，我的家乡对两种人不以为然：仰头老婆、低头汉，这就对男女两性的姿态分别做了审美和文化上的规定。鲁若迪基所秉持的，也是传统的两性审美观念和文化观念：男扬女抑。“我唯一不想错过的/只有一根肋骨/没有它/我确实有点疼”(《唯一的骨头》)，在诗人的意念里，女人仍然是男人的那根肋骨，重新拥有这根被取走的肋骨，男人才完整，可是，女人呢？女人是完整地消失于男人之中吗？在一个看似以母系文化为主导的地方，大行其道的却是父系文化观念，这有点匪夷所思。站在女权主义的角度，这似乎首先应该加以批判，然而，沉吟之后，我却更愿意加以肯定。这个沉稳的肯定，是从泸沽湖两性关系中看到阴阳相济的和谐与平衡后所做出的可靠判断。我曾经困惑，泸沽湖的男人是被动压抑的吗？泸沽湖男人是不是已经沦为“被看”？这个困惑在此得到了解答。也许，泸沽湖的女人与外面的女权主义者是不一样的，在两性关系当中，即便行使自己的主导权时，她们也是低着头的。当然，这是一名泸沽湖男性的两性审美和文化心态，未必能代表泸沽湖的女性和泸沽湖的实际状况。

鲁若迪基的情诗更多的是表达对一个具体的女人的爱恋，这个女人叫兰，是“我”的女人。“有一个女孩/在不为我知的地方/静静地生长/当她出落成一个美人/我把她搂在怀里/骑马走了/她的父母/眼巴巴地站在屋檐下/目送我翻过山去/我不敢回头/他们可怜兮兮的模样/让我难过/让我不安的是自己还有小偷的感觉/几年后/我把两个孩子送到二老面前/他们的脸上才有了笑容/到这时我才长长地松了一口气”（《一口气》）；“我把一个/为我生儿育女的/摩梭女人/称作兰”，“她的幽香/芬芳着我的山谷”（《兰》）；“我想，只要自己有的/都把它献给你/然而，除了诗外／我没有什么再好的礼物献给你了／所以，我用心写这首诗／再找个地方发表／让人们知道我是多么爱你／我想，有一天我会死去／而这首诗会留下来／一个叫兰子的姑娘／也会活在诗里／幸福地微笑”（《给兰子》）；“这是周末／女人起床后／站在院内梳妆／发源于她头上的瀑布／刚刚从黑夜中醒来／无声地流过她的双肩／我泡了杯清茶／等待着阳光越过墙／把她照亮”（《无题》）。这是一个幸福的女人，她在山的怀抱里，温柔地、安心地做着水；只有真正像山一样的好男人，才能给女人这种如水的幸福感。诗人为我们展示的，是田园牧歌式的两性生活图景，让人想起那些男耕女织、自给自足的过去的日子。理想的爱，就是“绿水青山带笑颜”。经过了文明的千回百转，许多美好的东西反而迷失了，不知道那些文明的现代意识将要把人类带到哪里去。现代女性的期许，也许又回到了那种男人是山、女人是水的爱，只是，经过了若干文明的闹腾，能够成为山的男人，已经没有几个了。这就是我们目前所面对的文明的局面，如邯郸学步。

文明人似乎已不习惯如此炽热地表白爱情了，“兰子／我是你的‘野人’啊／我是你的‘疯子’啊／没有你／我不知道去哪里撒野／也不知道去哪里发疯了”（《给兰子》），“当我的舌尖／被你轻轻咬住／我的心在说／你是我今生吻不够的女人啊／你是我今生抱不够的女人啊／你是我今生爱不够／来世还要爱的女人啊”（《给爱人》），这种“烫人”的诗句，这种“疯子”一般的热烈表白，最简单、最直接，也最能够把女人融化。然而，它似乎已不适合城市的文明语境。不是现代女性听不得如此直白的表达，而是表白者本身也未必相信这样的话。如果不是来自灵魂，如果自己都不相信，说出来也是“山寨”版的，只能“雷”人，不能动人。现代人太多地探讨爱，反而不知道什么是爱了，所以，这种简单的爱是何等可贵。我为这世界上还有男人这样爱着女人而感到欣慰，仿佛那是所有男人对所有女人的爱。“我总是那么迫不及待／想在听见之前／成为声音／看见之前／成为目光／只要一个念头／就能在你的身旁／我总是那么迫不及待／想用一万只手搂紧你／用舌尖上的火／把你点燃”

(《我总是那么迫不及待》)，诗人用速度来表达爱的渴念，更具有诗歌的艺术性，也更加见出情感的火焰。

“千百年来 / 只有摩梭人 / 能穿越死沉的婚姻 / 走进爱情里”(《走婚》)，这首诗触及了爱情和婚姻的伦理问题。今天，爱情婚姻伦理已经作为一门显学进入学者的视域，甚至进入课堂。可是，如果失去了爱的能力，再多的伦理又有什么用呢？爱的伦理难道比爱本身更重要吗？今天的人们，爱的能力在急剧萎缩，爱的探讨却欣欣向荣，只是，越探讨越不纯粹，爱情正在成为智力问题，而不是情感问题，“爱情即战争”成为许多爱情小说的要旨，鼻祖可追溯到张爱玲的《倾城之恋》。“爱或不爱 / 是比死还是活 / 更难回答的问题”(《断章》)——这应该是外面世界的问题，而不是摩梭女人的问题。现代人已经完全打破了爱情永恒的神话，但在爱之初，却仍然要信誓旦旦地许以永恒，因此，爱的定夺才会那么郑重其事乃至煞有介事。其实过后看看，根本不需要那么用力，以如此重力来对待必将迅即变轻的爱情，那样会产生失重感。宝玉说：“早知今日，何必当初。”黛玉问：“今日怎样？当初又怎样？”因此有了宝玉对黛玉的第一次表白，同时也是二人之间的定情。但看今天的爱情，几乎所有的“今日”都是对“当初”的否定，爱是会否定自身的,就像一个人的后半生否定前半生,一部戏的下集否定上集，爱终将破产，几乎与人终将死亡一样必然。倒不如摩梭女人，不探讨那么多爱情伦理，也不忠于哪个人，而只忠于爱情；不以永恒设限，也不要那么周全的衡量，完全出于自然：想要那个人，就是爱情。这简单的真谛，反而保证了爱的真纯。外面世界里的爱情为种种文明的规则界定着，为种种现实的考量束缚着，如龚自珍笔下的病梅，不死也僵了。

渡边淳一说：“我有一种危机感，感到人类已经迷失了自己的原点，他们不知道在高度发达的文明社会的反向极上，我们人类充其量不过是动物，既然作为生命的物体来到了这个世界，我们就应该让自己的生命更加灿烂，重新唤回生物本应有的雌与雄的生命光辉。……令人欣慰的是《失乐园》引起了反响，我认为这是因为许多人内心深处持有同样的危机感，他们对人类重新回到雌与雄的原点怀有本能的憧憬与期待。”[①]这在一定程度上佐证了我对摩梭式爱情的肯定。

文化是由其规则所决定的，一种规则决定了一种文化。所谓贞操，不在摩梭文化的规则之中，因此，摩梭女人在这个方面拥有了被豁免的自由。摩梭文化的发源为什么不是男人来选择女人走婚呢？不过，女人走婚倒是顺应了“女想男隔层纸，男想女隔堵墙”的自然规律，使其能行得通。但是，如此一来，作为“家长”的女性承担的也就多了。摩梭的走婚是自由的，这种被认可的自由规则决定了不会有分手的后遗症，而现代男女分手的麻烦太多了。一种文明的属性与其属地也密不可分，摩梭人一旦走出泸沽湖，走婚可能就变得不自然甚至不成立了。比如，对杨二车娜姆，我们应该怎么看呢？我感到迟疑。进入泸沽湖的外面的男人和走出泸沽湖的摩梭女人，在不在摩梭文化豁免的自由之列呢？假设一个外面的女人在泸沽湖住上两个月，再回到原来的世界，别人会怎么看她？如果鲁若迪基的诗能够触及这些问题，进行深度思考，也许会更有思想和文化含量。

泸沽湖太遥远，然而，读鲁若迪基的诗，对我来说也是一种文明的提醒，比如，读着读着，我突然想起家里的木桶已经很久没泡了，家里有瓶森林泡泡浴盐也好久没用了。整个冬天，我都到健身房的跑步机上去，折腾上二三十分钟，然后大功告成地在众多女人关于保姆、澳大利亚羊毛毯、猫、狗、肚皮舞、房价、肉价、叉烧包……的话题中沐浴更衣。这一次，我坐进了森林泡泡覆盖的木桶里，继续读着关于泸沽湖的诗。虽然是伪自然，感觉也很不一般。

鲁若迪基的诗没有撕裂疼痛喧嚣疯狂，它是关于一个民族的生命与自然的没有神话的“神话”，不是史诗的“史诗”，纯净和谐如他的普米民族。对于自己的水土和民族，诗人所有的感情都跟爱情一样美。鲁若迪基在《心中的鸟儿》中写道：“我的内心里／有无数的鸟儿。”但是，“我担心一旦它们轻易飞出去／就找不到留

① 渡边淳一．复乐园．竺家荣，译，北京：作家出版社，2010：309.

宿的地方”。实际上，这些如泰戈尔的小诗一般纯美的“飞鸟”，已经在我们心里“留宿”，因为它们，我记住了这个叫鲁若迪基的普米族诗人。

［（原载《南京理工大学学报》（社会科学版），2011 年第 2 期）］

不一样的天空

——对普米族诗人鲁若迪基诗歌的一种解读

纳张元

鲁若迪基是中国诗坛上一颗璀璨的新星，他以充满灵性的笔调，给我们描绘了在小凉山有一片不一样的天空，在那一片不一样的天空下，有着不一样的生活。我不止一次被他那质朴得近乎笨拙的文字所抒写的朴素感情深深打动，我也同时被他那田园牧歌式的漫不经心的叙说中所呈现出的奇特想象深深吸引。

鲁若迪基的诗歌大都写得很简短，七八行，十余行，写得很朴实，很真挚，既有鲜明的地域特点，又有浓郁的民族特色，看一首、两首，觉得他似乎写得很简单，看得多了以后，就会发现它们分别从不同的侧面给读者介绍了鲁若迪基故乡小凉山的方方面面，以及鲁若迪基成长过程中的点点滴滴，就好像鲁若迪基本人从从容容地迎面向我们走来，愈近愈看得清晰，愈近愈显得细腻丰富。最后，不但让我们看清了鲁若迪基的外形，还看到了他丰富而深邃的内心深处。所以，捧读鲁若迪基的诗歌，我有一种在读鲁若迪基的心灵档案的感觉，又好像在读一部家园史诗。

鲁若迪基的叙述像他的为人，不事张扬，很低调。但我们能清晰地感觉到，他以自己的独特方式感受岁月的日光流年，倾听古朴苍凉的小凉山沉稳有力的脉搏和沉重的叹息，体验山民们卑微的生命在生存困境中的挣扎状态。山村的贫瘠、落后，造成了人们生活的艰辛；生活的艰辛，又往往使人们充满抱怨。所以，时下的许多诗歌充斥着怨气、牢骚气和鸡零狗碎的小家子气，而恰恰缺少诗歌作品最可贵的清正之气。鲁若迪基的诗歌不怨天、不怨地，心平气和的叙述中透出作者的雍容大度和对生活的热爱：把忧郁的日子塞进酒壶的“山里人”、载着爱情的“猪槽船”、令人心碎的“花楼”、同爱情一起成长的“苞谷地”、让人彻夜难眠的“夜来香”、小凉山勾魂的“月亮”、紧系着高原之魂的“金沙江”、能弹奏出山林交响乐的“山雨”、在十月的晒场“扬场的母亲”……如数家珍的散淡叙述中，无不凝聚着诗人对家乡的挚爱之情和对生命的独特感悟。他淡化个人情感的主观抒发，而注重对客观景物的如实描写，以形成作品的史诗格调。展示在读者眼前的是小凉山的自然景观和诗人的喜怒哀乐，引发读者的却是高远的联想和对社会人生的多角度思考。所有的诉说都紧扣小凉山那一片不一样的天空，内容随诗人的思绪和感情自然流转，极富跳跃性，给读者留下丰富的想象和思索空间。

鲁若迪基很容易知足，所以他心态平和，很善于从平淡的生活中寻找人生的乐趣和生活的亮点，“我是小凉山／是把女人从传说从苦海荡来的／猪槽船／为寻梦而至的蓝眼睛黑眼睛们／一个如意的归宿”；“是不肯回头的目光流水／是鹰划过长空的一声嘶鸣／也是爱得深恨得深的男人／无法忍住的／眼泪”；“踽踽而行／与夜为伍／只因你是唯一让我心跳的女人／你是我全部的痛苦和欢乐／我无法堂堂正正走出你的家门／只有越墙而逃”；“习惯于崎岖／走出并不崎岖的感觉／属于梦的年龄／一切算不了什么／山道，不过是我手里一根鞭子”；“那些水稻很实际／那些水稻就在田野里／金黄金黄的／代表秋天发言”；“母亲站在十月的晒场／高高地扬起手臂／秋天就这样生动起来”。贫民的饮食、民间的风俗、小人物无拘无束的生活等都给了他创作的灵感，无一不成为他创作的审美对象，经过鲁若迪基的妙笔浸润，展示在读者面前的是一幅幅丰富多彩的百姓生活图，透露了作者深切而纯朴的民间情怀和思乡之情。知足常乐，保持一颗平常心，是中华民族坚韧性格的体现，也是诗人对恒常生命的领悟。难能可贵的是鲁若迪基在描写这些民间生活方式时，自得其乐，独有见地，给艰苦的灰色生活添上了乐观的一笔。

我总认为，流浪是人的一种命运，漂泊是最高形式的人生。生命始终在赶路，精神总是被自我或外部世界放逐，人的精神总是以“生活在别处”作为基本存在状态，家园意识成了诗人们永远走不出的精神乐土。我的这种观点在鲁若迪基的作品中再次得到印证，“我曾属于原始的苍茫／属于艰难的岁月／如今，我站在脚手架／把祖先的梦想／一一砌进现实”；“经幡阴影下／你佝偻的背／让我不忍卒读／那是梵文上的一个字么”；“山里有很多小溪少女／她们没有见过海／却常常做着／海的梦／她们呆呆地坐在床上／听风吹打着古老的门窗／这时候，海便咸涩地挂在／她们的眼角”；“不想知道天有多高地有多深／只想以山民后代的名义／吆喝着群山／走向没有回声的平原”。表面上看是鲁若迪基的怀旧情结，实质上是集中体现了鲁若迪基的家园意识和厚重的历史感。鲁若迪基苦心追求和营造的精神家园丰富多彩，有的是他至今怀念的一个人、有的是他生活过的某个环境、有的是一种文化习俗、有的是一段遥远的感情、有的是永远无法到达的梦幻世界、有的是始终流淌在鲁若迪基心底的一种情绪……总而言之，鲁若迪基的这种恋土情绪、家园意识是以对往事喋喋不休的怀念的方式体现出来的，故乡既是精神支柱，又是鲁若迪基的情感之源。不管走出多远，鲁若迪基永远也走不出他自己的这颗恋土之心。

人类通过劳动来获得物质资料，达到支撑和延续自身生命的目的，劳动成了沟通物质与生命之间必然因果关系的桥梁。人类为了获得物质资料所进行的劳动过程的艰辛，以及生命因物资匮乏在困境中勇敢拼搏的坚韧毅力和由此焕发的生命光辉，构成了物资与生命的特殊文化叠影。“在我生长的地方／开门见山／山里有猎人谛听／渐渐远去的踪迹／有背系羊皮的女人／背着花篮穿过密林”；“喝苏里玛酒的父亲读我／目光常追逐起一只翱翔的鹰／背系羊皮的母亲读我／眼里一片绿色的希望”；“水引来了／温饱问题自然解决了／可是，那些外出打工的妇女／还是没有回来／听说有几个在春节回了趟家／又把在家的小妹带走了”；“穿着披毡麻布从刀耕火种／走来／风餐露宿从黎明前的黑暗／走来／看呀／我用手臂掀动狂风巨浪／荡去枯枝败叶无尽的灾难／让十二个民族在新的枝头／

吐露心曲”。这些诗句体现了鲁若迪基关注劳动、关注人们赖以生存的物质条件，面对被贫穷和饥饿苦苦折磨的父老乡亲，他很心痛，却又很无奈。人类史，从某种意义上来说，就是一部人类通过不断劳动来延续自己生命的同时创造新生命的文化史。物质与生命的关系问题，好像历来都是哲学家们思考的命题。但在这样一个物欲化日趋严重的时代，以鲁若迪基为代表的诗人们也在用哲学家的头脑思考问题，他们在认真审视和思考形形色色的人身上所体现出的物质与生命的种种不同存在的方式，并极力探寻蕴涵在其中的文化谜底。我们生活在一个物质世界里，这不仅仅是一个在理论上具有无限可能性的物质世界，还是一个具体的、历史的现实世界。人类的生命如同其他物种的生命一样，既有普遍性又有特殊性，既有它的群体表现又有个体表现，但归根结底，具体的生命必须以基本的物质为依托，以现实世界作为存在方式。在这样一个为解决温饱而终日劳碌的农业大国，人们为了生存，几乎有些不择手段，他们狩猎杀戮，他们刀耕火种，这既是鲁若迪基的无奈，也是千百万在生存困境中苦苦挣扎的中国农民的无奈，更是一个农业大国在新世纪时面临的现实和无奈。劳动既是生命的一种运动方式，也是对这个物质世界的一种确认，劳动使生命脱去了它抽象的外衣，与具体的物质融为一体。物质不灭，生命的法轮就常转常新。

总之，寻找精神家园是诗人乃至一切艺术家都共同爱做的一个白日梦，鲁若迪基也不能免俗。但真正的精神家园是子虚乌有的，每次寻找都只是净化灵魂的一段心路历程。于是鲁若迪基为我们构建了一片不一样的天空，那里的太阳落山不一样，那里的棠梨树下的人与众不同，那里牧羊的地方或划着猪槽船随遇而安的走婚更是令人神往。鲁若迪基把含蓄和坦率、深沉和明快、丰富与单纯相融会，以特有的高原气质，给人以回味不尽的美感。重要的不是结果，而是寻找过程中精神朝圣的情感体验，捧读鲁若迪基的心灵档案，我们又跟着潇洒走了一回。我们真心希望鲁若迪基能成为小凉山这块心灵净土的忠实守望者，并为我们吟唱出更多气韵沉雄的家园史诗。

（原载《星星》，2012 年第 3 期）

在纯净的泪水中回归自然，感悟生命

——鲁若迪基诗歌赏析

柏　桦

我感受到鲁若迪基诗歌的美，源于他被谱成流行歌曲传唱的诗作《小凉山很小》。歌唱故乡和亲人，感怀乡情和亲情的诗篇和歌词，数不胜数，但这样别具匠心又令人叹服的写法，并不多见。你若是读了《小凉山很小》，也会向诗作者竖起大拇指，“小凉山很小／只有我的眼睛那么大／我闭上眼它就黑了／小凉山很小／只有我的声音那么大／刚好可以翻过应答母亲的呼唤／小凉山很小／只有针眼那么大／我的诗常常穿过它／缝补一件件母亲的衣裳／小凉山很小／只有我的拇指那么大／在外的时候／我总是把它竖在别人的眼前。”

这样的诗作，在鲁若迪基的诗歌中并不鲜见。鲁若迪基背靠的是比珠穆朗玛峰还要“高大雄伟”的斯布炯神山，“如果每个人／都要有自己的靠山／我背靠的山／叫作斯布炯／在我心目中／它比珠穆朗玛峰／还要高大雄伟”（《斯布炯神山》），喝的是“太阳落进去／只有镜子那么大／月亮落进去／只有月饼那么大／星星落进去／只有眼睛那么大”的泸沽湖的水（《泸沽湖很大》），在一个“像月亮也像太阳的村庄”果流出生并长大成人，“那里的雨是会流泪的／那里的风是会裹人的／那里的雪是会跳舞的／那里的河在我身上奔流为血／那里的山在我身上生长为骨”，他“熟悉那里的神／也认识那里的鬼／他们见了我／都会拥抱一下／这个世界／只有那里的鬼／不会害我”（《果流》）。

你看，他有这样坚实的靠山当依托，这样灵性的山水做滋养，就连那里的鬼都向着他，庇护他，我们也就不难理解，鲁若迪基为什么能够写出一首又一首情感真挚丰富、构思新奇巧妙、视角独特别致、风格清新明快的诗作了。

我试图寻找开启鲁若迪基诗集心灵世界的密钥，我找到了，那就是鲁若迪基贯穿诗集始终的爱与悲悯，它以泪水的形态在诗集中或明或暗地不断出现，唤醒我们灵魂深处相同、相似的回忆，让我们在和诗作者一起体验爱与悲悯时回归自然、感悟生命。

一位朋友去了另一个世界，想着再也不能与他欢聚、吃烤洋芋和苦荞粑粑，喝苏里玛酒，鲁若迪基的心中天寒地冻："冬天来临／我想起冬天来临／知道秋天走了／我不忍看见一位朋友离去／转过自己的头／他会到哪里去呢／为什么属于他的天空／没有听到大雁飞过的声音／难道冬天就这样来临。"男儿有泪不轻弹，泪湿双眸的他只好假装烟灰落进眼里，"冬天来临／我想起冬天来临／一阵风撞进门来／把屋子里火塘的烟子吹进眼里／泪水就这样流出来了"（《冬天来临》）；"我走进屋里／火塘是热的／饭菜是热的／端起碗／一朵雪花就飘落下来／很多往事／这时候／哽在我的喉头／让我无法下咽"（《我爱过的女人走了》），火塘和饭菜是热的，心是凉的，一朵雪花融化了冰封的往事……这是对逝去的爱欲洒还休的泪；"山肚子里的石头／被渐渐掏空／他佝偻着背／一阵大风就能把他吹倒／一个晚上／我还听到他不住地咳嗽／那声音多像爷爷离去前的干咳啊／想到这里／我的泪水忍不住流了下来"（《老人的山岗》）。诗人鲁若迪基不仅珍惜友谊和爱情，也关注故乡在现代工业入侵下的命运变迁，对一座（也许是无数座）被挖掘机一天天掏空山肚子、由青壮年变成老人、即将不复存在的山岗，充满了无可奈何的痛惜之情……《我的泪水也无法让我想起》则是鲁若迪基对自己成为城市人的一种反讽和反思：即便西装革履地走在城市的柏油马路上，依然不敢忘记也无法忘记黑屋子里母亲温暖的笑脸和故乡皎洁的明月……《斯布炯神山》中诗人洒下的热泪，是他对母亲的土地、父亲的山岗顶礼膜拜的圣洁泪水，母亲的土地、父亲的山岗是他生命的根和摇篮，是供养他身体和灵魂的命脉，“在我离开故乡的那天／我虔诚地给自己家的神山／磕了三个头／我低头的时候／泪水洒在母亲的土地上／我抬头的时候／魂魄落在父亲的山上”。“我看到了雪／看到了雪邦山上的雪／它在阳光下闪闪发亮／映照着我内心的洁白／想到雪一样的普米族人／我的泪水忍不住流了下来”。（《雪邦山上的雪》）这是鲁若迪基对普米族深沉而炽热的爱凝聚而成的泪水，这泪水里隐藏着复杂的感情，有崇敬，也有忧患。这也是感恩的泪水，没有雪邦山上的雪圣洁的光芒，就没有诗人内心的洁白；“没有比泪水更干净的水”无疑是整部诗集的诗眼或是宣言，“我从很远的地方来／我知道一个叫和国生的兄长／在一个叫德胜的村庄／等着我／在我还没有出生的时候／那里的村庄就等着我／在我还没有走路的时候／那里的路就等着我／我出生了／我长大了／我终于顺着他们的目光走来了／我们走到了一起／母亲的泪水流下来／父亲的泪水流下来／兄长的泪水流下来／妹妹的泪水流下来／我的泪水流下来／我们的泪水流在一起／在这个世上／没有比泪水／更干净的水了”（《没有比泪水更干净的水》）。

在这个世上，还有什么样的水，比泪水更干净？还有什么样的情感，比亲情更血浓于水？一个普米族家族的成员在相亲相爱的泪水中相逢，爱的泪水让他们血脉相连，心魂相通。一个普通的普米家族和谐共生的原生态生活状态，映射出普米族的凝聚力和向心力，他们在泪水中携手前行，分担生活的苦痛，分享神赐予的欢乐，没有什么能够把他们分开……再看源自异域的《疼》：“电视里／一群巴勒斯坦青年／向坦克和装甲车／投掷着石块／一袭黑衣的女人／在应该怀着孩子的地方／揣上了仇恨和炸弹／走过长夜……／我的泪水悄然流下。”在这里，诗人对芸芸众生的仁爱之心和人性的关怀，已升华为对世界和平的呼唤。

诗人献给故土家园和父老乡亲的诗篇，是由纯净的泪水凝聚而成，用泪水浸润的诗篇，是诗人献给哺育、抚养他的秀丽山川和父老乡亲的最好礼物。我想，一个常常在诗里为亲情、友情、爱情、乡情，为天地万物流泪的男人，他的内心一定是善良、善感的，柔弱、柔软的，同时也会是透明、透亮的，辽阔、广阔的，充满芬芳的……

我们在鲁若迪基含泪写成的诗歌中得到的体验和共鸣，来自鲁若迪基对普米族自然、朴素、单纯、真挚之美的真诚体验和虔诚膜拜。“我的诗是长在这片土地上的另一种作物 / 有洋芋的甜、苦荞的苦 / 还有不为外人道的一丝神秘”，“我深深地爱着这片土地上的人们 / 我的诗里有他们的笑 / 他们的泪和期盼 // 我与他们同悲同喜同落泪 / 并对未来的日子充满希望”（《小凉山上的另一种作物》）。

对故土家园和父老乡亲的眷恋和赞美，在诗集中占据着举足轻重的地位。“天空太大了 / 我只选择头顶的一小片 / 河流太多了 / 我只选择故乡无名的那条 / 茫茫人海里 / 我只选择一个叫阿争伍斤的男人 / 做我的父亲 / 一个叫车尔拉姆的女人 / 做我的母亲 / 无论走在哪里 / 我只背靠一座 / 叫斯布炯的神山 / 我怀里 / 只揣着一个叫果流的村庄”（《选择》）。

鲁若迪基骄傲地把父亲母亲以及他生活过的山岗、村庄的名字介绍给读者，他对神的安排充满感激，面对上天恩赐的一切，他常怀感恩之心，他对故乡和亲人的爱别无选择，永不更改。他在《小凉山上的另一种植物——代后记》里写道：“我总能在我母亲脸上发现神的和蔼慈祥，从我父亲身上看见人的纯朴善良。”他歌唱父亲镰刀上的光芒，这光芒照亮了他的一生，“一个老人 / 在手上吐了口唾沫 / 拿起镰刀 / 走进田里 / 远远地 / 就那么闪了一下 / 便什么也看不到了 / 我仿佛沉入一片土地 / 正被一双厚实的脚亲近 / 当那把镰刀再次闪现 / 那光芒就照亮了 / 遥远木屋漆黑的一角 / 在那一瞬 / 我看见了 / 一张布满沧桑的 / 父亲的 / ——脸”（《光芒》）。他赞颂母亲筛子里的慈爱，是母亲用筛子筛走了日子的艰辛和劳苦，留下了儿女的温饱和前途：“家里有两把筛子 / 一把细筛 / 一把粗筛 / 母亲用细筛筛我上学的盘缠 / 再用粗筛筛家里人吃的粮 / / 今夜 / 当我面对稿纸 / 仿佛面对筛子的眼 / 不知不觉被筛得七零八落 / 最后筛出一粒石子 / 细看是一颗肉长出的心。”他害怕岁月偷走镰刀上的光芒和筛子里的慈爱，“日子的尾巴 / 拂不净所有的尘埃 / 总有一些 / 落在记忆的沟壑／屋檐下的父母／越来越矮了／想到他们最终／将矮于泥土／大风也无法吹散／我内心的伤悲”（《无法吹散的伤悲》）。他最开心的日子，是“阿金米义色”（普米话，我回家了）。让身体和灵魂一起回家：“从柏油路／回到山路／从钢筋混凝土的楼房／回到木屋／从熟悉而又陌生的人群／回到父老乡亲身旁／从汉语回到母语／告诉斯布炯神山／和每一个果流人／阿金米义色。”他最忧郁的时刻，是在异乡想念故土亲人：“道路是陌生的／房子是陌生的／人群是陌生的／只有头顶的天空／故乡的一样深蓝／在这个城市的一角／一个普米诗人／写下了——／我的故乡。”（《异乡》）不管去到那里，他都会想念“蓝得没话可说”的“云南的天空”，“不染一丝灰尘”的洁白的云朵（《云南的天空》）和故乡的棠梨树（《棠梨树》），想念“映照着我内心的洁白”，使诗人成为“雪一样的普米族人”的雪邦山（《雪邦山上的雪》），当他“望着太阳落山”，看到“母亲的呼唤”惊得“黑夜久久没有合上嘴”（《望着太阳落山》），他向万物和神灵祈求：“你可以把什么都带走／只要留下我对小凉山的爱和祝福。”（《你可以把什么都带走》）……斗转星移，地老天荒，诗人对小凉山的爱和祝福，与日月同辉，与天地共存。

心有大爱，心存悲天悯人的情怀，使鲁若迪基对偶遇的彝家阿妈、素不相识的乞丐，对一群羊、几只鸟、一窝喜鹊、一个马蜂窝、路遇的小蛙，甚至是一块木耳、一段木头，也寄予了无限的关爱和怜惜。《一个彝家阿妈》叙述了一个住在马金子牦牛坪的彝家阿妈孤身一人，一贫如洗，“家里除了些洋芋/找不到其他粮食”，然而，她却要用家里仅有的一只鸡来款待她心目中“最尊贵的客人”。鲁若迪基没有让阿妈为他杀鸡，给了她一些钱，走了，面对这份人世间最干净最无私的爱，诗人既心怀感激又心情沉重：“走出很远/我也没法走出那份悲凉。”《乞丐》讲述了诗人在翻越万格梁子时遇到一个乞丐，他“伸出枯枝一样的手”向诗人行乞，诗人由于身上没有带钱，只能给乞丐发了一根烟并替他点上，为此，诗人深感遗憾和难过：“要知道/饱经风霜的他/在这个世上/只会向有诗心的人/伸出手啊！”《一群羊从县城走过》画面生动，细节传神，含义深邃："一群羊被吆喝着／走过县城／所有的车辆慢下来／甚至停下来／让它们走过／羊不时看看四周／再警惕地迈动步子／似乎在高楼大厦后面／隐藏着比狼更可怕的动物／它们在阳光照耀下／小心翼翼地走向屠场。"一群天真无辜的羊路过县城，成为县城一道美丽的风景线，车辆为它们让路，路人向它们行注目礼，但它们仍然不能逃脱被屠宰的命运……在《羊》里，作者为温顺驯良的羊儿喊冤，"为什么到死／也没有一只羊／站出来／对人吭一声呢"。《雪地上的鸟儿》写一群鸟儿饥寒交迫、无家可归，依然要面临顽童弹弓的瞄射……《马蜂窝》则描写了人类对捣毁马蜂窝、破坏动物家园这种看似司空见惯的行为的觉悟和忏悔，"看着蜂门筑起的温暖的家／心里的竹竿／在即将抵达蜂窝时／又一节节碎裂"。木材被焚烧本是寻常事，但在诗人笔下，木头不仅有疼痛的感觉，而且也有父母和亲情，"成为木头之前／是树／而且是树的主干/成为木头之后／什么也不说了／在烈火中烧成灰烬时／却叫了一声／——妈"（《木头》）。《路遇》是一首对弱小生物充满怜爱和悲悯情怀（最后推及人类自身）的诗，"雨后／指头那么大的蛙／满地跳来跳去／我走在路上／小心翼翼／怕不小心要了它们的命／有时，不得不停下脚来／仔细辨认那灰色的一点／是不是小蛙／如果有什么／从我们头顶走过的时候／也能小心翼翼／我不知道／还有什么比这更幸运"。在这些诗里，最让人印象深刻的还是《木耳》，"是木头／是木头长出的耳朵／木头的耳朵／它听到了什么声音／当它被人活活扯下／木头是不是暗叫了一声／我们把它煮熟 ／放进嘴里的一刹那／只一声脆响／我们仿佛咬了自己的耳朵／那一刻／我们木了"，在这里，作者没有简单地把木耳拟人化，而是把自己当成了有血有肉的木耳……

鲁若迪基献给爱妻兰子的众多爱情诗，如《给兰子》《给爱人》《心中的菩萨》《无题》《身边的风》《生日的礼物》《想你想空了心》《在很远的地方想你》等，不论是白描式的动人描写，还是抒情式的深情吟唱，都倾注了作者浓浓的爱恋和温情。《无题》无疑是一幅笔墨洗练、画面优美的图画，"这是周末／女人起床后／站在院内梳妆／发源于她头上的瀑布／刚刚从黑夜中醒来／无声地流过她的双肩／我泡了杯清茶／等待着阳光越过墙／把她照亮”。

鲁若迪基的父亲是茶马古道上的马锅头，幽默智慧，诗人遗传、秉承了父亲的这种特质，他的不少诗作风趣幽默、机敏睿智，如《鲁若迪基》：“我对他们说／鲁若迪基——／鲁迅的‘鲁’／郭沫若的‘若’／爱迪生的‘迪’／高尔基的‘基’／他们听了这个普米儿子的名字／张大了嘴／仿佛看见死去了的人／复活在眼前。”

作为人口较少民族普米族的儿女中走出大山、站到山巅上的优秀一员，鲁若迪基的内心一直回荡着一个声音，那就是为自己的民族代言，回报普米族对自己的养育之恩，让普米族为自己骄傲。他“在鸟儿还没有醒来的早晨／喝过清明的泉水／为的是想让自己比鸟儿更聪明、嗓音更嘹亮／更好地为这片土地上的人们做咯血的吟唱”（《小凉山上的另一种植物 —— 代后记》）。他要“以一个普米族人特有的方式／仰天而诵／让话语融进雪花／——我的诗就这样／抒写在这张纸上了”（《雪地诗篇》）。他深知，只有登上山顶，才能和太阳对话：“山里人／只有爬上一座座山／站在峰顶／眼界才能更开阔……”他心怀高远的理想和神圣的使命，不允许自己平庸，“我也可以平坦／但为什么要平坦呢／为什么要让我倒下来伏在地上／站着不是更好吗”（《山语》）。在《时间的粮食》里，鲁若迪基豪迈地宣告：“我要像山一样／站起来／我要像河一样／流淌自己／我要成为时间的粮食／喂养历史／我要让一个古老的民族／重新出土！”

鲁若迪基的诗，一如朴素而智慧的民间歌谣——“质朴的民歌是我诗歌汲取的不尽源泉”（《小凉山上的另一种植物——代后记》）。他的诗读起来既轻松愉快，又耐人寻味。这是因为他不仅用浅显易懂的语言、小说的语言、白描的语言、口语化的语言在诗里讲述一个人或一件事，而且善于运用诗性的思维和眼光，捕捉生动的细节，营造丰富的意象，使绝大多数诗作描写的人与事物都形象、生动，具有画面感。想象的奇特，立意的深远，又使得他的诗作具有了思想的质感和厚度。

当然，他的诗我也有不太喜欢的部分，比如异域思绪里的一些诗篇，让我感觉或是有些平淡，或是有些隔膜。

对于鲁若迪基获得的诸多文坛、诗坛荣誉，不羡慕是假的，然而，最让我羡慕甚至于妒忌的，却是他无意中在老家制造的一个品牌——鲁若洋芋，“我把一些优良的洋芋种／带回老家／分给乡亲们种／秋天的时候／妻子回了趟家／回来说／那些洋芋／一个个白胖白胖的／大一点的／还被供在神台上／母亲们管这种洋芋／叫‘鲁若洋芋’／听到这些／我仿佛被谁亲了一口”（《洋芋故事》）。

在喧嚣浮华的城市，在物欲横流的当下，在鲜花和掌声的簇拥下，在一道又一道炫目的光环的包围中，普米族人的儿子、农民的儿子鲁若迪基默默坚守着内心那一份对小凉山和泸沽湖的爱，种下一行行诗句。他不是一个勤奋的播种者，因为“诗不是产品，不是勤奋就能写就的。它可遇而不可求”（《小凉山上的另一种作物》）。在泸沽湖畔，鲁若迪基告诉我，他有时候几个月不写一首诗，他得对他心爱的植物负责。精耕细作，厚积薄发，使得他的庄稼长势良好、质量上乘，并在全国畅销。“对自己在诗歌耕耘上的这点收获，作为农民的儿子，我像所有农民对自己的收获一样，满怀欣喜。即便有时这点收获是那么微不足道，对这些汗水喂养的果实——自己心血的结晶，我依然心怀自己才能体味的幸福。”“这些诗的发表和获奖，在一段时间里，让我的族人和朋友们着实高兴了一下。”（《小凉山上的另一种植物——代后记》）这当然不只是鲁若迪基一个人的幸福和骄傲，也是那个叫阿争伍斤的男人和那个叫车尔拉姆的女人的幸福和骄傲，是那座叫斯布炯的神山、叫果流的村庄的幸福和骄傲，是普米族的幸福和骄傲。

鲁若迪基收获了香喷喷的“鲁若洋芋”，我想，这是他的故乡，他的亲人和爱人，他的父老乡亲，他的普米族授予他的一枚比金子还要贵重的荣誉勋章。

（原载《边疆文学·文艺评论》，2012 年 第 3 期）

论鲁若迪基诗歌的民族性

——以《时间的粮食》为例

张永权

鲁若迪基是著名的普米族诗人，从小凉山的一个贫困农家子弟，带着鲜明的民族基因，一步一个脚印地走进诗坛。他先后出版了诗集《我曾属于原始的苍茫》、《鲁若迪基诗选》（英汉对照本）、《没有比泪水更干净的水》、《一个普米人的心经》、《时间的粮食》等，曾两次荣获全国少数民族文学创作“骏马奖”，入围第五届鲁迅文学诗歌奖，获第三届徐志摩诗歌奖、人民文学优秀诗歌奖、首届“汉语诗歌双年十佳诗人奖”等重要奖项。他是中国作家协会全委委员、中国作家协会少数民族委员会委员、中国少数民族作家学会理事、云南省作家协会副主席，现任丽江市文联党组书记。他列入云南作家精品文库新近出版的诗集《时间的粮食》是从他 1988 年发表处女作以来至 2014 年发表、出版诗歌作品的选本。诗人的优秀诗作几乎都收进了这本《时间的粮食》里。它基本代表了鲁若迪基诗歌创作的思想艺术水平，反映了诗人作为一个民族文化的守护者，“用朴实的感情和现代的诗句，表达我民族的现在与未来”，使他的诗成为他那个民族“记忆的一部分”和追求真善美创作道路的历程。他诗歌鲜明的民族性和诗人个性，成为鲁若迪基诗歌“别人无法替代”的特点，也使他的诗歌能在百年新诗发展的历程中占有一席之地。

一、鲁若迪基从小有一个美好的诗梦，以诗言志，把歌颂他的民族和生活中的美好事物作为他诗歌创作的追求

读《时间的粮食》有一个惊奇的发现，诗人写诗一开始，就把诗歌当成一个美好事业，写诗首先就是要歌颂美好的人和事。他的《诗梦》发表于1988年1期的《原野》杂志上，应该是1987年以前写的。那时他还不到20岁。《诗梦》不知是否是诗人的处女作，但至少是收入在这本诗集中的诗人最早的作品。从诗中可知，鲁若从小就有一个美好的诗梦："一只蝴蝶 / 栖息在我的梦中 / 轻轻地扇动 / 如花的翅膀 / 一首小诗 / 溢流着馨香 / 跳跃在花蕊……"诗人的梦想，在隐喻中是多么美好，如花的蝴蝶，跳跃在花蕊中的馨香……如花似蝶的诗梦，注定了诗人要把歌颂他那个如诗如画的民族和人间一切美好的东西作为他的追求。诗人在他早年的作品《以树的名义》《我曾属于原始的苍茫》中表示：为了实现这种美好的追求，"我以树的名义 / 生长在滇西北高原 / 相信这片土地 / 能收获语言 /——我扎下深根 / 相信这方星空 / 能孕育美的意境 /——我伸长力量的手臂"，无论是阳光雨露还是风暴雷霆，诗人都要"以树的名义"，扎下深根，"等待一次圣洁的洗礼"，使这个"曾属于原始的苍茫"的普米族的诗人，跃上了诗歌的脚手架，用诗歌"把祖先的梦想 / 一一砌进现实"。我认为这是许多诗人开始习作时都难想到的，这大概是他那个会唱的民歌比星星还多的母亲给了他一个早熟的诗人基因，也使他一开始写诗就有一种担当和责任。

梦想是美好的，有梦就有美好的追求。诗言志，诗人从小立志做个诗人的梦想，要把歌颂自己的母族和真善美作为他写诗的追求，并在他以后的创作中实现了这个美好的梦想。在诗人走向成熟时，他的《自白》这样写道：

我要像山一样
站起来
我要像河一样

淌尽自己
我要成为时间的粮食
喂养历史
我要让一个古老的民族
重新出土

如果说言志的话，这就是诗人的大志。如果说诗人把讴歌真善美作为写诗的追求，这里就是大真、大美、大善的民族情、家国爱。诗人以后的作品，让我们进一步看到了他追求的这种宏大志向的创作历程和艺术成就。

二、真诚深情地讴歌故乡小凉山和父老乡亲的乡愁情怀，成为鲁若迪基诗歌创作民族性的最大亮点

读《时间的粮食》，鲁若迪基诗歌创作的主要内容是歌唱他那个古老而又人口较少的普米族，歌唱他土生土长的故乡小凉山和泸沽湖，歌唱和他血脉相连的父老乡亲。他的这些作品充满了一个普米族诗人的赤子深情和乡愁情怀，充满了小凉山的地方特色和强烈的民族精神。

乡愁情怀是中华民族不忘民族根基的美好品性，是中国传统诗词和百年新诗的一个优秀传统，也是鲁若迪基诗歌民族性的具体表现。他早年写的《我是小凉山》就把自己隐喻为小凉山生命象征的泸沽湖猪槽船、是小凉山雄鹰划过长空的一声嘶鸣、是小凉山包括他母族在内的 12 个民族在新春的枝头上吐露的心曲。诗人已成为故乡小凉山的一部分，他的血脉和小凉山的山川相连，他像小凉山金沙江的流水一样，去抚摸故乡的石头，“感悟生命的流程”。他写到故乡果流，“那里的河 / 在我身上奔流为血 / 那里的山 / 在我身上生长为骨”，连那里的鬼神也“不会害我”（《果流》）。若要

他在世上做出选择，虽然河流很多，他只选择故乡的那条无名河，在人海里“只选择一个叫阿争伍斤的男人 / 做我的父亲 / 一个叫车尔拉姆的女人 / 做我的母亲 /……我怀里 / 只揣着一个叫果流的村庄”（《选择》），在鲁若的心中，故乡的斯布炯神山比珠穆朗玛还要高大雄伟。“选择”中的乡愁，让人刻骨铭心。他把自己的灵魂融入故乡的雨雪，“想到雪一样的普米族人，我的泪水忍不住流下来”，对自己母族和故乡这种深沉的赤子之爱，凝结成的乡愁情怀，故乡是“在我还没有出生的时候 / 那里的村庄就等着我 / 在我还没有走路的时候 / 那里的路就等着我”，当他和故乡的亲人走到了一起，浓浓的乡愁就化成他和故乡亲人们圣洁的泪水，“母亲的泪水流下来 / 父亲的泪水流下来 / 兄长的泪水流下来 / 妹妹的泪水流下来 / 我们的泪水流下来 / 我们的泪水流在一起 / 在这个世上 / 没有比泪水 / 更干净的水了”（《没有比泪水更干净的水》），这从诗人雪白的灵魂流出的爱亲人的泪水、爱故乡的泪水、爱民族的泪水，用一句“没有比泪水更干净的水”之朴实诗句来抒写，其情之真，其爱之切，其意之深，直逼我的灵魂，让我也禁不住流下了热泪。

鲁若迪基因对故乡和亲人爱得深沉，使他在祖国的大江南北，出访世界的大小国家，都会有一种与生俱来的联想，自然会想到故乡的小凉山、泸沽湖。就是望着餐桌上的面包美食，也会想到小凉山农民吃的洋芋。小凉山已成为诗人乡愁的诗意象征，它高高耸立在诗人的心中，赋予他诗歌的民族特色更深厚宽广的内容。鲁若迪基诗歌的代表作、已被众多评论家高度评价的《小凉山很小》，把诗人的乡愁抒写得既个性鲜明又突出民族精神：

小凉山很小
只有我的眼睛那么大
我闭上眼
它就天黑了

小凉山很小

只有我的声音那么大
刚好可以翻过山
应答母亲的呼唤

小凉山很小
只有针眼那么大
我的诗常常穿过它
缝补一件件母亲的衣裳

小凉山很小
只有我的拇指那么大
在外的时候
我总是把它竖在别人的眼前

小凉山虽有个小字，其实并不小。它沟壑纵横，崇山峻岭高耸入云，雄伟壮观，是普米族和其他民族的靠山，也是诗人心中的母亲之山。民谣云：大凉山山小，小凉山山大。大山小山，都是母亲之山。这首诗写雄奇宏伟的小凉山，以小入笔，巧思新颖。以“我”的眼光和感悟入诗，亲切朴实。用四节的小凉山很小的不同意象：眼睛、声音、针眼、拇指来与之搭配相关内容，采取层层递进的写法烘托出诗人对故乡小凉山和父老乡亲的深爱。诗语、意象朴实自然，充满小凉山民族村寨的生活气息。诗中的母亲，既可看成是诗人的母亲，也可是小凉山父老乡亲或整个小凉山的象征意象，只不过用母亲来写更为亲切。诗中应答母亲的声音，隐喻着诗人和小凉山的血肉之情。为母亲缝衣裳，既表达诗人对母亲的深爱，也象征诗人对生长的这片故土的回报。把乡愁之情表现得很温暖，又别具民族风味。诗的最后一节是全诗的高潮，也使诗达到了一个崇高的境界，小凉山用一个拇指来比喻虽然是小，但诗人却在外边说起小凉山时，就要竖起大拇指。非常形象又个性化地抒发了诗人对小凉山的挚爱之情，从而把乡愁提升到作为一名小凉山人自尊自豪的民族情、家国爱。小凉山很小，以小写大，写出了诗人乡愁情中的大情怀、大境界。王国维说：“词以境界为最上，有境界，则自成高格，自有名句。”这首《小凉山很小》，我认为就是高格之诗，也是看似平凡，却平中见奇的名句之诗。

三、鲁若迪基诗中的故乡情、民族爱，无不洋溢着爱人民、爱祖国的大情怀

读鲁若迪基的诗，让我们感受到他对故乡的爱，是和对我们伟大祖国的爱相统一的，他对故乡亲人、父老乡亲和自己民族的爱，也是和爱我们中华民族的广大人民群众相联系的。读他的诗，让我们看到一个爱自己故土、亲人和民族的人，也一定具有爱我们伟大祖国和中华民族的大情怀。相反，一个不爱自己民族和故乡亲人的人，很难说他会爱自己的祖国和广大的人民群众。因此，鲁若迪基的诗的民族性绝非狭隘的民族主义，而是以爱自己的民族来表现宽广的人民性，以对弱势民众的关爱来抒发诗人心中的悲悯之情，以诗中母族的民族性来彰显中华民族的家国情怀，具有鲜明的爱国主义精神和时代特点。

以“我”来写小凉山，来写自己的民族，来写诗人的家国情怀，让我们看到诗人的民族，诗人的家园和个人，是和我们伟大祖国连在一起的，他的民族就是中华民族大家庭中的一员，他为生活在这个大家庭中而幸福、骄傲。《三江之门》是诗人献给世界自然遗产的一首充满地理生态特点、又抒发他作为生长在祖国三江之域普米族人的自豪之情的好诗。金沙江、怒江、澜沧江流域的滇西高原，是我们伟大祖国美丽神奇，资源丰富的地方，因其奇特丰富的自然风貌成为世界遗产。诗人从打开每一条江的“门”入笔，想象之门十分奇特。打开金沙江的门，就像打开了装满粮食的柜子，象征这里的富裕；打开怒江之门，就像打开了酒坛子，象征三江地区的神

奇；打开澜沧江的门，打开通向大海、世界的门，象征开放的胸襟。诗人的心门也因此而打开，便情不自禁地写道：“让我自豪地说/我是天的儿子/我是地的儿子/我是天地间站立的普米族人。”这就非常个性化地把生活在祖国的皇天后土这一方宝地上的普米族诗人爱民族、爱祖国的家国情怀和作为中华民族大家庭中的一员的自豪感，抒发得淋漓尽致，引人共鸣。诗人从传说（实际上也是中华民族中许多民族都有的传说）的洪水中靠一条猪槽逃生的女人播种爱情和生命的故事里，感受到的不仅是眼前泸沽湖坐猪槽船的风景，而是划向传说的源头，去探寻中华各个民族共同的文化源头。正是这种文化源头的共同点，才使56个民族团结和睦，亲如一家，组成了一个多民族同根同源的大家庭。因此用自己民族的个性特点，来抒写中华民族的大国情怀，也是鲁若迪基诗歌的一个重要特点。

此外，鲁若迪基还在他不少诗歌中，直接地抒发了热爱我们伟大祖国的赤子深情。在诗集《时间的粮食》中，诗人用一首只有四行的小诗《祖国》压轴，我想是含有深意的。诗人有许多爱，爱故乡、爱亲人、爱父老乡亲，他还写了许多精美而有性灵的爱情诗，但诗人的最爱还是我们伟大的祖国，基于这种天高地厚的大爱，也才把他所有以爱为主题的作品，抒写得情深意浓。诗人在《祖国》中这样写道：

当别人把钱当作祖国
我却乞丐一样
把祖国当作一枚金币
揣在自己怀里心怀

别致的抒写，表现的是一种刻骨铭心的爱国情怀。把钱当作祖国的人，实际上爱的是金钱，也就是人们常说的“有奶便是娘”。从古至今的汉奸概都如此。

乞丐怀里的金币，虽也是“钱”，那却是永远不会丢弃、视之如生命的。诗人心怀中的祖国，他爱入骨髓，深入灵魂，谁要想夺取，他是会用生命和热血来保卫的。鲁若迪基的《兵马俑》就表现了这种大情怀：

只要说声“统一”
这些秦的士兵
就会醒来

这首小诗，有深厚的历史背景和重大的现实意义。秦帝国的崛起和在中华民族历史的进程中的最大贡献，就是把战国时代四分五裂的诸国统一了起来。从此，一个由中华各民族组成的统一国家，屹立在世界的东方。现在出土的秦兵马俑，就是为实现中国统一不怕流血牺牲，南征北战立下战功兵士的象征。作者在诗中再次用他们一旦听到祖国“统一”的号令，就要醒来奔向新的战场的诗行，表现出我们坚决维护祖国领土的完整，反对分裂的爱国主义精神。在台独闹剧群魔乱舞和南海、东海风云汹涌之时，诗人的这首诗不仅抒发了他的一腔报国之情，也反映了中华民族的共同心声。

四、鲁若迪基诗歌的民族性，还表现了艺术上鲜明的普米族个性，显示了在艺术上不可替代的美学魅力

越是民族的，就越是不可替代的，也就越是世界的。鲁若迪基曾在《人民日报》发表文章说，他作品的民族性不仅在于书写他那个民族内在的东西，还要写出他的诗在艺术上的个性，“我的声音别人无法替代”。

鲁若诗歌的不可替代性，主要在于他善于从本民族的民歌、民谣、民间传说中吸取养料，形成他诗歌作品的普米风味。读他的诗，就像从小凉山的普米山寨吹来的一股清风，让人感到清爽愉悦。这除了普米族是一个充满美好的诗性民族，大多数人能歌善舞的特点给了他潜移默化的影响外，还在于他的母亲就是村里会唱民歌的

“女王”，她会唱的民歌如星星一样多，从小就给了他最直接的“诗教”，使创作形成了属于他的艺术风格。一是他善于运用普米族民歌中常用的比兴手法和从日常生活中提炼出的具有普米族特点的意象做暗喻。像爱情诗《别样的爱》所写“并非所有的爱／都适合你／就像雪／它吻过的一些花死了／只有梅／吐艳”。雪和梅，普米族山寨两个常见的意象搭配，来比喻珠联璧合的爱，新颖别致，很生活化。这也是普米族民歌常用的手法，诗人吸取其养料后，已成为新诗的意象，这就是吸收、消化而成为他自己的东西了。二是他的诗语像普米族民歌一样明快、短小而又蕴含着丰富的内容，善于以巧写俗、以小写大，诗空广阔而深远，充满浪漫主义色彩。他的《云南的天空》让人一读便拍案叫好：“云南人太神奇了／每天都让很多的云／擦拭着自己的天空／擦得那么干净／蓝得没话可说／干净的云南天空／擦拭它的云／也不染一丝灰尘／那样洁白／白得让人想起稿纸／忍不住想在上面作首诗。”当时我作为编辑，也是这首诗的第一个读者，认为这是写云南的云、云南的天空最有特点的一首诗，干净的云南天空，是干净的云擦亮的、擦蓝的。作为诗人的鲁若迪基，灵感自然而来，要在上边作诗。诗中的想象，太浪漫、很奇特、又自然。其意象就像从生活中信手拈来，只有把普米族民歌融入了自己的血液中，才可能写出这样精彩美妙的诗来。当时我就想，这首诗发表后，一定会引起诗坛的关注。果然如此，诗一发表，当时的《诗刊》在仅有的几个页码的刊中刊——“诗选刊”中转载了它。此后鲁若迪基的诗便开始在诗坛火了起来。三是鲁若迪基的诗还具有纯朴、自然、情感真挚、诗语精炼简洁的特点。他的诗不是做出来的，从无作秀的卖弄，而是从诗人的心灵流淌出来的，就像普米族民歌一样，让人感受到他诗歌的真情之美，诗语的自然、朴实、精炼、干净之美，这些就不一一列举了。

鲁若迪基的诗歌创作在艺术上已经走向成熟并形成了他的风格。但对作为一名有成就的诗人来要求，他的作品在思想和艺术上的分量似乎还不够宏大深厚。纤巧是他所长，雄奇博大略感不足，艺术手法也还不够多样丰富。就诗人的智慧而言，他是具有创作大诗和史诗能力的。也许诗人开始注意到了这个问题，开始了大诗的创作。最近《边疆文学》选发了他的长诗《独龙江》，诗人把一条江和一个民族的命运联系起来书写，已初显史诗范儿，自然我们也有了对诗人更大的期待……

（原载《壹读》，2017 年第 7 期）

鲁若迪基诗歌中的“爱的风景线”

马绍玺

把诗歌视为“长在故乡土地上的另一种作物”的普米族诗人鲁若迪基，是当下中国诗坛的重要诗人之一。他的诗歌代表了普米族作家到目前为止在文学上所取得的最高成就。他说：“一个诗人，只有把自己的诗歌种植在适合它生长的土地上，它才能够茁壮成长。对我来说，故乡是我诗歌最好的土壤，那里的人、歌谣、民风民情、山川河流，是我诗歌最好的养料。……我的诗是长在那片土地上的另一种作物，有洋芋的甜、苦荞的苦，还有不为人知的秘密。”①就像一位勤劳的农夫，鲁若迪基在故乡小凉山的土地上耕耘着他的诗歌。他的“庄稼”不算丰产，但粒粒饱满金黄。因为独特的芳香和品质，他已经出版诗集《我曾属于原始的苍茫》《没有比泪水更干净的水》《一个普米人的心经》《时间的粮食》《母语唤醒的词》《鲁若迪基抒情诗选》（英汉对照）等，获得了诸多读者的喜爱，也两次获得了全国少数民族文学创作“骏马奖”、第三届徐志摩诗歌奖等重要奖项。

鲁若迪基说：“诗人是爱的代名词，即便是恨，那也是因为爱。”②的确，在鲁若迪基诗歌的所有养料和芳香中，“爱”是其中最重要的养料和芳香。正是布满他心灵深处的浓郁的爱，让他的诗歌像苦荞、洋芋、青稞一样，从大地的胸膛上长出，长成滇西北高原上灿烂的爱的风景线。

---

① 鲁若迪基．诗的证明．没有比泪水更干净的水（序）北京：作家出版社，2009.

② 鲁若迪基．诗的证明．没有比泪水更干净的水（序）北京：作家出版社，2009.

鲁若迪基深爱自己的祖国。他知道，正是崭新的中华人民共和国的诞生，给了他原本弱小的民族新生的希望和可能；正是在这个伟大的国度里，人口较少的普米族才有了蓬勃发展的生机。他这样歌唱心中的祖国之爱：

当别人把钱当作祖国
我却乞丐一样
把祖国当作一枚金币
揣在自己心怀

——《祖国》

简单的词语，简短的诗行，简洁的对比，不用激越的抒情，但是，字字铿锵雪亮，情感斩钉截铁，对祖国母亲的爱像金子一样闪闪发光。面对汶川大地震这样的国家灾难，鲁若迪基把悲悯的歌唱给受难的母亲：

眼睛
从没这样模糊过
一片片废墟
几乎让我失明

胸口
从没这样痛过
那么多死难的人
几乎让我窒息

——《窒息》

但是诗人没有被悲伤的洪流击倒。他走上街头，义卖诗集，募集善款赈灾。因为爱，每一个关情的细节都敲击着他爱的心灵：

那 7 角钱的零头
像一滴血
久久让我感动
那是一位乞丐
用乞讨的手
颤抖着
献上的爱心

——《一滴血》

他知道那是爱的行动，是爱的力量的凝聚：

是的，汇聚
只要汇聚
我们就是珠穆朗玛
只要汇聚
我们就是长江黄河
只要汇聚
我们就是万里长城
只要汇聚
我们就可以向世界
爆一声——
我们是中国人

——《汇聚》

中华民族是最知道团结力量的民族，诗人的爱和他笔下的诗，从来就是这股力量洪流的先遣浪花。面对猝不及防的新冠肺炎疫情，有感于国人勠力同心、众志成城、迎难而上的民族精神，鲁若迪基写下了在大灾大难面前国人的拼搏与牺牲精神，“没有人例外 / 每个人背后 / 都站着一个死神 / 如果不曾转身 / 与之搏斗 / 你永远不知道 / 它长什么样”（《死神》）。鲁若迪基的这一类诗，像他其他的诗歌一样，没有高昂的语调，没有高蹈的词语，但是每一字每一行均出自他的内心，素朴中自带千斤之力。比如，下面这首名为《小小的心》[①]的诗，与其说写的是诗人自己一个人的心，不如说写的是蕴满爱的十四亿中国人共有的“中国心”：

微信里
有几个武汉朋友
每天早晨
我都情不自禁
一一找到他们
点个赞
让那颗小小的心
越过千山万水

——《小小的心》

这些诗里闪烁的是真正的中国精神，是在灾难中锻造出来的血肉相连的同胞之情，是每一个中国人对祖国母亲的深深认同和爱。著名爱国诗人闻一多曾说过：“诗人的主要天赋是‘爱’，爱他的祖国，爱他的人民。”[②]鲁若迪基深爱自己的祖国和人民，他的这些诗，传承了中国诗歌长河中激越、深沉的民族意识与爱国情怀的传统。

鲁若迪基深爱自己的民族。这个给他血肉之躯的民族，至今只有四万多人。在过去的历史长河中，这个民族虽然勇敢地生活着、创造着，但是并没有赢得历史的尊重。当他在俄国人顾彼得写的《丽江 1941—1949：被遗忘的王国》里看到普米族被妄言为“没有希望的民族”时，他流下了悲伤的眼泪。他立志要用诗歌来证明“在这个伟大的国度，每个民族都拥有着希望”；他坚信“我的诗就是这个民族希望的证明。我的诗就是这个民族记忆的一部分”；他立志

① 鲁若迪基．体温表（外二首）．光明日报，2020-02-14.

② 闻立雕，杜春华．闻一多图传．武汉：湖北人民出版社，2006：62.

要用“朴素的情感和现代的诗句，表达我的民族的现在与未来”。[①]他说：“我的终极目的就是成为一个民族文化的‘守护者’，用自己的诗歌为人类文明留住一份由4万多普米族人共同创造的、如今依然在中国西南的崇山峻岭中鲜活存在着的普米族文化。”[②]于是，他写下了这样的诗歌自白：

我要像山一样
站起来
我要像河一样
淌尽自己
我要成为时间的粮食
喂养历史
我要让一个古老的民族
重新出土

——《自白》

正是这份深切殷实的为了一个民族未来的情怀与抱负，让鲁若迪基的一部分诗歌超越了个人小我的情感范畴，成为“为民族”的写作。“三江并流”的滇西北高原是普米族集聚的地方，也是鲁若迪基的故乡。那里崇山峻岭，江河奔腾，文化多元，居住着包括普米族在内的发展相对滞后的诸多民族。鲁若迪基把自己的爱尽情洒在这座高原上，他要用自己的诗歌浇灌出普米族在新时代的历史与未来。

在一首名为《三江之门》的诗中，他一方面抒写了作为现代诗人的“我”的出现对自己民族的意义和价值——所有的历史都向“我”打开，都将被“我”重新书写；一方面尽情抒写了作为普米族人的民族自豪——我们是天地间站立的一个民族。该诗情感雄浑，境界

① 鲁若迪基．诗的证明．没有比泪水更干净的水（序）．北京：作家出版社，2009.

② 鲁若迪基．守护人类文化多样性．人民日报，2010-01-21（24）．

开阔，用俯瞰的远距离视角来观察和抒情，让读者看见了普米族生活场景的全景图，感知了普米族人的民族自豪感：

谁守护着那里的山
谁守护着那里的森林
谁守护着那里神秘的一切
我来了
他们像打开一本书
打开了一条叫金沙江的门
他们像打开装满粮食的柜子
打开了一条叫怒江的门
他们像打开陈年的酒坛子
打开了一条叫澜沧江的门
他们就这样打开着
一扇扇通向大海的门
他们也用黄酒和古老的酒歌
把我的心门打开
让我自豪地说
我是天的儿子
我是地的儿子
我是天地间站立的普米族人

——《三江之门》

对土地的爱和对民族的爱是没有办法分开的。就像艾青把对土地的爱和对中华民族的爱融会在一起一样，鲁若迪基也把这些繁复的、千丝万缕的爱融会在自己的诗歌中。在诗歌《以树的名义》中，他把自己隐喻为一棵滇西北高原上的树，用树与土地的关系来表达自己对民族的爱：“我以树的名义 / 生长在滇西北高原 / 相信这片土地 / 能收获语言 /——我扎下深根 / 相信这方星空 / 能孕育美的意境。”一个诗人的成长与成熟，跟他的民族和他脚下土地的滋养关系跃然纸上。

鲁若迪基深爱自己的亲人和故乡。亲人和故乡是古往今来诗歌的永恒题材，被无数诗人反复吟咏，很难出新。但是，鲁若迪基这一类诗歌中的一部分却写得独特新颖，读后给人控制不住要惊叫的冲动。比如这首：

天空太大了
我只选择头顶的一小片
河流太多了
我只选择故乡无名的那条
茫茫人海里
我只选择一个叫阿争伍斤的男人
做我的父亲
一个叫车尔拉姆的女人
做我的母亲
无论走在哪里
我只背靠一座
叫斯布炯的神山
我怀里
只揣着一个叫果流的村庄

——《选择》

这首诗把现实中的“别无选择”写成了诗人的“主动选择”，这就是创新，就是艺术的力量。诚如存在主义哲学家海德格尔所言，人的存在是一种“被抛入的存在”，完全是偶然的①；一个人何时出生，出生在何处，由谁来做父母，是任何人都无法选择的。但是，鲁若迪基偏偏要在别无选择处主动选择。正是这份精准的主动选择，展现了诗人对故乡和亲人的爱的真挚和痴情。诗中“我只选择……”

---

① 今道友信，等．存在主义美学．崔相录，王生平，译．沈阳：辽宁人民出版社，1987：15.

的句式不断重复，更是强调了爱的执着与痴情。人们在写诗的时候，通常不会把父母、家乡的名字老老实实地写出来，鲁若迪基则一反常情，真实地写出父母、家乡、村庄的名字，这就是创新和创造。他对故乡、对亲人的爱与痴，也在这种真实的呈现中得到酣畅淋漓的表达和落实，给人诗语动人、诗情惊心的审美享受。

因为对母亲怀有深深的爱，鲁若迪基的一些写母爱的小诗，或寄情于景，或因物起兴，或缘事抒情，写得清丽素雅，意味隽永，温暖人心。比如：

恬静的山寨
母亲开始呼唤
晚归的孩子

那声音
在我眼里
渐渐长高
最终支撑起
那一黑色的天幕

——《爱》

再比如下面这首，诗人由自己想念母亲，进而体会到母亲“爱子心无尽”的母爱，把母亲对儿女们无时无刻不在的揪心之爱写得形象真切。全诗虽然写得含蓄委婉，但是母爱的温暖跃然纸上，尤其是“悬崖边”的意象提炼和使用，让读者记忆犹新：

有了儿女
母亲开始了
一生的牵挂
怕风吹着冷
怕雨淋着湿

怕雪下着滑

…………

就这样

她提心吊胆

仿佛坐在

悬崖边上

——《悬崖边的母亲》

鲁若迪基善于抓住一些最能牵动情怀的细节和意象，在口语化的叙述中，不经意间让情感在某处爆炸，或者给读者一种意想不到的审美，或者给读者的情感重重一拳。比如：

日子的尾巴

拂不尽所有的尘埃

总有一些

落在记忆的沟壑

屋檐下的父母

越来越矮了

想到他们最终

将矮于泥土

大风也无法吹散

我内心的伤悲

——《无法吹散的伤悲》

这首只有十行的小诗，在看似平静的叙述中，紧紧抓住“屋檐”“矮”“尘埃”“大风”“泥土”这些表现力极强的意象，写出了在川流不息的时间河流里的人的宿命：死亡终将降临，即使是我们最深爱着的、最不愿意放弃的父母，也无法因为我们的爱而逃脱这种命运；死亡并不因为人间的爱与亲情，也不会因为我们的恐惧与祈祷而放弃一切。这首小诗把人的时间的有限性，放在浓浓的亲情中来书写，充满了尖锐的现代性体验，产生了刻骨铭心的、催人泪下的审美效果。

下面这首鲁若迪基流传较广的诗歌，是他把民族之爱、故乡之爱、亲人之爱完美融合的成功之作。“爱”是这首诗的骨架、血液和肌肤，“小凉山”是故乡和民族的象征：

小凉山很小
只有我的眼睛那么大
我闭上眼
它就天黑了

小凉山很小
只有我的声音那么大
刚好可以翻过山
应答母亲的呼唤

小凉山很小
只有针眼那么大
我的诗常常穿过它
缝补一件件母亲的衣裳

小凉山很小
只有我拇指那么大
在外的时候
我总是把它竖在别人的眼前

——《小凉山很小》

虽然爱得浓郁，爱得热烈，但是鲁若迪基把这份爱写得明朗简练。写故乡和民族，别人常用的是夸张、放大，鲁若迪基跟别人相反，他用贬抑、缩写。他接连用眼睛、声音、针眼、拇指这些小的事物来作比，极言小凉山的小。可是，“抑之欲其奥，扬之欲其明”，诗中的缩小所达到的效果，恰恰是真正的放大，向读者强调了诗人心中永远恋着母亲、永远怀着故乡、永远靠着民族。

鲁若迪基深爱身边的每一个人、每一种生命。他愿有情人终成眷属，愿所有的生命岁月静好。他这样写妻子给家带来的祥和温爱，“这是周末 / 女人起床后 / 站在院内梳妆 / 发源于她头上的瀑布 / 刚刚从黑夜中醒来 / 无声地流过她的双肩 / 我泡了杯清茶 / 等待阳光穿过墙 / 把她照亮”（《无题》），有爱，有情，有院子，有茶，有阳光的生活，像诗一样温暖。他关爱泸沽湖边日尊寺的那群喇嘛，跟他们分别时，不舍的目光像温暖的夕阳，留在走上了山坡的喇嘛们的身上。他的这首诗，虽然写的是喇嘛这样一个特殊的文化群体，但是诗中祥和的叙述和温暖的情感，彰显的恰恰是不同文化之间的和谐和人心之间的相通：

泸沽湖西
绿树掩映着日尊寺
年轻的喇嘛们
在寺的四周
种满了花草树木
把寺庙装扮得花园一样
他们诵经祈福
也会听听流行音乐
还把玩一下手机
他们接听电话
虔诚的样子
让人疑心那个电话是
释迦牟尼佛打来的
有时，他们到村里来
同我们打篮球
太阳要落山的时候

再把年轻的笑脸
裹在袈裟里
沿着斜坡
缓缓消失

——《日尊寺的喇嘛》

鲁若迪基关爱生活中的每一个普通者，他希望每一个生命都被珍惜，被呵护，都活出自己的境界。在下面这首诗中，他借雨后在路上与蛙群相遇的经历，思考了一个生命应该如何在自己活好的同时，也让更多的生命活得更好的问题，读来让人掩卷长思：

雨后
指头那么大的蛙
满地跳来跳去
我走在路上
小心翼翼
怕不小心要了它们的命
有时，不得不停下脚来
仔细辨认那灰色的一点
是不是小蛙

如果有什么
从我们头顶走过的时候
也能小心翼翼
我不知道
还有什么比这更幸运

——《路遇》

在另外一首诗里，鲁若迪基继续着这种生命情怀，写雪地上“没有家 / 没有东西吃”而“蜷缩成一团”的鸟儿，它们的命运，并不因为环境的恶劣而得到人类更多的同情与关怀。那弥漫于诗中的生命之爱，让读者在文学审美中反省人类文明之不文明的一面：

…………

它们的眼里
世界是那么的小
小得没有它们藏身的地方
雪还不停地下着
它们已听不到什么声音了
而拿弹弓的孩子们
正悄悄地向它们靠近

——《雪地上的鸟》

鲁若迪基是一位有文化之根的诗人。从诗歌的题材选择、诗意营造、语言风格、抒情方式等诸多特征看，鲁若迪基都是一个深深扎根于普米族文化和现代生活的诗人。这位会讲几种少数民族语、会唱几百首民歌的诗人，深得民间文学的精髓。他诗歌所呈现的“天真气质”，就是民间歌谣对他的滋养和指引。他诗歌所使用的简单率真的语言、素朴的抒情方式，就是民间诗歌的生命力在他身上的延续。在大多数诗人习惯于复杂的思考，把诗歌写得越来越玄学的时代里，鲁若迪基却在那些最简单、最日常，却又不被人们言说的地方，用聪明人最始料不及的简单破解了一切复杂的机关。他诗歌中爱的情怀和健康的生命意识，让他的诗歌生长出了宽广的天地和向上的力量。这些都是他诗歌的魅力源泉。

鲁若迪基所属的普米族是一个人口较少民族，但是他的诗一点都不“小”。他的诗是他用一个人的歌喉唱出来的一个民族的爱。

（原载《中国当代文学研究》，2020 年第 5 期）

第三辑

比泪水更干净的水就是最美的诗

热泪真诗动人心

——评诗集《没有比泪水更干净的水》

张永权

最近，普米族著名诗人鲁若迪基从鲁迅文学院的全国少数民族作家高级研讨班学习归来，也给我们带来了他新近由作家出版社出版的诗集《没有比泪水更干净的水》。这部中国作家协会重点扶持创作出版的作品，一出版就在文学界和读者中引起广泛好评。诗集在他们这期高级研讨班的作家诗人中争相传阅、讨论，诗集的油墨新香还未散尽，《文艺报》就发表了评论文章，《人民日报》还在“盛世民族情”的全国征文版上，发表了鲁若迪基的自序《诗的证明》。一本刚出版的诗集，就引起这样大的反响，在诗坛还是不多见的，这本身就印证了这本诗集的确具有不一般的思想艺术魅力。

我读着这本诗集，真切地感受到诗人含着热泪赋诗的激情，这些从诗人心灵中流出的诗行，浸泡着诗人情泪的圣洁诗行，的确证明了诗人所说的“没有比泪水更干净的水”了。就像艾青在抗战时期所写的一样：“为什么我的眼里常含泪水，因为我对这土地爱得深沉。”鲁若迪基对他的故乡小凉山、泸沽湖，对他的民族、对他的父老乡亲、对我们伟大的祖国，就是爱得这样深沉，也就常含着圣洁的泪水，奉献出了一首首真切动人的赤子之诗。

诗如其人，人如其诗。读《没有比泪水更干净的水》，我的眼前总是浮现出这位含泪赋诗的普米族诗人形象。鲁若迪基的真情涌出的圣洁之泪，也写成了圣洁之诗。他含着热泪，以普米族诗人特有的抒情方式，把诗人的故乡情、民族爱，抒写得格外动人，让我们刻骨铭心。诗人在《小凉山很小》中写道：“小凉山很小 / 只有我的眼睛那么大 / 我闭上眼 / 它就天黑了 / 小凉山很小 / 只有我的声音那么大 / 刚好可以翻过山 / 应答母亲的呼唤 / 小凉山很小 / 只有针眼那么大 / 我的诗常常穿过它 / 缝补一件件母亲的衣裳 / 小凉山很小 / 只有我的拇指那么大 / 在外的时候 / 我总是把它竖在别人的眼前。”诗人采用层层递进的诗歌意象和暗喻手法，把他对故乡小凉山的爱，抒写得如此真挚，如此强烈，又如此别致而具有灵性，每一行诗，都是诗人用热泪凝结成的，不得不让我拍案叫绝！小凉山的“小”与诗人相关的某种“大”，就这样血肉相连，无法割舍。声音与母亲呼唤的应答，针眼与诗行穿过缝补母亲的衣裳，真情真爱，融注在诗行中，读了让人动容。特别是最后诗人用把拇指竖在别人眼前结尾，更是生动、别致，新颖地抒发出了自尊、自豪、自强的故乡之情。真是赤子诗人出真情，热泪真诗动人心！

像这类似的诗行，在这本诗集中可谓比比皆是。《选择》是作者人生经历体察中的生命抉择：“天空太大了 / 我只选择头顶的一片 / 河流太多了 / 我只选择故乡无名的那条 / 茫茫人海里 / 我只选择一个叫阿争伍斤的男人 / 做我的父亲 / 一个叫车尔拉姆的女人 / 做我的母亲……”这样朴实的诗行，浸透着诗人干净的情泪，这是真情之诗，是真美之诗。真是美，善亦美，朴实自然也是最真实的美。

一滴露珠见阳光，一滴热泪显爱心。诗人从小城来到小凉山腹地的牦牛坪。在死了丈夫、没有孩子的阿妈家，除了一些洋芋、一只鸡，家里再没有其他值钱的东西了。但彝家阿妈却要杀鸡招待这位从城里来的客人。面对这一切，诗人写道：“我强忍着泪水说 / 阿妈您不要杀鸡了 / 我吃不下 / 她说你嫌脏吗 / 我说你是阿妈啊 / 我怎么会呢 / 没有比这更干净的东西了 / 只是我确实咽不下 / 哪怕是一小口汤 / 我给她塞了点钱就走了 / 走出很远 / 我也没法走出那份悲凉。”诗人咽进心里的泪，又从心里涌出这些浸透了泪水的诗行，没有人读了不共鸣的。诗人从他的父老乡亲那儿感悟到朴实的善，我们也从诗人的诗行中，读到了一个心怀大爱的善良诗心。

鲁若的诗，大多是用意象创作，思想都不明确写出，但在意象背后，常常隐藏着给人启迪的东西。《没有比泪水更干净的水》不过是写他与久别的故乡父老乡亲相遇瞬间的情感碰击，却又有让人意想不到的诗行出现：“我终于顺着他们的目光走来了/我们走到了一起/母亲的泪水流下来/父亲的泪水流下来/兄长的泪水流下来/妹妹的泪水流下来/我的泪水流下来/在这个世上/没有比泪水/更干净的水了。”诗中“没有比泪水更干净的水了”显然是整首诗的诗眼。因这句看似平常却深含哲理、生命感悟的诗句，就使一首写重逢的诗，有了诗外之意，也有了境界。真是“词以境界为最上，有境界，则自成高格，自有名句”。

鲁若迪基的这部诗集，无论是《小凉山的歌》，还是《泸沽湖的爱》，都因真情而动人，因朴实而显美。鲁若迪基的诗，扎根在他故乡小凉山和泸沽湖畔的泥土中，他吸取着普米族与摩梭人民歌的养料，又“拿来”现代诗歌的艺术手法，使他的诗歌既有民歌的朴实美、风趣美，也有现代诗的意象美，还有中国古典诗词的精炼简洁美。《别样的爱》只有这样几行：“并非所有的爱/全都适合你/就像雪/它吻过的一些花死了/只有梅/吐艳。”诗写得很现代，但又不像某些现代诗那样语言芜杂冗长，而显古典诗词的精炼、含蓄，它是爱情诗，也是哲理诗，具有较深的内蕴。

（原载《云南日报》，2010年3月5日）

用诗歌抒写美好的梦想

——评诗集《一个普米人的心经》

张永权

鲁若迪基在《诗的证明》一文中说："在这个物欲横流的世界，我依然痴狂地做着诗的梦……20多年的不懈坚持，是什么在支撑着我，让我锲而不舍？"读完他的新诗集《一个普米人的心经》，我被诗人那洋溢着时代激情和美好梦想的诗行所感染，我似乎因此找到了他这个问题的答案。

的确，诗歌是最能抒写人们梦想的一种艺术形式。中外的诗歌史都证明了，诗歌是无数优秀诗人关于梦想的艺术结晶。鲁若迪基心怀诗歌梦想走进诗坛，以普米族人特有的文化品格创作诗歌，又以诗歌这种艺术形式表达自己内心的梦想，反映自己民族，乃至中华民族为追求民族振兴、国家富强所付出的努力。

诗集《一个普米人的心经》既表达了一个诗人在时代大潮中的个人经历和心灵感悟，也由此抒写了普米族的过去、现实和未来。在我看来，一个追求美好梦想的民族诗人，必定会有悲天悯人的情怀，也必定会关注自己民族的命运。鲁若迪基原先是小凉山的一个放羊娃，通过写作，他成为一个优秀的诗人，其作品曾获得全国少数民族文学创作"骏马奖"。这本身就是一个实现梦想的现实例子。诗集中有一首小诗《纸上的梦》："草尖上的梦/只要一滴露/树枝上的梦/只要一阵风/纸上的梦/却要一生的血。"诗人为实现这个"纸上的梦"，也就是诗人的诗歌梦想，可谓呕心沥血。

在诗集中，有许多作品都让人感受到我们的民族为了实现美好梦想而努力奋斗所产生的巨大能量。在汶川地震这样的重大自然灾害面前，因为有了重建家园的美好梦想，就“能让我们的目光汇聚在一起”“让我们的爱汇聚在一起”。中华民族要振兴，我们的国家要富强，要实现民族复兴的伟大梦想，不能没有这样给人鼓劲、具有强烈艺术感染力的诗歌作品。

读诗集中的这类作品，我仿佛又听见诗人在朗诵他那首被众多读者称道的《小凉山很小》：在诗人的心目中，边远的小凉山，小到“只有我的眼睛那么大”“只有我的声音那么大”“只有针眼那么大”“只有我的拇指那么大”，但诗人在外的时候，总是把他的拇指“竖在别人的眼前”。这种发自内心的民族自信心和民族自豪感，就是源于诗人所说的：小凉山的“土地里能生长出伟大的梦想”。当然，这也源于他对自己民族和祖国的赤子之情。祖国在鲁若迪基的心中如此特别——“当别人把钱当作祖国 / 我却乞丐一样 / 把祖国当作一枚金币 / 揣在自己心怀”（《祖国》）。正因为如此，祖国的统一和富强，成为诗人心中的美梦。他在观看秦兵马俑时，便情不自禁地写出了这样别致的诗行：“只要说声‘统一’/ 这些秦的士兵 / 就会醒来”（《兵马俑》）。

诗人以敢于担当的时代使命，荡涤灵魂深处的污浊，为自己的梦想、民族的梦想加油。诗人面对阳光背面的那些污浊，会发出这样的天问：“为什么那么多的人 / 会扶不起一个跌倒的老人？/ 为什么道路越来越宽广 / 我们却找不到回家的路 / 为什么我们人在某个站台 / 却听到灵魂在山背后哭泣？ / 为什么我们面对一张雷锋的遗像 / 却抬不起自己的头？”（《天问》）由于有了这样敢于拷问自己灵魂的自觉，诗人在心里面对 22 岁就牺牲的雷锋，“每长一岁 / 心里就隐隐惶愧”。诗人也以诗作来激励自己，如《铁的元素》中写道，“镰刀是普通的 / 铁锤也是普通的 / 当镰刀和铁锤结合 / 它们就不再是简单的道具了 /1995 年 12 月 31 日起 / 我经常用镰刀 / 收割内心某些疯长的东西 / 还经常用铁锤 / 敲打脊梁 / 尽量用自己的骨头 / 多些铁的元素”。这是新时代一名少数民族诗人的自白，有这样的自白，鲁若迪基一定会实现从小凉山的沃土里生长出的伟大梦想。

鲁若迪基的诗从不回避自己民族的苦难，他用诗歌去写自己民族的苦难，写父老乡亲的辛劳一生。诗人以他生活的小凉山为背景，写了许多灼痛我们心灵的作品。诗人在《一个山民的话》中写杀鸡取卵似的生态破坏带来的灾难，“这个世界真怪 / 不知不觉 / 雪山上的雪只有一撮箕了 / 一座座山被掏空了 / 一条条江河被拦腰斩断了”。于是，诗人以“天神”的话警告人们，“人类啊 / 我不希望看到 / 这个世界的最后一滴雨 / 是含在你们眼里的 / 那滴干枯的——泪”(《神话》)。鲁若迪基深知，生长在土地上的梦想虽然美好伟大，但要实现它，却不可能一蹴而就。因此他的诗决不回避现实生活中的矛盾和困难。他以诗的名义去关怀小凉山这块土地上的芸芸众生，从他们的生活中提炼出富有诗意的思索。

鲁若迪基用诗歌这一优美的文学形式来抒写他美好的梦想，使得诗歌贴近时代、贴近群众、贴近生活。鲁若迪基无论写什么，都遵循着“诗就是诗”的艺术创作规律。他的诗虽然口语化，但是又有着普米族民歌那种特有的内在精神品质。他善于用看似简单的口语写出具有含蓄诗味的丰富内容。像《沙漠》这样的诗，用口语写，诗语也不复杂：“泥土被榨干后/变成了这个模样/烈日下暴晒/被风驱赶着走/没有呻吟哭泣/它们的火/藏在地心里/有一天/会烧尽这个世界。”简单的口语中表现出诗人的机智，生动地表现了生态被破坏后的严重后果。又如爱情诗《雪落女儿国》：“雪轻轻地/落在泸沽湖上/比雪还轻的/是我的脚步/落在姑娘的心上。”这种怕惊动了夜的宁静的柔情和神秘，就在这一个“轻”字上跃然而出，显示诗人提炼一字之功的智慧。又比如这一段：“她的笑容/能融化千年的雪/她的目光/能融化千年的冰/每次我烟一样飘进去/就会在爱里迷失。”诗句把摩梭人的走婚爱情写得如此美好甜蜜，不仅在意象上出新出奇，而且在词语提炼上颇见功力。

用美诗抒写诗人美好的梦想，梦更美，诗也更有价值。

（原载《文艺报》，2014 年 3 月 14 日）

比泪水更干净的水就是最美的诗歌

尹利丰　王天祥　张珍珍　苏美玲　何林富

鲁若迪基是当下中国诗坛的重要诗人。他来自小凉山地区，身体里流淌着普米族的血液。然而，鲁若迪基的诗歌并不因为族别而只属于少数人。2009 年他出版的诗集《没有比泪水更干净的水》，在中国诗歌界引起持续影响，不仅引来了诗歌界的不断讨论，而且获得了第五届鲁迅文学奖入围奖（2010 年），2012 年又获得了第三届徐志摩诗歌奖。这些足以证明鲁若迪基诗歌的影响已经超越了小凉山，超越了云南。最近，我们因为老师在课堂上对鲁若迪基诗歌的介绍而被吸引，又由吸引而转入认真的阅读和讨论。这里组织的一组文章是我们几个研究生在马绍玺老师的诗歌课堂上对诗集《没有比泪水更干净的水》的讨论成果。也许它们还有诸多稚嫩，但是我们愿意拿出来与大家一起分享我们阅读鲁若迪基诗歌时的喜悦心情，并期待得到大家的批评与指正。

恬美忧郁的乡村牧歌

尹利丰

完全可以借用现代诗人艾青的诗句“为什么我的眼里常含泪水，因为我对这土地爱得深沉”来诠释鲁若迪基对自己家乡的热爱。他的诗歌包含着真实情感，是不含任何杂质的“没有比泪水更干净的水”。他的诗就是唱给自然万物及家乡亲人的心灵之歌。

诗集《没有比泪水更干净的水》带有极强的地域特色，家乡贯穿诗集始终。诗人并未借助华丽的辞藻来表现对家乡的热爱之情，朴实的语言中表现出诗人热爱家乡、热爱自然、热爱纯真、热爱美好，简短的几行诗蕴含着诗人对故乡小凉山、泸沽湖、雪山的无尽情感。真实而纯朴的描写使得诗人笔下的每一个事物都独具特色，不经过精雕细琢却诗意盎然。鲁若迪基在诗集的序言中说：“在云南红土高原的西北，有绵延千里的小凉山，奔腾喧嚣的金沙江，直刺青天的玉龙雪山，还有美丽动人的泸沽湖。我就出生在那片神奇美丽的土地上。虽然，至今那片土地还没有彻底摆脱贫困，可是，那片土地上的人们纯朴善良，面对困难所表现出来的乐观豁达，总使我心底涌起感动的热潮。作为行吟在那片土地上的歌者，我是幸运的宠儿。我以为枕着小凉山就够幸福的了，没想到怀里还抱着个泸沽湖。我常怀着感恩的心情面对上天恩赐的一切。”

家乡的一切对诗人来说都是那么熟悉、那么亲切，诗人通过描绘一种恬美而宁静的乡村生活实景，寄托诗人的情思。正如学者张永权所说的一样：“朴实的诗行，浸透着诗人干净的情泪，这是真情之诗，是真美之诗。真是美，善亦美，朴实自然也是最真实的美。”[①] 对家乡司空见惯的事物描写饱含诗人对家乡的一种热爱、赞美之情：

天空太大了
我只选择头顶的一小片
河流太多了
我只选择故乡无名的那条
茫茫人海里
我只选择一个叫阿争伍斤的男人
做我的父亲
一个叫车尔拉姆的女人
做我的母亲

① 张永权．热泪真诗动人心：诗集《没有比泪水更干净的水》评介．云南日报，2010-03-05.

无论走在哪里
我只背靠一座
叫斯布炯的神山
我怀里
只揣着一个叫果流的村庄

——《选择》

太阳要落山了
山寨的门都打开了
通向寨子的路像一只手
迎接着晚归的牛羊
放学的孩子
和劳动归来的人们……
山寨就这样收留着属于自己的一切
只是猎人还没有踪影
一个孩子还坐在坡上
望着要落山的太阳
在太阳最后调皮地抹了一把山头
溜下山去
黑夜张口要吞没他的一刹那
他听到了母亲的呼唤
那呼唤惊得黑夜
久久没有合上嘴
这时候
只有太阳不知到哪里去了
它被谁收留了呢

——《望着太阳落山》

它是未经污染的最本真的家园，它们远离喧嚣的城市，那里的生活宁静闲适、无忧无虑。我的“选择”道出了我对故乡无尽的情感，对那里的一切无限眷恋。即使它是那么渺小，但是我依然选择了它——我的故乡。那里的人们勤劳勇敢、朴实善良，默默无闻地耕作在这片土地上，家乡的一切都是那么美好，尽管它没有城市的繁华，但那里永远是诗人日夜思念的家乡。

诗人总能以敏锐的视觉和细腻的情感，诠释家乡的自然美，显示诗人对家乡事物的独到观察和感悟，把原汁原味家乡的本来面目呈现在读者眼前。旅游业的高速发展给家乡所带来的负面影响，诗人有自己的见解，这种感受只有经历过转变且对家乡有特别感情的诗人和老一辈才能体会，才会有感伤。

这些庄稼
越来越远离粮食
它们在湖边越长越高
高于灶膛
高于我们的嘴
日子的牙齿
很难咬动它们
作为风景的一部分
它们在风中的哆嗦
只有年迈的老人能感受
只有它们知道
在没有旅游之前
那些庄稼
在他们眼里
有时比泸沽湖还美

——《泸沽湖畔的庄稼》

在全球化的今天，家乡的发展或多或少地使原始生态的乡村发生变化，即使打着生态旅游的旗帜，但是旅游的开发已经给家乡的生态以至民族文化带来了影响，所以诗人发出了这样的感慨：“在

没有旅游之前 / 那些庄稼 / 在他们眼里 / 有时比泸沽湖还美。”

诗人在远离自己家乡的城市里面对陌生的一切感到焦虑与不适，他接受不了都市快节奏的生活，更接受不了都市文化，于是就在诗歌中形成意象组的对比，再加上巧妙运用隐喻，表现自己更倾向于山地意象：

林立的高楼
我怎么也无法
把它想象成森林
即便可以
我还是无法
把那些楼里的人
想象成快乐的鸟
来往不断的汽车
我怎么也无法
把它想象成河流
即便可以
我还是无法
把那些铁壳虫
想象成欢喜的鱼
走在水泥路上
我的头发
钢铁一样竖了起来

——《我无法想象》

城市、高楼、人，同山地、森林、鸟依次对应形成对比，突出诗人倾向于山地意象；城市、汽车、铁壳虫，同山地、河流、鱼又依次对应形成对比，突出诗人向往山地无忧无虑的生活。嘈杂、喧嚣的环境让诗人崩溃，他追求的是“快乐的鸟”“欢喜的鱼”那样不受束缚、能在自己的家园自由翱翔的生活。“我无法想象”多次出现，表现诗人对都市文化的不愿意接受，再到“我还是无法想象”更加增强了诗人内心的不满，他不接受都市文化和都市生活，他追寻着他的精神家园。

诗人是家乡走出去的知识分子，在经历世事的磨难之后，发现自己是一个孤独行走的流浪人，这样就更加增进了诗人对家乡的执着追寻：

柏油路旁
有一片稻田
这是小城最美的风景
我上下班的时候
常能看见劳作的人们
他们的模样
让我想起父母
想起故乡
现在，农田被一幢幢楼吞噬了
嘴角边也没留下一丝痕迹
我很难与那些农人擦肩而过
即使遇到几个眼熟的
他们已西装革履
播种或收获的季节
想起父母
想起故乡
我的目光
只有越过远处的山岗

——《越过远处的山岗》

诗人愁苦自己已经回不去了，但是对家乡的依恋却依然那么强烈，他渴望回归，在都市所受的挫折促使诗人坚定了追寻精神家园的决心，那是任何事物都无法取代的一种对家的永恒的爱。

无论是在对原始生态家园的讴歌中，还是在对精神家园的追寻中，诗人都展现一种对家乡的热爱，通过诗歌这一形式表达自己的真实情感。鲁若迪基正是为执着追求精神家园而在做忘我的守望，为了更好地发展和传承民族文化而默默奉献着。

饱含生命体验的动物意象

王天祥

从大山里走出来的鲁若迪基与自然有着亲密的感情，他的诗歌中有许多的动物意象，它们饱含着诗人的两种生命体验：与自然的和谐和对立，这两种生命体验受传统与现代两种不同文化模式的影响。在传统文化中，人们追求人与自然的和谐；在现代文化中，随着人类占有欲的增强，人与自然的关系越来越紧张，甚至站在了对立面。

人与动物和谐相处是鲁若迪基诗歌的一种生命体验。作为弱小群体，动物是人类最真诚的朋友，它们用自己的灵性与人类进行沟通，它们对人类没有欺骗，反而寻求与人类进行对话。诗人正是在诗歌中抓住动物与人对话这一特殊的语境，通过“借物抒情”的方式，抒发了自己对人与动物之间应该平等生存、和谐共处的想法。布谷鸟为了唤醒人类对生产时间的把握，它与人类进行对话，它催促人们甚至到了“嘴已啼出了血”；乌鸦更是与那些现代社会中虚伪的人们不同，“乌鸦是唯一没有学会谎言的鸟”，它用真诚对待身边的一切。诗人正是通过人与动物的对话，来寄托人与人之间应该保持真诚，人与动物之间应该和谐相处。

总是在春天
总是在某个早晨
布谷鸟不知从哪里飞来

唤醒沉睡的人们
催促着人们下地耕种
它怕人们误了农时
焦急地呼叫着
从这个山头飞到那个山头
它的嘴已啼出了血
急促的心快蹦到嗓眼上了
人们在它的催促下
纷纷走向田地
开始忙碌起来……
收获的季节
布谷鸟不知飞到哪里去了
只是来年
当它再次叫响春天的时候
人们才想起
又到了播种的时间

——《布谷鸟》

这首诗中，诗人抓住两个季节来抒写默默无闻的奉献者——布谷鸟，季节的变更并不能打乱它对于时间的掌握，它与人类的生产生活融为一体。每当到了播种的季节，它催促人们耕作，唤醒人们珍惜时间和生命。因此，才有了“催促”“怕”“焦急”和“急促”这些心理，这些急迫的心理是布谷鸟主动与人对话，与人和谐共处的反映。

北京北海公园
一根铁杆上
那么黑黑的一点
飞起来的时候
我才知道

那是一只乌鸦……我说的这只乌鸦
不是在小学课本里
喝水的那只
它还没有那么聪明
不知受谁的指使
它飞来
栖在一棵松树上
告诉我
一个亲戚不在了
我用弹弓射了颗石子
它飞起来
栖在另一棵树上
告诉我
真的一个亲戚不在了
回家后
一个亲戚真的不在了
我想起那只乌鸦
那只不停地告诉我坏消息的乌鸦
心想那真是只好乌鸦
或许，在这个世界上
乌鸦是唯一没有学会谎言的鸟

——《我曾见过的乌鸦》

在中国传统语境里，乌鸦这一意象一直被世人所厌恶，被认为是带有不祥之兆的鸟。然而，在诗人眼里乌鸦却有着灵性，它用不带谎言的语言，提醒着人的生与死，它是“唯一没有学会谎言的鸟”。在北海公园，它告诉我亲人逝去的消息，即便我用弹弓射它，它也不反抗、不惧怕，人情的冷暖并不能改变它做自己本分的事情，它主动与“我”进行对话，告诉我真实发生的事情，是希望“我”能听懂它的语言：“一个亲人真的不在了。”这其实也是对“我”一种真诚的怜悯。这种人与动物之间的真诚，同时也是诗人希望人与人的相处中应该拥有的。

人与动物之间不仅存在着和谐的关系，还存在着对立的关系，这种对立的关系也是鲁若迪基诗歌生命体验的一个方面。这种对立的关系主要来自现代文化中人类占有欲的增强，人类的强势使人与动物之间不再保持平衡的关系，作为弱小的群体，动物无力反抗人类带给它们的威胁，人类对物质的贪欲，使羊在“阳光照耀下”的和谐环境中“走向屠场”；狼在现代文明面前丧失了自己原始的、凶狠的天性，它只是人类的“观赏品”，只是“生活在词典的一角”的“一个名词”，不再是真实的狼，“我们在动物园里见到的狼/其实是丧家的变种狗”（《狼》）。从这些动物意象身上我们可以看到诗人对动物命运有一种忧伤的情绪，对它们在现代文化面前变得越来越微弱，与命运无力抗争的同情和忧虑。

一群羊被吆喝着
走过县城
所有的车慢下来
甚至停下来
让它们走过
羊不时看看四周
再警惕地迈着步子
似乎在高楼大厦后面
隐藏着比狼更可怕的动物
它们在阳光照耀下
小心翼翼地走向屠场

——《一群羊从县城走过》

这首诗中，饱含了诗人对弱小群体的怜悯之情，温顺的、和谐的羊在现代文化面前无法摆脱死亡的命运。羊群从县城走过，在县城里它们“警惕着”比“狼更可怕的动物”（这种动物其实就是人类），即便是在温暖的“阳光照耀下”这一和谐的环境，即便怎么“小心翼翼”，人类的贪欲最终也使它们摆脱不了自己“走向屠场”的命运。

雪地上的鸟
没有家
没有东西吃
它们盲目地飞一阵后
落在雪地上
又扑棱棱飞起来
栖在树枝上
雪不停地下着
它们蜷缩成一小团
偶尔望望灰蒙蒙的天
它们的眼里
世界是那么的小啊
小得没有它们躲藏的地方
雪还不停地下着
它们已听不到什么声音了
而拿着弹弓的孩子们
正悄悄地向它们靠近

——《雪地上的鸟》

鸟受到雪带来的寒冷的威胁，这种威胁它们可能经历过千百次，求生的本能使它们蜷缩成一团。然而，这么一小块的栖息之地也不能带给它们安全感，那些天真可爱的孩子拿着弹弓窥视着它们，想取它们的性命。因此，诗人对弱小的生命发出这样的感慨：“它们的眼里／世界是那么的小啊／小得没有它们躲藏的地方。”因此，在现代文明中，即便是像小孩这样纯真可爱的人，也能给动物带来伤害，而且有可能是巨大的伤害，他们让那些弱小的生命没有安身之所。总之，现代文明下人类的贪婪使人与动物之间越来越生疏，这是值得我们去反思的。

时间的伤痛

张珍珍

时间是鲁若迪基最敏感的诗歌神经，他用自己特殊的触觉去拨动着这根诗弦，弹拨出一首首带有忧郁气息的歌。时间往往给诗人造成两种类型的伤痛，一是拥有短暂生命的个体在时间的无限长河里产生的无力和忧虑，另一种是在匆忙现实生活中对往昔美好快乐的怀念和追忆。

“时间流逝”是时间不可逆反的形象表达，诗人笔下的时间化为一条无名的“延绵的河流”，它起源于曾经，历经现在，流向未来。相反，个体的生命在时间无限的长河里显得短暂，强烈的长短对比顿时产生一种无法名状的伤感。

从我身边流过的河
还没有名字
它流过的草地
绿草茵茵
流过的村庄
炊烟袅袅
它流去将不再回来
然而，现在它正从我的身边
悄悄带走
我的青春和爱情
石头一样留下我
在小凉山的风里

——《从我身边流过的河》

“草地”“村庄”原本是停在时间里的景物，因为一条“河流”使断裂的时间慢慢串联成一首感慨岁月流逝的歌。这是一种状态的延续，其中蕴含的每一种状态都预示未来而包含既往。确切地说，只有当它（这条没有名字的河流）通过“我并且回顾其痕迹时，它才构成了多元的状态”。这条河带走了污浊，也带走了诗人的“青春和爱情”，但不变的“自我”始终如“石头”一样，扎根在小凉山的土地里。这里的“石头”显现的是一种面对时间的肆虐又在抗拒中的“石之沉重和自我支撑”[①]的本性。诗人避免把意象当作凝固的、孤立的东西来写，而把它们当成一个流动的过程来写，“石头一样留下我 / 在小凉山的风里”全诗的动态戛然而止，而“河流”并没有停止流动，也不知流向何处，它们都彼此延伸。“我”无法使时间凝结在现在，只能站在它经过的路上伤悲。

如果说时间的流动让人震撼，那么时间中的“定格”能让人静心体会生命的多种可能，“甚至成为我们窥视那永远也看不见的‘时间’本身的‘窗口’”[②]。

日子是有牙齿的
只是藏在牙床下面
就像给孩子喂奶
冷不防咬你一口
揪心地疼

——《日子》

诗人对时间存在的深刻体悟让人开始感受“日子”的形象，它以动态的记忆出现在个体生命与宇宙时间的战斗里，但个体生命终将战败，“更是残酷地写出了个体生命对时间流逝的恐惧和疼痛感”[③]。“因为时间自在流逝，人不仅无力阻止，且必须随其走向死亡”[④]，人希望在时间长河中持存，而时间之流的“瞬时性”与人的“必死性”并行，所以时时感受到一种想握却握不住的无奈与疼痛。

---

① 傅松雪．时间美学导论．济南：山东人民出版社，2009：280.
② 马绍玺．鲁若迪基诗歌论．南方文坛，2009（04）.
③ 马绍玺．鲁若迪基诗歌论．南方文坛，2009（04）.
④ 傅松雪．时间美学导论．济南：山东人民出版社，2009：280.

诗中“牙齿”“牙床”意象生动贴切，“是时间对人的一种啃噬”[①]。选取“孩子喂奶”的画面是人生的初始体现，在孩童时已经开始消耗时间的我们慢慢向人生的终点走去，死亡的沙漏开始倒转，一粒一粒掩埋我们在世界上的存在，以一种“无法吹散的伤悲”蔓延，蔓延到对亲情的无法挽留，产生更为浓郁的忧伤和催人泪下的效果：

日子的尾巴
拂不尽所有的尘埃
总有一些
落在记忆的沟壑
屋檐下的父母
越来越矮了
想到他们最终
将矮于泥土
大风也无法吹散
我内心的伤悲

——《无法吹散的伤悲》

全诗选取“尘埃”“泥土”这样渺小却极具情感冲击的意象，写出在时间长河中生命的有限性。时间既创造一切，又摧毁一切，一切美好的事物，即使最美好的亲情也敌不过时间尘土的掩埋。“死亡并不因为人间的爱与亲情，也不因为我们的恐惧与祈祷而放弃一切。”[②]最终沙漏将再一次倒置，回归生命的起点，回到孩提时代，开始对人生再一次的无情啃噬。

时间给诗人造成的疼痛除了对岁月流逝的叹息与迫不得已，还存在烦忧与痛苦的基调，“往昔——今日”是重要的表现模式。在诗人的笔下，往昔总是美好快乐的，而今日总是充满难以排遣的忧愁和迷茫：

---

① 马绍玺．鲁若迪基诗歌论．南方文坛，2009（04）．

② 马绍玺．鲁若迪基诗歌论．南方文坛，2009（04）．

柏油路旁
有一片稻田
这是小城最美的风景
我上下班的时候
常能看见劳作的人们
他们的模样
让我想起父母
想起故乡
现在，农田被一幢幢楼吞噬了
嘴角边也没留下一丝痕迹
我很难与那些农人擦肩而过
即使遇到几个眼熟的
他们已西装革履
播种或收获的季节
想起父母
想起故乡
我的目光
只有越过远处的山岗

——《越过远处的山岗》

“现在”将画面分成黑白和彩色，诗歌中过去的“稻田”与现在的“楼”，“劳作的人们”与“西装革履”的熟人相互参照，曾经让想起我父母，想起我故乡的美好风景，而现在“农田被一幢幢楼”不留痕迹地吞噬，让我的思乡之情历经波折，越过山岗，到大自然的地界才有我的思念的滋生。生长在“我”记忆中的棠梨树也和如今大不相同，一切事物仿佛在时间的流逝中变化，熟悉的事物变得陌生，自我的缺失让“我”重新审视自己，找寻归属的路。有时“往昔——今日”的对比只是一条隐藏的线索，它让诗歌所要表现的“曾经”更具隐蔽性，让诗人的情感更耐人寻味：

林立的高楼
我怎么也无法
把它想象成森林
即便可以
我还是无法
把那些楼里的人
想象成快乐的鸟
来往不断的汽车
我怎么也无法
把它想象成河流
即便可以
我还是无法
把那些铁壳虫
想象成欢喜的鱼
走在水泥路上
我的头发
钢铁一样竖了起来

——《我无法想象》

我像一个闯入者，站在都市的繁华里，“享受”着无法想象的城市喧嚣。因为我是自然的一部分，身处到处充斥着现代化气息的城市里，我成了离开森林无处栖息的鸟儿，我成了离开河流无法呼吸的鱼，我无所适从，甚至有一种恐慌，我的头发“钢铁一样竖了起来”是最好的证明。既然诗人无法想象这样的生活，那我曾经的生存状态如何？诗中每一次想象的背后便是我的曾经，那是惬意的田园生活，那是生命力的勃发。然而这些都因为时间成为一段记忆，它“轻易地穿越时间和观念之墙”，并且“它还作为我们思想、行为、评价的某种内在依据和尺度，有效地参与着当下的生活”[①]。

① 唐晓渡．唐晓渡诗学论集．北京：中国社会科学出版社，2001：9.

质朴的语言、巧妙的构思与浓郁的诗意

苏美玲

朱光潜曾经说过："艺术家之所以成为艺术家，不仅在于其有深厚的情感，而在于是否能把情感表现出来。他的创造要根据情感，并且一定要把它加以客观化，使它成为一种意象。"[①]普米族诗人鲁若迪基，就能用朴素的语言把深厚的感情和丰富的思想表达出来。与其他诗人不一样的是，鲁若迪基的诗歌用语清新，构思巧妙。在他的诗歌中，清新、质朴的语言也能营造出浓郁的诗意。所以说，鲁若迪基的诗歌虽然平淡却有情致。

与你在一起
时间总是很短
不知不觉
星星已满天
当我独自一人
时间总是很长
天边的太阳
也不肯轻易落山
还用布满了血丝的眼
看着我

——《长和短》

这首诗，讲述了恋人（友人）间那种最常见的感伤别离之愁，诗人虽用了特别清新、平淡的语句，把这种忧愁平淡化，却不失情致。最后，诗人还巧妙地把太阳描述成了布满血丝的眼睛，从而使这种最常见的最普通的意象，经过诗人特殊情感的处理获得了新意。

① 朱光潜．文艺心理学．上海：复旦大学出版社，2005：186.

这样别出心裁的想象和通俗的表达，丝毫没有故弄玄虚的痕迹，给人一种清新之美。

星星一样多的村庄
那个像月亮
也像太阳的村庄
是故乡果流
那里的雨是会流泪的
那里的风是会裹人的
那里的雪是会跳舞的
那里的河
在我身上奔流为血
那里的山
在我身上生长为骨
我熟悉那里的神
也认识那里的鬼
他们见了我
都会拥抱一下
这个世界
只有那里的鬼
不会害我

——《果流》

诗人用平白如话的语言诉说了自己的故乡，尽管如此，诗人内心生出的爱乡之情却溢于文字。故乡是太阳——太阳是万物之源，故乡是月亮——能照亮漫漫长夜，给人以希望。诗人无论走到哪里，都记得：故乡的雨会流泪，故乡的风会裹人，故乡的雪会跳舞。更不能忘记的是：自己的血液、骨骼是故乡给予的，故乡的一切是自己一生取之不尽用之不竭的宝贵财富，而且，故乡的神和鬼一直都会保护着自己。这些描述故乡生育之恩、养育之情、呵护之爱的语言非常质朴，却道出了诗人浓郁而深厚的恋乡之情。

我没有去送你
虽然天空
为我们的别离
造就了
柔肠的氛围
虽然湖岸的柳树
垂下了
浓浓的情
我没有去送你
因为我怕——
在车站
我会把自己送走

——《我没有去送你》

这首诗，语言也非常朴素、自然，毫无雕琢的痕迹，缓缓道出了没有去送你的原因是怕在车站把自己也送走了，一种无尽的不舍之情跃然纸上，从而把离别的不舍推向了高潮。此时，简单、平淡的语言却闪烁着诗意的光芒，使离别的情感在深度和浓度上得到了升华。

鲁若迪基的诗歌之所以有着浓郁的诗意，还与诗人诗歌的巧妙构思是分不开的。

日子的尾巴
拂不净所有的尘埃
总有一些
落在记忆的沟壑
屋檐下的父母
越来越矮了

想到他们最终
将矮于泥土
大风也无法吹散
我内心的伤悲

——《无法吹散的伤悲》

诗人巧妙地把看不见、摸不着的抽象的日子，转化为有尾巴的具体事物，这样的转化可谓匠心独运，使平凡的“日子”有了诗意的光芒。尘埃再细小也会让眼睛倍感不适，这里，诗人把尘埃隐喻为在人生的旅途中遇到的那些不如意的一切，让人眼前一亮。更让人为之一振的是：诗人巧妙地运用了一个“矮”字，把死亡委婉地说成“矮于泥土”，这种独特的表达，使悲伤的情绪更能感染读者，这比用感天地泣鬼神的语句更加震撼人心。通过这些有技巧的特殊处理，浓郁的诗意便在不知不觉中被营造了出来。

太长了
我把它折叠
装进
五彩缤纷的梦里

——《回乡路》

《回乡路》虽然仅有三行，却道出了诗人无尽的思乡之情，这首诗的构思也非常独到，一个“折叠”，把遥远的归乡之路装进了自己的梦里，梦想着归乡路可以“折叠”，拉近“我”和故乡的距离，这种特殊的表达和丰富的想象，带给我们诗意和新意，进而，更加深刻地表达出了诗人对故乡深厚的眷恋之情。

意象的巧妙运用，是鲁若迪基的诗歌诗意浓郁的另一原因。鲁若迪基的诗，往往不是直抒胸臆，而是通过独特新颖的意象来借物抒情、借景抒怀，这不仅会使读者获得一种浓郁优美的诗意，还能得到一种特殊的感受——画面感（意境）。

雪后
那些山脉
宛如刚出浴的女人
温柔地躺在
泸沽湖畔
月光下
她们妩媚而多情
高耸着乳房
仿佛天空
就是她们喂大的孩子

——《女山》

诗人通过雪、山脉、女人、泸沽湖、月光、天空等丰富优美的意象，来传达内心的感受，同时给我们展示了一幅生动美丽的画卷，通过画面的描绘和丰富的想象，诗人把家乡的那些山脉喻为刚出浴的、温柔而妩媚的女人，它们跟泸沽湖一样是给予诗人“生命”和情感的伟大“母亲”。故乡是鲁若迪基诗歌创作的资源宝库，对故乡的感激、爱恋是鲁若迪基诗歌的永恒主题。诗人三分之二的诗作都离不开故乡，把自己内心深处的感受内化为一种强烈的对家乡的赞誉之情，这样的赤子情怀感动着无数的读者。在这首诗里，诗人借助了这些意象来抒发心中浓郁的恋乡之情，诗意便在这种多变的描写中自觉呈现了。而这一类的诗，在鲁若迪基的诗歌中随处可见，如:《花楼》《扬场的母亲》《泸沽湖》，等等，都是诗画结合的佳作，都是在浓郁的诗意中表达情感、抒发情怀的。

总之，鲁若迪基诗歌艺术技巧的运用是非常巧妙的，无论是巧妙的构思、合理的想象、丰富的修辞，还是独特的视角、意象的新颖等，都使他的诗歌大放异彩，并且最贴切地表达了作者内心的情感。

民族诗人的文化自信

何林富

普米族是一个人口较少民族，至今只有四万多人口，经济文化等各方面都处于相对弱势的地位，但普米族人具有优秀的文化品质，善于尊重文化的多元性，鲁若迪基在诗集的序中曾说："在这个伟大的国度，每个民族都拥有着希望。我的诗就是这个民族希望的证明。"所以鲁若迪基为民族的希望在不断地努力着，并"深切地感到了普米族的文化精神与中华文化精神的相通一体"。鲁若迪基是为民族而写诗的，"我想用朴素的情感和现代的诗句，表达我的民族的现在与未来"。可见诗人对本民族的文化是充满自信的。

这种文化自信洋溢于诗中，像《自白》一首，仅仅八行四十六个字却道出了诗人内心的声音。

我要像山一样
站起来
我要像河一样
淌尽自己
我要成为时间的粮食
喂养历史
我要让一个古老的民族
重新出土

——《自白》

用夸张的手法，将诗人的理想与山、河融为一体，传达一种与大自然和谐相处的朴素情感。这两个意象表面上给人生动形象的感觉，深层上则与普米族文化息息相关，普米族是一个山地民族，与山、水具有密切的联系，在他们的生活中，山有山神，水有龙神，所以山、水都被认为是神圣的，而诗人用族人神圣的意象与自己的理想融为一体，表达了一种发自内心的、对普米族文化的敬重与自信。在诗中，诗人是无私的，宁愿“成为时间的粮食”来“喂养”普米族古老的“历史”，这既是一种诗人对弘扬本族文化的自我奉献，也是对其文化的自信。最后两句“我要让一个古老的民族 / 重新出土”点出了诗人最终的希望，相信普米族文化在新的时代能绽放出新的光彩。

然而任何一种文化都不是凝固不变的，普米族文化也是一样，它会随着时代的发展、与社会文化的交流而不断发生变化，有的族群在文化融合中消失了，而有的民族却从中不断充实自己、丰富自己，普米族就是这样在历史长河中具有了时代的高度，所以在不断趋向“地球村”的今天，诗人鲁若迪基能以全球化的眼光、时代的高度探寻着民族的希望。

我是山里人
习惯于崎岖
走出并不崎岖的感觉
属于梦的年龄
一切算不了什么
山道，不过是我手里一根鞭子
我是山里人
不想知道天有多高地有多深
只想以山民后代的名义
吆喝着群山
走向没有回声的平原

——《我是山里人》

诗人用“崎岖”两个字形象地展示出了山地民族的生活环境，既突出普米族生活地区的地形特点，又客观反映出普米族人生活的艰苦。“我是山里人”，所以“习惯于崎岖”，由于我对山里是那么熟悉，所以能“走出并不崎岖的感觉”。然而外界的变化也逐渐渗透到我熟悉的“山里”，所以大山里很多传统的东西逐渐成为过去，“属于梦的年龄 / 一切算不了什么”，说得真好。诗人是充满自信的，在故乡的变化之中认为命运掌握在自己的手中，“山道，不过是我手里一根鞭子”，所以普米族人希望中的“山道”要由我去开辟。为此，诗人是有取舍的，在这种取舍中，做出了长远的抉择，一方面，深信普米族文化，“我就是一个地道的山里人”，所以“不想知道天有多高地有多深”；另一方面，诗人又深知大山里普米族人生活的艰苦，所以不满足于大山，期望开辟出一条新的“山道”，就是“走向没有回声的平原”。然而是山赋予了普米族灵魂和精神，无论走到哪里都要带着，所以走出大山时要“以山民后代的名义”，并且“吆喝着群山”走出大山。

这种自信不仅是诗人个人的自信，也是整个普米族人具有的普遍自信。

于是，有一天
父母毫无愧色地走出大山
把我陈列于多风的季节
让世人品评

——《我是父母不平凡的“处女作”》

这里的“父母”指代着整个普米族群。他们敢于“把我陈列于多风的季节 / 让世人品评”，是那么自信，他们敢于倾听世人的品评，敢于把我“陈列”在“多风”的舞台，因为他们相信文化是多元的，普米族文化与外界的文化也具有相通性，所以当他们走出大山时，相信大山外界的人们也能闻到大山清晰的洋芋花香。

（原载《丽江民族研究》第6辑，2013年1月）

自然的启示

——阅读鲁若迪基的诗

韩艳娇

鲁若迪基的汉名叫曹文彬，1967年生于小凉山的一户村民家。在这个简陋的村子中，“看不见一个汉字，人们也不说汉语，说普米语和彝语，一种可以和诸神沟通的语言”[①]。在鲁若迪基的孩提时代，似乎天性就引导他进入大自然，小凉山的任何事物似乎都有一种魔力，他会“在鸟儿还没有醒来的早晨，喝过清明的泉水，为的是想让自己比鸟儿更聪明、嗓音更嘹亮”[②]。20年后，他前往遥远的汉地上大学，离开了家乡。但鲁若迪基的诗根植于家乡小凉山，他的诗风空灵、纯净，充满童真，富有想象力。他的诗语言平易、真切感人，并以一种生命自然本真的状态呈现在读者面前，不但是外部自然的写照，更是内在精神的观照和表达。

一、像山一样思考

“像山一样思考”是“生态伦理之父”、自然文学作家奥尔多·利奥波德提出的，他要人们“从保持生态平衡的角度来思考，小心翼翼地进入整个生物的循环系统，和自然的脉搏一起跳动”[③]。在鲁若迪基的作品中，十分突出地存在“像山一样思考”的理念，放弃以人类为中心的理念，强调人与自然的平等地位，似乎所有的生物都

① 于坚．他的诗歌让世界知道他的民族．文艺报，2013-02-25.

② 鲁若迪基．没有比泪水更干净的水《序言》．北京：作家出版社，2009：2.

③ 程虹．寻归荒野，上海：上海三联书店，2011：201.

有一种亲族关系，都有知觉和灵魂。在自然万物中，诗人关注到植物界。《木耳》想象植物被赋予像人一样有知觉的官能或属性，“木头的耳朵 / 它听到了什么 / 当它被人活活扯下 / 木头是不是暗叫了一声 / 我们把它煮熟 / 放进嘴里的一刹那 / 只一声脆响 / 我们仿佛咬了自己的耳朵”。在另一首诗《木头》里，诗人想象植物不止具有人的知觉官能，甚至具有情感：“成为木头之前 / 是树 / 而且是树的主干 / 成为木头之后 / 什么也不说了 / 在烈火中烧成灰烬时 / 却叫了一声 /——妈。”在现代社会中，以人为中心的观念越发突出，司空见惯的植物只是我们生活中的工具，淡漠了与自然的关系，人类似乎越发冷漠。鲁若迪基的诗歌让我们反思这种对待自然的冷漠态度。诗人的笔下，木耳是木头的耳朵，木头是树的孩子，植物不再只是没有知觉、没有感情的人类生活的工具，即便人类的生活不能缺少这些植物的辅助，但我们至少应该怀着敬畏、感激的心态，适度地采摘与砍伐植物，而绝不是认为植物的存在就是作为人类的工具，只有在想到采伐时才会念及它们。

在拥有“动植物王国”美誉的云南，鲁若迪基的诗里除了植物，也有动物。他的动物诗歌描绘的不仅仅是外部的自然写照，还衍生出富有诗意的人生哲思。《路遇》的前半段描绘的是一幅小青蛙在路面蹦跳的欢乐景象：“雨后 / 指头那么大的蛙 / 满地跳来跳去 / 我走在路上 / 小心翼翼 / 怕不小心要了它们的命。”诗的后半段，诗人把诗作延伸到自然的神圣与巧妙，“如果有什么 / 从我们头顶走过的时候 / 也能小心翼翼 / 我不知道 / 还有什么比这更幸运。”指头大的小蛙在我看来是渺小的，我甚至可以轻易地“要了它们的命”，在浩瀚的宇宙里，人类何尝不是渺小的，指头大的小蛙和我一样是脆弱的生命。在现代社会中，这种关爱的循环也已经淡漠。人类对于大自然情感的淡漠，在《布谷鸟》中同样得以体现，布谷鸟被作者赋予人性，不辞辛劳、周而复始地“唤醒沉睡的人们 / 催促着人们下地耕种”，它像一位善良的农人，“从这个山头飞到那个山头 / 它的嘴已啼出了血 / 急促的心快蹦到嗓眼上了”，而由于布谷鸟的催促没有误农时的村民，却“只是来年 / 当它再次叫响春

天的时候 / 人们才想起 / 又到了播种的时间”。现代人类把自然界所有生物视为人类所有，生态问题日益凸现，生活在小凉山的鲁若迪基，关注到保持生态平衡的需要，我们要学会像山一样思考，用慈爱和尊敬的态度来看待自然界的生物。

二、美与美德

我们生活在一个科技化时代，现代科技的进步让我们把大自然搬到身边，动物园里：鱼生活在玻璃缸、猴子生活在假山丛、鳄鱼生活在人工湖；植物园里：人工沙漠里有来自热带的巨大仙人掌、室内温度的控制能做到一年四季花开不败、没有泥土却能吃到成熟的果实。人类试图让自然越来越靠近生活，然而却远离了接近自然的本质。

自然带来的不应该只限于视觉感受，更多的该是自然给人以心灵的启迪、为人的心灵灌输崇高的思想，在野生的自然景观中，萌生的新芽、腐朽的树干、翩飞其间的蝴蝶等都是生生不息的生命图景，亲近真实的自然是培养人类审美情趣的最好方式。

美是什么？我们无法准确言说。而读了诗人笔下所描绘的伊拉草原、梅里雪山、泸沽湖畔，那一瞬间，我们明白了美。鲁若迪基的诗使我们感受到一种美的经历，广袤沉静的小凉山聚集着最丰富的色彩。伊拉草原的绿带着勃发的生命力，绿得炙热，“草原上的草 / 疯长着 / 风吹来 / 也不肯低下头去”（《伊拉草原》）。最优秀的画家也无法调出梅里雪山的色彩，“你盘腿坐在那里 / 不说一字 / 让该绿的绿起来 / 该灰的灰下去 / 该黄的黄起来 / 该白的更白”（《梅里雪山》），蓝得沁人心脾的是云南的天空，望一眼，灵魂似乎化作一只盘旋在蓝天下的苍鹰，嵌入这一片蓝色中。“故乡的天空 / 是一块最蓝的布 / 我用鹰的翅膀 / 将它裁剪 / 穿在你的身上”，“一只鹰从心里飞出 / 盘旋在空中 / 它用锐利的眼搜寻着 / 一个俯冲 / 把你从人海里 / 叼来我的身旁”。自然是一个复杂的、难以捉摸的、难以描述的对象，自然的美不是视觉上的看见，而是内心的领悟。鲁若迪基的诗，告诉了我们仔细观察自然的色彩、用心倾听自然的声音，美就在我们身边。

自然界除了熏染我们的审美天性之外，还会产生另外一个不可忽视的影响，人们走向自然不只是获得美的感受，更要得到美德的启示。自然会无形中培养善良者最美好的品德。鲁若迪基的诗里，我们也感受到了善良者最美好的品德。《洋芋故事》讲述的是诗人的善意得到乡亲们最真诚的回报，“我把一些优良的洋芋种／带回老家／分给乡亲们种”，“母亲们管这种洋芋／叫‘鲁若洋芋’／听到这些／我仿佛被谁亲了一口”，最真诚的美德是行动，像诗人带回家乡的优良的洋芋种，最真诚的感谢是母亲们命名的从土地里长出来的“鲁若洋芋”。诗人对于那些贫困无助的家乡人所怀有的美好敬意，并不是偶然的一例，在另一首诗《一个彝家阿妈》中讲述了诗人对家乡、对乡亲的感恩与同情，“她没有孩子／丈夫已经死去多年／她说我是她最尊贵的客人／她没什么好招待我的了／只有这只鸡了／她的木屋／不断有风吹进来／家里除了些洋芋／找不到其他粮食”，故乡如诗如画的美景与贫穷落后的生活水平平行存在着，在大自然面前人是渺小的，在社会生活中人也是渺小的，诗人改变家乡贫穷的力量也是有限的，力量虽然有限，而想帮助乡亲的心愿是无限大的，这种落差让诗人痛心：“我强忍着泪水说／阿妈您不要杀鸡了／我吃不下／她说你嫌脏吗／我说您是阿妈啊／我怎么会呢／没有比这更干净的东西了……走出很远／我也没法走出那份悲凉。”在鲁若迪基的这类诗作里，呈现给读者的是近乎停滞的乡间生活，叙述的语调真诚地表现出他对那些贫困无助的阿妈所怀有的美的敬意。自然的永恒，带给人们情感与思索，鲁若迪基用诗告诉现代人，大自然可以纯洁人的心灵，呼唤人与人之间的温情。

三、褐色的语言

鲁若迪基的诗在众多少数民族诗人中显得尤其朴实，没有五光十色的意象，没有纷繁复杂的技巧。因为忠实，所以动人于不知不觉间。“每一个作家都以一方自己熟悉的土地为根基，这种与土地接壤的文学在语言上也不同凡响，它使用的是与之相应的‘褐色的语言’，那种朴实如泥土、清新如露水的鲜活的语言。”[①]《小凉山很小》可以算作是鲁若迪基的代表作，诗人的简单叙述却叙述出一个不简单的故事。“小凉山很小 / 只有我的眼睛那么大 / 我闭上眼 / 它就天黑了”，诗人似乎在写小凉山的小，但是读者感受到的是小凉山对于诗人的意义，似眼睛，让诗人望见小凉山以外的世界。“小凉山很小 / 只有我的声音那么大 / 刚好可以翻过山 / 应答母亲的呼唤”，小凉山里生活着诗人的母亲，诗人对故乡的情感就像割不断的母子情，一句母亲的呼唤，就是指引诗人回家的方向。“小凉山很小 / 只有针眼那么大 / 我的诗常常穿过它 / 缝补一件件母亲的衣裳”，故乡的一切，是诗人写不尽的文学源泉，每一次提起家乡，都是熟悉与眷恋。“小凉山很小 / 只有我的拇指那么大 / 在外的时候 / 我总是把它竖在别人的眼前”，诗歌情感的层层递进，最终升华到对故乡的赞美与崇敬，诗人通过诗让世人知道了小凉山，懂得他对小凉山的眷恋，感慨于要多么真切地爱着这片土地，才会让每一个读这首诗的读者都能感受到诗人对故乡深厚的眷恋。

“他最早的诗集，受到主流诗歌的影响，以为诗歌是对生活的粉饰。现代派诗歌也许有种种弊病，但有一点可取，它一直在努力穿越谎言，鲁若迪基后来受此影响，他的诗歌回到了故乡。”[②]鲁若迪基诗的语言意识在后期创作中，更加自觉。在鲁若迪基的故乡，情感表达的方式并不是汉语。鲁若迪基 10 岁才开始学习汉字，用汉语创作诗歌让世界知道了他的民族，让世界懂得他对故乡深厚的情感却是通过诗歌中故乡的自然生物作为传达媒介。《棠梨树》中写出了诗人儿时记忆中棠梨树下乡亲们谈天的场景，“记忆里 / 村中那棵棠梨树 / 是多么的高啊 / 一群人坐在树旁”，在诗人的记忆中，小小的自己，高高的棠梨树。“如今，我才发现 / 那棵棠梨树其实并不高”，诗人再次看到棠梨树，人世沧桑，“人群里少了些熟悉

---

① 程虹．寻归荒野．上海：上海三联书店，2011：21.

② 于坚．他的诗歌让世界知道他的民族．文艺报，2013-02-25.

的身影 / 多了些陌生的脸”，如果真要在生命的长河中感叹时间到底已经过了多久，鲁若迪基最朴实而真诚的回答“几十头牛也无法拉回”，他在诗句中通过换喻，让读者感受到褐色语言的隐秘。凝重、伤感的氛围在几十头牛的力量中消失了，融进脚下褐色的土地中。鲁若迪基描述的自然灵动、亲切，在《短笛》里也有体现，他写道“谁说风不识字 / 喇嘛们 / 把经幡挂在高山上 / 让风去吟诵”。“一对年轻人 / 从沙滩走过 / 浪涌上来 / 悄悄抹去他俩的足迹 / 大海收藏着这个秘密”。鲁若迪基的诗在触及自然时，总是带有一点自然神崇拜的味道。风表征了世间最重要的品格——自由、潇洒和无形。喇嘛们知道风会吟诵经幡，大海知道年轻人的秘密，在鲁若迪基描写的自然中，自然中的一切是那么祥和，互相懂得、互相抚慰，将人类亲情与大地亲情联系在一起。鲁若迪基的诗没有描绘重大的题材，他用一颗坦诚的心写出生活中爱的真实一面，用独特的悟性与哲理、清新明丽的语言结构从大自然中探索生命的意义。

四、田园式的爱情

鲁若迪基的爱情诗歌里频频出现花的意象，梅花、葵花、叶子花。在他的诗中，自然与诗人的心情是不可分割的，自然是诗人心情的最好见证。他用自然界的景观来描摹他的感觉和体验，来吟唱他的爱情。在《别样的爱》里，诗人绕过梅花“苦寒来”的象征意义，开辟出他赋予梅花爱情的意义，通过梅花道出爱情的唯一性，“并非所有的爱 / 都适合你 / 就像雪 / 它吻过的一些花死了 / 只有梅 / 吐艳”，雪后，一切喧闹过往沉寂于白茫茫的大地，只有梅花恣意的红回应着雪深沉的情。思念是什么颜色，在《叶子开出的花也叫思念》中，诗人回答：紫色。“我闭上眼就能想到 / 哪里是你的房 / 爬满了叶子花的墙上 / 盛开着怎样紫色的思念”，藤蔓似的叶子花，爬满了心上人住的墙，心上人的笑颜，也像叶子花的藤蔓一样缠绕在诗人的心中。带着紫色的思念，满心欢喜地想念，却也有些微思而不得的忧郁。如果说梅花、叶子花的爱情是含蓄的表达，那么葵花就表达了诗人热烈的爱情。《一路葵花》里，诗人把自己比作葵花，把心上人比作红花，金黄与红已然是爱情最浓郁的色彩，“那么多的向日葵／把大地装扮得一片金黄／令你怦然心动”，“你这向阳的红花呀／也许还不知道／我就是其中那株”，诗人的笔下的爱情，有一种“蓦然回首，那人却在灯火阑珊处”的命运巧合感，诗人对心上人的怜爱自然流露，爱情来于不知不觉，却是实实在在的存在。“想用牙咬住太阳的向日葵／而现在／我只想轻咬你的耳朵／祝你一路平安”，诗人对心上人无法掩饰的爱意就像追逐太阳的向日葵，一个“咬”字体现出万般不舍离别的情愫，但不能抗拒的离别不期而至，向日葵可以等到太阳，而诗人何时才能见到心上人的归来？爱的有多深，分离的时候就知晓：“祝你一路平安。”

“自然”是鲁若迪基生命深层的意识，阅读他的诗引导读者回归到最纯、最真的自然界，自然给予人类感情交流、审美情感、道德培养等方面的启迪和影响，自然唤醒现代人疲惫且模式化的生活。读者只有从心灵上贴近了自然才会懂得鲁若迪基诗中自然的意义：“一个诗人，只有把自己的诗歌种植在适合它生长的土地上，它才能够茁壮成长。”[①]

（原载《边疆文学·文艺评论》，2014 年第 3 期）

---

① 鲁若迪基．诗歌是大地上另一种作物．文艺报，2013-02-25.

也没有比泪水更干净的诗

——读诗集《没有比泪水更干净的水》

向卫国

毫无疑问，在当今这个全球化的时代，许多带有地方或民族特色的诗人和诗歌尚未得到公正的对待和严肃的研究与批评。当我毫无准备地突然与一个来自云南丽江的普米族诗人鲁若迪基的诗相遇时，这一印象在我的诗歌意识中再次得到强化。

我查了一下，普米族人分散居住在云南省怒江州的兰坪县、丽江市的宁蒗县、玉龙县和迪庆州的维西县，还有云县、凤庆、中甸以及四川省的木里、盐源等县。它与中国古代氐羌族有渊源关系，原来是居住在青海、甘肃和四川交会地带的游牧部落，后来从高寒地带沿横断山脉向温暖、低湿的川西南移，并不断分化和分散，但至今仍保留着能够互通的普米族语言，有自己特色鲜明的民族文化。

鲁若迪基（汉语名曹文彬）出生在丽江市宁蒗县一个叫果流的村庄里，他之所以成为当代一位优秀的诗人，在很大的程度上正是得益于哺育他成长的地方性和民族性的独特文化（准确地说，不应该提“文化”这个概念，而应该是一种生命的状态）。至少对我来讲，他的诗有一种迥异于当代绝大多数诗人的抒情的纯粹性。所谓“纯粹”，就是一种天然的质朴，未被现代知识和文化所染指的自然情感。不仅如此，这种“自然”性中还带有某种鲜明但又无以言说的与其他地方完全不同的“自然感”。打个比方，我们经常会听到去过西藏的人谈论西藏的天空和天空中的那种蓝，此时他们一般都会强调，那种蓝的感觉与别的地方的天空是多么不同，尽管别处的天空也是晴空万里的蓝色天空。当我读到《小凉山很小》《选择》《长不大的村庄》《女山》《没有比泪水更干净的水》等这一类诗时，所感受到的诗情正像是西藏的蓝天那样蓝，是不同于一般所谓自然的自然：

天空太大了
我只选择头顶的一小片
河流太多了
我只选择故乡无名的那条
茫茫人海里
我只选择一个叫阿争伍斤的男人
做我的父亲
一个叫车尔拉姆的女人
做我的母亲
无论走在哪里
我只背靠一座
叫斯布炯的神山
我怀里
只揣着一个叫果流的村庄

——《选择》

只要这么一首题为《选择》的诗，似乎就已经讲述完一切：一个“人”的来历和一首“诗”的起源。这样的诗不是像那些被称为“诗人”的诗人一样“写”出来的，而是在一个从来只与自然之神相伴生长起来的灵魂中本来就有的东西，写或不写，它都在他的心里。

这些诗，如此安静，安静得就像“雪邦山上的雪”：

我看到了雪
看到了雪邦山上的雪
它在阳光下闪闪发亮

映照着我内心的洁白
想到雪一样的普米人
我的泪水忍不住流了下来

——《雪邦山上的雪》

这些诗，如此干净，干净得就像泪水一样：

在我还没有出生的时候
那里的村庄就等着我
在我还没有走路的时候
那里的路就等着我
我出生了
我长大了
我终于顺着他们的目光走来了
我们走到了一起
母亲的泪水流下来
父亲的泪水流下来
兄长的泪水流下来
妹妹的泪水流下来
我的泪水流下来
我们的泪水流在一起
在这个世上
没有比泪水
更干净的水了

——《没有比泪水更干净的水》

这些诗，如此的纯情，纯情得就像根本没有情：

我不知道
给我老实巴交的双亲的是谁

我不知道
给我一座叫斯布炯神山的是谁
我不知道
给我一个叫果流的村庄的是谁
我不知道
给我一个看不见的大海的又是谁
我对那个“我不知道”的所在
永远心存感激

——《我不知道》

如果从一种现代诗学或哲学的视角来看，《我不知道》是一首非同寻常的诗，它将世上最高的情感——一个人对给予其生命和生命存在条件的更高的存在者的情感和最深的思想，对自我无法触摸到（“我不知道”）的世界上最高的或终极存在者的“存在”的肯定、尊重和敬畏，完全不分彼此却又不动声色地讲述出来。承载情感与思想的两种不同功能，之所以能够由同一个话语层次或话语系统完美实现，正是因为诗人使用了在今天的世界上唯有部分少数族裔的吟唱诗人还保留着的那种似乎是吟唱又似乎是述说的话语方式。这种话语有一种远古的气息和倾诉的语调，这种语调正是鲁若迪基诗歌的主基调。

此外，在这种倾诉语调的展开过程中，经常还会使用一些看似简单质朴的“近取譬”的比喻方式。我们在鲁若迪基的诗中常常看到这样的“简单”比喻，但它的气息却是古老而遥远的：

故乡的天空
是一块最蓝的布

——《鹰》

是木头
是木头长出的耳朵
木头的耳朵

它听到了什么

——《木耳》

当我卧成一头牦牛
纳帕海
就在银碗里
被什么人
端了上来

——《伊拉草原》

那里的河
在我身上奔流为血
那里的山
在我身上生长为骨

——《果流》

从现代的诗歌修辞学来看，这些都是不够复杂的简单比喻，但它们与一种古老的民歌语调相配合，产生出一种非修辞性的感觉，这正是许多古代少数民族说唱艺术的遗存，它甚至深刻地影响到这些民族的口头表达，即使在说话中也广泛使用，随口就来，并没有刻意修辞的感觉。也许这就是维柯在《新科学》中所阐发的“诗性智慧”，即原始民族在抽象思维尚不发达的阶段，由于缺乏精细性的概念系统，因此大量借助比喻性语言来表达最初的概念性思维。今天看来，由于科学的概念思维高度发达而造成的科学性语言的干涩和枯寂、贫乏，非常不利于诗性语言的生长，而少数民族中仍然具有活力的“诗性智慧”的语言，不仅可以让我们耳目一新，甚至应该成为现代诗歌的一种不可代替的语言资源。

鲁若迪基的诗有两种最重要的题材或灵感源泉：故乡和爱情，这两种题材都是最适合古老的“诗性智慧”的语言方式的。我们前面所举的诗句，都是关于故乡题材的，而诗集《没有比泪水更干净的水》的第二部分“泸沽湖的爱”则几乎全部是爱情诗。这部分诗歌比前一部分更突出地证实了少数民族诗人才有的一个卓异的品质：坦率、纯真，直抒胸臆。因为这些诗都是写给诗人妻子的情诗，汉族诗人通常是不会这样写的。虽然汉族诗人偶尔也会写情诗，但极少见明确地标明写给自己妻子的情诗，他们要么模糊抒情的对象，要么故意将爱情写成亲情，很少赤裸裸地表达对妻子的爱情。这是文化使然，也是某种虚伪性的表现。

从诗歌中，我们不难发现，诗人鲁若迪基的妻子也是少数民族，而且是一个以其独有的“走婚”风俗和世上罕见的母系社会生活方式的遗存而让全世界都特别关注的民族支系——泸沽湖畔的摩梭人。诗人由于对妻子的爱，从而深深地爱上了这个古老而可爱的兄弟民族和它的文化，因此他的诗中常常写到摩梭人独特的“走婚”习俗，写到穿梭在泸沽湖上的世界闻名的“猪槽船”及其传说，等等，它们都成为诗人炽热的爱情中不可或缺的重要元素。正像诗人所说：

我不知道先爱上这个村庄
才爱上的你
还是爱上你之后
喜欢上了这个村庄

——《泸沽湖恋曲》

诗人的妻子名叫兰，所以诗集中有以“兰”命名的诗《兰》《给兰子》等。其中《给兰子》大概是整本诗集中最长的一首诗：

我是你的“野人”啊
我是你的“疯子”啊
没有你
我不知道去那里撒野
也不知道去那里发疯了
兰子

你听到了吗
你怎么不说一句话
呵，兰子
我的金兰子

对于汉族诗人来说，我几乎没有见过有人敢于对妻子写出如此炽烈而直白的爱情，但这对于一个少数民族诗人而言，却是再自然不过的事情。我们应该注意的是，这些爱情诗一如既往地运用了民歌的语调和句式：

你用秀发遮盖住我的眼
我的黑夜就这样降临
伸出手
就能触摸到柔软的白天
那是多么神奇的事
当我的舌尖
被你轻轻咬住
我的心在说
你是我今生吻不够的女人啊
你是我今生抱不够的女人啊
你是我今生爱不够
来世还要爱的女人啊

——《给爱人》

读这样的诗，我总觉得，它不光是为当代汉语诗歌提供了一种古老而新鲜的语言资源，也给予了我们一个重新学习爱情的课堂。面对这些少数民族兄弟真诚与真挚的爱情直白，我们多少会有些羞愧，有一种人生不及格的感觉！

（原载《特区文学》，2015 年第 5 期）

诗歌的意象、情感与技艺

——细读鲁若迪基的小诗《阿里山·日月潭》

马绍玺　陶斯印

阿里山的树
还在脑海里疯长
又见日月潭
拍击心壁
山，小凉山一样
在挺立遥望
水，泸沽湖一样
盛满了相思

——《阿里山·日月潭》

古人云："目击道存。"然而，在阅读《阿里山·日月潭》这样精美的小诗的时候，随着诗歌语言的指引，虽然可以清晰地"目击"诗歌所呈现的物象和世界，但是要实现内心的"道存"，即对诗美的感受和把握，却还需要一番审美的精神运动和对小诗耐心的细读和把玩。因为，如果我们用读报纸或看通俗电视剧的心态和方式来对待诗歌，那么当我们阅读《阿里山·日月潭》这一类看似简单的作品的时候，不仅可能会忽略其背后暗含的极为丰富的内涵，而且可能会怀疑当代诗歌的合理性。

这首仅有八行的小诗标题为《阿里山·日月潭》，从题目看自然是要写宝岛台湾的代表性风景的。前四句没有脱离读者的"期待视野"，直接写了"阿里山"与"日月潭"："阿里山的树/还在

脑海里疯长 / 又见日月潭 / 拍击心壁。”“阿里山”与“日月潭”如期出现。然而，在这种因期待视野的满足而带来的熟悉中，我们应该注意的是诗歌意象使用过程中诗人独特的情感和技巧。这四句写“阿里山”的“树”和“日月潭”的“水”，其中，“水”不是直写，而是用“拍击”这一借代手法写出来的，也可以理解成第三行里直接省略了“的水”两个字。不管做何理解，关键的是这些手法的运用避免了诗歌句式的重复，给诗歌在节约中带来了独特的美。假如将其还原成“阿里山的树 / 还在脑海里疯长 / 又见日月潭的水 / 拍击心壁”，不仅显得笨拙，而且韵律和节奏全被破坏。值得注意的是，作为诗歌题目的中心意象“阿里山”和“日月潭”，在这几行诗里却做了“树”和“水”的修饰性意象，成为“树”和“水”的定语。这种有意的偏移非常有意思，也为后四句抒写诗人的独特情感做好了铺垫。还应该注意的另外一个手法是，诗人写阿里山的“树”，这里树的意象仅仅作为类的概念而存在，没有具体的名字，可以泛指一切树。正是这种泛指性为诗歌后半部分诗意的生成做好了铺垫和指引。假如我们把这里的树换成在阿里山常见的“相思树”，那么诗句就变成“阿里山的相思树 / 还在脑海里疯长”，这样，这首诗就会走向失败。首先是上面提到的句式和节奏的精美与匀称遭到了破裂，不仅如此，还会与后文“山，小凉山一样”中的“山”无法很好地对接。其次是如此的笔法，封闭了诗歌的情感空间，失去了对下文诗歌情感的自然和正确的引导。因为，结合后面四句我们知道，这里的“山”和“水”其实只是诗人的比兴工具，而不是诗歌情感的落脚点。又假如我们只抓住这四行诗描绘情感的部分，那诗歌的阅读重心将转移到“树”在“疯长”和“水”在“拍击心壁”这两个点上。显然，这里的“疯长”和“拍击心壁”都不是对客观现实的实写，而是带有诗人明显的自我抒情特征。其实，“疯长”的不是树的生长姿态，而是诗人某种主观情思的姿态和浓度；“拍击”的对象也不是日月潭的岸壁，而是诗人自我的“心壁”。这里“心壁”的意象用得特别好，它透露了诗人内心的情感踪迹：虽然人在宝岛台湾，但情感却早已飞回了故乡小凉山，飞回了柔波荡漾的泸沽湖。或者说，在诗人的情思里，远方的小凉山和泸沽湖与眼前的阿里山和日月潭已经完全合一，分不出彼此。“心壁”这一意象的出现，也为诗歌顺利过渡到后半部分做好了一切准备。

再来看后四句。如果说前四行满足了读者的期待视野，那么后四句就有悖于期待视野了。我们原以为诗人会继续描绘阿里山和日月潭的美，盛赞宝岛风情，然而，在最不期然的地方，诗歌却来了一个一百八十度的转弯，给情感架了一座跨度非常大的桥梁，让情感从宝岛台湾抵达故乡凉山。当读到最后时，我们发现诗人写的是自己，写的是养育自己的山与水。这一情感的大跨度写作，应该是这首诗最精彩的部分，也是这首诗能从众多写阿里山、日月潭的诗歌中脱颖而出的重要原因。

好的诗歌通常都具有“复义”的特征，从不同的视角可以看到不同的风景。这个情感的大跨度写作，让这四行诗的意义充满了“复义”性。首先，我们可以把“挺立遥望”与“盛满了相思”的动作主体理解为阿里山和日月潭，这样“遥望”和“相思”共同指向的就是诗人渴望台湾回归祖国的爱国思想。这是一种单向度的情感，情感的发生者（诗人抒情的立足点）是阿里山和日月潭。其次，我们更可以把“挺立遥望”与“盛满了相思”的动作主体理解为既是阿里山和日月潭，也是小凉山和泸沽湖，这样“遥望”和“相思”就把分居祖国不同地方的两组山水连接在一起，它们彼此“遥望”，相互“思念”，所隐喻的两岸彼此相思、渴望统一的情感就更加丰富和感人。此时，“遥望”和“相思”的情感就突破了前一种的单向度性，成为大陆和台湾彼此遥望、彼此相思的多向度复杂情感。这四句诗所巧妙容纳的多种抒情立足点，是这首小诗的一个神来之笔，它大大扩充了诗歌的情感空间，增加了诗歌的情感分量。

庞德说意象“是理智和情感瞬间的复合物”。这首小诗的每一个意象正是这种融会了理智与情感的复合物，在诗人成熟技艺的编织中，它们超越了形象本身的限制，成为蕴含着独特意义的诗歌意象。

（原载《文艺报》，2015 年 8 月 3 日）

论鲁若迪基诗歌的自然崇拜意识

陶斯印

一种思想意识的形成，无可厚非有其形成的根源。因此，要探讨普米族诗人鲁若迪基诗歌的自然崇拜思想，就要追溯其原始自然崇拜与原始信仰，做一次“信仰的考古”。自然崇拜在人类发展进程的早期十分盛行，人类崇拜自然的对象因环境与人文的不同也各有差异，因此出现了不同地区人们信仰的“神”各不相同的情况。同其他民族一样，普米族人有其自身独特的自然崇拜文化，这些独特的文化传统深植于诗人鲁若迪基的灵魂，其诗作表现出浓厚的自然崇拜意识。

一、鲁若迪基诗歌的自然崇拜意识的由来

泰勒在论述原始万物有灵观时认为：“因为生和死、健康与疾病是植物和动物共有的现象，于是把某类灵魂也加到它们身上那就是十分自然的了。”[①] 泰勒认为早期的人类“不仅把不死的灵魂或精灵妄加到人身上，而且也妄加到植物和动物身上”。“人类感觉到他的周围有种种势力为他所不能制驭，对之很害怕，于是设法和他们修好，甚至希望获得其帮助。”[②] 在万物有灵观的前提下，自然崇拜观念自然而然地产生。要探究鲁若迪基诗歌的自然崇拜与原始万

① 爱德华·泰勒．原始文化．连树声，译，上海：上海文艺出版社，1992：461.

② 林惠祥．文化人类学．上海：上海古籍出版社，2013：211.

物有灵观念的由来，就要从鲁若迪基的生活环境，即普米族传统文化对他的熏陶以及他对普米族传统文化的继承与发展等方面分析其自然崇拜思想的形成。

（一）独特的成长环境

正如学者马绍玺指出的那样："普米族青年诗人鲁若迪基的文化之根是故乡凉山腹地。鲁若迪基的民族地域特征体现在他诗歌简单、率直的语言表现力与诗歌叙事方式上。这种品质的获得与凉山腹地少数民族的生活方式与思维习惯有关，是民间资源在文学表达中的具体体现。"凉山腹地孕育了像鲁若迪基这样具有"民族性"的优秀诗人，鲁若迪基也使普米族文化更为世人所知。鲁若迪基无疑是幸运的，他多才多艺的母亲教他唱山歌，用他自己的话说——"她会唱的民歌如星星一样多"；赶马帮又劳作的父亲"能南腔北调地讲很多故事"，教给他朴实和勤劳；还有那个充满温暖的叫"果流"的村庄。这些美都是鲁若迪基成为优秀诗人的绝佳资源，鲁若迪基也担当起歌颂这些美的责任。

鲁若迪基的母亲对他诗歌创作的影响可以说是不可替代的，她是果流村庄的民歌"女王"，而诗歌艺术特别是民间诗歌艺术，与当地的民歌有着水乳交融的联系。民歌为民间诗歌创作提供了丰富的素材，甚至有些民歌具有诗歌般的语言，写成文本就是一篇优美的诗歌。母亲教给他的山歌是对自然与民俗的赞美，诗人由此崇拜、赞美自然，歌颂当地风土人情。"母亲"是鲁若迪基在其诗歌中多次提及的意象，母爱亦是值得诗人永恒歌颂的主题。"母亲是鲁若迪基诗歌文本的重要资源"，"在母亲的生活里，山歌是用心和口唱的，就像种地那样，是一个人生存的一部分，它的存在与吟唱跟生存之外的东西无关"。[①] 鲁若迪基也能深切体味母亲的不易，在诗歌《悬崖边上的母亲》中他把母亲比作是坐在悬崖边上的人，时刻为子女担忧：

---

① 马绍玺．背靠凉山的普米族诗人鲁若迪基的诗歌创作．民族文学研究，2004（03）．

有了儿女
母亲开始了
一生的牵挂
怕风吹着冷
怕雨淋着湿
怕雪下着滑
就这样
她提心吊胆
仿佛坐在
悬崖边上

父亲也是鲁若迪基时常赞颂的人，《父亲的马帮》和《想起父亲》等诗讴歌了父亲的勇敢与勤劳，同时也带给读者深沉的孤独与艰辛之感：

去欧洲旅游
某个早晨
我看见一个人
把车开到地边
戴上手套
爬上一辆拖拉机
把地耕了
又开车走了……
这就是欧洲的一个农民啊
我忧伤地想起
我的父亲
在小凉山上
卸下马驮子
又吃力地跟在牛后面
一把把的汗洒在土里
让土也有了汗的味道

自然环境对鲁若迪基诗歌的自然崇拜与原始信仰观念的形成也有着重要的影响。由于小凉山腹地较少受工业文明的侵蚀，那里山清水秀，草木青翠，民风淳朴，人与自然和谐共处，是诗人的理想之地。爱鲁若迪基的人和鲁若迪基深爱的人都生活在那里，母亲唱着那里的山歌，父亲祭祀那里的山神……细读鲁若迪基的诗歌，我们会惊讶地发现很少有诗人通过如此朴实的语言抒写热爱得那么深沉的家乡。“那里的河 / 在我身上奔流为血 / 那里的山 / 在我身上生长为骨”，在诗歌《果流》中，诗人甚至与家乡的山水融为一体，达到了我国古人提出的“天人合一”的境界。

（二）普米族人的自然崇拜观念

与其他许多民族一样，普米族也有属于自己的自然崇拜观念。“人也是自然化的存在，人生活在自然界中，时常感受到自然界给人造成的生存危机。当自然现象和自然力严重威胁到人类生存的时候，人类往往把自然现象神圣化，于是产生了自然崇拜。”① 段丽萍在《中国少数民族宗教》中阐释了自然崇拜的相关概念：“在原始社会早期，人们面临的主要是人与自然之间的关系，当自然力被抽象化为神时，人与自然的关系也就随之演变为人与自然的神之间的关系。”② 普米族的自然崇拜主要表现在祭山神和祭龙潭等方面。“万物有灵，亦即万物有‘神’。‘由于自然力被人格化，最初的神产生了。’”③ 云南省兰坪县普米族于二月或八月期间属蛇或属龙的日子祭山神，山神是村寨的保护神，几乎每个村子都供奉有自己的山神；一般选定一棵大松树为山神树，以山神树象征山神；有的村子还在树下供奉石板浮雕的山神像两尊或一尊，以此象征山神；有的村子还盖了山神庙，庙里供奉男女两尊山神的塑像。

鲁若迪基是云南省宁蒗县人，宁蒗县普米族人有独具特色的自

---

① 张荣明．信仰的考古：中国宗教思想史纲要．天津：南开大学出版社，2010：4.

② 段丽萍．自然崇拜的概念．中国少数民族宗教．昆明：云南民族出版社，2002：20-22.

③ 龚维英．原始崇拜纲要：中华图腾文化与生殖文化．北京：中国民间文艺出版社，1989：38.

然崇拜传统。“云南省宁蒗县普米族，除每个村寨都有一块较为平坦的宽阔山坡为本村寨的山神禁区，在这个区域内奉一棵大麻栗树为本村的山神树外，每个家庭还要各自供奉一棵松树或麻栗树作为自己的山神树。”[①] 每年的四五月动植物生长期间，宁蒗县普米族人会举行“封山仪式”，神山上的一草一木都能得到很好的保护。待到七八月份，动植物的生长期过去，当地普米族人又举行“开山仪式”，解除砍伐和捕猎的禁令。普米族人对山神树尤为重视，表现为对山神树施以特殊保护，其周围的树木都严禁砍伐。宁蒗县普米族人供奉的山神禁区的树木都得到特殊的生态保护措施，严禁砍伐。“封山”期间，除了神山上的一草一木都要加以保护外，栖息在神山上正处于交配期或孕育期的动物也都在加以特殊保护的范围。可以想象，鲁若迪基正是在普米族人严肃的自然崇拜传统中成长起来的，这就不难阐释鲁若迪基的诗歌多为描写自然的诗歌，并且始终对自然充满敬意与赤子情怀。

二、鲁若迪基诗歌的自然崇拜观念

上文阐释了鲁若迪基诗歌的自然崇拜观念的由来，主要是独特的成长环境及严肃的自然崇拜传统习俗对他的影响。具体来说，鲁若迪基诗歌的自然崇拜观念主要有对山的崇拜，对水的崇拜，对植物的崇拜以及对动物的崇拜，鲁若迪基的自然崇拜观念涉及自然生态环境的各个方面。鲁若迪基是故乡纯真的赤子，那里的一草一木都值得崇敬与歌颂。

（一）对山的崇拜

从普米族人的自然崇拜观念中，我们可以看出“山”在普米族人及鲁若迪基思想中的神圣地位。由于环境因素，当地的先民已经开始供奉“山神”，且供奉山神的传统延续至今。学者马绍玺指出除了教

① 段丽萍．自然崇拜的概念．中国少数民族宗教．昆明：云南民族出版社，2002：20-22.

鲁若迪基唱山歌的母亲之外，“小凉山是隐现在鲁若迪基诗歌深处的文化母亲，正是这块世代生活着自己民族的原始苍茫之地赋予了他属于自己的文化身份，让他在当下漂泊的文化河流中找到了属于自己的文化之根”①。“山”也是鲁若迪基讴歌不尽的意象，他在《老人的山岗》中写道：“这座山岗 / 坐在这里很久了 / 山岗多石 / 人们便在山脚建了工厂 / 高高的烟囱 / 整日里冒着白烟 / 远远望去 / 就像一个老人坐在那里吸烟 / 多少年过去 / 山肚子里的石头 / 被渐渐掏空 / 一个夜晚 / 我听了几声山的咳嗽 / 然后是一声巨响。”

鲁若迪基的许多诗歌都直接或间接描写山的意象，表达对山的崇拜和对现代文明炸山伐木的批判。鲁若迪基有关写山的诗歌给了我们当代人很有益的警示，特别是现代工业文明对生态环境的破坏。也许对生长于都市文明的人来说，树立自然崇拜的意识已十分艰难，但人们可以树立尊重自然与保护生态自然环境的意识，像鲁若迪基这样的诗人站出来给予人们警示就显得十分有意义。

（二）对水的崇拜

鲁若迪基对“水”的崇拜离不开泸沽湖，离不开故乡“还没有名字”的河流。他在诗集《没有比泪水更干净的水》中用了整整一辑专门描写泸沽湖及其周边的风土人情，他把这一辑命名为“泸沽湖的爱”。“这就是泸沽湖 / 这里的水深不可测 / 水性再好的男人 / 也难以渡”。鲁若迪基对泸沽湖有着难以割舍的情怀，清澈的泸沽湖和纯朴的民风民俗也无时无刻不影响着鲁若迪基的诗歌创作。除了对家乡的赞美，鲁若迪基笔下的水还时常引起他自身和读者对于时间和生命的思考，他在诗歌《从我身边流过的河》中写道：

从我身边流过的河
还没有名字
它流过的草地
绿草茵茵

---

① 马绍玺．背靠凉山的普米族诗人鲁若迪基的诗歌创作．民族文学研究，2004（03）．

流过的村庄
炊烟袅袅
它流去将不再回来
然而，现在
它正从我的身边
悄悄带走
我的青春和爱情
石头一样留下我
在小凉山的风里

鲁若迪基对水的崇拜主要表现为对生态环境的深切关注、对故乡的赞美、对爱情的热情讴歌和对时间与生命的深度思考。

（三）对植物的崇拜

在鲁若迪基的自然诗歌中，描写植物占了很大比重，对这些植物的描写仍然与他的自然崇拜思想有着千丝万缕的联系。鲁若迪基的许多自然诗歌都直接取材于自然界中的植物。在诗歌《干净的树》中，鲁若迪基写道：

一片叶
缓缓飘落
一只鸟要把它衔回树上
叶子落尽
鸟飞绝
最后剩下树
干净地站着
我从树旁走过
一阵风
那些落叶
开始飞舞
要长回我的身上

他通过对自然界中植物的描写，赞美故乡的美，讴歌爱情，感悟时间与生命，关注生态环境，特别是对生态环境的热切关注对当下有重要的现实意义。“民族文学的生态写作在很大程度上是一种自发性行为，也就是说，因少数群体长期与自然为伍，与自然亲密接触，能够和自然水乳交融，和谐共处，这就形成了融入自然的生态意识，这种意识是根深蒂固的，是代代相传的，是指导自己行为处世的基本原则。”[①]一棵树、一棵草的死亡对于少数群体来说是“危及他们生存的问题”，他们对自然的崇拜与敬畏达到了外人难以理解的高度。

（四）对动物的崇拜

鲁若迪基对动物的尊重与崇拜高度表现了他“强烈的生命意识和生态意识”。鲁若迪基写了许多有关动物的诗歌，有的直接以动物的名字命名，体现了他对生命的尊重与崇拜。这仍然与他受故乡风土人情的熏陶以及他自己的自然崇拜观念有着不可分割的关联，“传递出了他对现实人生的沉重思考”，马绍玺认为诗歌《一群羊从县城走过》“是一首人类自身行为和文化价值进行思考和批判的诗歌”[②]。李长中认为鲁若迪基的诗歌《路遇》要表达的是“一种强烈的生命意识和生态意识，是人与自然和谐相处、彼此敬畏的价值观”[③]。从鲁若迪基新诗集《一个普米人的心经》，可以看出鲁若迪基在游览欧美期间写的诗歌有了世界性的眼光，他开始关注他国人民的命运甚至是全人类的命运。他以诗人敏感的神经思考当下的社会现象，对于美，他一如既往地赞美，对于不良现象，他则做出相应的反思与批判，他在《古罗马斗兽场》中写道：

---

① 李长中，编．生态批评与民族文学研究．北京：中国社会科学出版社，2012：10–11．

② 马绍玺．鲁若迪基诗歌论．南方文坛，2009（04）．

③ 李长中，编．生态批评与民族文学研究．北京：中国社会科学出版社，2012：10–11．

人和兽
有时没有太大的区别
如果说有区别
最大的区别在于
人能想出一个办法
让人和人决斗
甚至让人和兽决斗
站在古罗马斗兽场
面对残破墙壁上的洞口
仿佛历史的嘴
从那一刻就没有合拢过
好像有众多的生灵
哽在喉咙

人类灵魂中“兽”的一面仍然存在，当下社会中一些道德败坏的现象时有发生，重树和发扬中华民族优良道德传统，重树对生命的尊重与敬畏应该是当下有识之士不容推辞的责任。

三、从自然崇拜到生态审美

孙正聿在谈及“人的存在与人的世界”时认为：“作为自在的或自然的存在，人类统一于物质世界，物质世界是人类生存和发展的根据……人类既服从于自然的规律又实现自己的目的，并以自己的历史性活动而构成思维与存在、主观与客观、目的性要求与客观性规律、人的尺度与物的尺度的统一。”[①] 当代社会的发展出现了违背自然规律的现象，过于拔高“人的尺度”而忽视了“物的尺度”，因此，生态批评、生态美学等理论得到较高重视。鲁若迪基的自然诗歌有着浓厚的自然崇拜思想，自然也就蕴含着独特的生态审美价

① 孙正聿．哲学通论．上海：复旦大学出版社，2011：191.

值。我们主要从狭义的生态批评观念出发，以生态的立场，从整体性与平等性原则出发，对鲁若迪基诗歌进行阐释与评价。

雨后
指头那么大的青蛙
满地跳来跳去
我走在路上
小心翼翼
怕不小心要了它们的命
有时，不得不停下脚来
仔细辨认暗灰色的一点
是不是小蛙
如果有什么
从我们头顶走过的时候
也能小心翼翼
我不知道
还有什么比这更幸运

从诗歌《路遇》中我们可以看出鲁若迪基的自然诗歌体现的生态批评的整体性原则。“部分不能脱离整体存在，整体功能丧失立即会引起部分功能的瓦解，因此，整体中的各要素之间相互依赖，和谐发展……也就是说，生物圈中的每一个成员相互依赖，在承担着维护和谐共存的前提下，才可能有自身的存在，整体先于个体，这就是生态整体性思想”[①]。从鲁若迪基的自然诗歌中我们还可以看出其体现的生态批评的平等性原则。平等性原则是生态批评所坚持的平等对待每一个成员的原则，“尊重个体的生存与发展的权利，是生态意义上‘平等性’的精髓……生态意义上的平等不是政治学上的平等，也不是法律意义上的平等，它不是‘相同’，而是在相

① 刘锋杰、薛雯、李先国．文学批评学教程．上海：华东师范大学出版社，2010：252-258.

异的前提下相互尊重、依存与共生”①。诗歌《路遇》完美诠释了鲁若迪基对待生命的态度，也深度体现了他的自然崇拜思想，体现了人与自然和谐共处。“生态哲学与生态美学完全摒弃了传统的‘人类中心主义’观点，而主张人类与自然构成不可分割的生命体系。”②生态美学是生态批评的立足基础，是将生态学与美学有机结合而成的崭新的美学形态，刘杰锋等人在其所编的《文学批评学教程》中认为生态批评是生态美学的一种艺术实践活动。鲁若迪基的自然诗歌体现了生态审美的美学价值，他在诗歌《神话》中写道：“人类啊/我不希望看到/这个世界的最后一滴雨/是含在你们眼里的/那滴枯干的泪。”“生态美学是生态哲学向审美领域的渗透，它突破传统美学学科，从人类中心过渡到生态中心，从工具理性世界观过渡到生态世界观，从主客二分过渡到有机整体，坚持‘生态自我’‘生态平等’‘生态同情’等思想观念直接影响到了人们对于艺术的认识和态度。”③正是鲁若迪基有着鲜明的自然崇拜思想，他的诗作才具有了生态美学的价值。

综上，鲁若迪基诗歌的自然崇拜与原始信仰观念的由来离不开鲁若迪基的生活环境、普米族传统文化对他的熏陶以及他对普米族传统文化的继承与发展。鲁若迪基诗歌的自然崇拜观念主要有对山的崇拜、对水的崇拜、对植物的崇拜以及对动物的崇拜，鲁若迪基的自然崇拜观念涉及自然生态环境的各个方面。鲁若迪基的自然诗歌有着浓厚的自然崇拜思想，蕴含着独特的生态审美价值。鲁若迪基不但是一个民族文化的“守护者”，更是一个人类生态环境的“守护者”，对鲁若迪基诗歌的“自然崇拜”及其生态审美的研究，对当下社会环境的日益恶化以及诗歌创作的价值取向有重要的现实意义。

（原载《昭通学院学报》，2016年第1期）

① 刘锋杰，薛雯，李先国．文学批评学教程．上海：华东师范大学出版社，2010：252-258.

② 党圣元．生态批评与生态美学．北京：中国社会科学出版社，2011：137.

③ 刘锋杰，薛雯，李先国．文学批评学教程．上海：华东师范大学出版社，2010：252-258.

唱出自己的腔调

——论鲁若迪基诗歌的民族性与现代性

杨淑萍

鲁若迪基是一位从小凉山腹地走出的普米族诗人，同时还是一位受了现代教育浸润后睁眼看世界的现代诗人。他近年活跃于国内诗坛，曾两次荣获全国少数民族文学创作“骏马奖”，有诗集《我曾属于原始的苍茫》《没有比泪水更干净的水》《一个普米人的心经》等。从诗学意义上说，他的原生身份和后天身份的碰撞与合体以及少数民族诗人用现代汉语书写的方式本身，就是诗歌民族性与现代性交流的结果。

在泸沽湖水和苦荞花的滋养下，鲁若迪基诗中随处可见小凉山古朴自然的生活形态和宁静美丽的边地风景，其诗充满了民族文化的色彩。即使没有到过泸沽湖，没有亲见小凉山，甚至不知普米族是怎样一个民族的读者，通过他的诗都可以真真切切地感受到这一切。正如少数民族作家、评论家山梅所言，如果想要了解普米族，了解这个民族脚下的土地，就一定要读鲁若迪基的诗歌。他的诗歌不论在自然风物的描写，还是人情冷暖的表达上，都具有明显的民族文化印记、地域文化色彩和宗教文化意蕴。同时，在不断推演的现代化进程中，诗人敏锐地捕捉到这片古老、闭塞的土地上发生着的各种或隐或显，或大或小的变化。现代性带来的多元文化冲击着诗人在新与旧、传统与现代、外来与自身之间的焦虑、徘徊，他总在寻找其中的平衡点，试图重新定位和建构民族身份，对民族的传统文化和本土经验进行现代性的书写，并在巨大的时代变迁中唱出自己的腔调。

一、对民族性的认同与反思

庞德认为，诗人是一个"民族的触须"，不论身处城市还是乡村，他们对外在世界总是具有先知式的体察。毋庸置疑，诗人身上也肩负着传播民族文化和为自己民族代言的使命感，在他们身上民族是一枚化不开的烙印。鲁若迪基说："少数民族文学最重要的特性是它的'民族性'。民族性不仅是民风民俗、民族服饰，还是一种内在精神。我们少数民族作者就是应该去书写这种最内在的，只属于这一民族的东西。"云南的哈尼族诗人哥布也做过这样的表述："与自己的民族站在一起。云南少数民族诗歌如果想更上一层，这是非常重要的。"[①] 对民族文化的书写是他们之所以成为少数民族诗人的重要依托，失去了这个依托，其独特的身份就会丧失。而寻找民族和自我身份的首要任务是思考民族的历史，这是诗歌凸显民族根性和民族精神的第一站，或者说只有找到民族的来路，才能找到自身的位置，对此，鲁若迪基是这样表述的：

赤脚从远古走来
蹒跚在崎岖的山道
裹件破毡
怎敌他八面风来急
索性背靠大凉山打个盹
寒战的几千年就过去了

——《我曾属于原始的苍茫》

诗歌展示的是这个民族最初的形象："赤脚""裹件破毡"，蹒跚于"崎岖的山道"，"赤""蹒跚""破""崎岖""寒战"等修饰词突出了这个民族生存环境的恶劣和生存的艰难，"怎敌他八面风来急"则强化了这一印象。但面对"艰难的岁月"，"索性背靠大凉山打个盹／寒战的几千年就过去了"，诗人用看似轻松、幽默的一笔，将艰难漫长的民族历史表述清楚，实际荆棘丛生。笔

① 马绍玺．守望诗歌王国：云南少数民族中青年诗人创作访谈．云南民族学院学报哲学社会科学版，2001（02）．

法却隐忍收敛，在凸显诗歌内在张力和巨大想象空间的同时，一个“赤脚”“破毡”加身的坚忍、豁达、乐观的民族形象跃然纸上。在寻找民族来历的过程中，隐含着诗人对自我民族身份的认同。

在好几首诗中诗人都有过类似的表达，且主体与民族间的距离更为亲近，民族身份认同意识更加自觉，在诗歌表达上也更为直截了当，不再用“我属于……”（《我曾属于原始的苍茫》）的包含性句式，而直接以“我是……”的句式进行旗帜鲜明的自我定义，“呵，我是小凉山/穿着披毡麻布从刀耕火种/走来/风餐露宿从黎明前的黑暗/走来”（《我是小凉山》），“我是山里人/习惯于崎岖/走出并不崎岖的感觉”（《我是山里人》）。

民族自豪感的张扬是对一般意义上民族身份认同的更进一步表达，“让我自豪地说/我是天的儿子/我是地的儿子/我是天地间站立的普米族人”（《三江之门》）。如果说那首被人津津乐道的《小凉山很小》中的民族自豪感只是基于对小凉山田园牧歌式生活的歌颂和称赞的话，那么这首《三江之门》中所表达的情感则是代表民族文化和本土文化意味的“三江”在汇入外来世界文化的“大海”，“用黄酒和古老的酒歌/把我的心门打开”，让我感受外在世界后，发出的真实的呼喊。这不是一种夜郎自大式的自我炫耀，而是跳出本民族文化之井后，在对本民族文化和外来文化都有了一定认知基础上的一次自豪的发声。

从空间角度而言，民族性中包含了地域因素，“尽管文化是非自然的，但它又是以自然条件为基础元素进行创造的。而民族群体总是在一定的地域中生活，这使民族文化染上特定的地域特征……事实上，民族的生理特征无不是地理环境、气候物态作用的结果”①。鲁若迪基成长于小凉山下、泸沽湖畔，因此，他的诗歌自然而然地附着了那块土地的气息，那些以泸沽湖、小凉山、斯布炯神山、云南、猪槽船、走婚、花楼等充满地域色彩的诗歌，如同小凉山间流淌的河流一样汩汩而出。

---

① 任遂虎．中国文化导论．兰州：甘肃教育出版社，1994：36.

离传说很远很远的地方
湖水清澈如大地的眼睛
只要望上一眼
世俗的尘土就纷纷飘落
拉着我的手上船吧
在这个世界
只有泸沽湖水
能托起猪槽船
只有猪槽船能载动纯洁的爱情

——《猪槽船》

“猪槽船”，一条纯洁的爱情之船，漂浮在清澈的泸沽湖水面上，面对如此澄明的浪漫场景，“世俗的尘土”也只能“纷纷飘落”，终将落荒而逃。这是这片土地上才会发生的故事，世俗世界里所有蒙尘之物在这里都会遭遇挫败。美丽宁静的“猪槽船”“泸沽湖”几乎已成为这片土地最形象和最直接的代名词，吸引着千万个尘世中的人。

除了对自然景物的书写，生活在那里的人也深深地影响和感染着诗人和读者，他们是“雪一样的普米族人”（《雪邦山上的雪》），是只要诗人想起，总忍不住掉下眼泪的人。其中父母是诗人给予关注最多的，他们是诗人写作资源中最重要的源泉之一。“喝苏里玛酒的父亲”和“背系羊皮的母亲”是当地人中最普通的，母亲甚至不会说汉语，但她会唱的歌谣和星星一样多，一样令人沉醉，在诗人眼中，她是下凡的仙女，美丽、善良、热情，是一个因对孩子牵肠挂肚而将自己置于“悬崖边上”的伟大母亲。在很多汉族诗人笔下，父亲的出现频率远远低于母亲，而在鲁若迪基那里，父亲所占的篇幅绝不亚于母亲。在他那里，父亲是勤苦、慈祥、善良，又极其懂得感恩的山里人，让我充满敬意和不忍。父母对孩子无尽的付出同样换来诗人对他们深切的敬意和爱戴，“茫茫人海里 / 我只选择一个叫阿争伍斤的男人 / 做我的父亲 / 一个叫车尔拉姆的女人 / 做我的母亲”（《选择》），这首诗就是诗人对双亲发自肺腑的认可与亲近。

然而，诗人对故乡人的认同没有局限在自己的父母身上，那些坚忍、善良、纯朴、慷慨的家乡人也时时刻刻牵动着诗人敏感的神经。种苦荞的人辛苦劳作一年，只获得“几小箩筐荞粒”，但“他们不说一句话 / 把荞粒酿成美酒 / 磨成白金一样的面 / 收藏在柜子里 / 平日紧咬牙巴 / 煮一罐盐茶 / 啃几个洋芋 / 亲朋好友来的时候 / 才拿出珍藏的美酒 / 宰了羯羊，烙上荞饼 / 整个村庄狂欢 / 仿佛日子就只有那么一天”（《种苦荞的人》）。比起经受现代文明洗礼的那些对个人利益精打细算、斤斤计较、患得患失的现代人而言，种苦荞的人确实是憨实得接近愚蠢了，可正是他们的这份实在，在很多急功近利、利欲熏心的现代人面前显得无比可爱与弥足珍贵。

可是，诗人对民族文化并非单纯地肯定和赞扬，面对仍然封闭、落后的现实，他予以了否定，并且颇有意味的是，这些诗几乎都与“山”有关。诗人常以“山里人”自居，大山曾给过他无数的幸福和灵感，但它往往又是人们走向外面世界的障碍，“面对山 / 目光会被委屈 / 放飞的梦鸟 / 也不一定能翻越 / 那连绵的起伏”（《面对山》）；“在我生长的地方 / 开门见山……在我生长的地方 / 种植过愚昧”（《在我生长的地方》）。

山里人
不知悄无声息地生死了多少代
属于他们的岁月
从没想过要爬上山顶
望一下山外的世界
只是在静默里学会了
把忧郁的日子
塞进酒壶

——《山里人》

从表层意义上说，本诗要描摹的是山里人依山傍水、自给自足却又不愿出走和改变的生活状态，但从更深层次而言，这无疑滑向了民族文化立场上的保守主义，这种倾向势必造成民族文化的尴尬处境。毕竟过于强调一个民族文化的稳定性和静止性，而忽略其在不断发展过程中的丰富变化，这样的民族文化认同观显然不利于其自身的建构与发展。事实上，世界上的每一种民族文化都是经过与外界文化不断碰撞、交流的结果，并不存在一种一成不变的民族文化，我们也无法找到一种从未和外界有过交流的、完全纯粹的民族文化。“民族文化，包括普米族文化并非凝固不变，它会随着时代的发展而不断丰富。”人们只有在时空不断变化的过程中，遵循民族文化、地域文化与世界文化的自我发展轨迹，以客观、包容的心态尊重它们之间的碰撞和交流，文化精华的意义才会显现，才可以“无愧地说／山，可以远远地出嫁了”（《山里人》）。正如诗人自己说的那样：“在文学中坚守的‘民族性’，不是狭隘的‘民族主义’或‘地方主义’，而是以世界的眼光、时代的眼光不断发掘民族传统文化的精华。”

二、对现代性的批判与追求

在现代化推进的过程中，原本古老、封闭的民族传统文化被打上了时代的烙印，全球化凿开了无数的缺口，并在带进现代文明的同时，也入侵着本土文化原本的存在，这种入侵来势汹汹，无法阻隔，不可避免。如果说鲁若迪基诗歌对民族性的书写更多偏向的是对自我的民族身份以及民族文化中的民族根性和民族精神的积极认同的话，那么诗人对现代性的书写则更多地偏向于批判和反思：

这个春天
我溜达在小城
不知道该干什么
山上的花儿开了

大地将渐渐绿起来
然而，我独自溜达在小城
不知道该干什么
穿行于叫卖声长成的丛林
我听不到自己的歌声
我漫无目的地溜达
最终驻足在城外
看着一条河
在离我不远的地方
流向春意浓浓的远方

——《春天》

这是一首看似清淡，实则极有深意的小诗。诗人百无聊赖地溜达在“小城”，“不知道该干什么”，直到遇上城外的河，发现在城市中找不到的“春天”，因此，我们姑且说这是一首寻找“春天”的诗。对于生活在城市的现代人而言，在钢筋混凝土的世界里，他们并不容易通过大自然的变化获得“春天”的信息，最直接的方式可能是日历、天气预报等现代手段。而对于乡土故乡来说，山花漫开、大地变绿都是“春天”来临的信号，那里没有嘈杂的“叫卖声”淹没我的“歌声”，诗人亦无须努力地想象或找寻“春天”的踪迹。但这又不仅仅是一首寻春的诗，或者说在这里“春天”被赋予了新的意义，是民族文化，是乡村牧歌式田园生活的象征。“小城”则以“春天”的相对物存在，它是现代文明的产物。然而流淌着民族血液的诗人，在现代化的背景下却不得不背井离乡，生活在充满“叫卖声长成的丛林”中，由此产生渺茫、焦灼、迷失的疼痛感。这种迷茫的结果来自现代化对乡村、对少数民族文化的侵蚀与咬啮，这种入侵让“我”听不见自己，乃至失去自我，只能在边缘、尴尬的位置——“城外”徘徊、找寻和驻足。

鲁若迪基有很多类似的诗歌表达了他对现代化吞噬乡村文明，吞噬民族文化的反思，如《越过远处的山岗》《郊外》《狼》等，这些诗歌无一例外都充满了现代文明带给诗人的极度不安、焦躁与痛心。其中在《雪封山》中，诗人描述了雪封山后泸沽湖静谧和谐的场景，但“不知是谁的手机响了 / 世界开始不安起来”，代表着现代文明的“手机”打破了原有世界的美好。《一群羊从县城走过》是鲁若迪基所有关于羊的诗歌中最令人惊诧的一首，我认为也是他诗歌中最为成功的作品之一：

一群羊被吆喝着
走过县城
所有车辆慢下来
甚至停下来
让它们走过
羊不时看看四周
再警惕地迈动步子
似乎在高楼大厦后面
隐藏着比狼更可怕的动物
它们在阳光照耀下
小心翼翼地走向屠宰场

一群原本应该在山坡、草地生活的羊却“被吆喝”着走在与它们格格不入的“县城”，表面看来，城里人对它们礼遇有加，但敏感的羊仍感受到了来自“高楼大厦后面”的危险。然而，它们没有反抗，当然也无力反抗，只有“小心翼翼地”走向厄运的终点——“屠宰场”。诗歌运用层层张力不断推进的方式将诗意深挖、扩散，并让所有的意象都超出了词语原本的意义。“羊”在被吆喝者、狼、“隐藏着的比狼更可怕的动物”、“屠宰场”面前，显得如此软弱无力。在此处“羊”的隐喻意丰富异常，我理解为是弱势、边缘的民族文化和乡村文化，以及身在此中的人群的象征，在面对强势的全球性的现代化和汉文化的入侵，它们（他们）显然就是那群难以自主的“羊”。虽然，诗人未免有些悲观，毕竟民族文化并不一定会在现代化面前完全异化、消解或消失殆尽，但这种痛彻心扉不得不说是一种警醒。

那么，在这位来自乡村的少数民族诗人那里，现代城市究竟是一个什么样的所在？诗人说那是个用金钱的无形之手“卡住很多人的脖子”（《深圳》）的地方；是个“天空飘着欲望的浮云”的地方（《曼哈顿》）；也是个连“灵魂与爱情”都可以“批发”的地方（《批发》）；生活在那里的人们，吃的都是诸如面包、奶酪、热狗这些付钱即可享用的“机器的产物”（《餐桌上的粮食》）；人和所有商品一样，被“脱去一层层羞怯／和最后的悲愤”，最终沦落为一个个麻木的、失去痛感的消费品（《橱窗女郎》）。鲁若迪基以一个来自弱势乡村和边缘文化却接受了现代教育、过上了现代生活的旁观者的角度，冷静观察着现代城市的模样以及身处其中的人们的生存状态。

除此之外，还有一类被简单归入生态诗歌的作品，这类作品对现代性的批判更加直截了当，如《一个山民的话》《神话》《只有太阳火辣辣地照着》《大地张开了一张张嘴》《老人的山岗》《沙漠》等，都是对现代化进程对人类生存环境破坏的控诉。在应该鸟语花香、麦浪翻滚的季节，大地却失去了正常的轮回，祖祖辈辈“刚刚来到懵懂的世界／不知该什么时候播种／什么时候收获了”，那句“他们让地球生病了”（《一个山民的话》）是诗人无尽的痛苦，无奈和悲凉的呼喊。

值得注意的是，鲁若迪基的很多诗歌都对现代化对乡村和弱势、边缘文化的冲击及背后的影响进行了批判，而且这类诗歌占了很大的比重，然而我们亦无法忽略和否认，这种批判和否定并非全盘彻底的。《麦芒》中，诗人看到美国的麦子和故乡的麦子没什么不同，但它们在耕作方式上却差异极大，以至于那里“种植这些麦子的人／经常驾着自己的飞机／满世界飞来飞去”，而“故乡麦地上的人／却没有从家门前的河走远过”。耕作方式的不同导致生活方式、生活范围和生活水平产生了巨大的差异，而这种差异是由现代化程度的高低决定的。《想起父亲》中，当诗人看到一个欧洲农民利用现代化工具轻松应对农事时，想起依旧在用传统方式耕作的父亲，心里充满了忧伤。事实上，这份忧伤里隐含了诗人对现代文明带来便利的生活方式的肯定。一方面，诗人不希望现代文明将民族文化中美好的东西带走，另一方面，他又渴望着其中先进的一面，这种渴望又拒绝的体验在不断拉扯着诗人敏感的神经。因此，诗人对现代性的反思充满了复杂性和多维性，这也为现代性和民族性在鲁若迪基诗歌中的合流提供了可能。

三、民族性与现代性的合流

人类社会是以民族的形式存在和发展的，这种社会形态会使该段历史产生的文学必然带有民族的特性，同时，文学作为现实生活的形象反映，又必然被不同程度地打上时代的烙印。因此，事实上，不论某一民族如何封闭、落后，都不会存在完全单纯、孤立的民族文化，同理，不论该阶段的人类社会现代化程度多高，也不会存在完全不受任何民族传统文化影响的现代性文化形态。对于处在边缘的普米族文化而言，几乎从未出现过民族性与现代性如当下这般如此贴近又如此激烈碰撞的时刻。然而，过于亲近可能会丧失自我，碰撞太甚又可能相去甚远。如何在全球化迅速蔓延的当下权衡两者，找准自身的位置？是夜郎自大式的偏安一隅，还是随波逐流式的盲目跟从？鲁若迪基给出了他的解答，怀着“世界性的眼光、时代的眼光不断发掘民族传统文化的精华”，并将它们“淌成小溪／流过城市／汇入大海”（《背着雨的云》），即使那是他带血的“纸上之梦”，需要一生的摸索和付出（《纸上的梦》）。对于诗人而言，完成这种梦想首先就要让自己成为“人类文化多样性的守护者”，具体的做法不仅是把自己的民族文化书写成一首首带着苦荞味的诗歌，走向文坛，走向世界，还要真实展现正在遭遇现代化的普米族人的生活，把自身民族文化融入广阔的人类文化，使其葆有丰富性、创新性，最终实现在民族性与现代性的合流中保持自己的流向。

在这类诗歌表达中，鲁若迪基常将“山”“溪流（小河）”“平原”“海”构成一组组特定的意象。“山”与“溪流”多代表着乡村和民族文化，而“平原”与“海”往往是外在文化（包括汉文化、世界文化）的象征，如《金沙江》《山里的少女》《我是父母不平凡的“处女作”》《背着雨的云》等。《我是山里人》极具代表性：

我是山里人
不想知道天有多高地有多厚
只想以山民后代的名义
吆喝着群山
走向没有回声的平原

“山”给了“山里人”“崎岖”的生活，阻碍了他们出走的视线，千百年来，生活在那里的人们从未想过要走出大山，到外面的世界看一看，虽然“山”阻碍了他们的脚步，但人们似乎也甘于在世界的角落里默默地困苦，默默地生老病死。然而近代已降，现代化文明已经让“我”这个“山民的后代”不同于自己的祖先，“我”心中埋藏着带领“群山”走向“平原”的渴望。在这里，“群山”无疑是本土和民族文化的象征，“平原”则代表了外来文化或世界文化。“我”这个睁眼看过外面世界的“山里人”，要避免自己的民族文化在故步自封的牢笼里自生自灭，而要让它在广阔的世界文化平原获得新生。“吆喝”一词用得极为贴切，因为不论民族文化情愿与否，强大的现代性都将以人们难以预料的方式浸漫开来，弱势的民族文化必须对自身文化抱有生命情感，并具备理性客观、开放眼光的指引。

少数民族诗人亦必须清醒地意识到，在全球化大语境下的民族文化发展中，不应只是停留在对自我文化中的民族性的单纯认同和盲目保护上。具有与外来文化和世界文化对话的开放性眼光，不仅是弱势群体勇气与自信的表现，更是重构新时代背景下少数民族身份，丰富和创新民族文化，从容步入时代、步入世界大舞台的有效途径。

在很多作品中，我们都能看到诗人试图将民族文化带入现代文化的努力，《永远的孩子》的表达简单而直接：

我是吃奶长大的
母亲的孩子
我也是梦幻天空的孩子
曾吮吸
月亮和太阳的乳汁
我更是自由大地的孩子
常把山头
含咂在嘴里

诗歌以“永远的孩子”为题，将自己与身后的整个故乡、民族放置在一个“孩子”身上，在这里，“孩子”不仅是诗人自己，也是整个普米族群体，甚至是整个云南少数民族。诗人站在世界文化的大维度里思索着少数民族文化的命运，换句话说，原来的故乡和民族只是诗人探索的入口，诗中“母亲”“天空”和“大地”的意象所包含的范围已无限延伸到外来文化、世界文化的范畴，“孩子”从她们身上汲取丰富的养分。在该诗中，代表着外来文化的“天空”和“大地”，被赋予了新的形象，她们是“梦幻的”“自由的”，是可以给民族文化带来新鲜血液的存在。从诗人极目远眺，将目光从故乡和民族移向更远处时，其身上那种试图冲破单纯的乡村书写，走出对民族情怀的单调重复，以及渴望与外来文化交融的胸怀和勇气便已豁然而出。这样的姿态，显然已经从少数民族文化无奈屈从，被动接受现代化的忸怩、不安、焦灼和疼痛中跳出，而是以乐观、开放、勇敢的姿态迎接挑战。此诗中具有的少数民族诗人与外界对话的自觉意识，难能可贵。令人有些疑惑的是，不同于有些云南少数民族诗人对自身民族性中落后、闭塞一面的极力批判，鲁若迪基表现民族性的诗歌大多是对民族文化的认同和肯定，并对现代性对民族性的入侵有诸多反思，但在与现代性碰撞、交融后，诗人的诗学观念和思维格局发生了巨大的变化。

值得一提的是，鲁若迪基诗学意义上的民族文化并不局限于自己的普米族文化，而是整个小凉山地区，甚至是云南或中国的少数民族文化：

看呀，我用手臂掀动狂风巨浪
荡去枯枝败叶无尽的灾难
让十二个民族在新的枝头
吐露心曲

——《我是小凉山》

“十二个民族”指的是生活在小凉山地区的包括纳西族、彝族、普米族、傈僳族等十二个少数民族。如果说《春天》表达的是民族性在现代性面前一种失语和无所适从的状态的话，那么在这里要表达的就是诗人试图剥去民族性中的不合理成分，竭力让民族文化以新的姿态站立在现代化进程的“新的枝头”，唱出自己“心曲”的豪情万丈。

诗人正走向他内心深处追求的一条路：“一条溪流（各个少数民族）在汇入长江黄河（世界上任何其他民族）后，依然保持自己的鲜活个性，最终流入宽广的大海，为中华文明与人类文明的和谐与繁荣做出独特的贡献。”诚然，这是个长期而艰难的过程，但鲁若迪基正用他独特的、带有普米族人与泸沽湖味道的嗓音，和着外来文化的音符发声。不能否认其中可能会夹杂着破音，然而，我们相信，只要是对世界文化和民族文化皆有清醒认识的声音，就一定能响彻故乡、响彻“天空”、响彻“大地”。

四、结　语

对处于社会转型期的云南少数民族诗人来说，比起西方世界或是汉语主流世界里的诗人，现代化以及由此带来的全球化的风暴显得更加猛烈和猝不及防。他们一方面必须从原本闭塞的、自给自足的自我世界中迅速清醒并扭转自身，防止这场风暴将民族根性中有价值的部分被连根拔走；另一方面又需要借助风暴的力量破除固有的陈腐、吸收内外精华，实现真正意义上的新生。如何使云南少数民族诗歌既体现出它的文学性和民族性，又能在现代意义上与主流文学发生整合交融、共同进步，并最终在整个人类和世界文化中发挥自身的价值？诗歌的民族性和现代性这两个维度的问题，是生长于这片土地上的诗人不得不思考的。从这个意义上说，诗人鲁若迪基的思考和创作实践具有某种指向性和启发性，其中还包含处于边缘与弱势地位的少数民族诗人广阔的心怀和积极“入世”的勇气。

从对鲁若迪基诗歌民族性和现代性的讨论出发，纵观云南的少数民族诗歌，其与主流地区的主流文学相比，在地域和自身发展的条件下，仍处在双重甚至是多重边缘的弱势地位。其中一个非常重要的原因是，一些诗人急于表现自我、奉迎主流的创作心态和狭隘的民族主义保护立场，阻碍了诗歌本身的发展，出现了一些创作技巧生涩老化，主题表达单一化、模式化，创作水平不高的作品。

就当下而言，单纯地对固守与出走进行二元选择显然已经无法应对新时代向云南少数民族诗歌提出的新挑战，人们需要进一步思考，民族性与现代性中的哪些合理成分应该继承？怎样继承？哪些不合理部分应该舍弃？鲁若迪基的思考和实践给出了一些可借鉴的启示。现代性在带来现代文明的同时，确实带来了诸多问题，但也并非洪水猛兽。从诗学意义上说，它还带来了少数民族诗歌创作资源的不断丰富和审美空间的无限扩大，对诗人创作水平的提高也提出了新的要求。因此，少数民族诗人只有植根于脚下的热土，“突破视野的狭窄与知识结构的单一，用全球化的视角与胸怀来阐述本民族的传奇，用全面而丰富的知识来建构本民族的精神大厦”[①]，才能在迅速变化的时代洪流中获得一席之地。也只有这样，云南的少数民族诗歌才能汲取各方营养，不断成长，在优秀灿烂的汉文化和世界文化中真正凸显自身的价值，唱出自己的腔调。

（原载《云南开放大学学报》，2016年第4期）

① 纳张元．民族性与地域性：云南文学永远的信念坚守与梦想超越．大理文化，2012（07）．

泸沽湖畔的恋曲

——简析鲁若迪基的诗歌

史映红

此刻，就在我面前，放着两本诗集，一本是《没有比泪水更干净的水》，一本是《一个普米人的心经》，泪水、心经，从两本书的书名就能看出，作者鲁若迪基是一个真诚、真性情的人。大家知道，在当下很多人追名逐利的时候，在功利场上溜须拍马、用尽手段和心计妄想一夜暴富、一朝成名的时候，少部分人却远离繁华，甘于宁静，默默写作，写一些叫作“诗歌”的文体，他们用佛前诵经般的虔诚，以泪为墨，写家乡、写父母、写自然、写现实、写悲悯、写大爱，这样的作品什么时候都不过时，无论如何忙碌，都值得一读。

再说说这两本书，喜欢鲁若迪基的作品，是看到 2009 年第 4 期《南方文坛》上马绍玺老师写的《鲁若迪基诗歌论》，非常喜欢，就按图索骥，在网上下订单：《我曾属于原始的苍茫》，没有；《鲁若迪基抒情诗选》，没有；《没有比泪水更干净的水》，没有。最后在博客上漫游，功夫不负有心人，青海土族作家东永学老师给我提供了鲁若迪基的电话，打过去说要买书的事，他用我很熟悉的云南话说：“一些书我也没有，你发个地址过来，我把有的寄给你。”没过多久，就收到他用快递寄来的《没有比泪水更干净的水》。电话感谢并说来个账号把书费和邮寄费打去时，他说：“你别提钱的事，说不准什么时候经过你那咱们喝酒。”大约是 2014 年初，他的新作、中国作家协会重点扶持作品《一个普米人的心经》刚出版，我第一时间就网购了。随着阅读不断深入，想说点什么已经很久了。

就在5月中旬参加“山东省第十六届中青年作家”培训班期间，只带了这两本书，想在学习之余好好阅读，找找感觉，最好把初稿写出来。由于学习安排紧张，采风日程紧凑，虽然有空就捧起来看一看，给同学们也是极力推介，终究没有整块时间下笔。但这两本幸运的书，目睹了趵突泉的喷涌和渤海的浩瀚，特别是和我一起站在黄河入海口，一起看到了发源于青藏高原的黄河，经过5464千米跋长途涉、千万次汇聚、融合、碰撞和激荡，以排山倒海之势，涌入渤海，完成了一个神性的交接，我想它们也不虚此行吧。下面从四个方面简要赏析鲁若迪基的诗歌。

一、小凉山的歌

任何人都爱自己的家乡，这是毋庸置疑的，鲁若迪基也一样，来看他笔下的家乡：

小凉山很小
只有我的眼睛那么大
我闭上眼
它就天黑了

小凉山很小
只有我的声音那么大
刚好可以翻过山
应答母亲的呼唤

小凉山很小
只有针眼那么大
我的诗常常穿过它
缝补一件件母亲的衣裳

小凉山很小
只有我的拇指那么大
在外的时候
我总是把它竖在别人的眼前

——《小凉山很小》

世上的事物，有的听之便心生敬慕，有的过眼便不能相忘，读鲁若迪基的这首诗，直觉里就已经有了一种说不出的景仰和认同。在祖国版图的大西南，横亘着西起横断山脉、北邻四川盆地的云贵高原，小凉山就是云贵高原上的一条重要山脉，延绵近千里，但在诗人笔下，他运用了一个又一个比喻，“眼睛那么大、声音那么大、针眼那么大、拇指那么大”，把小凉山写得精巧可爱、生动灵动，读起来意蕴悠长、亲切自然。

小凉山上
斯布炯
只是普通的一座山
然而，它护佑着
一个叫果流的村庄
它是三户普米族人家的神山
每天清晨
父亲会为神山
烧一炉香
每个夜晚
母亲会把供奉的净水碗
擦洗干净
在我离开故乡的那天
我虔诚地给自己家的神山
磕了三个头
我低头的时候

泪水洒在母亲的土地上
我抬头的时候
魂魄落在父亲的山上
如果每个人
都要有自己的靠山
我背靠的山
叫作斯布炯
在我心目中
它比珠穆朗玛峰
还要高大雄伟

——《斯布炯神山》

一个人深情婉约的诗句，一个人发自内心的歌唱，这些或美丽或孤独的文字，根须无疑深植在家乡的土壤，带着家乡地气的温热。鲁若迪基就站在家乡的红土地上，一边仰望着高高的斯布炯神山，一边低头吟诵，甚至与斯布炯神山、草木、田野、流水对话，他深情赞美着神山护佑下的这片空灵之地，因为这里赐予了他生命，赋予了他恩泽；这里的一切记录了他的哭泣、他的蹒跚学步、他背着书包上学的身影。因此他写家乡的文字情感浓厚、意境饱满、凝练恰到好处，形成了自己独特的语言风格。

把自己家乡写得质朴静谧、憨纯亲切的还有一首佳作，一起来欣赏：

星星一样多的村庄
那个像月亮
也像太阳的村庄
是故乡果流
那里的雨是会流泪的
那里的风是会裹人的
那里的雪是会跳舞的

那里的河
在我身上奔流为血
那里的山
在我身上生长为骨
我熟悉那里的神
也认识那里的鬼
他们见了我
都会拥抱一下
这个世界
只有那里的鬼
不会害我

——《果流》

果流是诗人出生和长大的地方，也是祖祖辈辈繁衍生息的地方，在村庄的某一座院落里，在院落里某一间房子里，那一盘土炕，应该有他胎衣的味道；被烟火和岁月熏黑的灶头，应该有饭菜的香味。正因为这种脐带相连的渊源，他感觉到“那里的河，在我身上奔流为血”，“那里的山，在我身上生长为骨”，“那里的鬼，他们见了我，都会拥抱一下”。这生命的沃土，沃土之上长出来的一树一木、栖息的花草虫鱼，都存放着诗人的灵性，都激发着诗人的灵感，可以说小凉山、泸沽湖、果流村、猪槽船，是诗人用之不竭的艺术创作上的富矿。

二、身边人的亲

与很多作家和诗人一样，鲁若迪基笔下经常会出现一些似曾相识的面孔，父亲母亲、兄弟姐妹、父老乡亲等。捧读鲁若迪基的作品，他笔下的人物感觉离我们是那么近、那么亲，有时候像面对面聊天，有时候像氛围融洽的品茗吃饭，有时候甚至能看到他们出出进进的忙碌：

一个老人
在手上吐了口唾沫
拿起镰刀
走进田里
远远地
就那么闪了一下
便什么也看不到了
我仿佛沉入一片土地
正被一双厚实的脚亲近
当那把镰刀再次闪现
那光芒就照亮了
遥远木屋漆黑的一角
在那一瞬
我看见了
一张布满沧桑的
父亲的脸

——《光芒》

一个整天赶牛拉车、扛犁耕地的父亲，一个躬身锄草、汗水如雨的父亲就出现了。他的一生，远大的目标就是抚养儿女，叫他们吃饱穿好，供他们上学，并且奢望着孩子们能“鲤鱼跳龙门”。接下来就勒紧裤带，砌墙修房、置办家具、给孩子们成家。这时候，嘴上说以后由他们过去，却时时刻刻关注着他们的疾病冷暖，再后来，又带孩子的孩子，即使耳目昏花、体弱多病，也尽力为孩子们摇曳着即将枯灭的灯，照亮他们前行的路。

再看一首：

家里有两把筛子
一把细筛
一把粗筛

母亲用细筛筛我上学的盘缠
再用粗筛筛家里人吃的粮
今夜
当我面对稿纸
仿佛面对筛子的眼
不知不觉被筛得七零八落
最后筛出一粒石子
细看是一颗肉长出的心

——《筛子》

筛子实在是一件小物品，那么不起眼，不起眼到可以忽略不计；对于忙忙碌碌的母亲，筛粮食只是她做过的一丁点家务，因为她要做和做过的事太多了，一家人的柴米油盐、穿戴吃喝、家庭内外，忙了这个忙那个，有时候连她自己也记不清干了什么，干了多少。但鲁若迪基从一个日常用品，从一些日常家务上，用平铺直叙的语言，把一位母亲的勤俭持家、含辛茹苦写出来了，把一位农村母亲供儿女成长、上学、望子成龙的心境写出来了，把农家生活的贫穷、艰辛、艰难写出来了。表达了作者对母亲的尊敬、疼爱和理解。

继续来看：

……虽然满坡的苦荞
最终只有几小筐荞粒
然而，他们不说一句话
把荞粒酿成美酒
磨成白金一样的面
收藏在柜子里
平日紧咬牙巴
煮一罐盐茶
啃几个洋芋
亲朋好友来的时候

才拿出珍藏的美酒
宰了羯羊，烙上荞饼
整个村狂欢
仿佛日子就只有那么一天
看着种苦荞的人
醉倒在荞秸秆边
我忧伤的诗
在铅灰的云层里飘荡
一茬茬的苦荞啊
一茬茬的人
多少茬的苦荞
才能养活多少茬的人啊
叹息声里
种苦荞的人
默默地咬了一口荞饼
不急于吃下去
而是默默地嚼着……

——《种苦荞的人》

在我的甘肃老家，也种苦荞，苦荞花开的日子，漫山遍野粉红色的苦荞花，让村子成了花蕊，最快乐的是蜜蜂、蝴蝶，它们欢唱着，像赴约一场盛大的聚会。我的父老乡亲无心赏花，因为还有很多的农活等着他们，再说，庄稼没收进口袋，什么事情都会发生，干旱、雨涝、冰雹、虫害，只要稍微严重些，都可能导致颗粒无收。鲁若迪基笔下种苦荞的人也一样，让我们看到天下农民蚂蚁般的勤奋、廉价滂沱的汗水、听天由命的隐忍。感触颇深的是他们的纯朴厚道和热情好客，“平日紧咬牙巴”，“亲朋好友来的时候／才拿出珍藏的美酒／宰了羯羊／烙上荞饼”。我在西藏高原生活工作二十余年，藏族同胞也是这样，即使自己缺吃少喝，也要把最好的东西拿出来招待客人。在这功利化的时代，在一些人口头禅是“人不为己，天诛地灭”的时代，在一些官员利用职权大肆敛财、巧取豪夺的时代，在坑蒙拐骗偷充斥大街小巷的时代，往往地处偏远大山深处的人们，他们默默传承着祖先诚信守义、悲天悯人的美德，多么让人感动。

三、内心里的真

喜欢鲁若迪基的诗，是因为他的诗每一行、每一节、每一首都盈涌着醇厚朴实的情感，弥散着原生态的真挚、真诚、真性，不花拳绣腿，不故弄玄虚，不云里雾里。捧卷细品，给读者的有时是含蓄、有时是伤感，有时是幽默，有时是哲理的浪花在飞溅、闪烁。

1958 年
一个美丽的少女
躺在我父亲身边
然而，这个健壮如牛的男人
却因饥饿
无力看她一眼
多年后
他对伙伴讲起这件事
还耿耿于怀
说那真是一个狗日的年代
不用计划生育

——《1958 年》

这首诗，多么有意思，首先是看到诗人的幽默，他幽默的对象不是别人，却是自己的父亲；其次是看到老人的幽默，他把最私密的往事告诉伙伴，甚至“还耿耿于怀”，再附上一句“那真是一个狗日的年代／不用计划生育”。从中能看到他们父子直爽、不掩饰、不拐弯抹角的可爱性格。同时又从诗作里，我们看到的是在特定历史时期人民的悲苦悲惨、老百姓的无助无援、父亲那辈人命运的坎坷。

继续看下一首：

乡长说这个村缺水
饭也吃不饱
妇女都外出打工了
是个光棍村
有七八五十六个光棍
县长戏说请他与寡妇村联系一下
然后拍板解决了人畜饮水问题
水引来了
温饱问题自然解决了
可是，那些外出打工的妇女
还是没有回来
听说有几个在春节回了趟家
又把在家的小妹带走了

——《光棍村》

读了这首诗，忍俊不禁的同时，想起阿根廷诗人博尔赫斯的一句话来："诗应该要有的样子，也就是热情与喜悦。"鲁若迪基就写出了幽默，写出了喜悦，把本来应该需要小说表达的内容，三言两语就表达出来了。随着社会发展，出现一些形形色色的社会现象，这些现象有很多深层次的原因，我们不去考究。只赞叹诗人对社会现象和生活细节的观察和了解，对诗歌写作技巧的娴熟运用，对读者心理、心态的准确揣摩和把控，谈笑之间，信手拈来，就成佳作。

另一首作品会给我们与前面两首诗完全不一样的感觉：

雨后
指头那么大的蛙
满地跳来跳去
我走在路上

小心翼翼
怕不小心要了它们的命
有时，不得不停下脚来
仔细辨认那灰色的一点
是不是小蛙
如果有什么
从我们头顶走过的时候
也能小心翼翼
我不知道
还有什么比这更幸运

诗句并不长，写作技巧的应用也并不复杂，但是阅读之后的触动却很深刻。我们感叹诗人的大爱和善良，他以慈悲之心，眼睛向下，俯瞰低处的事物，在他眼里，人们自然有享受生命多姿多彩的权利，但世界上任何生命同样有生存的权利，即使是“指头那么大的蛙”。另一个感觉是人生的不容易，特别是我们普通老百姓：风雨雷电，老天爷的脸色得看，因为你要靠天吃饭。

既然我们没法平均土地
没法平均房屋
没法平均金钱
没法平均权利
那么，就让我们平均死亡吧
让每个人只死亡一次
让那些衣不蔽体食不果腹的人
想死两次也不能
让那些想长生不老的人
不死都不行

——《最平均的是死亡》

直白的诗句，娓娓道来的诉说，深邃厚重的哲理，发人深思的社会现象，如同接受了智者点拨，让我们茅塞顿开，知道了很多道理，明白了取舍，明白了轻重，受益匪浅。

再来看我同样喜欢的一首诗《祖国》：“当别人把钱当作祖国／我却乞丐一样／把祖国当作一枚金币／揣在自己心怀。”看这首作品，我想起鲁若迪基提起家乡时，深情地说：“让自己嗓子更嘹亮，以便能更好地为那片土地上的人们做啼血吟唱。我深深地爱着那片土地上的人们，在我的诗里留有他们的笑，他们的泪和期盼的目光。我与他们同悲同喜同落泪，我的诗是那片土地的一捧土，是爱恨交织的疼痛，我想用诗证明：诗人是爱的代名词，即便是恨，那也是因为爱。”同样，通过这首简约的诗歌，我们深切感受到对祖国母亲他爱得那么真，爱得那么诚。他爱祖国的历史，爱祖国的现在，甚至爱祖国的不完美，爱到极致了，就小心翼翼地“揣在自己心怀”。

四、发展中的忧

一条河
经过一座城的时候
受伤了
它捂着伤口
急切逃离
却被阻挡在
一个个工厂
错过了四季和爱情
浑浊的眼
看不到向海的路
满沟的忧伤
无人能懂
当它拖着一身的病

投入海的怀抱
它已奄奄一息
海愤怒了
一次次咆哮着
向岸扑去……

——《愤怒的海》

这是作者关于生态建设和环境保护方面的诗作，这个话题应该说近年来很热，不论是报刊、网络，还是电视上，经常曝光、探讨、治理。

我们看了水的愤怒，再来看看山的命运：

这座山岗
坐在这里很久了
山岗多石
人们便在山脚下建了工厂
高高的烟囱
整日里冒着白烟
远远望去
就像一个老人坐在那里吸烟
多少年过去
山肚子里的石头
被渐渐掏空
一个夜晚
我听到了几声山的咳嗽
然后是一声巨响

——《老人的山岗》

就在我现在居住的山西，时常听朋友们说以前的矿区不时坍塌，有些地方公路，甚至学校、农家房屋修好不久就塌陷、断裂，山体松动，泥石流频发，给当地群众生产生活造成很多不便。鲁若迪基笔下的生态破坏问题，能看出诗人对这种真实现象的关注和痛惜，虽然人微言轻，但努力地呼吁着，希望引起更多人的重视。我们相信生态环境的保护和改善会越来越好。

鲁若迪基是知名诗人，曾获全国少数民族文学创作“骏马奖”、人民文学优秀诗歌奖、首届汉语诗歌双年十佳奖、第三届徐志摩诗歌奖等，还入围了鲁迅文学奖。虽然创作成绩斐然，但他一如既往地淡定和谦和，孜孜以求地进行诗歌创作和探索。说是给他写评论，我会有十万个惭愧和惶恐，只是出于对他和他的作品的仰望和敬重，就当是一篇读后感吧。

（原载作家网，2016 年 6 月 21 日）

扎根民族　守望文化

——对鲁若迪基诗歌的一种诠释

纳文洁

一、文化选择：传统视域下的民族性与地域性

鲁若迪基出生在云南红土高原西北的一片神奇美丽的土地上，那里有绵延千里的小凉山，有奔腾喧嚣的金沙江，有巍峨矗立的梅里雪山，还有清澈透明的泸沽湖。鲁若迪基的民族叫普米族，诗人将自己创作的文化根系深深扎进他的故乡，扎进本民族的文化土壤，在充沛民间资源的滋养中，他的诗歌就像种子破土的声音，又细微，又坚定，在这里慢慢生根发芽，渐渐茁壮成长。鲁若迪基的诗大都写得很精短，朴实真挚的简单文字娓娓讲述着他成长生活的点点滴滴，展现小凉山哪怕是最微小角落里的方方面面，静心品读，不难感受到他的诗歌字里行间透露出鲜明的地域特点和浓郁的民族特色。

（一）故乡和母亲给予了他“文化身份”

鲁若迪基的诗常常汲取自己的母族文化资源。曾经长达　千多年的民族迁徙历程，使普米族人创造了很多想象奇特、内容丰富的民间歌谣。通过一代代普米族人的口耳相传流传至今，如早在东汉时期就已开始流行的《白狼歌》，讲述普米族起源的神话《直呆木喃》，借东巴文、藏文记录下来的关于宗教历史的《古利歌》，还有叙述天地形成和人类起源的古歌，原始宗教祭祀活动中的仪式歌、婚俗歌、丧葬歌，以及苦歌、劳动歌、情歌等生活歌谣。

盛产民歌、民谣的普米族让鲁若迪基自小在歌谣声中成长，沐

浴在民歌的氛围中创作。自遥远的地方迁徙而来的祖先，因为对这片土地浓烈深沉的爱而做出的选择，这种选择幻化为歌谣，亘古不衰，吟唱千年，传给了后人。从鲁若迪基的诗里，我们能读到民族祖先留给他的声音，他参透了祖先的暗示，让他将挚爱和忠诚毫无保留地献给这片广博的土地。

鲁若迪基出生在一个叫果流的小山村，他生活的空间总是与山有关，他喜欢他周围的景、他身边的人。他灵动的笔，写亲人，写老家木楞房后的神山，写他看见的一树一花一草，写山里人的憧憬，如诗作《选择》《果流》和《云南的天空》中，诗人一语惊人，执着地选择故乡与自己如影随形，体现出诗人强烈的意愿和义无反顾的民族文化选择。

此外，鲁若迪基更有一系列相当数量的诗歌是直接以动物的名字作为诗题的，如《心中的鸟儿》《我曾见过的乌鸦》《雪地上的鸟》《鹰》《狼》《羊》和《布谷鸟》等。作者以诗的名义去关怀小凉山这块土地上的芸芸众生，从生活中提炼出富有诗意的思索。因此这类诗歌也非常直观地体现了鲁若迪基“在故乡中写作”的创作态度。

而在《唤魂》这首诗歌中，母亲是果流村里的“女王”，她会唱的民歌如星星一样多，诗人小时候常常在母亲的歌谣中进入梦乡，母亲是生命的给予者，更是生活的呵护者。全诗描绘了一位母亲在深夜焦急地为病床上的孩子“唤魂”，祈祷孩子的病尽快好起来的场景。我们似乎也能听到那颤悠悠的声音划破黑夜，缭绕在山寨的房前屋后，一声一声，近乎哀求。充满着神圣、浸满着泪水的母爱，为黑暗中的孩子引路回家，却“多了些牵挂多了些皱纹 / 多了些白发”。

所以在鲁若迪基的笔下，经常可以看到一个“母亲”的形象，他诗歌里的“母亲”，既是具象意义的，指给予自己肉体生命的普通妇女；又是意象意义的，指赋予自己“文化生命”的母族以及原始苍茫的小凉山。作为女性的母亲，抚养关爱着诗人的生命，陪伴引导诗人成长；作为土地的母亲，鲁若迪基诗歌的出发点就从这里开始，正是这块原始苍茫之地赋予了他属于自己的文化身份，让他在当下内容纷杂的诗歌创作中找到了属于自己的文化之根，既便于确立自己的写作姿态，又可以获取无尽的创作资源。这种文化选择得到的文化身份使得鲁若迪基的创作与小凉山这块深厚的土地保持了一种亲缘关系，与这片土地有了割不断的血肉联系，这是一种顽强、鲜活的生存状态。

（二）民间精神赋予了他民族创作品质

学者纳张元说："在实际的文学创作中……'民间'所涵盖的意义要广泛得多，它是指一种非权力形态也非知识分子精英文化形态的文化视界和空间，渗透在作家的写作立场、价值取向、审美风格等方面。"①

鲁若迪基作为一位少数民族作家，民间文化的基因是融化在他的血液里、生活中的，而不是在其生命之外的东西。他诗歌的文字里包含了诗人鲜活的生命感受、血液奔流和脉搏跳动，这并不是什么民族文化的拼接和替代，而是发自一个完整个体生命的竭尽全力的述说。

在《小凉山很小》这首诗中，诗人自豪之感溢于言表。小凉山是小的，诗人夸张地形容它只有"眼睛那么大""声音那么大""针眼那么大""拇指那么大"，确实，小凉山只是一座普通的山，它在视觉上很小，可是它却有大大的能量，"我闭上眼／它就天黑了……可以翻过山……我总是把它竖在别人的眼前"，山不仅是山，更是一种民族文化的暗示与象征，诗人运用复沓的手法表达着自己对普米族文化的爱和敬仰。这首诗写人，写故乡，更写出了一种满满的民族自尊。

鲁若迪基说："我的诗歌的民族性，表现在我的诗里有普米族文化的烙印：人不是这个世界的主宰，万物有灵，人与自然和谐相处。"②诗作《女山》写得着实优美，女山似乎是自然的象征，她像一位温柔、妩媚的母亲孕育了自然中所有的生灵："雪""泸沽湖""月光""天空"。而另外一首诗《斯布炯神山》中写这座山不

① 纳张元．边地意识与民间精神．文艺报，2010年1月11日．

② 山梅．一颗独一无二的心灵：谈鲁若迪基的诗歌．文艺报，2013年2月25日．

仅仅是自然中“一座普通的山”，更是普米族人心目中的“神山”，斯布炯神山受到人类的顶礼膜拜，这看似封建迷信的行为，代表着一种民俗信仰，一种心灵归宿，这个民族对自然始终抱有一颗虔诚的心，正如华兹华斯所说“人类永远是大自然的崇拜者，精神抖擞地来到这里朝拜”。所以，诗人展现的是普米族人伟大的宇宙自然观。

故乡的土地是他创作的根系，民歌民谣是他不竭的源泉，这一方面体现在诗歌内容上，另一方面更表现在诗人对于世界的天真想象和夸张表述中。那种诗性的思维和简洁朴素的文风，以及朗朗上口的口语化特色，都可以在民歌中找到依据，特别是诗人那些描写普米族人简单生活的图画，更是和普米族朴素的民族精神相关。客观看来，民族的东西鱼龙混杂，有好有坏，重要的是作家呈现它们的方式，不应当照搬照演，只关注少数民族生活文化浅层表象的原始形态，必须有深层精神的发掘。

鲁若迪基对自己所描写的生活画卷有思考的精神和探索的勇气，他笔下的“民族性”包括鲜活的民俗生活内容、独特的民族表现形式以及优美的民族审美风格，作为少数民族作家，他的民族责任感和使命感体现在既要有民族自省精神，又对本民族的文化有一种重新认识的能力。鲁若迪基是真正具有民族精神创作品质的诗人！这一点，弥足珍贵。

二、时代抉择：“文化流散”中的困顿

自古以来从未有一个民族愿意在他者文化的影响下毫不挣扎，束手就擒，甚至心甘情愿地放弃自己源远流长的传统。清朝时期的杰出词人纳兰容若，曾写过一首著名的长短句《浣溪沙·小兀喇》，小兀喇一带曾是纳兰家族的领地，诗人到此不禁联想起当年叶赫部被爱新觉罗部灭族的往事，故此词抒发的是民族文化剧烈变迁的痛彻心扉的深深叹息。

物换星移，厚重的东方文明史册翻开了全新的篇章，经济“全球化”势必引发“文化全球化”，这个当代最炙手可热的主题词却

让少数民族作家陷入了“十面埋伏”般的冲击和挑战中。

评论家马绍玺以一种置身于“他者视域”之中的清醒和从容，曾对文化全球化给少数民族诗歌创作带来的影响，从文化空间的变化——“时空压缩”、生存状态的变化——“文化流散”、心理状态的变化——“文化认同”、言说方式的变化——“文化对话”几个方面分别进行了论述。

彝族作家纳张元同样意识到少数民族文学将面临一次更为鲜血淋漓的巨变和飞跃，所以他一再紧张地呼吁：“少数民族作家不能固守传统的过时的文化因素，而是应该用严厉的自省态度来清理自身文化中不合时代的落后因素，要做好接受全球化时代更大的国际性和民族性的文化冲突和挑战，少数民族文化在这样一个时代裂变的关键时刻，也有可能获得凤凰涅槃似的新的腾飞和发展。”①

在此，我简单地对全球化语境对少数民族文学，特别是诗歌创作的正负影响做一个分析：

其一，创作困境。少数民族作家由于自身传统和文化背景，在文化全球化的世界性潮流面前，不仅面临与汉族主流文化传统的矛盾，还面临与全球化大趋势之间的冲突，这样少数民族诗歌及其文化传统是属于弱势文化中的弱势文化，它所面临的危机更加严峻。

其二，创作机遇。全球化的社会组织使得人类的生活方式有了巨大变化，各种高科技的新传媒方式延伸了文学创作时空，也就是说全球化语境为少数民族诗人的诗歌带来了新的创作语境，而同时也为少数民族诗歌赢得全球化审美体验与全球文化认同提供了可能性。

中国各少数民族的民间文化一直以谜一样的姿态存活在世人眼中，它一直游离在主流文化的边缘，也一直徘徊在地域的边境。它默默无语，却体系健全，历史悠久，经历了千万年沧海桑田的变化后仍然保存着民族文化的传统格局和精神气韵。然而社会转型、国家经济建设的调整和重建，主流文化的冲击打破了这种静若止水、独立闭锁的状态，少数民族作家们从沉睡中渐渐苏醒，他们努力寻

① 陈思和．愿为云南文学鼓与呼：为纳张元的新著序．大理学院学报，2012（02）．

找和平衡自己的主体地位，他们清晰地看到了自己的“边缘性”，于是他们不甘于此，决定向“中心”积极挺进靠拢，在这个过程中，现代文明与古老民间传统的对立、碰撞常常让作家在探索前进的道路上踟蹰困顿。

所以，克服在文化全球化语境下的少数民族文学创作危机，我们应当正视现实，坚持文化多样性的理念和策略，本民族文化在全球化语境中理应占有的一席之地，少数民族学者更应当以发展的眼光对自己的文化进行再阐释，这就需要再阐释者拥有既超乎自己文化之外，又不脱离本民族文化的独特眼光。

鲁若迪基的诗作《春天》，诉说的就是少数民族作家在文化全球化语境下的一种不可避免的致命文化遭遇：被移位或被包围了的处于弱势地位的少数民族文化不仅迷失了自己的“文化身份 ”，而且似乎无法逃避“文化失语”的尴尬命运。

在今天全球化的时代里，少数民族文学的重大意义和价值，是因为它独特的民族文学样式，更体现在它在人类文化史上独一无二的文化形态。少数民族作家必须守住自己岌岌可危的民族性，因此随着文化全球化的发展变化，少数民族文学的书写更需要不断地发展变化，丰富形式内容。当然，也因为这样，很多少数民族作家面对来势汹汹的全球化缴械投降，完全放弃自己独树一帜的民族个性文化，毫无留恋地成为时代同化后千篇一律的复制品，隐没在全球化语境中，自此消失不见。

鲁若迪基表达对这种现状的担忧诗歌还有《都市牧羊人》，诗中“我”是一个牧羊人的形象，“心里装着的羊”是乡土文明的象征，作者携着满心的希望来到城市，但城市是一头狼，“十字路口”“红绿灯”“高楼”是现代城市文明的符码。狼和羊本就是天生的死对头，作者以此为喻，形象简单地将狼代表的城市文明和羊代表的乡土文明形成二元对立的关系，乡土文明不是被城市文明所吞噬，就是在惊吓中迷失了方向，迷失了自己。

同样是狼与羊的意象，在《一群羊从县城走过》这首诗中，羊变为诗人自己，或者说是来自故乡的民间传统。羊是被“吆喝着的”，它并非自愿，“走过县城”的它们在当地的“车辆”眼里是异物，“车辆让它们走过”，看似是对羊的尊重，实则是对其排斥的表示，特别羊在最后是走向“屠宰场”的，这不是一条阳光大道，而是通向地狱之路。“警惕地”“小心翼翼”等词都展现了古老传统在现代文明面前的无所适从，局促不安，它们就像一个悲观绝望的外来者，认定自己最后一定会被消灭致死的归宿。

“流散”是全球化社会的本质之一，“‘文化流散’是一种‘跨文化’的生存状态，所有的流散者没有别的选择，只能居住于一个多种文化之间的世界，于矛盾和冲突的传统中创造自我的身份认同”①。虽然当代少数民族现代诗人大都属于文化流散者，他们少数民族的母族文化虽然确实处于相对弱势的地位，但弱势不意味着无势之态，更不等于不再存在。恰恰相反，弱势是崛起的前提，它意味着新生，意味着长存延续，意味着不可替代。

普米族作为我国世居人口较少民族，在文化全球化语境下，发展到了今天，对其传统文化的继承与发展更需要本族人的强烈文化自觉意识。就像流淌的河水，从远古流到现在，还存在继续流淌的问题。既然“继续流淌”，那就要有新的支流注入进来，这就要求普米族人对本民族的文化，有一种重新认识和发现的能力，只有这样，才会在这个全球化的时代做出其应有的贡献。

三、文化自觉：民族文化的“守望者”

费孝通先生对“文化自觉”的阐述是指：“生活在一定文化中的人对其文化有自知之明，明白它的来历、形成过程、所具有的特色和它发展的趋势，不带任何文化回归的意思，不是要复旧，同时也不主张全盘西化或全盘他化。自知之明是为了加强对文化转型的自主能力，取得决定适应新环境、新时代文化选择的自主地位。”②

---

① 奔厦·泽米，马绍玺．“文化流散”与西南少数民族诗歌创作中的家园情感．西南民族大学学报人文社科版，2010（09）．

② 费孝通．反思·对话·文化自觉．北京大学学报哲学社会科学版．1997（03）．

所以增强民族“自我”意识，是实现文化自觉的第一步。

鲁若迪基在新的语境中，在这个少数民族文学躲避不开的选择之下，做了一位雍容大度的民族文化“守望者”，读他的诗歌，我眼前常常会浮现这样一个身影：诗人倚靠着小凉山，怀揣着泸沽湖，他深深地凝望着文化全球化的潮流波涛汹涌，挺直脊梁。他把时代的种种因素整合进自己的普米族文化，重新组合调整，打造出既保持民族性又有现代性的新兴诗歌，毋庸置疑，这个过程犹如凤凰涅槃般困难痛苦，却以异常美丽的形态得以重生，且能不朽。诗人大胆地突破地域性和民族性，把民族和时代结合，书写的民族之痛也是时代之痛，歌唱的民族之乐也是时代之乐。“我唱的歌也许不重要，重要的是我在唱，我的声音别人无法替代。”无论高调低调，诗人都唱出了自己民族文化“守望者”的腔调。

（一）回首审视：“文化重构”中的探索

“文化重构”，顾名思义，是文化的重新构建。是对已有的某个文化现象的再创造，也是人们对已有的文化现象再次认知。也就是说作家要认识发展变化中的社会，呈现触及灵魂本质的普世价值，这个重构的过程是艰难的，既不可偏离时代喃喃自语，又需要有入世精神，能很好地平衡民族本土文化与外来现代文化，并书写时代发展中的民族。

1. 时间和生命的审视

时间和生命是浩瀚宇宙一类的根本性问题，因为谁都无法躲避时间，任何人生命的存在也是在“时间”中的存在，因此瞬间与永恒，生存或毁灭是千百年古今中外学者们冥思苦想，人类史上遗留已久的问题。

鲁若迪基的短诗《日子》不过短短三十三个字，却精准地写出了个体生命对时间流逝的疼痛感和恐惧感。诗中“牙齿”“牙床”的意象贴切而生动，形象地写出了时间对人的啮食感，或许我们始终并将永远只能存在于时间之中，时间是我们永远无法超越和摆脱的宿命。于是，人作为一种有限性生命的存在，时间每一分每一秒的不经意流逝都成了生命中永远无法抹去的“揪心的”疼痛。

在另一首名为《无法吹散的伤悲》的短诗中，鲁若迪基把人的生死以及时间的有限性放在浓浓的亲情中来书写，产生了让人感同身受、泪如雨下的审美效果。全诗在叙事的口吻中，紧紧抓住“屋檐”“矮”“泥土”这些表现力极强的意象，写出了人在川流不息的时间河流里的宿命，死亡并不因为人间的爱与亲情而心怀悲悯，脚下留情，从而迟来一步。

鲁若迪基是一个善于思考时间和生命问题的诗人，他从生活最细小的状态出发投射到宇宙大的生存状态，他的诗如大地般厚重，蕴含无限悲悯情怀，又具有深刻的现代性品质。

2. 回归自然，寻求和谐

鲁若迪基自己也说：“中国文化的核心是天人合一，人们追求与自然的和谐，普米族是个自称培米的民族，讲求万物有灵，人与自然和谐相处。无论是‘天人合一’，还是‘万物有灵’，都讲的是联系、和谐。”正是因为普米族这种根深蒂固的自然主义生态观，鲁若迪基是用心与自然交流的。

在《路遇》中，诗人由自己唯恐不小心踩死路上的一只青蛙的举动入手，呼吁人们应更多一份珍爱生命、怜惜自然、保护弱者、追求万物和谐的生命情怀。

在《雪地上的鸟》中，诗人把顽童捕鸟的场景描写得非常细致，“没有家 / 没有东西吃”，“盲目”“蜷缩成一团”“听不到声音”等形象地描绘出“雪地上的鸟”的可怜悲凉，它们是弱者的象征，但已经如此恶劣的环境下，如此悲惨的命运中，如此脆弱的生命却得不到强者（孩子们）的一丝同情与关怀。

诗歌批评家奚密曾谈道：“当现代诗在更大程度上具有个人意义和美学含义的同时，它却失去了过去公认的社会道德意义。”鲁若迪基的诗并没有这一弊病，他义正词严地对人类破坏自然的暴行提出强烈的控诉。如《愤怒的海》一诗，工业文明和生活废物让不少清澈见底的河水变成了露天垃圾场，带着满身伤痕，流入大海。在诗人笔下，大海成了一个有血有肉、知道疼痛的人，并歇斯底里地咆哮着表达它的愤怒，诗人只能用自己的诗句批判这些践踏自然、破坏和谐、毫无社会道德的行为，他的愤怒溢于言表。

鲁若迪基的这些诗句理应让人深思和反省，因为他不单单体现了生态平衡的历史遗留问题，更揭示了一种回归自然、寻求和谐的价值取向，人类不再是自然的主宰者和中心，从生命存在的层面上来说，人与自然万物是完全平等的，破除“人类中心论”，以“万物和谐”的眼光看待自然。

3. 民间立场的选择

“云南作家的民间立场就是一种写作立场和叙事态度，知识分子以眼光向下的民本主义思想，关注普通人甚至是小人物的生活内容和生存状态，用‘讲述老百姓的故事’作为认知世界的出发点，来表达原先难以表述的对时代以及边地生活的认识。”[①]

诗歌从来不是僵硬地植根于纸上，而是鲜活地生长在历史、传统和各民族独特的日常生活中。

《我是小凉山》一诗通过几个形象和画面勾勒出小凉山沧桑的历史和小凉山人民的生活常态，浓缩了小凉山生活的艰难和苦涩，没有矫揉造作的华丽辞藻，诗人用最朴实的语言呈现故乡“本源”面貌。

还有《一个彝家阿妈》这首叙事性的短诗意味深长，全诗以平实的语调叙述了一个别具意味的故事：为了招待一个登门看望她的客人，彝家阿妈大方地杀掉家里仅存的一只鸡。诗中有我与老人简单的对话，却没有一字一句描写老人的外貌，也没有直言赞扬老阿妈的善良和热情。诗人那句“没有比这更干净的东西了”，真诚地道出老人朴实的爱和善良在他看来是世间最干净的东西，他夸张地说“哪怕是一口小汤”都无法下咽，深刻表现出诗人内心复杂的感动和伤悲。“走出很远，我也没法走出那份悲凉”，升华了主题，余韵悠长。不难看出彝家阿妈精神的富足和现实的贫穷形成鲜明的对比，不经意间的行动和言语比高度的评价更具有说服力，塑造了一个可爱可敬的纯朴彝家阿妈形象。

① 纳张元．边地意识与民间精神．文艺报，2010-01-11.

此外，诗人还有一系列的诗作，如《光棍村》《乞丐》和《比夜更黑》等反映底层人民现实生活的苦难，《你将怎样把自己忘却——致橱窗女郎》等也把目光扩向异国他乡的苦命女人，体现了诗人对底层人物悲惨命运的深切关怀。诗人在最简洁的诗歌篇幅里融入了尽量丰富的现实人生，因此，他能够突破纯粹的自我抒怀和单一的地域狭隘，从而获得丰盈的叙述内容和宽广的观察视野。

鲁若迪基曾说："诗歌从普通人的角度出发，又回到普通百姓中，获得更大的艺术生命。它的成功让我知道：人民是艺术之源。这是我以后的创作中必须遵循的原则。"诗人于坚也说："只有这活水才能让艺术作品充满诗情画意。"人民群众的生活是艺术家创作源头的永不枯竭的活水，生活的多层次、人性的多角度，让艺术创作呈现出如万花筒般的五彩斑斓，融入朝气蓬勃的生活，体味其中的酸甜苦辣，触摸心灵中的真善美，这样的诗歌就不会苍白，而是活生生的艺术。

（二）虔诵心经：寻找精神家园

在诗人的诗集《一个普米人的心经》中，则更多的是以理性的态度进行人文视角上的自省、探索与个性化的价值取向。在千层百面的社会现实中，诗人常怀着感恩的心虔诚地诵念着普米族人的心经，创作出紧扣时代脉搏的诗作。母族文化是诗歌的出发点，但他能把握诗歌的超越性，立足故乡热土而心怀天下，把关注的目光扩大到中华大地上的人民和生命，甚至对于整个社会和世界都充满了人文关怀，体现出一种放眼世间的姿态和容纳世界的胸怀。

1. 重返精神家园

"流浪是人的一种命运，漂泊是最高形式的人生。"[①] 人的一生似乎总是在路上。古往今来，无数的哲人呐喊着要寻找自己的精神家园，不论是对桃花源的神往或是那个关于乌托邦的美丽传说，精神家园是一个古老漫长而又永无答案的命题，现代人对此的渴望似乎更加强烈了。

---

① 纳张元．生命，在历史与现实之间沉吟：20 世纪末的少数民族散文创作．南方文坛，2001（03）．

鲁若迪基通过对普米族人的生活状态的审视和思索，挖掘出了他们秉持的精神家园，如《古歌》《干净的树》《月亮》《神的模样》《好似一阵吹过故乡的风》是昭示自己与故土血脉相连的归属感，而《种苦荞的人》《父亲的马帮》《想起父亲》《日争寺的喇嘛》《转经筒前的诗歌朗诵会》等诗作则把视角转移到生活在那片土地上的人们身上，他们对命运、生活的态度，对生存环境的取舍，是那个民族对生命价值意义的认知与长期坚守的生存哲理。

其实鲁若迪基的诗歌告诉我们，简简单单就好，不懂简单，正如不懂这大千世界的荒芜。简单的人生，与其用哲学解释，不如用生活验证。简单是心灵的本色，是与生俱来的品质，是不经意雕琢的境界，因为浑然天成，所以更显意境深远。

《泸沽湖》是鲁若迪基为数不多的长诗之一，他以自己独特的方式感受岁月流年的变迁，倾听生命沉稳有力跳动的脉搏，然后散淡地叙述着神圣的泸沽湖，诗人没有用太多的笔墨描写湖上风景旖旎和湖边人们奇特的民情民俗，读完全诗我却能感受到，在这里，人类、神灵、气候、风物都有了难得的整体性和一致性，构成了一个想象中的自由的民族精神家园。家园之大，能让我们的年龄和自我都变小，古朴的民族精神之下能见自己，见众生，见天地。在这个人心都兵荒马乱的年代，人们都希望回到内心，回到自然，回到生活，回到一切一切的原点。精神家园就算再寻找一万年，它可能也就是个子虚乌有的梦，但重要的是我们在寻找中走过的这段心路历程和情感体验，结果并不重要。

2. 放眼当下，叙述时代

鲁若迪基带着深深的普米族文化烙印，唱着小凉山的山歌民谣走向文坛，被人们所熟知，为大家所认可。因此很多人将其定位为少数民族诗人，很多评论家也为他打上“小凉山”“地域性”“乡土诗人”“民族责任感和使命感”等标签，大家对他的关注也更多在于他的民族——普米族、他的地域——小凉山，但在阅读他的诗歌的过程中，我总有一种感觉，普米族是他的根，但树干向上生长后发散出的枝叶呈现出的是现代诗人的气质，面对现代文明与古老传统、全球化的强势与少数民族的弱势……二元对立矛盾，诗人在困惑、挣扎、不满后，努力跳出小凉山的圈子，走出泸沽湖的怀抱，打破惯性思维，以一种流浪的姿态审视当下，用朴素鲜活的语言叙述时代。

在新作《餐桌上的粮食》里，诗人通过缩影中西方餐桌上的食物种类和制作方法的差异，强调生存艰辛及生活不易，呼吁对广袤土地和劳动人民的尊重。

总之，鲁若迪基以诗为证，不骄不躁，以爱之名，不怨天怨地，虔诵心经，呈现出一种弥足珍贵的清正之气，由于本真的爱，他朴素、简单、诚实而充满张力。鲁若迪基不仅是一位传统意义上的民族诗人，他的诗作在众多中国少数民族诗歌中还具有独特鲜明的现代风格，从他早期诗歌具有朴素浪漫主义色彩，表达了诗人对故乡和本民族的热爱，到近年来的作品超越了狭隘的地方性，能与当下生活水乳交融，深刻地表现出传统与现代文化之间相互碰撞、交替、融合的复杂感受。这位普米族诗人也不再是一个世俗意义上的诗人，而是一位具有现代意识的民族文化的忠实“守望者”。

（原载《南方文坛》，2017 年第 4 期）

从《母语唤醒的词》看鲁若迪基诗歌的民族性和现代性

崔晓岚

普米族诗人鲁若迪基，是云南少数民族诗人中一颗璀璨耀眼的明星。曾两次荣获全国少数民族文学创作“骏马奖”的经历是对他创作的肯定。他的家乡地处小凉山，正是这片特殊的土地孕育出了动人心弦的诗歌。美丽的泸沽湖、神秘的玉龙雪山、奔腾不息的金沙江和绵延不绝的小凉山，这些充满魅力的景象在他的诗歌中频繁出现。他把家乡的独特景物带入诗歌，让作品有了明显的地域和民族色彩。在这些诗中，也充满了他对民族的过去和未来的思考，对民族美好品质的歌颂和对民族文化发展的忧虑。

一、对民族性的展示和歌唱

文学是对社会生活的反映。民族在繁衍生息的发展过程中，由于长期生活在一个固定的地域，经受相同的地理环境、气候、自然环境的陶冶，养成了共同的生活方式，形成一定的风俗习惯、民族心理和民族精神，他们的生活从而呈现着鲜明的民族特色。阅读鲁若迪基的诗歌我们会发现，在他的诗歌中对家乡小凉山地区的描写有着大量的笔墨，对民族的生活习俗和节日的呈现为读者提供了一扇了解普米族文化的窗口，也使其诗歌具有了民族性的特征。他曾说：“少数民族文学最重要的特性是它的‘民族性’。民族性不仅是民风民俗、民族服饰，还是一种内在精神。我们少数民族作者就是应该去书写这种最内在的，只属于这一民族的东西。”[①] 对于民族

① 杨淑萍．唱出自己的腔调：论鲁若迪基诗歌的民族性与现代性．云南开放大学学报，2016（04）．

性的书写是基于作者对本民族文化的深深认同感。在《三江之门》中，作者写道：“让我自豪地说 / 我是天的儿子 / 我是地的儿子 / 我是天地间站立的普米族人。”这几句诗直抒胸臆，利用“我是……”的句式，直接抒发内心强烈的民族自豪感。只有对本民族文化有着发自内心的认同和热爱，才会说出这样饱含浓烈感情的话语。

总有一棵树属于我
某天，人们会将它砍伐
劈开后垒成9层
让我在棺木里
端坐成母腹中胎儿的模样
在烈火中顺着指路经
找到祖先的天堂
人们会把我的13节骨头
用蒿枝做成筷子
捡拾在羊毛上
装进土罐中
送到祖先聚集的罐罐山上……
那天，当一位族内的长辈
指着一座山
说我们家族的罐罐山就在那里
我久久望着他手指的方向
怕将来走错了路
那里森林茂密
山脚下溪流淙淙
我莫名地感动起来
呵，今后无论身处天南地北
我最终都会走向这里
见到那些骑虎射日的人

——《罐罐山》

这首短诗用白描的手法，向读者展示普米族的丧葬仪式，这是普米族特有的风俗习惯。“我久久望着他手指的方向 / 怕将来走错了路”体现出诗人对民族根的坚定和热爱。“今后无论身处天南海北 / 我最终都会走向这里 / 见到那些骑虎射日的人”，这里“骑虎射日的人”是指普米族的祖先。无论走多远，我都不会忘记自己普米族的身份和历史，因为这是我自己的民族，自己的根，表现了诗人对本民族文化的强烈认同感。只有发自内心地对祖先和民族尊敬和热爱才会心甘情愿地在死后回归故里。小诗字里行间充满了作者对本民族的热爱，读来感人肺腑，令人深思。

在我国的少数民族中，有许多民族拥有自己的母语。语言不仅仅是交流的工具，更是维系一个族群重要的纽带。普米族也有着自己的母语。鲁若迪基在诗歌《母语》中写道，“这时候，他相信 / 有些事物 / 更需要用母语沟通”，“他每指一样东西 / 祖先命名的词就随口而出 / 这个石头城唯一的普米老人 / 用普米语让我感受了 / 石头的温度 / 石头的爱情 / 石头的顽强 / 他让我品尝自酿的酒 / 临走还送了满满一壶 / 我拎在手里 / 感到它比一座城还沉”。这是作者在异乡遇到同族人的场景。有的话语，需要有共同的记忆才能产生共鸣，有些事物，更需要用母语沟通才能简单明了。在异乡，听到熟悉的音调和词语，可能会一瞬间热泪盈眶，因此许多读者会对这一感情产生共鸣。诗中的母语是连接两个同族人沟通的桥梁，通过用熟悉的母语的交流，表达了作者对于母语的信仰和崇敬。满满的一壶酒比一座城还沉，按照客观规律是不可能存在这样的现象的。这里诗人用夸张的手法写出了手里的酒的分量，不仅仅是一壶酒，更是深重的同族人的情谊。同时也表现母语的不可替代性和顽强的生命力，以及在作者心中重要的地位。

信仰是对某种思想或者宗教的信奉和敬仰。鲁若迪基曾说：“我的诗歌的民族性，表现在我的诗里有普米族文化的烙印。人不是这个世界的主宰，万物有灵，人与自然和谐相处。”[①] 他在《神的模样》

① 山梅．一颗独一无二的心灵：谈鲁若迪基的诗歌．文艺报，2013-02-25.

中写道，“无数个山神的名字／河流一样／从父亲口里流出来／浇灌着我梦幻的世界／袅袅香火里／我睁大眼睛／希望能看到山神显灵”，“如今，在遥远的地方／每次默念到‘果流斯布炯’／眼前就会浮现出／父母慈祥的面容”。诗人小时候从父母那里得到对于神的幻想，父母对神的供奉和崇敬深深地影响了诗人，这是传统文化信仰的潜移默化。“果流斯布炯”是护佑族人的村庄和山神，普米族人敬奉着大自然的行为，是万物有灵概念的延伸。如今，每次听到山神的名字，诗人脑海中就会浮现父母的面容。将神和父母联系到一起，不仅表达了诗人对于神的崇敬，从中还可以体会出作者对于父母的尊敬和信仰。

鲁若迪基的诗歌中还有很多地方都表现出了他对民族的热爱，对村民美好品质的歌颂。作为普米族文化对外宣传的代言人，他在用诗歌展现普米族文化丰富多彩之余，也在深深地思考着民族文化的出路。

二、对于现代性的批判和追求

文学是民族的，也是世界的。它在特定历史条件下发展，不可避免地被打上时代的烙印。在鲁若迪基的诗歌里，读者不仅可以感受到民族性，还可以感受到时代的气息。社会中的种种问题，在诗歌中一一呈现。透过这些短短的诗行，读者可以依稀感受到诗人对于民族现状的焦虑和未来的思考。当然，对于现代性的展示是文学发展的必然要求，用现代眼光审视地域和民族文化，从中深刻地表现出民族自省意识和批判意识，是一个民族从传统走向现代的起点。

随着现代化进程的加速，需要越来越多的资源来支撑经济的增长，也不可避免地带来了一系列的生态问题。大气污染让蓝色的天空变成一种奢侈的体验，过度砍伐让从前茂密的丛林变成光秃秃的山岗，对野生动物生存空间的挤占导致其数量锐减甚至走向灭绝……这些问题都是不可忽视的社会问题，在鲁若迪基的诗歌中也有着清晰的呈现。在《老人的山岗》中作者是这样描写的，“高高的烟囱／整日里冒着白烟／远远望去／就像一个老人坐在那里吸烟”“山肚子里的石头／被渐渐掏空／一个夜晚／我听到了几声山的咳嗽／然后是一声巨响”，这些场景无一不暗示着生态环境的岌岌可危。“老人”“吸烟”“掏空”“咳嗽”简单的几个词将一个年迈且健康状况令人担忧的老人形象跃然纸上。当然，这里的老人指的是山岗，是自然生态——山岗如同一位生命垂危的老人，艰难地支撑着身体。而造成生态恶化的是过度开采的人类，这是现代化带来的恶果。在《洋涧槽》中，作者用回忆的视角带我们回到三十年前的伐木地，那里曾是茂盛的密林，有着雀跃的小摊贩和系着围裙在食堂忙碌的女工。而今一切都不在了，周围都是空荡荡的。今昔的对比，更能体现出如今场景的凄凉与落寞。昔日的热闹与今天的荒凉，正是现代化进程带来的负面影响。“我木桩一样站着／仿佛在等待／一场浩劫后／荒芜和落寞的判词”，究竟是谁来评判这场浩劫，谁应该承担这样的后果，诗人并没有说明，而是留给读者无尽的回味，反思人类所犯下的罪行。

现代化带来的不好影响不仅仅表现在生态问题上，就连平日里的生活也和过去不同了，人与人之间的关系变得越来越疏远和陌生。曾经寨子里的木匠“勒勒”无私地为他人制作精美的箱子、轻巧的鞍子，却没有为自己考虑，甚至为自己做棺木的板子都没有留下一块。在他去世的时候，“男人们默默含着伤悲／女人们数着你的好／伏倒成片／哭声比火焰还高”（《勒勒》）。那时村民之间的感情是那么真挚和纯粹。而如今在一条偏僻的路上，“我”的前面走着一个穿着短裙的女孩子，当她发现我的存在后紧张不安的心情让“我”不知所措，即使放慢了步子，同她保持一定的距离也不能让“我”感到自在，“索性蹲在路边／成为一块石头”（《我恰巧走在那条路上》）。人与人之间的信任随着现代化社会的推进变得脆弱不堪，距离让我们越来越陌生，只能退回自己相对比较安全的领域。这是现代社会普遍存在的现象之一，面对这样缺乏人情味的社会，诗人只能发出沉重的叹息。

如今，社会问题也层出不穷。少数民族地区人员的流动量很大，外出务工问题也曾一度成为社会的热点问题。在鲁若迪基的诗歌中也反映了这一个现象，“乡长说这个村缺水／饭也吃不饱／妇女都外出打工了／是个光棍村／有七八五十六个光棍／县长戏说请他与寡妇村联系一下／然后拍板解决了人畜饮水问题／水引来了／温饱问题自然解决了／可是，那些外出打工的妇女／还是没有回来／听说有几个在春节回了趟家／又把在家的小妹带走了”（《光棍村》）。作者单纯用白描的写作手法，向读者陈述客观事实，并没有夹杂个人的态度和情绪，却传达了社会问题的严重性。由于缺水等问题，传统的生活方式已经不能满足乡里人民的日常生活，为了更好地生活，妇女们只好改变自己的生活方式外出务工。即使解决了水的问题，人们也不愿意再回到乡村里过以前的生活，甚至回来带走了家人。人们这样的追求自然无可厚非，可是现代化给乡镇带来必不可少的转变，转变过程中带来的问题也是不容忽视的。现代性带来的结果有好有坏，应当向好的结果迈进而把坏的伤害降到最低。

人情味在这个经济迅速发展的社会变得越来越少了。弱肉强食，强者对于弱者的侵略和征服已经达到了人们无法想象的地步，对于处在弱势的民族文化和边缘文化也是如此。诗人在《一群羊从县城走过》中写道：“一群羊被吆喝着／走过县城／所有的车辆慢下来／甚至停下来／让它们走过／羊不时看看四周／再警惕地迈动步子／似乎在高楼大厦后面／隐藏着比狼更可怕的动物／它们在阳光的照耀下／小心翼翼地走向屠宰场。”羊，本应在乡村的草地上吃着草，而它们被人“吆喝”着走进了县城，一个它们完全陌生的地方。面对路上为它们减速甚至停靠的车辆，并没有让它们感到舒适，而是更加警惕地迈着步子，好像在现代化的城市背后，隐藏着更加可怕的东西。最后一句特别触目惊心：“在灿烂的阳光的照耀下，它们小心翼翼走向死亡。”“屠宰场”是噩梦的终点，对于这群羊来说，走进县城就是一场噩梦。如今，噩梦要结束了，却没有让读者松一口气，而是更加痛心和充满无力感。这里的“羊”的隐喻非常多，在此我理解为面对全球化文化的入侵，处于劣势地位的少数民族文化和边缘文化。短短的几句诗歌将现代文明对少数民族和边缘文化的吞噬场景勾勒得淋漓尽致，带给读者的不仅是痛心，还有深思。

对于现代性，鲁若迪基不是一味批判。因为他知道，处在这个变化剧烈的时代，不是一味拒绝就可以避免一切悲剧的发生。要想发展，还是要做出相应的对策来应对这一趋势。鲁若迪基一方面不希望家乡和民族美好的事物被磨灭和吞噬，另一方面又希望全球化大潮为家乡和民族带来美好的契机。这位肩负着普米族文化传承任务的新星，在当下这个全球化的时代，正在为普米族的诗歌和文化找寻一条属于自己民族的道路。

（原载《牡丹江大学学报》，2019 年第 3 期）

第四辑

扛走痛苦让世界欢喜[①]

① 鲁若迪基是丽江市宁蒗县人。他一直生活、工作的滇西北，金沙江两岸的山山水水就是他的诗歌家园。他的诗歌就是他献给这些山山水水和山水间不断创造着的人们的爱。他是“小凉山诗人群”的领军诗人，也是当下丽江文学创作事业的代表性作家。本辑专门收录丽江作家、诗人、评论者对鲁若迪基诗歌的研究文章。

故乡：鲁若迪基的诗歌家园

李　黑

我的眼眶被鲁若迪基的诗行打湿，它让我透过苍白的纸背，听见鲁若迪基诗歌血管里的血液，在小凉山的峡谷、山林流动的潺潺声和在大地深处行吟的节拍声。

鲁若迪基，著名普米族青年诗人。他头枕着小凉山的歌，怀揣着泸沽湖的情，在小凉山那片贫瘠、美丽、神奇而古老的土地滋养下，在十二个世居少数民族千百年优秀民族文化的熏陶下，《小凉山很小》《选择》《女山》《一群羊从县城走过》《1958年》《泸沽湖恋曲》等一首首著名的关于小凉山、泸沽湖那片家园的诗，小草一样在他心中疯长，庄稼一样在他心田拔节。诗歌于他，像山地的庄稼割了成熟的一茬又长出新的一茬。诗集《我曾属于原始的苍茫》《鲁若迪基抒情诗选》（英汉对照）悄然从那片泥土里拱出来，长成季节的绿韵。带着青草的味道、苦荞的味道、洋芋的味道，带着小凉山漫山的牛羊味和森林树叶野花的味道，他站在小凉山上的身影，像《斯布炯神山》。他从小凉山站起，一直站到了云南日报文学奖、边疆文学奖、全国少数民族文学创作“骏马奖”、人民文学优秀诗歌奖的台上任小凉山的风吹拂。2009年，中国作协重点扶持的诗集《没有比泪水更干净的水》一出版，便引起众多评论家、诗人、文学爱好者的关注。许多著名评论家、诗人撰文对诗集《没有比泪水更干净的水》进行评论，对此，我丝毫不感到吃惊。这本诗集有一部分是近作，有一部分是旧作。不论是近作还是旧作，每一首诗都是金子。只要垂下目光停在这本一百多页的书上，瞟上一眼，或信手翻开其中一页，我相信没人会因此而感到遗憾。

诗是情感的抒怀和心灵的絮语，是一片土地发自内心的歌唱和行吟。《小凉山很小》：“只有我的眼睛那么大 / 我闭上眼 / 它就天黑了 / 小凉山很小 / 只有针眼那么大 / 我的诗常常穿过它 / 缝补一件件母亲的衣裳 / 小凉山很小 / 只有我的拇指那么大 / 在外的时候 / 我总是把它竖在别人的眼前。”6025 平方千米的故乡——“针眼那么大”的小凉山像拇指一样耸立大地，屹立在世人眼里。《小凉山很小》一发表，便被谱上曲，在小凉山和大凉山地区的民间、学校广为传唱。在诗歌差不多没有多少读者的当下，一首诗能引起如此轰动，我不知道，是它的朴素、纯净、自然美，还是其以小见大、朴素里蕴藏的哲理和饱含的真情，或是生动形象精妙的比喻感动了轻易不会被感动的人们的心。

歌唱是一个民族的灵魂，普米族是一个歌唱的民族。他们劳动时歌唱，婚丧嫁娶时歌唱，节日歌唱，即便不是节日，吃过晚饭一家人围着火塘一边烤火一边喝酒也在歌唱。鲁若迪基是在本民族歌唱声的喂养下成长的诗人。歌声滋润着他的心灵，燃烧着他对那片土地、那片土地上的家园、亲人们的挚爱和一往情深。他在《没有比泪水更干净的水》自序中写道：“我母亲是斯布炯神山下那个叫果流的村庄里的‘女王’，她会唱的民歌如星星一样多。”母亲唱的普米族民歌让他汲取了不尽的营养，让他的诗歌充满灵气和泥土的芬芳。泥土清新的味道，随故乡村庄的炊烟弥漫开去，在他的作品里有了血肉之躯，诗歌艺术和思想得到了升华。就像《雪邦山上的雪》：“它在阳光下闪闪发亮 / 映照着我内心的洁白 / 想到雪一样的普米族人 / 我的泪水忍不住流下来。”阳光、雪——雪一样的只有四万多人口的普米族人，在漫长的历史长河中饱受着像《1958 年》那样的苦难，满怀悲悯的诗人的泪水忍不住流下来，这是大地的泪水，向往着期待着。他怀着对大地的虔诚和敬畏，“以一个普米人特有的方式 / 仰天而诵 / 让话语融进雪花 /——我的诗就是这样 / 抒写在这张纸上了”(《雪地诗篇》)。他的诗，随意、率性而为，是有感而发，字字句句，迸出于心，铮铮有声。“家里有两把筛子 / 一把细筛 / 一把粗筛 / 母亲用细筛筛我上学的盘缠 / 再用粗筛筛家里人吃

的粮 / 当我面对稿纸 / 仿佛面对筛子的眼 / 不知不觉被筛得七零八落 / 最后筛出一粒石子 / 细看是一颗肉长出的心”（《筛子》）。这首饱含母爱真情的诗，如果让其他人写，也许前一节就结束了，瞧上去也很不错。可是，鲁若迪基却不就此打住，而是笔锋一转，从筛子的眼里筛出一粒石子——一颗肉长的心。这颗心是母亲的，也是诗人的。它滴着一个物质匮乏时代母亲的血、村庄的血、民族的血。这种漫不经心、没有雕琢痕迹，却又出人意料、异峰突起的点睛，让诗意得到高度升华。透明、纯净、天真、没有纷繁复杂的意象罗列，接近口语的朴素率真、出奇的想象营造的氛围、留有空白的构思、简洁的表达彰显出巨大的艺术魅力。这样的诗歌，在鲁若迪基的诗中比比皆是。这独属鲁若迪基的朴素源于自然，纯真直击内心的运笔手法，让我等习诗之人不得不叹服。

学生时代开始学习写诗的鲁若迪基，他的诗歌格调始终远离城市和诗坛的喧嚣，不受什么旗帜、什么写作流派的影响。这是为什么呢？鲁若迪基始终把根植于“小凉山”这片故土、“母亲”的身上，尽管有时他曾远离故乡。他从故乡出发，再抵达故乡、固守故乡。这是一种矛盾的回归——心灵的家园。故乡——小凉山、泸沽湖，土地、山川、湖泊、河流、村庄、庄稼、民族、父母、亲人、朋友，或者火塘、羊群、树、草、风，等等，构成鲁若迪基表面意义的物象的“故乡”。透过这些表层物象，鲁若迪基这位“故乡”奶水喂大的普米族汉子，血管里流着故乡的血，生命里淌着民族的精气，他在时光荏苒中与故乡融为了一体。这种融合是“遭遇”后的回归。“天空太大了 / 我只选择头顶的一小片 / 河流太多了 / 我只选择故乡无名的那条 / 茫茫人海里 / 我只选择一个叫阿争伍斤的男人 / 做我的父亲 / 一个叫车尔拉姆的女人 / 做我的母亲 / 无论走在哪里 / 我只背靠一座 / 叫斯布炯的神山 / 我怀里 / 只揣着一个叫果流的村庄”（《选择》）。马绍玺说：“鲁若迪基是那种深得故乡‘土地根性’滋养的诗人。”《选择》从故乡出发，最终选择回归小凉山的文化之旅。回归让鲁若迪基在晨钟暮鼓声中固守着独属他的那片心灵家园，精心培植着家园里的诗歌庄稼。泥巴里拱出的诗歌，被一群叫“小凉山诗人群”的人精心呵护。“小凉山诗人群”被写进云南文学简史，备受云南诗坛和中国诗坛关注。鲁若迪基以自己独特的诗歌魅力成为“小凉山诗人群”的领军人物，他在一片家园的诗歌体验中成为当代中国诗坛的一道景观。

“千里小凉山，最普遍的作物是洋芋、荞子和苞谷。我的诗是长在那片土地上的另一种作物，有洋芋的甜、荞子的苦，还有不为外人道的神秘。我知道土里能生长伟大的梦想，我把自己的诗植根于小凉山的大地。”是的，鲁若迪基的诗正如他所言是那片土地上的庄稼，睁开眼睛就会有风拂过，有鸟声衔着露珠醒来。

（原载《丽江日报·文化周刊》，2010年9月5日）

如鲜花一样芳香的诗

——评鲁若迪基《没有比泪水更干净的水》

和克纯

福楼拜曾说：“艺术的目的首先是美。”所有搞文学艺术的人的共同目标是：发现生活中的美。所有搞文学艺术创作的人都有一种追求：创造生活中美的一切，让所有热爱生活、热爱生命的人生活在美丽的世界之中，让所有热爱生活、热爱生命的人在美丽的世界中生活。唯有美，才能吸引人；唯有美，才能打动人；唯有美，才能唤醒人；唯有美，才能感化人；唯有美，才能让人唾弃卑俗而追求崇高。

鲁若迪基的诗集《没有比泪水更干净的水》中的一首首诗，似山间流淌的淙淙小溪一样清纯、灵动；似盛开在幽谷的芝兰一样清香怡人。他的诗像他一样朴实、亲切；他的诗像他一样纯粹、自然；他的诗像他一样含蓄、深邃；他的诗像他一样深情、高远。细品鲁若迪基的诗集，有以下几个显著的特点：

一、亲切感人，源于对故土的热爱

《小凉山很小》是一首怀人念远的抒情诗，作者巧妙地运用极度夸张的手法，抒发了对故土、故人的眷恋之情，寥寥数语予以概括。“小凉山很小”，“只有我的眼睛那么大”，“只有针眼那么大”，“只有我的拇指那么大”。我到哪里，它就在哪里。“我闭上眼，它就天黑了”，“在外的时候，总是把它竖在别人的眼前”。

鲁若迪基常常“竖在别人面前”的除了“小凉山”，还有“果流”。果流是生他养他的村庄。在《果流》一诗里他说：“星星一样多的村庄 / 那个像月亮 / 也像太阳的村庄 / 是故乡果流。”没有太阳万物无法生长，没有月亮黑夜过于漫长。心中有太阳怎能不歌唱？心里有月亮怎能不眷恋？因为深情，鲁若迪基眼里的故乡：“那里的花是会流泪的 / 那里的风是会裹人的 / 那里的雪是会跳舞的 / 那里的河 / 在我身上奔流为血 / 那里的山 / 在我身上生长为骨。”一个人不论走到哪里，始终忘记不了最初出发的地方；一个人不论走得多远，魂牵梦萦的是故乡；一个人不论走到哪里，故乡是联结他的脐带。“谁言寸草心，报得三春晖。”小凉山之子——鲁若迪基不论走到哪里，他时常用诗的针线，缝补着一件件温暖母亲的衣裳；小凉山之子——鲁若迪基不论身处何方，他常常为故乡竖起拇指。故乡，无论是富饶还是贫穷，在一个人的心中总是最美丽和最牵挂的地方。小凉山由于地处偏僻的滇西北山区，它的繁荣、发展以及现代文明程度与城市无法相比，但诗人对养育他的家乡之爱胜过一切。“在外的时候，我总是把它竖在别人的眼前”，这是什么精神？这是诗人民族自尊心和自豪感的真实吐露。这是什么情怀？是一个有血、有肉、有思想、有感情的作家的民族情怀。

诗人在序《诗的证明》中说：“诗歌是这个世界的良心，这个世界不能没有诗歌。”是啊，“如果一个作家本人缺乏良知，就不能指望他的作品会成为引导民族的灯火。如果一个作家缺乏社会责任感，就不可能成为一个大作家”。鲁若迪基因炽热地爱着家乡的一草一木、一石一山，他自觉地、勇敢地挑起了试图改变家乡面貌，引领社会前进的担子。他说，“我要像山一样 / 站起来 / 我要像河一样 / 淌尽自己 / 我要成为时间的粮食 / 喂养历史 / 我要让一个古老的民族 / 重新出土”（《自白》）。鲁若迪基不仅这样写了，而且这样做着。他用生花妙笔把“小凉山”“女山”“泸沽湖”“普米山寨”“猪槽船”“果流村”等与他的诗歌一起推向了全国，推向了世界。

二、意境高远，源于对“美”的追求、发现与创造

“美是一种深奥的属于人所具有的东西，美的存在是不以我们的意识和意志为转移的。但是美可以为人所发现，或者为人所认识，存在于人的心灵之中，若是没有我们意识的存在，也就没有美。我们来到世界上，就是为了认识美，确立和创造美。”“美是滋润善良、热诚和爱情的一条小溪。”“雪后 / 那些山脉 / 宛如刚出浴的女人 / 温柔地躺在 / 泸沽湖畔 / 月光下 / 她们妩媚而多情 / 高耸着乳房 / 仿佛天空 / 就是她们喂大的孩子”（《女山》）。

作为行吟在那片土地上的歌者——鲁若迪基，“在这个物欲横流的世界，依然痴狂地做着诗的梦”，他以“抒情、唯美、凝练的风格以及文字的音乐性”，展示给读者一幅生动美丽的画卷。“大凡作诗高手，都擅长捕捉生活细节和场景，通过画面描写营造诗歌形象”，鲁若迪基也不例外。诗人不是单纯地去写雪景，而是通过丰富的想象、多变的描写，把对雪景的赞誉以及特殊的感受内化成一种淡然的情愫。这么高远的意境来自作者对故乡的眷恋，更来自作者对“美”的追求与创造。“一切景语皆情语也。”“大家之作，其言情也必沁人心脾，其写景也必豁人耳目。其词脱口而出，无娇柔装束之态。以其所见者真，所知者深也。”“诗无形象不立。”鲁若迪基的诗作之所以影响很大，传播很广，深受读者喜爱和好评，是因为他的诗诗意饱满、诗情浓郁。正如评论家力平所言：“艺术处于情感的需要，情感的体验、传达。只有情感丰沛到‘舞之蹈之’尚不能自已，才能在艺术创作中‘唤醒自己’，并以其作品打动别人。”

《没有比泪水更干净的水》：“我从很远的地方来 / 我知道一个叫和国生的兄长 / 在一个叫得胜的村庄 / 等着我 / 在我还没有出生的时候……/ 我出生了 / 我长大了……/ 我们走到了一起 / 母亲的泪水流下来……/ 我的泪水流下来 / 我们的泪水流在一起 / 在这个世界上 / 没有比泪水 / 更干净的水了。”

这首诗抒写了同胞兄弟间一种由来已久的牵挂，抒写了同胞兄弟间一份根深蒂固的深情。“泪水”就是感情，我们为相聚而流泪，我们为情谊而痛饮，这个世界上没有比泪水更干净的水，这个世界

上没有比同胞兄弟间的情谊更纯真的东西了。“作为一个诗人，想象力是第一重要的。有了想象力，才能使要表达的事物得到充实和发挥，使其具有更丰富、更深远的含义。”

著名评论家于何曾指出：“艺术须通过形象表达，似乎已被人们普遍认同。然而，形象背后的思想，‘画面’之中包含的哲理现今又被人们所忽视。其实，思想和哲理不是枯燥的概念、教条，而是包含在形象里的鲜活的灵魂。”王国维在《人间词话》中指出：“言气质，言神韵，不如言境界。境界为本也，气质、格律、神韵，末也。”

三、明快、简洁，归于对语言的娴熟运用与巧妙处理

“语言是人类思维的物质外壳，诗作为人类形象思维的产物，必然离不开这个外壳。但诗的语言绝不同于人类信息交流所使用的日常语言，它是对日常语言的诗化处理与二度提纯，有着自己独特的组合法则。这种组合法则和组合后所诞生的语言，往往与其他文学语言不相同，它是独特的，唯一的。它不仅能表达‘意’，更能表达‘意味’。”“1958 年 / 一个美丽的少女 / 躺在我父亲身边 / 然而这个健壮如牛的男人 / 却因饥饿 / 无力看她一眼……/ 多年后 / 他对伙伴讲起这件事 / 还耿耿于怀 / 说那真是个狗日的年代 / 不用计划生育”（《1958 年》），整首诗仅十一行七十三个字，概括了一个年代的特征——因为饥饿，不用计划生育。一部小说反映一个时期、一个年代容易做到，一部电影反映一个年代、一个时期容易做到，用寥寥十几行七十几个字对一个时期、一个年代给予定论是何等难啊！刘攽曾说：“诗以意为主，文词次之；或意深义高，虽文词平易，自是奇作。”诗歌的深刻取决于作者的生活深度、思想境界和哲学思考。正如张清华在《谈诗，或连续的片段》中所言：“生命的成色便是诗歌的成色。”寻常人只能看见世界的表象，只有伟大的作家才能看见世界的本源。

天黑了

什么也看不见
只有泸沽湖
在心里亮着
照着一条弯曲的路

——《泸沽湖恋曲》

爱或不爱
是比死还是活
更难回答的问题

——《断章（之一）》

风带走了沙
云带走了雨
只有你
藏在记忆的深处
什么也无法将你带走

——《断章（之四）》

多么朴实的语言——就是不曾读过书的人也能听懂，而且可以感受到那份虔诚、那份忠厚！他的诗有玉的韵味、陶的古朴、花的芳香，可以慢慢地反复琢磨，越琢磨越有一种说不出的美，越琢磨越有一种说不出的质感。“诗是语言的花朵。”情感不同，语言不同；命运不同，语言不同；秉性不同，语言不同。语言不同，花朵各异。每一位有成就的诗人都有只属于他自己的语言。言为心声，只有个性的语言，才能传达个性情感、个性思想。鲁若迪基用通透、圆润、灵动、自然似珠玑的语言串连成诗，每一首诗都不留任何雕琢的痕迹，一气呵成。

著名评论家于何曾说：“文学的探索创新精神与搞脱离读者、糊弄读者的‘后现代’是两码事。前者是为了写出更适合读者需要的作品，后者是背弃读者走进艺术的死胡同。”好的作品不用更多华丽的辞藻修饰。如古人所说："清水出芙蓉，天然去雕饰。"一位丽质佳人何须涂脂抹粉？鲁迅先生在《文艺的大众化》一文中指出："倘若说，作品愈高，知音愈少。那么推论起来，谁也不懂的东西，就是世界上的绝作了？"让人无法弄懂的东西，是为了自己出名呢，还是故弄玄虚？我从小喜爱白居易的诗，因为他的诗让人一看就明白。事实上，用朴实无华的语言表达深刻的意义或思想的作品才是真正的好作品，要想达到此境界，没有长期的积累，没有深厚的功力与技巧是无法完成的。

"并非所有的爱 / 都适合你 / 就像雪 / 它吻过的一些花死了 / 只有梅 / 吐艳"（《别样的爱》）。用简洁明快的语言，把亭亭玉立的傲雪之梅勾勒出来，给人眼前一亮的美感。

诗歌是苦旅，是寂寞的事业，为了"让一个古老的民族重新出土"，鲁若迪基总是唱着、吟着、播种着，当然也有与父兄一起流泪的时候。"诗就是人类最初的翅膀，是最天真烂漫。当有诗意的梦想……人类一直是乘着诗歌的翅膀在翱翔"；"诗是一切现代文明之母，是人类最古老的血液与激情。文明的发达，其实是诗歌意志在飞翔，在外化"。一个人有诗思就有未来，一个人有诗情就有梦想，一个人有诗意就富有生气。"一个社会有诗意就充满希望！一个民族有诗意就饱含创造激情！"真正的作家，首先是思想家。他首先要观察社会，他关注的是社会，关注的是行走的人们，关注的是人生。他的心里装着的是民族，"他思考的是社会进步，是国家发展，是人民生活"。曼德尔施塔姆在《词与文化》中指出："是内在的意象赋予诗的生命……没有一个字出现，但诗已经发出鸣响，回响的是内在意象，触摸到它的是诗人的听觉。"而帕斯则告诉我们："诗是将感情和思考联合在一种旋转中，联合在一种有节奏的波浪中。"是什么让诗人鲁若迪基将感情和思考联合在"旋转"中？是什么让诗人鲁若迪基将感情和思考联合在"一种有节奏的波浪"中？是六十多年前，一个叫顾彼得的俄国人在《被遗忘的王国》中妄言："这是个'没有希望的民族'。"诗人要证明：在中华民族这个伟大的家庭里，每个民族都拥有着希望。这是肩负着振兴民族使命与责任的鲁若迪基——这个四万多人的普米族的杰出代表，他像山一样巍然屹立着，他像河一样奔流不息地前行着。鲁若迪基善于从日常中敏锐地感受，深入地发掘，他在生活中一些看似平常、不足挂齿的人和事中，常能引起切肤的“痛感”，引发深刻的思考，倾注深情。鲁若迪基把“人人心中有”的东西，用“家家笔下无”的高超技巧展现出来，用《没有比泪水更干净的水》把我们身上的尘土洗刷得干干净净；用《没有比泪水更干净的水》把我们的灵魂涤荡得纯净弥香！正是作者秉承的“用朴素的情感和现代的诗句，表达我民族的现在与未来”之精神的具现。

（原载《作家》下半月刊，2011 年 9 月）

回归自然　追寻和谐

——鲁若迪基诗歌中的生态思想

李芋枚

鲁若迪基是从小凉山走出来的普米族诗人，以其朴素、自然、简约的风格为当代诗坛吹来了一股清新的风。在鲁若迪基的作品当中自然诗所占比重较大。他的自然诗语言质朴，意境优美，寓意深刻，在当代诗坛独树一帜。自成名之日起，鲁若迪基及其诗歌就备受国内外学者的关注，研究他的诗作的方法和视角也在不断更新、拓宽，而研究的宗旨始终是更好地领略鲁若迪基诗歌的独特魅力。目前，对鲁若迪基诗歌的研究已取得了不俗成就，而 20 世纪 90 年代英美文学界生态浪潮的兴起无疑为我们全方位了解鲁若迪基诗歌中的生态思想提供了契机，也为读者提供了更广阔的生态思想空间。仔细研读，不难发现，鲁若迪基的大部分诗歌都涉及人与自然和谐共生的主题，有着丰富的生态内涵。

20 世纪 50 年代以来，人们开始意识到工业给人类的生存环境带来的影响，全球气候变暖，空气水源遭到污染，灾难不断，许多事物物种不断消亡，而这一切生态危机引起了社会学家、伦理学家、哲学家、作家等的广泛关注，于是，生态理论应运而生。到 20 世纪 90 年代，诞生了生态批评。在人类面临日益恶化的生态环境面前，生态批评借助文学这个媒体，重新审视文学作品中表现人与自然的关系，探讨人类思想、文化、社会发展模式如何影响甚至决定人类对自然的态度和行为。中国学者王诺是这样定义生态文学的：“以生态系统整体利益为最高价值和表现自然与人的关系以及探寻生态危机的社会根源的文学。生态责任、文明批判、生态思想和生态预警是其突出特点。”[①]我们不敢也无意把鲁若迪基的全部诗歌判定为“生态文学”，但我们可以说，他的诗歌中蕴含着丰富的生态思想，以整体主义思想为基础，表现了热爱自然、歌颂自然、追求人与自然和谐相处的愿望。

一、鲁若迪基诗歌中的自然生态思想

鲁若迪基生在小凉山，长在小凉山，他的生活及诗歌创作是和大自然密不可分的。自然中的山林草木、花鸟鱼虫便成了他的伙伴，他热爱自然，大自然就是他的家园。他寄情山水，把自然中的所有东西都当成自己写作的对象。对鲁若迪基来说，自然是他谈论自由、爱情、欢乐或忧伤的必由之路。自然不仅激发了诗人的创作灵感，也成了诗人偏爱的写作对象。我们不妨细致分析一下鲁若迪基诗歌中自然是如何表述的。

在他的诗歌中，较为优美的一篇：

雪后
那些山脉
宛如刚出浴的女人
温柔地躺在
泸沽湖畔
月光下
她们妩媚而多情
高耸着乳房
仿佛天空
就是她们喂大的孩子

——《女山》

① 王诺．欧美生态文学．北京：北京大学出版社，2003（11）．

这里出现了一连串自然界中的意象，“雪”“泸沽湖”“月光”“天空”，雪后的女山美得惊人，在月光下的女山躺在泸沽湖里，仿佛一位温柔、妩媚的女性，更让人惊叹的是连无垠的“天空”都成了她的孩子，这里的女山显然是自然母亲的象征，她孕育了自然中所有的生灵，当然也包括自视为高级动物的人类本身。所以，人类应该热爱大自然，破坏大自然无异于伤害自己的母亲。同样是写山，鲁若迪基在不同作品中赋予了其不同的含义：

小凉山上
斯布炯
只是普通的一座山
然而，它护佑着
一个叫果流的村庄
它是三户普米族人家的神山
每天清晨父亲会为神山
烧一炉香
每个夜晚
母亲会把供奉的净水碗
擦洗干净
在我离开故乡的那天
我虔诚地给自己家的神山
磕了三个头……

——《斯布炯神山》

诗人在小凉山生活的经历使得他对家乡的一山一水都有着深厚的感情，这座斯布炯神山不仅仅是自然的杰作，也是鲁若迪基“地方感”建立的基础，“地方感”对他的思想、信仰及创作有着决定性的影响，因此他又是鲁若迪基生态意识生成的基础。在他的很多诗作中，我们都可以看到小凉山、果流、泸沽湖这些地名的影子，而这座斯布炯神山是能够让诗人找到自己的信仰，找到自己的归宿，并且是心目中的“神山”，受到人类的顶礼膜拜。可以看出，鲁若迪基反对“人类中心主义”，人不是自然的主人，他对自然始终抱有一颗虔诚的心，正如华兹华斯所说，人类永远是“大自然的崇拜者，精神抖擞地来到这里朝拜”[①]。在鲁若迪基的诗歌中，这种朴素的自然生态观始终牵动着他的心，让他一次次赋予自然纯洁美好的个性：

云南人太神奇了
每天都让很多的云
擦拭着自己的天空
擦得那么干净
蓝得没话可说
干净的云南的天空
擦拭它的云
也不染一丝灰尘
那样洁白
白得让人
想起稿纸
忍不住想在上面作首诗

——《云南的天空》

当很多大都市把湖填了，把山挖了，把空气污染了，天空只有灰蒙蒙一片时，行走在云南这块神奇的土地上时，昂首远望瓦蓝锃亮的天空时，透过那散发着花香的湿润空气，便看到了悠然飘动的白云。而云南的云姿态变化万千，正是与地上的森林储量大有关系的，天上的云彩与地上的绿色森林自然紧密地联系在一起。看看云南的天空，也会让人心醉，而诗人，却想用自己的笔，在上面作首诗，记录下这令人心醉的美！怀着一颗爱自然的心，诗人感受着大自然的美，又用大自然唤醒读者对大自然的感悟、热爱，这正是生态批评所提倡的写作手法。

---

① 白杏红．从生态批评理论谈华兹华斯的诗歌．安徽文学，2007（09）．

同时，诗人在美丽广阔的大自然中追寻着属于他的那份爱情：

通往机场的路上
你打来电话
说路的两旁
开满了葵花
非常的美丽
那么多的向日葵
把大地装扮得一片金黄
令你怦然心动
你这向阳的红花呀
也许还不知道
我就是其中那株
想用牙咬住太阳的向日葵
而现在
我只想轻咬你的耳朵
祝你一路平安

——《一路葵花》

金黄色的向日葵，金黄的太阳，犹如诗人那颗炽热的心，在这样优美的自然中，只想轻咬恋人的耳朵，这真是美得让人窒息的人在自然中的画卷啊！置身于花的海洋中的恋人本身就是放松、原始的幸福，而这样美好的爱情不就是我们一直在追寻的吗？他巧妙地将爱情故事和自然景观结合在一起，像这种诗歌，这种技巧不胜枚举。

鲁若迪基自己也说，“中国文化的核心是天人合一，人们追求与自然的和谐。普米族是个自称培米的民族，讲求万物有灵、人与自然和谐相处。无论是‘天人合一’，还是‘万物有灵’，都讲的是‘联系’‘和谐’。”[①] 正是因为普米族这种根深蒂固的自然主义生态

① 萧惊鸿．诗心是一颗怎样的心：与诗人鲁若迪基的对话．丽江日报，2010-06-06（07）．

观，鲁若迪基在面对自然中的一切花草树木，甚至爱情时，都用自己的心和灵魂和自然对话。他亲近自然，在他眼中，大自然就是神性与理性的结合，而他用自己的诗句，向人们诉说着自然被破坏的那种切肤之痛，从而让我们体会到他那种以自然为中心、敬畏自然、追求回归自然的生活态度。

在《苞谷地》中，农村地区再普通不过的苞谷地成了诗人幼时成长嬉戏的“乐园”，青年时“搂着心爱的姑娘”编织爱情的地方，也饱含了父亲秋收时的希望和喜悦。而当苞谷秆随着父亲的刀倒下时，诗人不禁泪流满面，仿佛往日在苞谷地中那些欢快甜蜜的时光也随着苞谷秆在“飞扬”，而只能在“最后的一片落叶上”，写下这些思念与无奈。自然中的一草一木都被他赋予了人的感情，他在自然中释放着他的自由与爱，他在自然中倾诉者他的忧伤与无奈，将这种心情描绘到了极致：

这些番茄
面包
这些奶酪
热狗
这些黄油
咖啡
这些牛奶……
都是机器的产物
只要付了钱
你不用去思考什么
就可尽情享用
然而
小凉山上
我面对洋芋
就无法回避洋芋后面的
那片土地

那片土地上的耕牛
耕牛后面挥汗如雨的
农人……
无法轻松地把它吃下去

——《餐桌上的粮食》

当我们在餐桌上大快朵颐的时候，这些被打上了现代烙印的面包、牛奶早已司空见惯，无须思考它们的来源，而诗人面对这些食物时，却深深怀念起小凉山上的洋芋，还有那洋芋后面的土地、农人。对于一名从小吃洋芋长大的人，对那片地、那些人都怀有一种特殊的感情，即使身在都市，享用这些精粮，那洋芋，那片土地，那里自然中孕育的一切便是他身份的标志，那里才有他的“根”。

生态批评所倡导的一条重要原则就是：“人类应该减少自己的物质欲求。”[①] 而亚里士多德却直言不讳地说：“植物活着是为了动物，所有动物活着是为了人类……自然就是为了人而造的万物。”正是因为人类的这种贪婪本性使得人类美好的家园遭到所谓的“现代文明”的毁灭。鲁若迪基心痛地写道：

这些庄稼
它们在湖边越长越高
……在没有旅游之前
那些庄稼
在他们眼里
有时比泸沽湖还美

——《泸沽湖畔的庄稼》

这首诗里，鲁若迪基透过年迈老人的视觉回到记忆中泸沽湖曾有的宁静和美，也没有回避悲剧性的现实。当泸沽湖逐渐被开发成旅游胜地时，满载农人希望的庄稼地被旅游设施取代了。鲁若迪基

① 苗福光．生态批评视角下的劳伦斯．上海：上海大学出版社，2007：35.

从小生活在农村，在他看来："农民就是那刚正不阿的神殿；农村就是那幸福生活的最后堡垒，他们一旦消失，整个民族就失去了希望。"[①]我们分明能感受到他对泸沽湖过去美丽风光的眷恋，而亲眼见到"文明进步"及"经济发展"给乡村带来的后果，他非常反感，却无能为力的悲怆之情。他对人类的暴行提出了控诉：

一条河
经过一座城的时候
受伤了
它捂着伤口
急切逃离
却被阻挡在
一个个工厂
……看不到向海的路
……投入海的怀抱
它已奄奄一息
海愤怒了……

——《愤怒的海》

工业的发展，空气和水的污染随之而来，所有的一切都失去了生机，呈现出怪异的色彩。工业文明让清澈见底的河水散发着恶臭，带着满身伤痕，流入大海，而大海只能咆哮着表达它的愤怒，那些关于河流的故事，已经变成往事。在诗人的笔下，河变成了一个有血有肉、知道疼痛的人，在他眼中，工业革命是破坏我们生活中诗意的罪魁祸首，工业文明带来经济繁荣的同时，也给自然环境造成严重破坏。人类的中心主义已让人类看不清自己前进的方向，而诗人也对此充满了绝望，只能用自己的诗行唤醒自尊自大的人类，这些诗句足以让人深思和反省。

鲁若迪基的自然诗歌以优美的笔调描述了他所生长的小凉山以

① 弗吉尼亚·伍尔夫．论小说与小说家．瞿世镜，译．上海：上海译文出版社，1986：81.

及泸沽湖畔那些乡间的自然风光，他是大自然细心的观察者，对家乡的山、水、草、木、花、农田都非常熟悉，在他的笔下，这一切都充满了生命的灵性。而这一切也正是他写作的源泉，也表明了他对大自然的崇敬与关爱，那里充实了他的心灵，是他心灵的归宿。而同时，在讴歌田园牧歌式生活及大自然的美丽神奇时，诗人对工业文明对自然那种美和协调的破坏也刻画得淋漓尽致，他对自然万物充满了同情和爱怜，希望人类与自然保持和谐的关系，他强烈谴责人类对自然万物的破坏，渴望人们以仁慈之心来对待自然。

二、鲁若迪基诗歌中的“自然人”形象

鲁若迪基的诗歌中有一组值得关注的人物形象，这些人有着共同点：“他们往往没有文化，或者知识水平不高，故而有时具有孩子般的天真，即使有知识，也对工业机械文明保持着心灵上的距离，从而绝少受到工业文明的‘精神污染’；他们远离人类的文明，远离文明中心的代表——城市，栖居于偏远的乡村荒野过着简单幸福的田园牧歌式生活，他们厌弃并排斥机械和工业，与此同时他们又或多或少地受到机械和工业的戕害……”[①]这就是鲁若迪基诗歌中的“自然人”。

首先我们看看他笔下的彝家阿妈：

我从城里来到
小凉山腹地
马金子牦牛坪
一个彝家阿妈
要杀鸡招待我……家里除了些洋芋
找不到其他粮食
我强忍着泪水说
阿妈你不要杀鸡了

① 苗福光．生态批评视角下的劳伦斯．上海：上海大学出版社，2007：77.

我吃不下
她说你嫌脏吗
我说您是阿妈啊
我怎么会呢
没有比这更干净的东西了……

——《一个彝家阿妈》

“我”从城里来到小凉山偏远的山区，一个生活在这闭塞山村的孤寡老阿妈却毫不吝啬地把仅有的一只鸡杀来招待尊贵的客人，“我”却无法咽下这盛着金子般的心的鸡汤，只能尽自己微薄之力来帮助她，来抚慰自己悲凉的心。鲁若迪基没有正面勾画老阿妈的形象，但通过她居住的环境及她的热情，我们分明可以感受到一个远离城市文明、居于山野中、靠着简单的食物生活的“自然人”形象，她没有文化，是一位农民，尽管已经很老，但老阿妈身上所散发出来的纯朴犹如这里的自然环境一样，是那样真实，那样质朴，感动着诗人。这正是鲁若迪基所赞美与珍爱的啊！

长大的是孩子
老人一长大
就更老了
……生死那么一些人
有人走出村庄了
再也没有回来……更多的人一生下来
就长了根
到死也没有离开过

——《长不大的村庄》

整首诗给我们塑造了“自然人”的群体形象。在这个交通不便、经济落后的大山里，世世代代的人都在这里生活，有人走出去，接触了城市文明，就再也没有回来了。而多数人却仍旧守着这里，这里也许有诸多的不好，可这已然成为他们生活不可缺少的一部分，他们宁肯居住在这远离城市的地方，世界上其他任何地方都不去，因为“更多的人一生下来 / 就长了根”，他们在自己的土地上能获得安慰，获得保护，能找到归属感。

在下面这首诗中，这种情感已得到升华，他塑造了“父母”这样一组自然之子、自然之女形象：

河流太多了
我只选择故乡无名的那条
茫茫人海里
我只选择一个叫阿争伍斤的男人
做我的父亲
一个叫车尔拉姆的女人
做我的母亲
无论走在哪里
我只背靠一座
叫斯布炯的神山
我怀里
只揣着一个叫果流的村庄

——《选择》

有天空，有河流，还有山、村庄、父亲、母亲，在这样的描述中，就是一幅天人合一的和谐自然图景。一切在他笔下都透着自然的美，而生活在自然中的人已然融入自然，虽然绝少有现代文明的侵入，但他们是最接近泥土的一群人；虽然地位卑微，却有着与自然和谐一致的高贵品质——善良、热情、勤劳，他们都是诗人喜爱的一群人，鲁若迪基也曾说：“我父亲是茶马古道上的赶马人，幽默机智，能南腔北调地讲很多故事。我母亲是斯布炯神山下那个叫果流的村庄里的‘女王’，她会唱的民歌如星星一样多……从母亲的脸上，我看到神的和蔼与慈祥；从父亲身上，我体会到纯朴善良。”[①]

① 鲁若迪基.没有比泪水更干净的水：（序）.北京：作家出版社，2009：2.

诗人再次塑造了一个“自然之子”的形象：

一个老人
在手上吐了口唾沫
拿起镰刀
走进田里
远远地
就那么闪了一下
便什么也看不到了
…………
当那把镰刀再次闪现
那光芒就照亮了
遥远木屋漆黑的一角
在那一瞬
我看见了
一张布满沧桑的
父亲的——脸

——《光芒》

诗人善于捕捉那些令人心动的瞬间细节，年迈的父亲拿着镰刀下地干活，这里的勤劳朴实的父亲形象只是对中国最大的农民群体的一个生活片段的描写，是农民，就有着割不断的土地情结，父亲一生没有离开过土地，那镰刀上闪出的光芒不就是一生都在与土地打交道的父亲身上闪出的光芒吗？

在另一首诗中，诗人向我们展示了一个特别的“自然之子”的形象：

小凉山的冬天
…………
走过人群
意外遇见一个人

望着我……喉结动了下
却没能说话
眼里有一小团火
在跳跃
我把手伸向衣袋
有点尴尬
我没有摸出钱来
我最后掏出一支烟
再摸出打火机
点上

——《乞丐》

小凉山，冬天，寒风，把一个骨瘦如柴的乞丐置身于这样一个恶劣的自然环境中，让人不禁产生疑问，他为何要在这个行人稀少的地方乞讨呢？为什么不到繁华的都市里去呢？那里不是有更多的机会吗？而他只是用“目光锁定”“我”，没有哀求，没有诉说，而“眼里有一小团火 / 在跳跃”，“我”却没有带钱，因只能给他点支烟而觉得内疚难过，这又是怎样的一种心境啊？在都市，我们有时是会咒骂乞丐的，因为那些乞丐已然失去做人的尊严了啊！而这位宁愿在大山里乞讨也不愿进都市的乞丐，却用无声的语言让我们觉得他只是一个需要帮助的兄弟，也许他深知在小凉山这片远离文明的土地上，有许多的人，他们纯朴，富有同情心，没有恶毒的咒骂，见到人的机会和获得帮助的机会也许少得多，但他在这里有尊严，有安全感，虽然没有钱，却会有人像对待老友一样给他亲自“点烟”，两个大凉山哺育出来的“自然之子”形象让人动容，那种平和友善与这里无垠美丽的自然联系在了一起。

在下面这首诗里，诗人塑造了一个渴望回归自然，回归到能找到自我的那片热土上去的想要挣脱都市文明的“自然之子”的形象：

从柏油路

回到山路
从钢筋混凝土的楼房
回到木屋
从熟悉而又陌生的人群
回到父老乡亲身旁
从汉语回到母语
告诉斯布炯神山
和每一个果流人
“阿金米义色”①

——《回家》

“山路”“木屋”“父老乡亲”“母语”“斯布炯神山”“果流人”，这一切都是他所熟悉和热爱的、烙着自己过去生活印记的人和物。鲁若迪基也说过：“我的诗歌最感动人的那部分都是写故土的，因为我的根在那里，因为我深深地爱着那片土地和那里的人们，那是需要我用一生去爱和表达的。”②他受了高等教育，是一个有文化的人，在文明社会的“柏油路”“楼房”“陌生的人群”“汉语”里生存，也许一开始一切都是新奇的，当觉得一切都与自己流在血液里的某种本真的东西不相符的时候，这些现代化的东西似乎成了心灵的羁绊，而要远离那个尘嚣的世界，唯一的出路就是再次“回归自然”，回到那片充满生机、美丽的土地，回到能让他感到自然率真的亲人和父老乡亲身边去，回到那个能识别他自己身份的乡音中去，因为他的血脉是和泥土、自然相连的，是和他的民族连在一起的，不容分开，分开了他就会失去活力，失去灵魂，而回家，其实就是一次“心灵之旅”。

作为一位诗人，“自然”在鲁若迪基的诗歌中占着显要的位置，而他的自然场景又多在“乡村”，而“‘乡村’常常被人们认

① 普米语，意为我回家了。

② 萧惊鸿.诗心是一颗怎样的心：与诗人鲁若迪基的对话.丽江日报，2010-06-06（07）.

为是传统意义上的自然的标志，是人们意识深处故乡的原型和依托。‘乡村’是一种人与自然相互渗透的特殊环境。‘乡村’总是天然地与自在悠闲的生活、平和友善的气氛与人无限亲密的美丽自然联系在一起。随着岁月的流逝，它渐渐凝结成一种乡恋融入人的记忆，让人不能不一次次在梦中回望，这在作家和诗人身上表现得尤为明显”[①]。鲁若迪基正是遵守这一原则，他的许多诗歌创作背景都与他的故土有着千丝万缕的联系，他塑造了一系列生活在乡村的如自然一样本真的“自然人”形象：彝家老阿妈的善良，泸沽湖畔老农的失落，父亲母亲的古朴，乞丐的尊严，穿插于诗中的“我”的纯真，这些影子都带着浓郁的自然气息，对于厌倦了纷繁复杂、尔虞我诈的都市生活的人无疑具有强大的魅力，因为从他们身上，我们可以“寻找天真、纯朴、智慧、希望和慰藉”[②]。

三、鲁若迪基的动物生态伦理观

动物是自然界的一部分，鲁若迪基热爱自然的感情，也包括他对动物的关心。而在对待人与动物的关系上，却有两种相反的观点：《创世纪》中信奉上帝创造了万物：“让人类统治海洋里的鱼，空中的鸟，地上的牛羊及所有的野生动物和地上所有的爬行动物，于是上帝以他自己的形象造了人，并祝福他们说：你们要繁衍生息，遍布地球并主宰之，要统治海里的鱼及空中的飞鸟，以及地上所有能动的东西。”[③]这种思想是人类中心主义的典型体现。而英国生态主义者亨利·塞尔特在《动物权利与社会进步》中指出：“如果人类拥有生存权和自由权，那么动物也有……并非只有人的生命才是

① 侯玉芹．大地的呼唤：19、20世纪英美文学中的“人与自然”南京：南京师范大学，2004：30.

② 侯玉芹．大地的呼唤：19、20世纪英美文学中的“人与自然”南京：南京师范大学，2004：33.

③ 戴斯·贾汀斯．环境伦理学．林官明，杨爱明，译．北京：北京大学出版社，2002：108.

可爱和神圣的，其他天真美丽的生命也是同样神圣可爱的。”[①] 这种思想正是生态伦理家大力提倡的尊重动物、人与动物是平等的观念。鲁若迪基作为一位有着丰富生态思想的诗人，他对动物满怀深情的刻画，都清楚无误地表明了他的生态伦理观。

他在诗中描绘了动物与人的和谐画卷：

> 总是在春天
> 总是在某个早晨
> 布谷鸟不知从哪里飞来
> 唤醒沉睡的人们
> 催促着人们下地耕种
> ……收获的季节
> 布谷鸟不知飞到哪里去了
> 只是来年
> 当它再次叫响春天的时候
> 人们才想起
> 又到播种的时间了
>
> ——《布谷鸟》

布谷鸟在民间是春神句芒的使者和化身，芒种前后，几乎昼夜能听到它那洪亮而又多少有点凄凉的叫声，是在催促农人播种。听到布谷鸟那嘹亮而悠扬的叫声，令沉闷一冬的人们，倍感振奋，充满希望，心情豁然开朗，田地里也充满了一片生机。如同精灵般的布谷鸟，年年飞到乡下，站在田野、树林、农舍，把那一声声“布谷、布谷”的鸣叫带给农人，它们已经成为农家生活的一部分，听到它的啼叫，就知道新的一年开始了，好一幅人与动物和谐相处的画面啊！它虽不是人类的家禽或宠物，但人们却热爱它，任由它们出入，不去伤害它们。而布谷鸟也知道人们不会伤害它们，所以它们才年年鸣唱，提醒人们耕种。

① 罗德里克·弗雷泽．纳什·大自然的权利．杨通进，译．青岛：青岛出版社，2005：29-30.

在另一首中，诗人对一只小小的鸟儿充满了呵护之情：

参观完汽车博物馆
一只喜鹊刚好飞来停息在屋顶上
在我看她的时候
她回头看了我一眼
风吹着
她摇晃着美丽的身子
又看了我一眼
就这么一下
在这个遍地汽车的城市
我想成为她的食物
让她用尖而细的嘴
啄食

——《斯图加特的一只喜鹊》

喜鹊是自古以来深受人们喜爱的鸟类，是好运与福气的象征，也是离人最近的鸟，已经深入我们的生活，成为传统和文化的表达。诗人在异地看见这只能带来好运的鸟儿，禁不住满心欢喜，竟想变成她的“食粮”，任她享用。这里诗人不仅将动物比喻成人，而且把人降低到了动物口中的食物，可见他对这些小动物已深爱入骨。

在下面的诗里，鲁若迪基却为我们展现了另一种场景：

它们的眼里
世界是那么的小啊
小得没有它们藏身的地方
雪还不停地下着
它们已听不到什么声音了
而拿着弹弓的孩子们
正悄悄地向它们靠近

——《雪地上的鸟》

诗中的“鸟”是自然界动物的象征，而弹弓却是人类用于控制动物的工具。鸟儿在人类面前是多么弱小的动物，面对人类，尽管只是小孩，它们都无处藏身！诗人平静的口吻，却透着对人类对待动物不平等态度的深深痛楚。

鲁若迪基对城市化给人们生活带来的影响是很敏感的，用短短两节诗把这种城市文明给动物带来的伤害刻画得淋漓尽致：

一群羊被吆喝着
走过县城
所有的车辆慢下来
甚至停下来
让它们走过
羊不时看看四周
再警惕地迈动步子
似乎在高楼大厦后面
隐藏着比狼更可怕的动物
它们在阳光照耀下
小心翼翼地走向屠场

——《一群羊从县城走过》

羊是温顺的动物，本应在草地上自由自在生活的动物，而根深蒂固的“人类中心主义”，为了满足人类的欲望，却使人类对动物进行无情的杀戮，才出现另一种对羊来说更可怕的动物，那就是随心所欲可以驾驭它们的人类！

接下来，诗人又对另一种动物，本是羊的天敌的动物——狼进行了更进一步的描述：

我们在动物园见到的狼
其实是丧家的变种狗
狼作为一个名词

生活在词典的一角
眼里放着幽蓝的光
啊——呜——就那么简单的一句
就令现代诗人自愧弗如

——《狼》

狼在我们的印象中，凶残，充满野性，而它们的狼性却在动物园的铁笼里逐渐消失，叫声是丧家犬般的怒吼和狂吠；本应穿梭于山林，奔跑于旷野，一个自然界中的杀戮者，一个食肉兽，在人类面前也如羊般无奈与无力。此情此景，怎能不让人对人类的残忍感到痛心！

“自然界最平凡最卑微之物都有灵魂，而且它们是同整个宇宙的大灵魂合为一体的。就诗人自己来说，同自然的接触，不仅能使他从人世的创伤中恢复过来，使他纯洁、恬静，使他逐渐看清事物的内在生命，而且使他成为一个更善良、更富于同情心的人。”[①]鲁若迪基在他的诗歌当中，清楚地表明了他对待动物的态度：动物和人一样，都是自然的一部分，它们也应该和人一样享有自由，即自由自在地生活在属于它们的王国里，只受自然的约束，而不应该受到人的束缚和伤害。人把自己当作其他动物的主宰者，这是违背自然规律的。

正如萧惊鸿指出的那样：“鲁若迪基的诗是让我惊讶的。他的诗来自灵魂，来自小凉山的神，也来自小凉山的不害人的鬼。我感觉，他的诗就像是一棵大树，和他一同植根在小凉山里，泸沽湖畔，和他一同生长，枝蔓哪怕伸到了地球的那一边，根，也还在小凉山的土地上。因此他看到欧洲的农民就会想起他的父亲。无论走到哪里，他怀里揣着的都是那个叫果流的村庄，倚着的都是那个叫作斯布炯的神山。无论是写情，写景，他都怀有一颗真善之心，没有半点无

① 王佐良．英国文学论集．北京：外国文学出版社，1980：79.

病呻吟。”[①]鲁若迪基的诗，很少有华丽典雅的语言，他就像一位乡村里的工匠，带着简朴、明了、自然的作品，从小凉山、从斯布炯神山、从果流、从泸沽湖走来，他的诗散发着泥土的芬芳，那样质朴，那样醇厚。他的才思和灵感都来自美丽的大自然，他笔下的花草树木，山水都带着自然的灵气，动物犹如人间的精灵，而人总是那样的纯朴善良，当人类文明没有破坏这一切的时候，大自然是那样和谐美丽，城里的人们一旦离开城市，到广阔的大自然中去，心情也会分外好。在他的诗歌中，他把爱和自然有机地结合在了一起。当这一切受到文明的冲击时，空气不再清新，河水不再清澈，田地不再翠绿，鸟儿无处藏身，老虎、狮子和狼已只是传说。伴随着农人的声声叹息，鲁若迪基只能用自己的笔记录着那些美，同时表达着自己的同情和不满。当他自己置身文明社会，却像一只失去自由的鹰，于是，他便到大自然中去寻找慰藉和宁静，置身自然的他忘却了尘世的烦恼，他的身心都获得了完全的自由。

在现代人与自然关系日益紧张时，我们再次翻阅鲁若迪基的作品，能更多感受到诗人对人类和自然和谐共存的呼吁。作品中体现的回归自然、返璞归真的生态思想对今天正确处理人与自然的关系提供了重要的参考，作品中蕴含的生态智慧在当今无疑给我们提供了有益的、深刻的启示。也是这一点，赋予了鲁若迪基作品无限的艺术张力，使他的诗歌焕发出新的光彩。

（原载《西藏文学》，2012 年第 3 期）

---

① 萧惊鸿．诗心是一颗怎样的心：与诗人鲁若迪基的对话．丽江日报，2010-06-06（07）．

爱的悠唱

——鲁若迪基的爱情诗

李芋枚

在当代诗坛中，鲁若迪基以真挚的感情、朴素的个人化的情感体验、纯净优美的语言，创作了大量的优秀爱情诗篇。他的爱情诗明净真醇，写爱情的甜蜜，写对爱情的期待，写失恋时的无奈……所表达的感情或大胆、热烈，或执着、多情。阅读他的爱情诗没有荡气回肠、百转千回的感觉，却有种温馨的感动，觉得某种东西在轻柔地撩拨自己的内心，产生一种难以言说的心灵震颤。

在鲁若迪基的诗里面，诗人对爱情的表白是大胆和热烈的，“我总是那么迫不及待 / 想用一万只手搂紧你 / 用舌尖上的火 / 把你点燃……”（《我总是那么迫不及待》）爱情的狂热与幸福在诗人的笔下是如此真实鲜明，震撼人心。“当我的舌尖 / 被你轻轻咬住 / 我的心在说 / 你是我今生吻不够的女人啊 / 你是我今生抱不够的女人啊 / 你是我今生爱不够 / 来世还要爱的女人啊”（《给爱人》）。诗中着力表现诗人对爱情热烈执着的追求和那汹涌澎湃的激情，把在热恋中的人的那种喜悦、激动的心情，把自己对爱的渴望刻画得淋漓尽致，不觉得庸俗，反而觉得一切都顺理成章，符合人性。率直大胆的内涵实则是在追求自己生命性灵的完整，是对自己生命本性的尊重。

当男子遇上自己心仪的女子时，必然会热情似火、激情满怀，狂热追求并想方设法地得到她，“如果你是男人 / 就请你骑上骏马 / 飞奔向你爱上的女人 / 同她在草坪摔跤 / 把桨丢进水里 / 搂着她躺

进猪槽船 / 随风飘荡在湖上 / 要同那只长毛狗搞好关系 / 让它见了你只是跑来嗅嗅 / 摇一下尾巴 / 若无其事地回到原来躺下的阴暗角落 / 只有这样 / 你才能踏上花楼 / 才能抠一下你爱上的女人的手心 / 不要忘了闭上你的臭嘴 / 用眼睛去说话 / 用心去敲心的门 / 在一万次的拒绝之后 / 你可能成为王子……”（《泸沽湖》）鲁若迪基曾经生活在泸沽湖畔，从这首诗，读者也可以了解泸沽湖摩梭人特有的“走婚”，男女在恋爱、婚姻方面特别自由，少男少女可以自由寻找追求心爱的人，且一定要“用心”去敲开彼此的心门！男女之间的相恋过程被他描写得浪漫而有趣，热烈而美妙。那里的人们保留着朴素的思想感情，他们的爱情真挚、自然、纯朴、健康，具有一种独特的古朴与野性的美。张平治在《爱情美学·爱情的野性美》里说：“爱情的野性是一种独特的美，这种美带有某种原始浑厚的力，放荡不羁的性格。天真纯朴的洒脱情致，粗犷炽热的烂漫气质。它是可爱的，却又有点放肆。”摩梭人的爱情就正好是这种浪漫与野性的糅合，他们爱了就爱了，没有忸怩作态，虚情假意。也正是因为这样毫无杂念、不受世俗制约的爱情，让诗人感叹：“我不知道 / 自己还能不能走出泸沽湖。”（《泸沽湖恋曲》）因为“走进爱情里”的他恐怕再也 “难以泅渡”这条装满爱情的湖了吧！

鲁若迪基在诗歌中抒发着对爱的执着和美轮美奂的爱情理想，“见到你的那一刻 / 我就知道 / 你是我今生要等的人 / 那以后的岁月 / 我凝聚起所有的情感 / 准备用一生的时间 / 等——你……”（《等你》）这般痴狂的等待，令人怦然心动。“等待”作为一种特殊的意象，从望夫石的美丽传说到牛郎织女的爱情故事，从《诗经》的《蒹葭》《静女》到《楚辞》中的《湘君》《山鬼》，从戴望舒的《雨巷》到席慕蓉的《一棵开花的树》等篇章都频频出现。“等待”让爱情变得迷茫，变得有价值，无论“他”是多么执着，甚至用一生的时间痴痴地等待，“等成一块石头”，但是精诚所至，金石就一定能开吗，在这里，美好的心愿、虔诚的等待也许会遭遇灰飞烟灭，但正因为爱情的“梦碎”，才赋予了这首诗的抽象意义。在这里，“等待”是一种希冀，是一种填满生命的东西，不仅产生了空间和时间上的距离感，又寄寓着一种微妙的文化心理及情绪积淀，只是传统文学中二者的主体是女性守望，男性漂泊，而在鲁若迪基的笔下，抒情主体却是男性，且将男性这种守望的情态表现得淋漓尽致，“爱远远地走了/爬上山头/也看不到她的身影了/(可是，我还在等待)/爱远远地走了/走进深谷/也听不到她的回音了/（可是，我还在等待）”（《远走的爱》）。爱已经不存在了，最痴情的等待莫过于一直等下去，期望着那个人有一天可以回心转意，而这一份融思念和爱慕为一体的爱情，太深、太真、太强烈，就像飞蛾扑向星星，黑夜追求黎明那样执着、深切，但这个中滋味，只有当事人最清楚了！

爱情是春天的雨，被爱情滋润过的地方总是显得生机勃发，当爱情走了的时候，就像风沙吹过原野，到处一片枯黄，留下的只有萧瑟和惨淡，还有满目的苍凉，“当你不再爱我/太阳跌进了阿夏幽谷/月亮沉进了泸沽湖/星星藏进了斯布炯神山/世界一片漆黑/除了风的呜咽/再也没有什么/心想这可能就是地狱了/可心已碎了/其实，我是在天堂的/只是没有了爱/天堂如同地狱般黑暗”（《当你不再爱我》）。当心爱的姑娘不再钟情自己的时候，仿佛天地万物的一切也跟着忧伤起来，“太阳”“月亮”“星星”失去了昔日光彩，躲到山里、湖里，世界一片黑暗，失恋的人的心痛得犹如在地狱里煎熬。恩格斯说过：“痛苦中最高尚、最强烈和最个人的——是爱情的痛苦。”的确，不管出于什么样的原因，又有什么比不能够始终拥有自己心爱的人及其忠实的爱来得更加令人悲痛欲绝，“我知道一颗心/怎样在爱里碎/那种看不见的碎/比碎还碎”（《碎》）。所有热烈的追求、焦急的渴望与艰辛的等待都化为乌有，那种说不清、道不明的痛楚让我们的诗人再一次在爱情的战场上受了严重的内伤，有什么比心碎还要严重的事情呢？

现实生活中最最难得的也许就是不期而遇、两情相悦的事情了，而王实甫的“愿有情人终成眷属”恐怕是所有相恋的人所期望的。可是，世上“有情未必有缘，有缘未必有分”的悲剧也时时发生。因此，由于种种原因，我们不得不放弃那份寄予厚望的爱情，“有一个号码/默写在心上/从这个号码出发/可以轻易抵达你温馨的

家 / 一次次 / 我拿起话筒 / 仿佛去敲一扇沉重的门 / 最终又把它放下 / 因为我不知道 / 当电话那端 / 传来一个孩子 / 抑或一个男人的声音 / 我该讲一句什么"(《想给你打个电话》)。曾经的恋人"嫁作他人妇"击碎了诗人对爱情曾经寄予的理想，也许是出于对对方家庭的责任，也许是给自己留一个念想，诗人自知从此无望于这份爱情，因此只能将这个号码"默写在心里"。正如李蕾所说："诗人在越轨的想象后兴奋的同时，潜意识也感到了危险，他从理智上及时地遏制和规劝了自我的冲动。在感情的自由真率和现实的道德力量的矛盾冲突下，诗人不得已做出冷酷的姿态。"诗人用自己的诗歌表达出自己正视对方已婚的现实并从此决绝于爱的诱惑和幻想的决心，"既然爱留不住爱 / 就让爱远走吧 / 毕竟你只是个 / 肚里能装个孩子的女人 / 而我是肚里能装山填海的男人 / 再多装点苦痛又算得了什么"(《爱的背影》)。这种"爱而不得"的爱情无疑是个人生活中的一种悲剧，然而这种爱情生活中的大不幸，却给鲁若迪基的爱情诗带来一种特有的"缺憾美"。这里没有失恋者的怨恨，没有被遗弃者的绝望，"难圆的梦"因为无法逾越的阻隔，反而带给诗人一种"空灵"的体验，舍弃爱情的痛苦正适合让多情的诗人用心灵去慢慢品味情爱的滋味。

经历了爱情的甜蜜、痛苦和失望的诗人，那颗漂泊的心终于靠了岸，走入了婚姻的殿堂，"有一个女孩/在不为我知的地方/静静地生长/当她出落成一个美人/我把她搂在怀里/骑马走了/她的父母/眼巴巴地站在屋檐下/目送我翻过山去……几年后/我把两个孩子送到二老面前/他们的脸上才有了笑容/到这时我才长长地松了一口气"(《一口气》)。诗中这个为他生儿育女的摩梭女人，随着时间的流逝，在诗人眼中已经成为"上品的兰"，可想而知，这位如兰般芳香的女子定是位贤淑温良，体贴入微的好妻子，"兰子/在这个冬夜/我内心充满了对你的想念/在远离你的日子/没有一个人/用手一遍遍抚摸我的脸/再理顺我散乱的头发了/没有一个人/将我静静地凝视/再把头靠过来/用鼻子亲昵我的鼻子了/也没有一个人/把洋芋烤熟/用木片把皮刮干净/吹吹/再递给我/看着我把它吃完了

/更没有人/在寒冷的冬夜/用滚烫的胸口/焐热我的心/劝我少喝一点酒了”（《给兰子》）。朴实的字里行间，让人看到一幅简洁而平凡的夫妻日常生活图，然而就是在这种简单的平凡里，流露出夫妻间的互相关爱，互相取长补短、安慰体贴，如此温馨，又如此浪漫，那种感情是天长日久的相互渗透，是一种融入了彼此生命中的温暖。也是因为夫妻情深义重，诗人才用文字抒发着对爱人深深的依恋，“如果没有了你/我又有什么意义/啊，爱人/不要说我离不开女人/我只是离不开你这个女人”（《如果没有你》），没有甜言蜜语，没有海誓山盟，有的是一种简单而又厚重的感动，正如蔡琴唱的那首《如果没有你》：“如果没有你日子怎么过，我的心也碎我的事都不能做，……只要有你伴着我，我的命就为你而活，如果没有你日子怎么过……”爱情的浪漫，无须太多的言语和浓重的表达，而在于携手走过每一个春夏和秋冬，携手走过每一个风雨的路口，携手走过一生一世的阴霾与灿烂，不离不弃，终生相守!

鲁若迪基的爱情诗，其文字常常爽直率真，直抒胸臆，他的情感纯真明朗，又如火般热烈，在我们习惯了浪漫华丽的爱情诗后，他的情诗清新纯净如奔涌的山泉，在我们身边静静地流淌，给我们的世俗日常生活带来惊喜。他笔下那些自然、大胆、酣畅的感情追寻也往往震撼着我们的心灵，他直率地表白自己内心的爱恋及在追求爱情的道路上所经历的苦辣酸甜。他用最纯朴的语言，最热烈的咏唱，来诠释人类最真实、最浪漫的情感，将转瞬即逝的爱情定格为永恒，让我们能在物欲横流的现实生活中，感受爱的美好，爱的真谛。

（原载《延河》下半月刊，2012 年第 7 期）

37℃的诗歌

——读鲁若迪基《没有比泪水更干净的水》

杨艳川

假如说小说是满汉全席，散文是火锅，那么诗歌就是特色小吃。能把小吃做到一定境界的人，同样让人称道。鲁若迪基就是这样的人，做出一道独具特色的民族餐，带着37℃的体温，呈现在人们面前的是打着火塘、荞粑粑和坨坨肉烙印的小凉山，还有梦幻家园泸沽湖，底料是爱，是情，是生生不息的民族精神。

这本诗集是中国作家协会重点扶持作品，分为两辑——《小凉山的歌》和《泸沽湖的爱》，光从这两个名字来看，都没有离开诗人的故乡。在他的眼里，一山一水，一草一木，一村一寨，都充满无限诗意；一缕风、一朵云、一只鸟、一条河、一只羊、一个人都能打开他多情的心扉。纵观鲁若迪基的诗，大致有以下几个特点：

接地气。诗歌的创作，不仅要有思想，还要接地气，它们是写好诗歌的两个不可或缺的元素。诗人出生在宁蒗一个叫果流的小村庄，在宁蒗生活工作几十年，他深深地爱着宁蒗的山山水水，故乡就是万物之源。诗人曾说，他的诗歌是小凉山这片土地上的一捧土。开篇的《小凉山很小》，就足以证明这一点，他用他的眼睛、声音、针眼和拇指跟小凉山做比较，表现出小凉山的“小”，也体现出小凉山在他心目中“大”的分量，那就是“在外的时候／我总是把它竖在别人的眼前”，足以让人体会到小凉山与诗人那种血肉联系及生死相依的感情。《望着太阳落山》通过傍晚时太阳、山寨、路、牛羊、孩子、母亲等意象的描写，让人领略到山村浓浓的温情，也流露出诗人对村庄的怀念。像《洋芋故事》《布谷鸟》《木耳》《鹰》《长不大的村庄》，都充满着泥土的气息，充满自然的味道。他从这些平凡的名词里，提炼出不一样的东西，发现不一样的美和哲理。

富有责任感。诗歌是这个世界的良心。一首《1958 年》，一针见血地道出了饥荒，道出了那场令全中国人民刻骨铭心的记忆，其意味深长，足以与余华的《活着》媲美；《一群羊从县城走过》，从羊惊慌的眼神和警惕的步子里，可以读出诗人对城市化的忧郁，羊表现出来的惶恐就是当代人的惶恐；《比夜更黑》道出了挖煤矿工的艰辛与危险，需要随时和死亡抗争；而《愤怒的海》则表达出作者对环境污染，特别是城市对河流污染的无限担忧；《越过远处的山岗》《泸沽湖畔的庄稼》则表达出农民对“失根”的痛苦，在泸沽湖不断进行旅游开发之后，小城镇化给农业农村带来前所未有的冲击，诗人强烈的社会责任感源于他对生活、对自然、对人类的爱；还有《我无法想象》《穿过夜空的乌鸦》《都市的牧羊人》这些诗，体现出城乡二元经济结构的矛盾，城市里装着农村人的梦想，但这样的梦想却很难照进现实。

带着浓郁的民族特色。鲁若迪基是一个背负着他的民族，怀揣着小凉山，行走在地球村的诗人。他的故土，他的民族，构成他生命的营养。尽管这个名为普米的民族只有四万多人，却一点都不影响他对本民族的热爱，在众多的民族面前，他表现出强烈的民族自豪感和民族自信心。《选择》和《没有比泪水更干净的水》中，诗人一点都不忌讳自己的出生，他深爱他的父母、兄弟姐妹、天空、河流、路和村庄，爱得真诚，爱得令人感动，以这样的故土为荣。同时这样执拗的“选择”，我们可以象征性地视为诗人的“诗歌哲学”和“人生哲学”。《泸沽湖恋曲》和《走婚》带有鲜明的民族烙印，夜、篝火、笛子、歌声、锅庄舞、抠手心……描绘出一幅多姿多彩、令人神往的走婚图。这样特殊而和谐的婚姻形态，全世界只剩下泸沽湖边的摩梭人和普米族才拥有，诗人将其概括和升华，并予以高度的赞扬。《斯布炯神山》体现出普米族人家对山的敬畏，对自然的敬畏。

充满救赎。在中国历史的长河里，诗歌在一定程度上扮演着宗教的角色，医治人们心灵的创伤。无论是古老的《诗经》，或是唐诗，还是近代的诗歌，要么褒贬时事，要么教人从善，要么对大自然寄予无限深情，这些都潜移默化地渗入人们的生活，影响着人们的观念和意识，诗歌给人带来光明与希望，带来感悟与启迪。鲁若迪基的诗歌，同样体现着这样的精神。在《布谷鸟》一诗中，布谷鸟是先知，每年在第一时间叫响春天，催促人们春耕播种，给人们带来希望和梦想。而在《山语》里，诗人通过“山里人／只有爬上一座座山／站在峰顶／眼界才能开阔”这样浅显易懂的道理，教导人们不懈努力，勇攀高峰。在《泸沽湖》一诗中，他强调人在这儿没有级别，这里是失落在人间的仙境，人与人、人与自然和谐相处，你只有放下名利，才能真正融入他们的生活，在爱情的世界里需要以心换心。诗人亦是先知，《日子》用比较形象的语言，写出时光易逝的道理，大有朱自清《匆匆》的意味。而《体内的野兽》则完全是对灵魂的一种白描，对精神的一种分析。

除此之外，鲁若迪基的诗无论在文字的精炼和语言的质感上，还是在意境修辞、想象张力和诗歌技艺上，都表现出非凡的能力。作为小凉山诗人群顶梁柱的鲁若迪基，他不仅要把自己的思想表达好，把自己的作品写好，他还要带领他的“团队”，高举旗帜，坚持自我的朴实风格，坚守“土地的根性”，在所谓的主流文学中突围。但不管他充当的是教练员还是运动员，都具备大师的气质和风范。

如果说艾青是土地的儿子，那么鲁若迪基就是大山的诗人，山高人为峰，我们相信通过《没有比泪水更干净的水》这本诗集，将会让更多的读者认识一个不一样的鲁若迪基，我们也相信诗人能在宁蒗山山水水的滋养下，创作出更多的精品力作。

（原载《丽江》，2013年第2期）

“诗歌是世界的良心”

——《一个普米人的心经》的一种解读

李永天

春天，收到鲁若迪基先生的诗集《一个普米人的心经》。诗歌是不能一口气读完的，这是我固执的阅读习惯，读读，放放，不经意间，又记起诗中的句子，我知道我又读到好诗了。我一直在等待，等待着某个词语的开悟，可以让我真正走进它们，走进一首首诗歌。一个午后，和诗人鲁若迪基闲聊，他无意中说出“诗歌是世界的良心”，我想我有了一个标题，于是我把写在诗集空白处的文字收编，就有了下面的文字。

读这本诗集，可以看出诗人的艺术视角是开阔的。从《古歌》到《天问》，从《塔尔寺》到《曼哈顿》，从《日争寺的喇嘛》到《雷锋》。诗人用自己独特的诗歌方式，书写所感、所悟以及所看到的美，题材广泛，视野开阔。这体现诗人心灵里美的容量，兼容并蓄，纵横天下，这种突破，让读者也随作者一道，开阔了视野，这是一种美的享受，一次审美的升华。

我沉浸在他的艺术世界里，“我从树旁走过／一阵风／那些落叶／开始在四周飞舞／要长回我的身上”（《干净的树》），这里落下的叶子又长起来，动静结合，有画面。叶子是长在我身上，我也成为干净的树！诗歌推开眼前的世俗事物，进入纯美的艺术世界，诗人用童真般的视角，物我两忘的意象，打开诗意的新境界。这首诗蕴含的意义与所指，远远没有结束，而是无限伸延。在《回乡偶记》《无法笔直的路》《圆明园》《欧洲路旁的一则广告》等诗歌中，显示出诗人过着最普通的生活，写着最真实的内心，看似简，实则繁，看似平，实则厚，这是鲁若迪基诗歌的优秀品质所在。

诗人用文字直抵生活的痛处、灵魂的深处，赋予诗歌生命。“你只活了二十二岁／却让所有活过你的人／每长一岁／心里就隐隐慌愧”（《雷锋》）。雷锋这个题材，写不好就会落入简单的口号。在这首诗里，诗人用自己独特的方式把雷锋精神的精髓呈现出来，雷锋的生命虽然短暂，因为精神力量，而焕发出无限的生命力。而当下，雷锋精神照亮的是我们精神世界的苍白，让我们看到亮色。朗朗上口，短小精悍，让人过目不忘，这就是这首诗的艺术魅力。诗人跳出感性和直觉，跳出体验和经验自述，更加关注土地和自然，关注人类社会，创作出属于自己的、有特别美的优秀作品，这是鲁若迪基诗歌新的突破。

诗歌题材都来自身边熟悉的事物，用自己的表达方式，解读对象，寻找其中质朴的美，是内心的自然流露。仿佛记一段日记，或者是和一个老朋友聊天，抑或是一段内心的独白。如《种苦荞的人》《无法笔直的路》《兵马俑》《飞行中想起一场葬礼》等。

他在诗歌中，很好地将自己的生命经验与日常生活融为一个整体。他的诗歌不矫揉造作，而是有鲜活的生命。“问父亲‘果流斯布炯’是什么／他说‘果流’是我们的村庄／‘斯布炯’是我们的山神／我们要从他开始敬奉……／如今，在遥远的地方／每次默念到‘果流斯布炯’／眼前就会浮现出／母亲慈祥的面容”（《神的模样》）。故乡和山神，融为一体，这就是母亲，最后的转折，出人意料，诗歌的想象空间增大。于坚在《看见斯布炯神山》中说：“那些草见到她（诗人鲁若迪基的母亲）都会低下头去，她是这里的王。”于坚这样的评价是独有的，诗人鲁若迪基这样写母亲，也是独一无二的。因为独特，所以就有旺盛的艺术生命力。

在美国游览时，让欧洲人走完，才让亚洲人走，诗人发出这样的感叹，“自由女神举着的火把／似乎到今天／也没有烧掉／一些人的傲慢和偏见”（《自由女神》）。因为有了这种发现和愤怒，诗人铁骨铮铮的爱国情怀可见一斑。

为铿锵的诗句。《自白》："我要像山一样／站起来／我要像河一样／淌尽自己／我要成为时间的粮食／喂养历史／我要让一个古老的民族／重新出土。"一个敢于担当自己民族命运的诗人，一定是一个内心里对自己的民族充满无比自豪感的人，这种自豪感被诗人以夸张的手法表达在诗的意象里。《三江之门》："谁守护着那里的山／谁守护着那里的森林／谁守护着那里神秘的一切／……／他们也用黄酒和古老的酒歌／把我的心门打开／让我自豪地说／我是天的儿子／我是地的儿子／我是天地间站立的普米人。"

这种担当的情怀，更让诗人的笔触与目光越过小凉山峰峦叠嶂的莽莽群山，浸润泸沽湖幽蓝碧绿之水的款款真情，关注国家的兴亡与命运，在《汶川的问》《最后一课》《天问》《大地张开了一张张嘴》《无定河》等诗篇里，吟唱成张扬着诗人自己个性的诗的语言。在《圆明园》中，"一堆比人的骨头／比大象的骨头／还要大／还要白的是／一个王朝的骨头"。是的，圆明园，这座曾经骄傲的万园之园，竭尽民脂民膏的聚集，倾尽衰落帝国的财富智慧，可毕竟无法抵挡腐朽没落的颓丧国势带来的深重厄运，在八国联军的一把火中化为断垣残壁、荒园野冢。诗人用凝练的诗句，宣泄着并非只是诗人个人内心才有的那份痛惜和无奈。诗人的灵思亦穿越遥远的天边，俯瞰大地的苍茫，倾听那大海的咆哮。《愤怒的海》："一条河／经过一座城市的时候／受伤了／它捂着伤口／急切逃离／却被阻挡在／一个个工厂／……／当它拖着一身的病／投入海的怀抱／它已奄奄一息／海愤怒了／一次次咆哮着／向岸扑去。"

鲁若迪基乡愁的归依之地，是对父母感激不尽的赤子深情，是对父母血浓于水的深切牵挂。《选择》《无法吹散的伤悲》《光芒》《蜂窝》《想起父亲》《悬崖上的母亲》等诗作里，一个个也许寻常得让太多人熟视无睹的景象，都能使诗人掀动内心里最柔软的一角，泛起满心的思念孝敬之情，瞬间浸湿诗人笔下逶迤流淌的段段诗行。诗人认定的真理，就是"这个世界／除了母亲／谁还能比佛大？／噢，塔尔寺／走进你我才知道／你是先有了塔／然后才有了寺／于是，我明白／这个世界／有了母亲之后／才有了爱和牵挂"（《塔尔寺》）。

鲁若迪基乡愁的归依之地，是他用长长短短书写不完的诗行和清烁的文字吟唱不止的故乡热土。这位以豪言调侃“以为枕着小凉山就够幸福的了，没想到怀里还抱着个泸沽湖”的诗人，故乡的人、事、风、云、鸟、山、水、五谷四季……几乎所有现实具象的存在，都是他思乡真情指向的讴歌对象，是他浓浓乡愁的裹缠之地。如果将诗人书写故乡的每一首诗篇，都用一根想象的银线缝合编织起来，一定可以组成一幅立体的缜密多情的野山河流乡归图，让读者也在《长不大的村庄》《从我身边流过的河》《棠梨树》《雪邦山上的雪》《斯布炯神山》《布谷鸟》等无数始终蕴涵着沉沉忧思之爱的意境里，在诗人为故乡流下的汪汪乡愁之泪中，与诗人一起沉思徜徉。要是再沿着诗人的思乡之路一直走到最后，一定可以到达那个叫作“果流”的村庄，那里有他同宗共祖的父老乡亲，有普米族人家永不熄灭的温暖火塘，有宛如太阳上掰下来却又散发着泥土清香的苦荞粑粑……那里是他所有思乡之情的发源点和承举之地。

朱光潜在《诗论》中说，“诗是人生世相的返照”，“‘情趣’简称为‘情’，‘意象’就是‘景’”，“要产生诗的境界……所见意象必恰能表现一种情趣”，“诗的境界是情趣与意象的融合”。鲁若迪基的诗，忠实地反映了诗人敏感善良的内心对世间万象的思索与观照，见景生情，情致景外，善于从眼前的实境提拔起仿佛天生就有且久存于心的丰润情愫，经过诗句的表达与意象的呈现，让诗意落脚在最能触动心灵之弦的乡愁之殇上。《背着雨的云》《好似一阵吹过故乡的风》《餐桌上的粮食》《飞行中想起一场葬礼》这些诗篇，最集中地反映了诗人情景交融的写作手法，从干旱时了无踪迹的雨云，联想到故乡背水的女孩；泰山顶上的风，如家乡的风般熟悉，诗人在熟悉的风里流着思乡的泪水；面包奶酪加牛奶的洋餐，不如廉价的洋芋更让诗人沉吟不已，因为洋芋的后面，是故乡的土地和土地上挥汗如雨的乡亲。当然，诗人的乡愁归依也反映在大量的爱情诗句里，《泸沽湖恋曲》《臂弯里的月亮》《身边的风》《一口气》《给你》等刻画着诗人内心柔美如水的爱情真言。

可是无论如何，鲁若迪基诗作的落脚点，永远是他吟唱不完的家乡故土；从他那心灵深处滚滚诵出的心经，永远弥漫着诗人生命里挥洒不尽的美丽乡愁。如若不信，请看诗人心里永不相忘的小凉山——《小凉山很小》：“小凉山很小 / 只有我的眼睛那么大 / 我闭上眼 / 它就天黑了 / 小凉山很小 / 只有我的声音那么大 / 刚好可以翻过山 / 应答母亲的呼唤 / 小凉山很小 / 只有针眼那么大 / 我的诗常常穿过它 / 缝补一件件母亲的衣裳 / 小凉山很小 / 只有我的拇指那么大 / 在外的时候 / 我总是把它竖在别人的眼前。”

（原载《文艺报》，2014 年 9 月 1 日）

歌唱，在路上

——鲁若迪基《一个普米人的心经》分析

刘 燕

语言是思维的外壳，是人类存在的家园。索绪尔在谈到语言和言语的区别时，认为言语高于语言，言语具有直接性、在场性、稳定性和生发性。和书面语相比较，口语是直接说出的语言，具有日常、生活和地域的特点。作为当代少数民族诗人中的独特个体，鲁若迪基这位诗人回归语言的本真状态，抓住语言的本质问题，不屈从于理性权威的压制与束缚，摆脱了汉语诗歌主流文化中“只可意会，不可言传”的矛盾，潜入日常口语用词中找寻语言的原生态。什么是诗？由于长期受传统古典诗论“诗言志，歌咏言”的观点影响，我们的诗歌历来更为注重“志”的表达，而忽视了语言本身，陷入“得意而妄言”的怪圈。语言，不是诗歌内容的附庸。既然如此，我们不难得出结论，诗，应该是诗人用自已的语言方式构筑起来的表达心灵世界的情意。因此，诗人如何利用语言、克服语言障碍，让读者最大限度地展开对诗歌本身意义的理解，在现代汉语诗歌中，显得尤为重要。

鲁若迪基是一位杰出的少数民族诗人，《一个普米人的心经》这本诗集，从哲学的高度，在感知与存在的关系上，用日常口头语言、没有刻意雕琢打磨的语调，放弃修饰，拒绝隐喻，直接把自己的内心世界呈现在读者面前，有效地拉近了读者和诗人之间的距离。这种日常语言没有苦心孤诣的意象，更多地表现对日常生活状态的关注，对诗歌语言的敏感和自觉，由此而带来的诗歌阅读效果“别是一番滋味在心头”。一位诗人在选择某种语言时涉及文化语境、社会意识形态等因素的问题，这其实是作为诗人，凭借怎样的话语方式才能使语言增值的问题。分析鲁若迪基诗歌集中的语言特色以及造成这种特色的原因，不仅有必要，而且是极有意味的。

在《一个普米人的心经》中，具有多首浓郁地域色彩的“小凉山诗”，以小凉山的事物为背景，多选取山头、火塘、树、茶马古道、山神、江、苦荞、泸沽湖、猪槽船、喇嘛、老人、风、女儿国、花楼等形象，突出一种原生态的质朴之美。

小凉山上
苦荞是最普遍的作物
那些种苦荞的人
最初的时候
把一片片林子伐倒
用一把火烧了
随便挖几锄后
就撒上了苦荞
第一粒苦荞成熟的时候
布谷鸟品尝后飞走了
种苦荞的人燃起火把
用一只鸡在荞地边转转
默默祈祷上苍的恩典
他们用独特的方式
庆贺一个节日的到来
让一粒粒饱满的荞粒
在铺开的披毡上欢快滚动
虽然满坡的苦荞
最终只有几小箩筐荞粒
然而，他们不说一句话
把荞粒酿成美酒
磨成白金一样的面
收藏在柜子里

平日紧咬牙巴
煮一罐盐茶
啃几个洋芋
亲朋好友来的时候
才拿出珍藏的美酒
宰了羯羊，烙上荞饼
整个村狂欢
仿佛日子就只有那么一天
看着种苦荞的人
醉倒在荞秸秆边
我忧伤的诗
在铅灰的云层里飘荡
一茬茬的苦荞啊
一茬茬的人
多少茬的苦荞
才能养活多少茬的人啊
叹息声里
种苦荞的人
默默地咬了一口荞饼
不急于吃下去
而是默默地嚼着
好像他嚼的不是荞饼
而是从太阳上掰下的
一块什么

——《种苦荞的人》

显然这首诗字里行间展开的是一幅风土人情画，小凉山这个地域因素成了鲁若迪基诗歌中的一面旗帜，一种信仰。我们从中不难看出诗人力图呈现的小凉山上种苦荞的人的日常生活状态——从平凡的山间、地头之景中截取一个有代表性的意象，日子虽然紧巴，但就算苛刻自己，也仍然要用自己认为最昂贵的苦荞来待客。并不晦涩的语言，走向生活，简单的话语形式使诗歌的展现极富生活气息，不坠入虚空，让真实细节自然流淌，充满生活的感受，“种苦荞的人／默默地咬了一口荞饼／不急于吃下去／而是默默地嚼着”。这种虽是用白描的方式记录不同民族、不同文化环境所造就的普米族人的生活状态与场景，却能从平凡处做出反思，绽放出生活的内容和意义，给人以新的感悟。

鲁若迪基这样的创作风格，应该说与他个人的成长经历是分不开的。走出小凉山到大城市去学习发展，当面对城市所带来的文明与恐慌时，视野陆续打开，时空观念、距离认识逐步调整和更改。不是去描写对城市的看法，而是退守、回归到对本土和本民族文化的认同，对故乡种种的惦念和怀想。改用直白的口语化的方式来透视生活，揭示普米族最内在的独特东西，将诗歌的写作语言不断拓展，把说的语言用到写的语言中来，尽量地缩短了说和写的距离。他的这种创作意识和创作实践，使得作品与故乡生活密不可分，为从新的角度来审视小凉山普米族人的生活现状和精神风貌，提供了别人无法替代的方法和取向。正如他自己在诗集《没有比泪水更干净的水》后记中说道：“我出生在云南大地滇西北小凉山泸沽湖畔一个普米族家庭，质朴的民歌是我诗歌汲取不尽的源泉。作为行吟在这片土地上的歌者，我以为枕着小凉山就够幸福了，没想到怀里还抱着个泸沽湖！我深爱着这片土地上的人们，我的诗里有他们的笑他们的泪和期盼。我与他们同悲同喜同落泪，并对未来的日子充满希望。我的诗是长在这片土地上的另一种作物，有洋芋的甜、荞麦的苦，还有不为人道的一丝神秘。我知道土里能生长伟大的梦想，我把自己的根植于小凉山大地上。我不希望我的诗长成高楼大厦的模样，而是像质朴的庄稼——一滴雨就能让它醒来，一阵风就能让它睁开眼睛……”

于是，《古歌》《月亮》《神的模样》《好似一阵吹过故乡的风》《背着雨的云》《雪封山》《日争寺的喇嘛》《父亲的马帮》《一个山民的话》，等等，这些故乡的事物以其独有的魅力展现在诗人面前，

“常把山头，含咂在嘴里；即便有一天老了，只剩下一把骨头，我也会在大地的子宫，长——眠”（《永远的孩子》）。登泰山时，“我听到了呼啸声，那声音如此亲切熟悉，多像一阵吹过故乡的风啊”。“心中的思念之门被风吹开，思绪漫上眼眶”（《好似一阵吹过故乡的风》）。“比公章还能证明，我生命的信息”的是“高原太阳亲近的皮肤，还有我的乡音”（《回乡偶记》）。对脚下土地的关注，使鲁若迪基诗歌的情感绵密与厚重起来，在通往故乡的路上，尽量融入现实。

这样描述众多诗人诠释过的爱情主题：

如果没有了太阳月亮和星星
天空又有什么意义
如果没有了游鱼和帆船
大海又有什么意义
如果没有了呼吸
空气又有什么意义
如果没有了飞翔
翅膀又有什么意义
如果没有了思想
头脑又有什么意义
如果没有了足迹
道路又有什么意义
如果没有了情
爱又有什么意义
如果没有了你
我又有什么意义
啊，爱人
不要说我离不开女人
我只是离不开你这个女人

——《如果没有了你》

诗中简洁的口语句式，以散漫的节奏和迥异的风格，刻画出“弱水三千只取一瓢”的爱情誓言，“我只是离不开你这个女人”透露出信誓旦旦的承诺，爽利、直接。没有字斟句酌、故作高深的语言陌生化效果，只是如流水一般轻松，像呼吸一般自然的口语化方式写作，把复杂、深沉的情感提炼得简单、明了，是向朴素、平淡的、人性化的日常用语回归。正如于坚在《诗歌之舌的硬与软：关于当代诗歌的两类语言向度》中所说：“口语化写作实际上复苏的是以普通话为中心的当代汉语与传统相联结的世俗方向，它软化了由于过去强调意识形态和形而上思维而变得坚硬好斗和越来越不适于表现日常人生的现时性、当下性、庸常、柔软、具体、琐屑的现代汉语，恢复了汉语与事物和常识的关系。”鲁若迪基作诗的语言，从整体上追求口语化效果，改变了诗歌的表达方式和欣赏方式，更注重保留语言本身的“原汁原味”，让读者从文本中获取有关爱情的体悟，平易亲切；让平平淡淡的左手牵住右手，就这么一直温暖下去。一切只因，“除了你，我还能爱谁？”（《给你》）

似乎那些歌
是他从很远的地方
一步步吆喝着赶来

——《古歌》

老人唱歌的状态，缓慢、用心，似乎凝聚了一辈子的力气，像山泉撞破石壁。“他的歌从石缝里流淌出来／慢慢涌入／我们的心房／最后从我们的眼眶／潸然溢出”。从眼里落下的不是泪，而是一生的故事。老人的歌，经过岁月的洗礼和打磨，在火塘的火渐渐熄灭之后，才开始发挥作用，似葡萄酒的芬芳后劲儿十足。生活，不容易。那些酸甜苦辣咸，百味杂陈在心，酝酿在肚，就像喝了一杯冰冷冰冷的水，然后用很长很长的时间，一滴一滴化为蜜糖，吟唱口中。

为什么这些弱小的生命
要借助夜
才能发出自己的声音？

——《夜鸣》

在强权社会中，弱势群体在夹缝里寻得一丝喘息的机会，像很多诗人的“借他人之酒杯，浇自己之块垒”，是很多次写到的“羊”，只能来自夜的深处，发出细微的声响，“到死，也没有一只羊站出来，对人吭一声，哪怕是从鼻孔”（《羊》）。正因如此，我这深夜未眠之人和遥远的星星，听到这样连续的、微弱的呼吸时，它像锥子一样刺中我的心脏。不是怀着救世主的心态居高临下地去怜悯，而是用心关注，平等对待，尽管是微薄之力，但也能牵动彼此。

叶子落尽
鸟飞绝
最后剩下树
干净地站着

——《干净的树》

留守在故土的老人，以盼鸿雁回归的姿态静静守护着村庄。孩子们上学的、打工的、做事的，尽数离开生养之地，去寻找更加广阔的生存空间和发展前景。殊不知，机遇与挑战并存。离开的孩子，就是树上的叶子，还没能走时，拼尽全力挣脱；到了自己寻求的那片天地时，又才发现，这一切没你想象中那么好，逃离的地方似乎也没那么糟。只有无法离开的树干本身，寂寥又干净地伫立，守望，等待落叶的回归。想到舒婷的《神女峰》：“与其在悬崖上展览千年，不如在爱人的肩头痛哭一晚。”那传说中的女子，凭借怎样的坚持甚至是执拗才把自己化成千古一爱的形象。她的守望和等待，不是红颜憔悴、两鬓斑白后的王宝钏，更不是恰逢花开的崔莺莺。用再不能重来的生命，决绝伫立，变作永恒。这棵干净的树，它应该有过开花时候的慎重，有过孕育满树碧绿的艰辛。可最终，这一切都要离它而去，附着于自认为的树之外的美好。当我们面对无力抗衡的事件时，总会给自己一个冠冕堂皇的理由——命运。孑然一身的树，以干净的表象无言诉说着时间的流逝和无力逃脱命运的哀伤，像《蜂窝》上开启的黑色的门："等着那些／采蜜归来的蜜蜂。"

我久久没有合上书
怕一旦合上
就像巫师
给他们关上了
最后一道门

——《夜读》

谢冕在《读书人是幸福人》中说过："人们通过阅读，能进入不同时空的诸多他人的世界。这样，具有阅读能力的人，无形间获得了超越有限生命的无限可能性。""我"没合上书，怕把门给关了，是"我"作为一个阅读者的阅读理解、感受和体验，在和书中之人对话、进行灵魂沟通的过程，期待视野里渴盼结论，那"一个在梦里出现过的美人"究竟有没有找到，反复纠缠的矛盾心理——怕找到，结局已经写完，不能更改；怕尚未找到，路途太过遥远和艰辛。这扇门，是书中人物命运之门，是"我"和书中人对话之门，是"我"本身的思绪纷扬之门。

在《一个普米人的心经》中，有一部分的作品涉及当今时事现状，比如《大地张开了一张张嘴》《汇聚》《一滴血》《止不住》《雷锋》《我常想起你》等；有相当数量的旅途思索，比如《圆明园》《清凌凌的黄河》《深圳》《无定河》《转经筒前的诗歌朗诵会》《塔尔寺》《花山壁画》《银滩》《名仕田园》《我的草原》《敖包》《兵马俑》等；还有一些执着的思考，比如《打折》《批发》《天长地久》《机会》《沙漠》《雪中想起仓央嘉措》《阳光照在你眼睛的一瞬》《有一种恨是不是最深的爱》《碎》《孤独》《谁偷走了我的睡眠》，等等，无论哪种风格、哪种类别，无一不传递着鲁若迪基对现实的沉重思考。

当今社会，时移世易，人们获取信息进行精神享受的手段越来越多，生活节奏越来越快，不可能再像过去那样用大把的时间和精力来细细品味文学，所以，人们更倾向于去阅读一些通俗易懂的文字。鲁若迪基没用太多华丽的字眼，只用简单直白朴实的口语方式与他成长的村庄、人物对话，这并不等于没内涵、没深度。要写出诗来，诗人需要具备比常人更细致的体察、对生存更为深刻的反省，然后通过内在的思索，做出有个性、有尊严的文字处理。鲁若迪基孜孜不倦地寻找着呈现他灵魂深处最晶莹神圣的部分给世界，把语言上升为生存本真的呈现形式，用诗歌的形式带来心智中情感的凝结，用自己的诗歌有意识地表现一种本土少数民族文化的人文情怀和心态。

小凉山之于鲁若迪基，就像身与影的关系，无论走到哪里，无论能否看见，无论在干什么，抑或富贵，抑或腾达，从未真正离开过，且行且珍惜。诗人本质上就是歌者（最初的诗歌就是用来唱和的），通过笔下的文字和流淌的情感，让世界聆听他心中的旋律，一路边走边唱，自由畅快。香港作家梁秉钧（也斯）说："我尊重那一种声音，因为它找到了自己的位置，做自己想做的事，仍能在这复杂的世界中发出自己的声音。"鲁若迪基正是这样一位带着自己声音走在文坛路上的歌者。他在歌唱中拒绝复杂结构所营造的多义和歧义，在直白中真切触摸生活，让声音没有距离，新鲜、干净，像被雪覆盖住的山，像清晨的露珠，像吹过故乡的风，像永远的孩子。

（原载《山东文学》下半月刊，2014年第12期）

一个民族诗人的胸襟

陈洪金

鲁若迪基的诗歌创作并不是以数量取胜，二十多年来，他仅仅出版了三本诗集。他的诗歌创作走的是少而精的路子。他的第三本诗集《一个普米人的心经》同样是佳作迭出，显示了他非凡的诗歌创作实力。

对故土的无限热爱、对民族的高度关注始终是鲁若迪基诗歌的一个重要主题。在鲁若迪基内心深处，小村庄果流、神山斯布炯、泸沽湖女儿国，以及那片土地上生长的苦荞、羊群、树木等，都有着非凡的意义。那里的一草一木、飞禽走兽、行者旅人，都进入了他的观照之中。所以他在诗歌中把自己融入那片土地里去，向我们昭示了一个诗人与一片土地血脉相连的在场感和历史责任感。他的《神的模样》《好似一阵吹过故乡的风》《转经筒前的诗歌朗诵会》等诗作则把视角延伸到生活在那片土地上的人们身上，通过对那个民族的生活状态进行注视，挖掘出了人们在生活当中长期坚守的生存哲理和对生命价值意义的认知与秉持。

作为一位普米族诗人，鲁若迪基跟他那个民族一样，用饱满而浓烈的笔调，淋漓尽致地抒发了他对爱情的渴望与品味。《雪落女儿国》《阳光照在你眼睛的一瞬》《爱的墓穴》《无声的倾诉》等诗作里，爱情呈现出它的多个层面。诗人向我们展示的是对爱情甜蜜的赞颂、对爱人情有独钟的宣誓、对爱情失落的痛楚和思念爱人的煎熬。读鲁若迪基的爱情诗，很容易让读者产生荡气回肠、情深意切、痛彻肺腑的共鸣之感。他的诗作通过歌吟式的、层层递进的、一波三折的表现手法，营造出了强烈的抒情气场，形成了独特的艺术风格。

诗人能否让自己置身于不断变化着的时代，创作出紧扣时代脉搏的作品，往往是衡量一个诗人及其作品价值的重要尺度。这也就要求诗人在自己的创作过程中要勇于直面自己的过往，不断实现自我超越。相比于其前两本诗集，《一个普米人的心经》里更多地出现了对土地和生活现实，对社会和环境进行人文视角上的审视、判断与思索的诗作。面对近年来云南的持续干旱，他从乡亲的眼里看到了焦心的渴，写下了《一个山民的话》《神话》《天泪》；面对汶川大地震这样的灾难，他在本地诗人中间发起募捐并写下了《汇聚》《一滴血》《止不住》等作品。面对现代化大潮对山村的冲击，他写下了《老人的山岗》《巢》《无法笔直的山路》；面对现代社会里渐渐变凉的世态，他写下了《天问》《最平均的是死亡》。这说明鲁若迪基在创作中把自己放到了千变万化的现实生活当中。我们从他用心写下的字里行间看到的是一个当代诗人所应具备的担当精神和悲悯情怀。

大地之爱是鲁若迪基诗歌里经常出现的主题。把自己放到大地之间，与身边事物彼此映照，与故乡之外的土地形成关联，与民族和祖国荣辱与共，鲁若迪基写下了他的思考与深爱。在《塔尔寺》《花山壁画》《披毛犀》《敖包》《无定河》等诗作中，他抒发了自己对于故乡之外的外部世界所怀有的真挚的爱。对于祖国，鲁若迪基的诗作着墨不多，只有三首，但每一首质量都不错。在《祖国》里，他说："当别人把钱当作祖国 / 我却乞丐一样 / 把祖国当作一枚金币 / 揣在自己心怀。"不动声色的表达与叙说，袒露了诗人的一种境界。在《兵马俑》里，他说："只要说声'统一' / 这些秦的士兵 / 就会醒来。"短短三行诗，却迸发出了雷霆万钧的气势。

的确，鲁若迪基的作品体现出浓厚的少数民族情调。但是，在《一个普米人的心经》里，他用相当的篇幅，向我们展示了自己放眼世界的眼光和容纳世界的胸怀。在《疼》里，诗人对战争中充当人体炸弹的女人阐发了源于人性的思考以及对世界和平的渴望。在《自由女神》里，诗人表达了对美国式自由的质疑与反思；在《埃菲尔铁塔》里，诗人流露出了对人类文明的崇敬；在《斯图加特的一只喜鹊》里，诗人抓住瞬间所见，释放出了在现代社会生活里对自然和谐、生态多样性主题背景下的温情之爱。

作为一个普米族诗人，鲁若迪基身后是他那个只有四万多人口的民族，他用自己的诗行，一字一句地写下了对民族和故土的神圣之爱。他敞开自己的胸怀，让这个世界的诸多文化慢慢走到内心之中。

（原载《文艺报》，2015 年 6 月 3 日）

鲁若迪基先生小记

白　浩

我与鲁若迪基先生相识、相交、相知10余年，始终视他为仁慈的兄长、学习的榜样。只是由于我天资愚钝，画虎类犬，不及万一。

鲁若迪基先生最为世人所知的是他的诗歌。他从小凉山行吟到首都，从中国放歌到全球，他的诗作已经和正在被翻译成多国语言。因为诗歌，他走遍了大江南北，并多次出国访问、交流。在第二届亚太诗歌节暨第三届越南文学国际会议上，还被越南国家主席张晋创接见。一首首各类题材的诗作可谓是名篇，至纯的真情和严密的思辨强烈地震撼着我。关于他的诗作，从著名的文学评论家到一般读者，多有议论和见解，纷纷赞扬。我曾经与仁兄交流，认为他的诗歌不存在什么技巧，或者说最高的技巧是无技巧，深深抓住读者的心并启迪读者的是诗人那颗纯净圣洁的心灵，也就是他那高尚的品德，令人崇敬的做人原则和处事方式。他的诗歌几乎就是心灵的自然流露，外加语言上的天赋，只须把平常的词语稍加组合，便呈现出一个庄严神圣、纯净无瑕、灵动幽默的鲁若迪基诗歌意境，这个意境有如天籁。他对我的说法不置可否，可能是有一点赞同，更多的是觉得我愚蠢吧。

鲁若迪基先生是中国作家协会少数民族文学委员会委员（除去主任、副主任，全国仅有24人）、云南省作家协会副主席、丽江市文联党组书记。可是您在他身上看不到半点“官僚”的影子和“名人”的架子。他谦和、谦卑、谦虚。虽然这样说，但绝不能抹去他光辉的政绩：他曾经主政宁蒗县财政局，处理过战河纸浆厂破产事宜，在泸沽湖管委会和丽江市纪委担任过纪检领导，每在一处，他求真务实、公道正派、真诚坦荡的工作作风都深深感染了同事和下属。我从其他人那里得知，他主政宁蒗县财政局期间，临街的办公楼一楼开发为商业铺面，首先，他要求自己和几位副局长不得沾光，其次，他拒绝商人的高价寻租，最后，将所有铺面以较优惠的价格租给局里的困难职工、退休人员。类似这样先人后己甚至无己，始终站在职工、群众的立场思考、办事的事例，不胜枚举，但他从不张扬。人们评价，王羲之的书法成就使后人忽视了他的文韬武略，王阳明的高深学问又让世人疏忽了他的书法造诣。仁兄的诗作和政声，不能偏废。

鲁若迪基先生的同学、朋友满天下，加上丽江的名气越来越大，接待来丽江游玩的同学、朋友吃住成了他的一件麻烦事。仁兄问心无愧地说，从来没有用单位的一分钱接待过朋友。有时难免窘迫，仁兄又理直气壮地告诉他的胞弟、堂哥：诗人的朋友来了，你们这些赚了点钱的老板应该赞助一下诗人！这是你们的荣幸！是的，即使仁兄的工资再高，也没有他来丽江的朋友多。其实，仁兄的慷慨也是有名的。每逢收到或多或少的稿费和寄来的新作，他往往要通知附近的文友欢聚一下，客人不得买单。这个时候，饭桌上的酒菜简单得很，但四周的空气却在欢快地流动，因为大家又能领受鲁若迪基先生独到超群的幽默了。

我这个“喜欢报道他行踪的人”，患了 4 年多的腿疾。仁兄自始至终十分真诚地关心、帮助我，让我没齿难忘。当我在单位领导的关怀下做手术痊愈后，仁兄显得异常高兴，似乎恢复健康的人是他。可是，很多人不知道，仁兄患有糖尿病，我为他做了什么呢？仁兄的一个孩子一直患病，走完了该走的医院、找完了该找的医生也没治好，每天，除了做好大小事务，仁兄还要用父亲的慈爱无微不至地照顾孩子。我又为他做了什么呢？强烈的自责往往让我无地自容！

世界之大、中国之广，我一直相信有比较完美的人存在。他们勤劳、善良、渊博、深刻、勇敢、充满智慧和魅力，他们活着是为了大多数人更好地生活，他们存在是为了让人间更美好，他们是茫茫大海上黑夜里的灯塔，是漫漫长路上分不清方向时的指南针。鲁若迪基先生不就是这样的人吗？

仁兄的品行，像玉龙山上皎洁的白雪；仁兄的才华，虽不能至，心向往之！鲁若迪基先生，汉名曹文彬，普米族，1967年出生于宁蒗县，鲁迅文学院第12届中青年作家高级研讨班学员，两次获得全国少数民族文学创作“骏马奖”。已出版诗集《我曾属于原始的苍茫》、《鲁若迪基抒情诗选》（英汉对照）、《没有比泪水更干净的水》、《一个普米人的心经》，这些珍珠一样的作品一经问世便好评如潮。目前，他正在采风和潜心构思、创作2015年度中国作家协会重点扶持的长诗《独龙江》，不久，大诗人又将会给我们带来惊喜和震撼，我虔诚地期待着。

（原载《丽江日报·文化周刊》，2015年8月23日）

用文字撞开了一条精神通道

——以《一个普米人的心经》为例

周文英

对丽江普米族诗人鲁若迪基，我心里始终充满了崇拜和敬意，这与他获得的丰硕文学成就无关，与他攀登到了什么程度的文学高峰无关，仅仅与他行走的生命状态有关，与对文学、对诗歌的执着的心及他的热爱有关。他爱文学，爱诗歌，用整个生命在爱着，专心致志，一心一意，心无旁骛，虔诚而庄严，充满了敬意进行写作。他用诗歌撞开了自己与这个世界的通道，用自己的文字撞开了一条路，一条衔接小凉山与山外浩大世界的生命隧道。他始终在追问生命的意义，寻找我们的来路和去向，从而超越了生存的困境。鲁若迪基的诗歌，都在做无问之答或无果之行，但他始终去发现，发现生命的根本处境，发现生命的种种状态，发现历史所曾显现的奇异或者神秘的关联，从而去看一个亘古不变的题目：我们的心灵前途和我们生命的终极价值是什么。在物欲横流的时代，鲁若迪基留下了信仰；在浑浊的文坛，鲁若迪基留下了清澄；在思想贫乏的当下，鲁若迪基留下了生命力的证明。

在诗歌创作成功的鲜花和掌声的背后，是诗人对这个世界更加深刻和丰富的感知，注定诗人更加孤独、寂寞、迷茫、无助、感伤、绝望、纠结、脆弱、撕裂、郁闷和痛苦，最后，内心和感情都被对这个世界的失望、失落撞得头破血流，遍体鳞伤，但诗人还要自己舔干净伤口，抖擞精神继续前行！这就是鲁若迪基诗歌的价值和意义，它给了我们一种信仰以及信仰的力量，同时，也带给了我们一种警醒！

一、嵌入生命记忆的童年山村经验

一个人的童年其实已经规定了他整个一生，这有点像种子，种子里有枝有叶有花有果，也就有了这棵植物后来的一切。所以说，这更像是一种宿命。鲁若迪基生在山村——中国西南高寒山区、云南省丽江市宁蒗县的神奇而美丽的小凉山。在山区生活了三十多年，乡村的一切已经在鲁若迪基的生命中刻上了深深的印记。他生命的底色就是高寒山区的乡村，即使诗人来到城市后生活变得如何漫长、如何繁复，它都是以乡村记忆为底色的。无论写作还是研究都需要兴趣的驱动，他的兴趣点就是乡村和乡土，它们连接着诗人鲁若迪基的记忆和情感。

我们的一生其实就是一次向童年的回归，是一次从起点到终点的轮回。童年是我们的原点，然后我们长大、离开，但这种离开是一次漫长的返回，当然，这种返回往往是隐性的，路径也是不同的。还比如饮食，人的胃口是有记忆的，我们心中最美味的东西，往往是小时候认为最好吃的，我们心里很美丽的歌曲，也是小时候认为最好听的母亲唱的歌谣。这些都是经验，经验决定我们的兴趣和判断，而最根本的经验、深潜在我们意识深处的经验，就是童年的经验或情结。所以说，人的一生是有内在限制的，而限制的一部分就来自我们拥有过什么样的童年生活。鲁若迪基的诗歌不是简单可以用“乡愁”来解读的，“乡愁”滋生的渊源还是童年的经验，而诗人童年的经验是源源不断的，是鲜活而丰厚的。

鲁若迪基诗歌里的一个山村就是一个世界，山村恰恰就是一个时代、一个社会的缩影。山村这个小社会的灵魂是人，人是活动于世界上的核心。而诗人关于山村的创作，就是通过山村中的人的故事、人的命运来揭示人性，来揭示社会的变迁、时代的变化，来传达作家个人对生命、生活和社会的认知，进一步表现诗人精神生活的深度。

鲁若迪基童年记忆里的山村，往往是由自己、父亲、母亲和最亲近的大自然构成的，偏远的乡村靠天吃饭，坏的东西是进不来的，包括那些坏掉了的良心。父母亲们远离尘世喧嚣，只关心离自己最近的东西。他们活得很平静，也很快乐。儿童观察世界是透明而简单直接的。“婴儿用他清澈的眼光看世界——省略掉复杂、丑陋、仇恨、恶毒、心机、计谋、倾轧、尔虞我诈。孩子看到的都是善，成人看到的都是恶，两者都是真实的。”①

《永远的孩子》是诗人从心里流淌出的丰富而惨烈的母子感情，生态而醇香的奶水可以代替甚至抵挡住眼花缭乱的“水”的诱惑，比如，以水为原材料加工出来的五颜六色的饮品和营养品。“奶水”可以隐喻成是母爱的滋养、大地和大山对孩子的教育。正如庄子所说的“天地有大美而不言”。在诗歌里，天空、月亮、太阳、大地、大山就是诗人童年的启蒙老师和亲密的朋友，由于大自然的熏陶，“我”自然成了山水中的活物，成为与太阳、与天空、与大自然浑然一体的一个分子。整首诗给人一种质朴、丰满和大气磅礴的感觉，诗歌里蕴含了丰富深刻的哲理。

这首诗就是以童年时代“我”的眼光来看世界、感受世界的，显得很纯粹，“我”的生命本身就是大自然的一个组成部分，“我”和“人事”没有关系，所以这个心灵就特别纯净。“我”也不是被现代启蒙教育出来的大写的“人”，“我”是跟着自然走的，大自然给了我心性。在所谓“人道主义”的概念中，人是“天地之精华，万物之灵长”，一切都是围绕着人转的，而“我”是跟着“自然”走的。“我”是一种生命的现象，是一种能和自然融会一体的气质，是跟太阳、月亮，跟风、日、山、树、青山绿水、小凉山、泸沽湖一样的一种生命。也就是说，写作这首诗歌时，鲁若迪基没有沾染人世间的一切功利是非思想，是与自然界为一体的境界，是不含渣滓、纯净透明的世界。《永远的孩子》等于诗人追寻内心的一个梦，母亲的子宫孕育了诗人的生命，“大地的子宫”将是诗人也是人类最后的归属。诗里，上与下，即天与地遥相呼应；已知与未知，即诗人的童年与老年也遥相呼应；母亲与“我”，奶水与“我”的生命元素一方面遥相呼应，另一方面又唇齿相依，相濡以沫。在以天地为底色的诗歌画卷里，“我”是灵魂，是主宰世界的核心，“我”是变化无常的，是灵动的：

① 曹文轩．回到婴儿时代：读沈从文．阅读是一种宗教．合肥：安徽教育出版社，2011：33.

有时候“我”很小很小，是脆弱的、需要呵护和慢慢长大的，是依偎在母亲怀里吮吸奶水的孩子；有时候“我”又很大很大，可以大到力量无穷的境地，“我”能力非凡，具有了“超人”的无限可能性。“我”可以“吮吸月亮和太阳的乳汁”，“常把山头含咂在嘴里”，可以把整个大自然把玩在手掌上，由“极小”与“极大”两组意象而构成的强烈反差，形成了深邃而广袤的梦幻般的意境，有浓烈的“开天辟地”传说的色彩。在这个意境里，诗人强调的是“大地的自由”，这正是诗人所追求的为文和为人相统一的一种心性和品质，是与整个普米族酷爱自由的精神一脉相承的。从“吮吸母亲的乳汁”的生命开始到“在大地的子宫长眠”的生命结束，就完成了诗人漫长而短暂的一生，完成了一次从起点到终点的生命轮回，而做一个“永远的孩子”就是诗人的一个梦。《永远的孩子》是以小凉山为背景的一个童话，里面充满了天籁之音，童年时代的生命经验，现实是地域，记忆是天堂，让诗人生活在与现实隔绝的世界里。

诗歌《悬崖边的母亲》《父亲的马帮》《想起父亲》等诗歌都是诗人抒写的一个个梦，这些梦，总是那样和美亲切，而又内蕴着一种实在的激情。

二、在他与世界的斗争中，他协助着世界

与诗人的生命经验息息相关，他所写的小凉山世界只是他功成名就后在小凉山外的一种记忆和想象，并非真实世界的本来面目。鲁若迪基的诗歌包含了以小凉山世界文化为参照系的对现代文明的态度，他以文字的澄明把现实世界的肮脏分开，以原始性的力量，朴素、自然、粗犷、野性、美好的生活状态和风俗冲击着现实的虚伪和无力。

诗歌里描写动物的诗篇比较丰富，如《坡上的羊》《蜂窝》《羊》《远去的马》等，正如马绍玺评论鲁若迪基的诗歌里所说：“这类诗既是鲁若迪基‘在故乡’中写作的表现，更传递出他对现实人生

的沉重思考。”[1]

《坡上的羊》这首诗歌可以看成是描写动物世界的寓言，包含着深刻的哲理。寓言的本质在于通过短小精悍的故事挖掘浅显而深邃的道理。性格温顺、专心致志吃草、安居守法、又处于弱势的羊群与强悍凶残的人类形成了鲜明的对比。在这里，“在山上吃草”的“羊”与拥有“明晃晃的刀”的“人类”构成两个醒目的对比。这个世界依然是一个弱肉强食的世界，羊类与人类的故事像一面镜子，观照出当下人类社会里的生存悲剧，这里涉及了弱势群体的话语权和人类的命运等问题，存在着一个个令人沉思的问题。鲁若迪基用平实的叙述抓住大问题、大矛盾，让人感同身受。诗人的敏感和忧思，对一个时代、一个社会，对国家命运、人民命运的忧思蛰伏于诗歌的字里行间，富有从生命经验中蕴藉且流淌出来的强烈社会正义感、责任感。正如鲁若迪基2012年在北京参加纪念毛泽东《在延安文艺座谈会上的讲话》发表70周年的发言，感人肺腑，一言一句都是从心里流淌出来的。诗人说，自己人在北京，但是心里却牵挂着家乡云南，云南正在遭受严重的干旱，土地龟裂，庄稼因为干旱都在枯萎，“我的心，比焦渴的土地还焦渴”。这些诗歌因为根植于家乡的土地上，元气充沛，充满了浓郁的土地情怀，也充满了无限的生命力。

鲁若迪基的诗歌密切关注着当下，关注时事，关注着国家命运和人民命运，关注着老百姓生活的点点滴滴。

《一个山民的话》这首诗可以与韩东的《山民》进行对比。《山民》里，韩东用简单朴实的父子对话完成细节描写，倾诉了一代又一代大山子民渴望走出大山、走向大海的努力和努力后的失败，揭示了山民的生存状态。而鲁若迪基的这首诗，西南少数民族山民已经走出了大山，但山民生存的生态环境已经被开发和利用。诗歌揭示出了在当下，整个人类命运处于一个巨大的雾霾之中，原有的世界秩序和系统被人类摒弃，关于天、地、人的伦理被颠覆和解构，

---

① 马绍玺．鲁若迪基诗歌论．南方文坛，2009（04）．

人类处于混乱和混沌之中。诗歌抓住一个山民的眼睛发现一系列问题，“地球生病了”，“很怪”的荒诞现象，揭示了人类所生存的环境正在遭遇前所未有的破坏。比如今天丽江旅游品质的严重下滑，丽江的玉龙雪山原本是远离人类居住的地方，是让人类敬畏和朝拜敬仰的，不是去征服和游玩的。十多年来，玉龙雪山大索道的开设，让越来越多的人攀登到雪山上去，雪山的保护网被打破，静谧神圣的环境消失，雪山的温度越来越高，皑皑冰雪消融得越来越迅速和彻底，纳西族老祖宗留给后代的玉龙雪山很快成为玉龙“石山”了。生态环境里标本的缺位，关于玉龙雪山的传说、歌谣和民间故事，也就失去了存在的载体，变成了遥远而神秘的记忆。丽江古城黑龙潭水的干涸、泸沽湖周围自然环境和人文环境的破坏，这些都是在对祖先、对后代犯罪。诗歌里所描写的“刚刚来到的懵懂的世界”与当下的世界又一次构成一个对比。拯救“地球”的病症，刻不容缓，习总书记号召的“绿水青山就是金山银山”应该落到实处。

《老人的山岗》《大地张开了一张张嘴》《批发站》《也是一种选择》《打折》等诗歌都是对当下社会问题的揭示和反思。这一情感表述的过程是诗人自己与这个世界斗争的心路历程，斗争的目的和结果是要协助让这个世界变得越来越美好，只因为诗人深深爱着这个世界。

从这一个角度继续分析，鲁若迪基诗歌里的“生与死”的问题是潜藏在所有问题的背后的。反抗死亡的背面和过程就是要更加有价值、有质量地活着。正如陈思和教授评析史铁生的《我与地坛》所说：“他在反复说着欲望不息（写作的欲望也就是活着的欲望）。让整个生命的延续得到了最充分自明的理由，而这个理由使他对残酷和伤痛的忍受都成为一种阔大的境界。因为个人已不仅仅是个人，个人的局限也不再成为问题，个人的苦难都已成为全体存在的包容。”[①]鲁若迪基的诗歌创作也是为了证明自己曾经来到过这个世界，并且在这个世界上留下了自己的足迹和声音。在《没有比眼泪更干

① 陈思和．中国当代文学史教程．上海：复旦大学出版社，1999：342.

净的水》的序言里，诗人说自己想用诗歌证明家乡的存在，证明自己父母的存在，证明庄稼的存在，证明普米族的文化以及普米族的现在和未来，也要用自己的文字证明诗歌是世界的良心。

《最平均的是死亡》《飞行中想起一场葬礼》《梦》都写到死亡，写到与死亡有关的风俗和习惯，这些文字都是以普米族人的文化作为支撑的。鲁若迪基在这些诗歌中仅仅想说，生与死不是一刀两断的关系。

鲁若迪基用自己独一无二的文字，叙写了关于一代人的记忆，是属于宏大的、集体的叙事。《祖国》《中南海的声音》《雷锋》《哀萨达姆》等诗歌就是这类的典型。诗歌记录下自己在这个世界行走的所思所感，如《圆明园》《兵马俑》《自由女神》《曼哈顿》《埃菲尔铁塔》《斯图加特的一只喜鹊》《古罗马斗兽场》《威尼斯商人》《科隆大教堂》《欧洲路旁的一则广告》等，诗人没有停留于“曾经到此一游”的层面，而去抓住最感人的日常生活细节，赋予诗歌生命力。所以说，诗歌的思想构成了诗歌的生命力，诗人都是哲学家。

诗集《一个普米人的心经》是诗人以一颗善良纤敏的心观察和捕捉着最能够打动人的细节，在芸芸众生中去发现温暖的一幕，以文字为镜头，把这一画面定格、放大、渲染，成为永恒，温暖和打动人们内心最柔软的地方。诗歌是文学中的微量元素。这首诗歌细节很完整，诗人叙写得很耐心，因为这首诗有了细节，才能传咏下去，能够进一步关心人类的普遍命运。

《科隆大教堂》描绘了闻名世界的德国科隆大教堂，此教堂集宏伟与细腻于一身，它被称为哥特式教堂建筑中最完美的典范。诗人没有描绘大教堂的形状和风貌，历史和魅力，也没有着力表达诗人从小凉山走到外面大世界的沾沾自喜。诗歌无意中触摸到了一个庞大而深奥的哲学问题：异化问题，人的物化问题。

在诗歌的情节流淌里，无意组成了五组对比鲜明的意象：

第一组：家乡小凉山与世界闻名的大教堂，不同地域的不同建筑特质的对比，偏僻、落后、贫苦与庄严、高贵、肃穆性质的对比。

第二组：物与人，大教堂建筑的金碧辉煌与大教堂脚下蜷缩着的奄奄一息的乞丐的对比，物体的高大上与人的低贱卑微的品质的对比。

第三组：量的多与少的对比，大把的钱与一个硬币。

第四组：乞丐的生存状态与教堂里的功德箱的对比，乞丐身旁与教堂的功德箱，灰色卑微的人生与功德箱所代表的虚伪、虚无的对比。

第五组：人与物，瘦弱的身躯与一堆物品，人的严重物化，人的主观能动性的缺失，对人类的终极命运的严峻思考。

五组对比的意象，集中渲染了把人当物，人的物化的普遍问题，诗歌具有了人文的情怀。强烈的反差凸显出来的是当下人们生存的精神境遇，爱的缺失，同情心的缺失，构成了一幅触目惊心的画卷。这里，读者情不自禁想到了欧·亨利的《警察与赞美诗》里的苏比，苏比的追求和追求的结果恰恰相反。多少年过去了，苏比的悲喜剧依然在教堂上演，历史是多么相似！人们的良心已经被虚假的功利蒙蔽得失去了方向。人在背离了自己的初衷，在离自己建构的理想王国的路上越走越远了。诗人用平平淡淡的叙述文字及真实的描写，留下了沉重的思考，没有一点点温度的社会，冷漠、自私的人类与大教堂教义的背离，揭露出这个社会和时代的病：欲、罪、污秽、丑陋、病态等不堪，而教堂，是基督教进行宗教仪式的建筑物，是人们寻求心灵安慰和灵魂皈依的地方，教堂里代表爱的牧师，是给予每一个人温暖和平安的；教堂，是人们用来忏悔和鞭挞灵魂的。诗歌里的一幕，不禁让人们反思：我们是在传承科隆大教堂的精神还是颠覆大教堂的命运？文化是文明的灵魂，这里涉及一个道德与情感价值的问题，信仰一旦与人的生命、生活和生存相剥离，成为一种纯粹的理论，一种纯粹的建筑，就蜕化为一种无生命标本式的存在了。诗人还写到了人类的信仰、人类的尊严和自由如何获得的问题。牵引、提升、照耀，是文学的品格，牵引着人往高尚、理想的境界走，来反观人正是诗歌的品格。鲁若迪基的这些诗歌，关心人，关怀人，不忘初心，让人的心灵变得柔软和明净起来。巩固人的价值观，这也是鲁若迪基诗歌存在的理由。

鲁若迪基没有排斥宏大的历史叙述，而把自己的私人化的叙述和微妙体验，感同身受注入到了宏大叙述中，他要用诗歌向世界证明，诗歌也可以书写历史，诗歌也可以拥有自己的历史观。《深圳》《圆明园》《兵马俑》等诗歌是用才华来复活历史的想象与温度的。因此，这些诗歌可以拥抱，可以亲吻，也可以超越时空。

诗集《一个普米人的心经》中使用了简短的语言勾勒出恢宏的意境，意境出来了，语言就退到意境的背后。最后，语言成为可有可无的东西，甚至可以消失了，这样的诗歌就是好的诗歌。

三、 请把我的爱人还给我

世界上，男人与女人的关系是最简单也是最复杂的。鲁若迪基的诗歌里充满了恋爱中的男人和女人的声音，也充满花开的声音，马的声音，树的声音。

《给你》《阳光照在你眼睛的一瞬》《有一种恨是不是最深的爱》《当你不再爱我》《碎》《爱的背影》等诗篇都是情诗。一般情况下，民间是弱势，它总被强势文化道德所覆盖，所以封建的一套道德标准仍然会在民间起作用。但在真正的民间底层，人的生存是第一性的，其他道德观念都比较淡漠。在远离现代化文明的小凉山地区，情感的表达往往是直接的、浓烈的，在鲁若迪基诗歌的小凉山世界里，文化的常数（小凉山本土历经数千年不变的恒定文化因素）与文化变数（小凉山在朝代转型过程中，自外而来并传染侵蚀的异质文化因素）交织碰撞，规定着诗人的生存方式及本质。

《如果没有了你》中诗人刻意强调和渲染了女人这个群体中的“你”，普遍概念“女人”与单独概念“女人中的你”形成鲜明的对照，“女人”的外延是模糊的，是不确定的，而“你”的外延是独一无二的，外延的明晰和确定，内涵也就规定了，变得鲜明而醒目，突出诗人对“你”的感情，如果诗人在“女人”与“你”之间选择，“你”就是“我”的生命，“我”的整个世界。

《没有比眼泪更干净的水》这首诗歌可以看成是1958年那永远无法抹去的一个时代的烙印。诗歌呈现出来的“父亲”饥饿的种种样态，代表了饥饿年代里饥饿的身体和饥饿的心灵，饥饿竟成了一代人的集体记忆，这事实本身就是荒诞和离奇的！饥饿是“父亲”当时最显著的存在体验。从诗歌文本来解读，“饥饿”一词至少有三层含义：第一层含义是维持生命机体存在的必要需求——足够的食物；第二层饥饿是心灵的渴望，一个普米族壮年人的成长本应该健康快乐完整，但在恶劣、贫乏、空虚、窥视、扭曲和恐怖的物质及精神环境里遭到创伤和挤压，以至陷入孤独、无力、苍白、绝望、虚无的恶性精神循环中；第三层含义应该是“性”的枯萎，身体的“无力”象征着一个男人生命力的枯萎甚至萎缩。性是促使生命产生新意义的一个重要因素，也是寻求人性中遗失的部分（如激情、原始生命力）的一条途径。充满生命力的“健壮如牛的”普米族男子在1958年，“一个美丽的少女”躺在“父亲身边”呈现出来的是“无力”，不仅仅是身体的无力，更是精神的断裂和枯竭。爱和死和自然，是诗歌题材的最高概括。而苦难是人类永远无法抹平的记忆，《1958年》是一个普普通通的少数民族男子对一个时代苦难的记忆和反思。从父亲身上，诗人极力突出生存环境的恶劣及生存资源的匮乏，在极其艰难的生存环境里迸发出一种不屈不挠的生命力的渴望，凸显出一个少数民族男子生命本身的力度和韧性。“多年后 / 他对伙伴讲起这件事 / 还耿耿于怀 / 说那真是个狗日的年代”。父亲的豁达、幽默和包容，这正代表着历经艰难坎坷而又蕴含着无穷生命力的伟大的中国母亲。诗歌里还写了人的有限性和条件性，既合理又非常规的状态，不再有道德扩张，因为生活在世界上不如说生活在观念里，极度的动荡，性格的极端性，生命力的扩张，自叙性的生活化的写作，成为一种揭示，中国人曾经经历过这样一种生存，而一个人的成长是很难的，特别是在中国云南高寒山区。诗歌具有再呈现的意义，排除了个人苦难以后，“1958年”还有什么价值？一个时代的灾难，受害最深的恰恰是生活在底层的民众。诗人把情感写到了极致，人走到绝路之后带来的灿烂。这首诗，成为父亲心灵深处的呐喊和呼吁：

“请把我的爱人还给我！”最底层的声音在没有自我意识下是没有办法表达出来的。生活中的琐碎等是民族原汁的东西，一个人要有一种粗糙的能力，在粗糙的表面上消解痛苦。这首诗的角度独特而新奇，《1958 年》，用因父亲的饥饿而引发的苍白无力来揭露一个时代的饥饿和苍白，或者，一个时代的饥饿、恐慌自然而然出现一个特定的、具体的人的饥饿和恐慌，两者互为因果，形成恶性循环。从这个角度解读，这是一首很成功地揭露 1958 年的社会时代的诗歌。

从性别文化来看，男性的宽容度是很低的，包括在远离政治斗争和儒家伦理道德影响的云南高寒山区，诗歌里的“父亲”不能等同“母亲”的角色。换角色思考，“一个美丽的少女躺在父亲身边”不能换位为“一位英俊的小伙子躺在母亲身边”，这样换位的结果，暂且不说有辱母的嫌疑，传统文化熏陶下的诗人和读者都不能够接受。虽然云南宁蒗的泸沽湖周边地区的纳西族摩梭人有走婚的习俗，但是，情爱世界的主角依然是男性，女性充当的依然还是配角，包括“父亲”身边的“美丽的少女”，与“父亲”一起生活的“母亲”，她的感受和情感与男性相比，显得不是那么重要了。世界待她们如草芥，她们依然绽放如玫瑰。女性的力量不止被男人偷走，也被这个世界偷走。“诗歌是没有常识的，只有它自身的一些基本事实。”[①]这些是从诗歌的空白和缝隙里浮出地表的一些基本常识。

鲁若迪基的诗歌，用文字撞开了一条精神的通道。

① 臧棣．诗歌反对常识．张艳玲，张萍，编．我的批评观．桂林：广西师范大学出版社，2016：134.

词性　磁性　慈性

——浅谈鲁若迪基诗歌的词语运用艺术

黄立康

先来看看少数民族诗人鲁若迪基从 20 世纪 80 年代开始文学创作后取得的一系列为人称道的成绩：作品在《人民文学》《诗刊》《民族文学》《星星》《诗选刊》《边疆文学》等国内顶尖文学刊物发表；有作品被收入《中国新诗年鉴》《中国诗歌精选》《中国最佳诗歌》等权威选本，甚至被译介到国外；曾获《人民文学》优秀诗歌奖、边疆文学奖、全国少数民族文学创作“骏马奖”、首届汉语诗歌双年十佳奖及第三届华语传媒文学大奖2004年度诗人提名。2008年《芳草》杂志首期推出“汉语诗歌双年十佳”，刊发了由十位批评家举荐十位诗人的作品，鲁若迪基是名列其中的唯一的少数民族诗人。

一直以来，围绕鲁若迪基诗歌展开的评论，多以其诗歌所呈现的鲜明而独特的地域性和民族性为主。大多数评论，都将其诗歌中浓郁的乡情民风、纯朴自然的语言表现作为重点论述，对其诗歌的词语使用艺术却鲜有论述。诗歌作为一种文学体裁，不论是抒情言志，还是反思揭示，都依赖语言的表达描述，而表达描述必须借助最基本、最微小也最多变的元素——词语来传情达意。有鉴于此，本文将以诗集《没有比泪水更干净的水》为据，从鲁若迪基诗歌的词语表达的“词性”“磁性”“慈性”三方面入手，浅谈诗人的词语运用艺术。

在对文章论点进行分条论述之前，有必要对“词性”“磁性”“慈性”这三个概括性的中心词进行解释。诗歌是通过词语（词性）的流动，构建诗歌的魅力（磁性），从而达到抒情（慈性）的目的。《现代汉语词典》中有专项的词条解释了这三个概念："词性"——指作为划分词类的根据的词的特点；"磁性"——能吸引铁、钴、镍等物质的性质；"慈性"——仁慈而充满怜爱之情。就诗歌创作而言，就另当别论了。

一、词　性

"词性"不单单指词的特点，在诗歌创作中更体现了词语的"质地"。特别是在词语使用的过程中，"质地"这一特点尤为明显。词语的"质地"会让读者、听者（诗歌需要朗读）通过阅读"触摸"词语，引起读者感官（感观）共鸣，情感认同，词语"质地"所呈现的冷暖、软硬、高低、宽窄、快慢、强弱、大小等感受，会让读者感受到诗人隐藏在词语、技巧和节奏之下的诗心，或孤独，或悲悯，或尖锐，这便是词性。

以诗歌鉴赏中常用术语"意象"为例，"象"即代表"意"，多数时候"象"与"意"的外延内涵是保持一致的，悲景抒悲情，乐景抒乐情。意象经过千百年的积淀，已经形成了约定俗成的意义，寻"象"知"意"，但意象的意义因固定而显得呆板，意象能触发的想象和抒情都是有限的。单个意象难成诗，堆砌意象难成好诗，意象肩负着诗歌抒情里"象征"的重任，而"象征"的意义会随着抒情主体的需要发生变化，这时候诗歌就需要依赖词语灵活的变化，助动，产生新的意义，产生巨大的张力、表现力、生命力，引得人临境入情。

维特根斯坦说："语言（词）的意义在于它的用法。"正因为这样，在诗人的视域、想象、词语命名和个人化的历史想象的影响下，同一意象和词语在不同诗人手中表现出不同的气质和独具的魅力。鲁若迪基诗歌的"词性"体现在何处呢？通过解读他的诗集《没有比泪水更干净的水》，我认为他的诗歌的"词性"来自三个方面：口语化，民族化，地域化。

（一）口语化

文化有七个维度：器物、制度、技术、风俗、艺术、理念和语言。诗人从这七个维度中截取片段，组词成诗，不仅表现了诗人某一瞬间的心绪，更表现了诗人所置身的时代和所代表的文化。纳西族学者白郎在其著作《纳西族历史文化研究》中也写道：“一个民族的文化有两条最重要的底线：一条是以信仰为轴心的传统内核，另一条是母语。”鲁若迪基虽是以少数民族身份写汉语诗歌著称，但汉语只是诗人的第二语言（甚至不是第二语言）。这种情况下诗人的汉语写作，势必会受到母语的影响。生活在西南边陲的少数民族，书面语表达在其语言发展过程中并不是特别发达。任何一种语言，在其发展最初阶段，都是以口语交流为主，而并不是以记录书写为主。语言的初衷，是满足日常生活的交流。语言的初态，应当是一种口语，广泛地运用在最基本最日常的生活中。在鲁若迪基的诗歌中，词语体现出口语化、方言化、生活化的词性特质。如：“鲁若洋芋”，“荞子”，“猪槽船”，“彝家阿妈”，“阿哥”，“土”，“狗”，“阿争伍斤”（人名），“车尔拉姆”（人名）等。这些表现诗人最基本最日常也最传神的口语，被写入诗歌中，口语就是生活。口语的介入不但保持了诗人在日常生活中发现诗意的特点，还表现出少数民族历史、文化、风俗的特色，使诗歌保持着一种有别于他人的“异色”。于坚在《棕皮手记》中说：“诗最重要的是语感，语感是诗的有意味的形式。犹如中国书法的美感来自线条流动的气韵，诗的美感来自语感的流动。一首诗不仅仅是音节的抑扬顿挫，同时也是意象、意境、意义的抑扬顿挫，是美感的抑扬顿挫。语感不是抽象的形式，而是灌注着诗人内心生命节奏的、有意味的形式。”无论阅读朗读，无论有声无声，诗歌都需要“读”出来。读就要注意语感，口语的语感的惯常性，决定了诗歌的观赏性；口语表达的独特性，决定了诗歌语言的独创性。诗人的《小凉山很小》，甚至是采用民歌的方式写就，谱曲演唱，广为流传。民歌是少数民族不可缺少的一部分，是口语的另一发展层面，在这里不做论述。

（二）民族化

毋庸置疑，鲁若迪基诗歌中所选的词语，在“词性”方面是有很强的“民族性”的。诗歌的民族性，其实就是诗歌的独特性，也是词语的独特性。民族独特的心理和语言，与这个民族所居住的自然环境、经济生活条件及历史遭遇密不可分。从一首诗歌的词语中，可以看出诗人所代表的民族心理和文化。于坚在《棕皮手记》中所写的诗歌评论，给我们的论述提供了理论依据：“在诗人的潜意识深处，有一个由他所置身的社会，时代的政治、文化、宗教、家族遗传、历史、审美价值、人生阅历的影响形成的活的积淀层。诗人的直觉，就依附在这块积淀层上。他所直觉到的一切，都是有意味的，虽然诗人对此是无意识的。诗人只要把直觉到的组合成语感，一切无意识的都会有意识，无意义的都会有意义，因为生命的呼吸已灌注其中。”“走婚”“普米族人”“神仙”“菩萨”“经幡”“神山”“火塘”“月路”等大量带着独特民族感的词语，出现在鲁若迪基的诗歌中，这些词直指诗人的心灵世界，是诗人内心归属与神性的体现，它们不仅表现了一个民族生存、繁衍、发展的日常生活，更带领读者进入这一民族在时间长河中形成的历史、文化、宗教等精神领域。

（三）地域化

虽说众多民族都有自己不同的地域、不同的语言（口语）、不同的秉性，但“小凉山”“泸沽湖”“普米族人”却是独一无二的，因其衍生的词语也是独一无二的。鲁若迪基诗歌中，有着特点鲜明的“地域意象”——“小凉山”“斯布炯神山”“村庄果流”“花楼”“月路”等。这些地域意象，拓宽了诗歌的地域性和时间感。这些地域意象，不仅拓宽了诗歌构建的外围空间，更引导我们走进诗人的内心世界。境决定了景（物），物限制了情。独特的地域决定独特的视域；独特的表达方式决定了独特的句法；独特的民俗历史决定了独特的思考气质。

还有不容忽视的一点，鲁若迪基诗歌中出现了较多生活中的人名和地名，如：“阿争伍斤”，“车尔拉姆”（姓名），“斯布炯”，“果流”（地名）等。这些名字在最初是以民族语命名，并用民族语使用的，运用到诗歌中，就是民族语的音配上同音的汉字，在阅读或者朗读过程中，奇异的音节组合不知不觉中便透出民族、地域、历史的韵味，让读者有奇异的异域感。

二、磁　性

磁性，即吸引力。诗歌内部存在着一个磁场，能够在不知不觉中吸引读者。这磁场通过词语构建出一个诗歌时空，可以扩充，可以深掘。磁性可以是多维的。白居易著名的《与元九书》对诗歌有这样的评价："感人心者，莫先乎情，莫始乎言，莫切乎声，莫深乎义。诗者，根情，苗言，华声，实义。"借白居易的观点，"情""言""声""义"都可以成为"感人心"的磁体，读者见仁见智地阅读，都可以因这些切入点而被带入诗歌。而文句中"莫始乎言"和"苗言"恰到好处地证明了一首诗歌吸引读者，是从诗歌最表面、最基础的"言"——词语开始的。诗的魔力来自词语。第二部分将"磁性"定为中心词，下面就让我们看看鲁若迪基诗歌的词语运用艺术有何独到的磁场能够吸引读者。

（一）舒缓的节奏

解析一首诗歌的词语使用，我喜欢从词力（词语的力量）、词质（词语的质地）、节奏、风格这几个方面进行评论。诗人鲁若迪基能够取得一系列为人称道的成绩，很大程度上得益于他的诗歌创作风格稳定且自成一派。从整体上看，鲁若迪基的诗风舒缓轻柔，语言朴素自然，抒情主体多以女性形象为主。诗人下意识地选择的词语，若是以软硬来分，应当属于"软质词语"。在诗集《没有比泪水更干净的水》中，我们很少寻到词力刚猛、词质坚硬的词语。当然，很少，并不代表没有。我们来看鲁若迪基的下面这首诗歌：

1958 年
一个美丽的少女
躺在我父亲身边

然而，这个健壮如牛的男人
却因饥饿
无力看她一眼……
多年后
他对伙伴讲起这件事
还耿耿于怀
说那真是个狗日的年代
不用计划生育

——《1958年》

诗人借助父亲的口，将一个“脏词”放在诗的结尾，这个词，刚猛粗犷，将诗人对那个特殊时代，人的欲与困，愤怒与无奈等复杂情感粗暴戏谑地统一起来，推波成浪，达到抒情的高峰。除此之外，大部分的词语，构建的诗风，都柔软舒缓。例如：

小凉山很小
只有我的眼睛那么大
我闭上眼
它就天黑了

小凉山很小
只有我的声音那么大
刚好可以翻过山
应答母亲的呼唤

小凉山很小
只有针眼那么大
我的诗常常穿过它
缝补一件件
母亲的衣裳

小凉山很小
只有我的拇指那么大
在外的时候
我总是把它竖在别人的眼前

——《小凉山很小》

整首诗基本上以四个短句为一个节拍，四个短句组成的长句，节奏舒缓，有利于抒情。诗歌有排比句，但排比句没有增强气势，而是强化了抒情。动词“闭上”“翻过”“穿过”“缝补”“竖在”都不是力量感特别强的词语，形容词“小”甚至将词语的流动限定到了一些具体的细小的情节上，无法出现宏大的场面。几个精选的意象“眼睛”“针眼”“拇指”词质柔软。为了让读者有一个鲜明的印象，我将截取昭通诗人樊忠慰创作前期的代表性诗作《黑豹》来进行比较。

“嚎叫吧！诗歌 / 不幸的生命 / 因破碎更美 / 你看夜空那颗暗淡的星 / 会不会是黑豹的眼睛 / 在我的手中 / 成为黄金”。诗人以两句为一个节拍，节奏紧凑，诗歌情景变化快。“嚎叫”“破碎”等动词力量感十足。定语“不幸”“暗淡”“黑豹”“黄金”的修饰，使词语暗含坚硬而有力的质地。

（二）独特的想象

“雪后 / 那些山脉 / 宛如刚出浴的女人 / 温柔地躺在 / 泸沽湖畔月光下 / 她们妩媚而多情 / 高耸着乳房 / 仿佛天空 / 就是她们喂大的孩子”（《女山》）。“山路如绳 / 深深地陷进 / 山的肩胛 / 它背上的大海 / 开始摇晃 / 月亮像一只银瓢 / 浮在上面”（《背海》）。鲁若迪基诗歌中运用的比喻精妙贴切，以比喻为基础，时常会给读者呈现出一些想象奇特的诗境。这些意料之外却又在情理之中的惊艳诗境，与诗人独特的视域有关。诗人借助文字，一反常态地对诗歌空间进行描述，逆转了我们习以为常的视觉描述、惯性思维和抒情体验。《女山》中，诗人以“女山”为书写对象，几个词语的跳转，为我们呈现一个层次分明，妩媚温柔的图景：山脉——湖面——山峰——天空。这一视域层次中泸沽湖的面积最小，横断山脉次之，天空最为广阔也最深邃。诗人先将“雪后的山脉”比喻成“刚出浴的女人”，从何处“出浴”？自然是从月光下的泸沽湖。随后又将视角转换到“高耸着乳房”的山峰上，突然一下峰回路转，最后一句颠覆了我们惯常的视域思维，原本最广阔、最深邃、最伟岸，代表着无上力量和至高地位的“天空”，成了最单纯、最柔弱、最渴求温暖和柔情的孩子，“就是她们喂大的孩子”，将天之大美，化为柔情似水。

《背海》也有着异曲同工之妙。诗人的视角是由低到高变化的，从“山路”到“月亮”。以比喻作为基础，推进叙事，“山路如绳”，那“山”即一个“背水人”，“背上的大海”其实不是大海，而是蓝色的天空。就是这一句，诗人靠着对空间的独特驾驭，使原本向内压抑有局限的空间，一下子向外打开，被迅速抬高了。这种空间的逆向转换，诗人借助新奇的比喻完成，我们的想象力因追随诗人的视野转换，因失重而眩晕，独特的视域拓展了诗歌的空间之美。但诗歌还没有结束，“背水人”背上的大海，随着背水人的走动起伏摇晃，动感十足，画面最高处的月亮，在此时幻化成了海面上的“银瓢”，波光粼粼，晃晃荡荡，微妙难言。

于坚说过：“最高的诗是微妙。神妙乃微妙。不是奇妙，绝妙，巧妙，精妙，高妙，奥妙，是妙不可言，而不是妙语惊人。”

（三）比喻和象征

中国作协创研部选编的《2014 年中国诗歌精选》收录了鲁若迪基发表于《诗潮》2014 年第 8 期的《老人的山岗》，这首诗短小精悍，言近旨远。透过这首诗，我们可以看到诗人通过修辞控制语言，从而达到抒情写意的目的。连同上一部分两首《女山》和《背海》，这一些诗歌里，可以窥见鲁若迪基诗歌语言的另一大“磁性”——巧用修辞。这一现象的出现可以看出一些诗人对诗歌的思考和风格变化。

这座山岗

坐在这里很久了
山岗多石
人们便在山脚建了工厂
高高的烟囱
整日里冒着白烟
远远望去
就像一个老人坐在那里吸烟
多少年过去
山肚子里的石头被渐渐掏空
一个夜晚
我听到了几声山的咳嗽
然后是一声巨响

——《老人的山岗》

诗歌保持了诗人一贯的风格，节奏舒缓，语言朴素自然，更为突出的是诗人借助修辞手法对诗歌意蕴的深入表现。整首诗运用了多种修辞手法，交替出现，先是拟人，“这座山岗/坐在这里很久了”，随后是比喻，“就像一个老人坐在那里吸烟”。随着诗意的推进，我们发现，已经不能简单用“拟人”和“比喻”两种手法来概括这首诗的修辞，因为后文中对诗歌意蕴的揭示，已不是这两种简单的手法能达到的了。诗歌中，诗人还运用了“象征”的手法。象征对诗歌的重要性不言而喻。诗人需借助具体的事物表现某种抽象的意义，以物征事，揭示深刻寓意。在《老人的山岗》中“山”与“老人”之间，不仅仅是比喻关系，更是以山象征人，山的形象是老人的形象，老人的命运即山的命运，或者说山和老人是血肉相融、命运相连的，到最后我们甚至分不清这是山的命运还是老人的命运，只是愣在那儿回味。“山即老人”这是一个诗人设定的象征，山——老人——山，这种往复回环的象征，揭示了诗歌最后那一声巨响——一座山岗“死了”，但死亡是不会有巨响的，作者以山崩塌之声，意味深长地揭示了生命的死亡，过去的消失给人带来的巨大震撼和无法填补的失落。于坚在《棕皮手记》中说："诗的活力来自词环绕一个既成象征的错位式的运动中，这个运动是一个可以描述的运动，诗就是在这个运动的过程中获得澄明。"

三、慈　性

慈，本义为仁爱。《说文解字》曰："慈，爱也。"在现代汉语中"慈"有"和善"的含义。在这里我们以《说文解字》的释义为准，谈论鲁若迪基诗中的慈，歌里的爱。"爱"的涵盖面是十分宽广的，亲情，爱情，友情，家仇，国恨，情怨，伤悲，感人心者，莫不是情。一个人的世界其实有两个，一个是向外的世界，还有一个是向内的世界，一个诗人的创造力，不仅来自对外在世界的描述，更重要的是以外在世界为基础，不断地对内心世界进行挖掘、拷问。当诗歌能够到达"境"与"心"的统一，那诗就是一首好诗。鲁若迪基诗中的情感河流以诗歌为媒流向两极，一方向外，流向众生和大地；一方向内，流向亲人和故乡。

鲁若迪基诗歌中不乏宗教般高尚的人文情怀，这种情怀，充满"慈性"。如诗歌《汶川的问》《最后一课》《穿过夜空的乌鸦》《愤怒的海》《都市牧羊人》《乞丐》。这些悲悯是向外的，面对的是大地上的众生，抒情的对象是一个群体，没有独特的面貌，即使诗歌中对个体形象有着细致鲜明的刻画，但这种个体背后代表着庞大的群体。他对人间的苦难怀有着博大的爱和悲悯的目光，以感同身受的情感来对待，把众生的苦难当作自己的苦难，把众生的悲痛视为自己的悲痛。长歌当哭，声虽微弱，却是他关注国家社会和百姓，饱含深情的体现，用悲悯之心看待每一个生命，对生命充满着恋爱和敬畏。他在他的诗集《没有比泪水更干净的水》的序言中用尽全力呐喊："诗歌是这个世界的良心。"一颗赤子之心，一份爱国之情。

但悲悯情怀是世界所共有的。向内的情感才使得"鲁若迪基"成为"鲁若迪基"，这情感有着鲜明个性，还有时代性、地域性、民族性，亲人、故乡、神山都是诗人内心世界的折射。所有的民族，在思乡这一层面，达到世界一致性，又有着不可替代的独特性。无论何时何地，无论何人何族，诗人们都会将“乡愁”作为一个永恒的话题进行书写和歌颂。乡愁是一个永不过时的主题。在鲁若迪基诗歌中高频率地出现诸如“双亲”“村庄果流”“神山斯布炯”等诗人命名的词语，这些词语体现出鲁若迪基诗歌中的“慈性”所在——乡愁。鲁若迪基在他的诗集《没有比泪水更干净的水》的序言中写道：“在云南红土高原的西北，有绵延千里的小凉山，奔腾喧嚣的金沙江，直刺青天的玉龙雪山，还有美丽动人的泸沽湖。我就出生在那片神奇美丽的土地上。虽然，至今那片土地还没有彻底摆脱贫困，可是，那片土地上的人们纯朴善良，面对困难所表现出来的乐观豁达，总使我心底涌起感动的热潮。作为行吟在那片土地上的歌者，我是幸运的宠儿。”“我深深地爱着那片土地上的人们！在我的诗里留有他们的笑、他们的泪和期盼的目光。我与他们同悲同喜同落泪，对未来的日子充满希望。我的诗是那片土地上的一捧土，是爱恨交织的疼痛，我想用诗证明：诗人是爱的代名词，即便是恨，那也是因为爱。”

诗人想要让诗成为小凉山、泸沽湖边的普米族一切真、一切善、一切美的存在的证明，正是因为心中这一使命感和责任感，让诗人不断地以故乡为抒情对象，抒发对故乡浓浓的爱和深深的眷恋，从而打动了千万读者。

（原载《边疆文学·文艺评论》，2017 年第 8 期）

扛走痛苦让世界喜欢

——鲁若迪基诗歌的美学贡献

蔡晓龄

中国当代诗歌的生存背景是一个充满冲突的时代，是自由选择的时代，除了汉族文学和外国文学的影响，同时代其他民族的作家的创作（尤其是在多民族聚居作为区域历史的最重要特征的地区）对当代少数民族作家的影响更为直接、具体、强烈，他们之间更容易产生艺术表现上的相似性。我作为民族作者所担负的本民族文化自身的冲突，首先它表现为传统文化在现代化进程中产生的种种变异，其次它表现为作者自身文化观念的深刻裂变。我们看到了围绕少数民族作家形成的种种影响因素构成了一个巨大的系统，任何系统的运作都有其科学的规律，并表现出一系列重要的态势。在这一系统中活动的中国当代少数民族诗人群也相应显现出了几种典型的文本姿态。

普米族诗人鲁若迪基以其与众不同的语言风格在少数民族诗人中脱颖而出，引起了中国文坛的高度关注。换一个说法，中国文坛终于在喧哗与骚动的诗歌海洋中惊喜地识别出了一张独一无二的面孔。

小凉山很小
只有我的眼睛那么大
我闭上眼
它就天黑了

小凉山很小
只有我的声音那么大
刚好可以翻过山
应答母亲的呼唤

小凉山很小
只有针眼那么大
我的诗常常穿过它
缝补一件件母亲的衣裳

小凉山很小
只有我的拇指那么大
在外的时候
我总是把它竖在别人的眼前

——《小凉山很小》

眼睛、声音、针眼、拇指，几个意象背后引出的日常生活细节是那么纯朴、自然、直白，却带来一种极富亲切感的惊喜与震撼，这就是鲁若迪基式的表达独有的魅力。在诗集《一个普米人的心经》的序言中，他坦言："我就是带着深深的民族文化的烙印，唱着小凉山的歌走向文坛的。我唱的歌也许不重要，重要的是我在歌唱，我的声音别人无法替代。"他强调了民族性的重要，对民族内在精神挖掘的重要，保护多民族文化生态链的重要。小凉山是诗人的母土，也是他的信仰，当万物在他眼中有了生命，整个自然就活了起来，故乡的一草一木成为诗人笔下不断喷涌而出的原始意象，这些意象是以民族生存方式与心理特征为基础去发掘创建的。

星星一样多的村庄
那个像月亮
也像太阳的村庄

是故乡果流
那里的雨是会流泪的
那里的风是会裹人的
那里的雪是会跳舞的
那里的河
在我身上奔流为血
那里的山
在我身上生长为骨
我熟悉那里的神
也认识那里的鬼
他们见了我
都会拥抱一下
这个世界
只有那里的鬼
不会害我

——《果流》

阴阳两界的贯通与自由往来使平凡的现实蹦出了火花，其根基是民族传统意识中的万物有灵观念、万物平等观念、原始人道主义观念汇集成的民族心理积淀的沃土，它给了诗人观察世界的角度和解读世界的途径，甚至决定了诗人对万物的态度、感受方式及感受本身。在平易中闪现智慧使他的诗歌感人而难忘。

老人很老了
唱歌的时候
声音微颤
闭着眼
似乎睁开眼
世界就会消失
他的双手扶在

盘腿的膝盖上
不停地摇晃着
似乎那些歌
是他从很远的地方
一步步吆喝着赶来
唱到动情处
头不住前倾
仿佛再用一点力
就能穿越时空的边界
火塘的火渐渐熄灭
老人开始沉入黑夜
成为石头的一部分
他的歌从石缝里
淌出来
慢慢涌入
我们的心房
最后从我们的眼眶
潸然溢出

——《古歌》

这是任何人群中都常见的一种景象，孤独的智者讲述着族群的昔日生活（大部分来自想象），讲述者无法拉近历史与周边人的距离，从而使自身雕塑化了。但那些叙述或歌韵里含着一些来自基因的熟悉感，讲述者像牧者游戏着历史，喂养着一代代死者和他们的时代，年老的智者似乎已达到忘我的境界，他无法传递那种通灵的感受，而他的通灵被周围人归入了神话的范畴，于是他还要忍受自身的魔幻化所加重的孤独——他是那个唯一知晓秘密的人。放牧想象的人是一个奇迹，他的职能如此空洞，因为他无法让历史复活。于是，神迹被疏离，人群因疲倦或厌倦而离去，歌者“成为石头的一部分”。在现代文明的背景下抚摸一首古歌，等于在黑夜里抚摸虚无，人在历史中的暂存与孤立无援仿佛一个休止符，又仿佛汪洋间突然蹦起一滴水珠，无言的伤感与绝望交织成的沉默恰恰像托举一张脸一样，把人类的尊严摆弄到最佳角度，造就了绝色面孔至高无上的美。古歌的意蕴、场景，历史的深不可测的奥妙难言，人类高傲自尊的退场与悄然在场，在自我反观与自省中将热泪溢出了全人类的眼眶。黑夜，石头，老人。千万年来，火塘总想烧毁时空的边界。正应了一句俗话：真理总是简单的。

鲁若迪基喜欢简单的真理，或者说，他喜欢让真理显现为简单状。《无法吹散的伤悲》用最简洁的句子写出了对父母的不能割舍之情。客观规律对人心的伤害往往在于对所爱事物的剥夺和对死亡的领会，最残酷的伤害无外乎亲人间的生离死别，那种来自虚无的撕咬显出了我们完全的无辜及毫无还手之力的处境，痛彻肺腑。《一群羊从县城走过》描写了羊群被驱赶穿过县城走向屠宰场的悲剧场景。羊本来是山坡上的羊，现在来到了陌生的城市赴死，羊与现代文明的对峙触痛了人最敏感的神经，被吃是羊的命运，但集体奔赴屠场则是现代化商业社会对生命的抹杀，人性灭绝带来羊性灭绝，而这一切众人却习以为常，掩盖在熟视无睹的冷漠里，这当然不仅仅是羊的悲哀，最深切的悲哀不是死亡，而是对死亡的视而不见，悲剧在这里令人不寒而栗。《我曾见过的乌鸦》以乌鸦为主角，这个在民间文化中惯常出现的黑暗与不吉利之物在北海公园登场，并遭到两次诘问："为什么北海公园 / 会有这样的鸟呢？""为什么北海公园 / 就不能有这样的鸟呢？"两个为什么的对比构成了一种多层次的意义铺设，体现出一种哲学意味上的对抗与反讽，以及抽离背景后事物向其本意的回归。从平凡中见出不平凡，从不平凡中见出平凡，最终回到本质。报丧的乌鸦受到夸奖，因为它不说谎话，这也是一个少见的角度。《没有比泪水更干净的水》延续了民歌风格，完全没有故弄玄虚，大家的泪水自然地流下来，流在一起，是因为我们懂得了爱，爱的泪水汇集在一起，养育人心，像江河养育万物。"干净"二字极其耀眼，为我们呼唤着那些沿袭已久的价值及最纯朴的人性。

鲁若迪基善于从最简洁的意象入手，开掘出无限深意，这证明了他是一位有思想能力的诗人。

羊选择了一株株草
草却不选择羊
刀子选择一只只羊
羊却不选择刀子

——《也是一种选择》

四句诗行直指生物链上万物的相互供养关系，刀子作为人的意志的创造物——工具，介入了自然界的运行，生建立在残酷性或搏杀的基础之上，它不再是简单的恶和疼；每一物都显示强与弱的双重身份，无胜败也无是非。

其实有什么呢
不就是让你闭上眼睛吗
不就是让你不要再说话了吗
不就是让你不要再听见什么了吗
不就是让你不要再走动了吗
不就是让你不要再思想了吗
不就是让你疲惫的身躯彻底休息了吗
一生中有那么一次
有什么不好呢
既然我们没法平均土地
没法平均房屋
没法平均金钱
没法平均权利
那么，就让我们平均死亡吧
让每个人只死亡一次
让那些衣不蔽体食不果腹的人

想死两次也不能
让那些想长生不老的人
不死都不行

——《最平均的是死亡》

结尾段非常有力，充分体现了鲁若迪基的语言风格——一种非缠绕的直接性，坦荡无遮的人格胸怀，质朴、简洁、犀利、直白、雅俗共赏的语感，博大深厚的宽容，带着活泼意味的沉重与欢欣的释然。

《如果没有了你》展现着急促的节奏，思辨以追问的语气加强着力度，通过物与物间相互意义的赋予揭示了人与人、爱人与爱人间的生死相依。它是一种沉思状的低语，也是喘不过气来的拷问。《铸剑》中妙趣横生的表达展示了口语、俗语的魅力，当爱上升到不占有的坚守时，就找不到对手了，爱的信念吓退了所有的敌人。《日争寺的喇嘛》描绘了新鲜的寺庙生活场景，其张力在于宗教与世俗的天衣无缝的混合，神性与俗性的交合糅合出生活的健康欢乐，富于幽默感的调侃别出心裁，叫人兴味盎然。

鲁若迪基的诗歌经常在异地（异国）和故乡（故国）之间穿越，实现两个时空的转换跳接。在《好似一阵吹过故乡的风》中，他站在泰山顶上，“一阵风呼叫着吹来 / 它像从很远的地方赶来 / 还叫着我的名字 / 顺手摸了下我的头 / 帽子就被摘去了 / 顺手摸了下我的耳朵 / 有些话就被掏走了 / 顺手摸了下我的脸 / 一层皮被撕下了 / 顺手牵了下我的衣角 / 就长出了翅膀 / 它吹过身旁的松树 / 松树弯下了腰 / 吹过前面那座庙 / 我听到了呼啸声 / 那声音如此亲切熟悉 / 多像一阵吹过故乡的风啊”。泰山与故乡两重时空刹那间对接，方言土语自然流淌，色彩奇异，生机勃勃，多重身份瞬间重叠，故乡被携带，在世界上穿行。故乡的代言人，在人世间征服。空间的移植蓄满生长的力量，那是故乡的扩张，是代言人的价值实现。类似的还有《飞行中想起一场葬礼》，在诗人飞往自由女神国度的同一时刻，时空转换到故乡的一场葬礼，民族的宗教领袖带着旧时代在历史长河中远去，这是一个民族的集体哀伤。而诗人的哀伤只有浸泡在这集体的哀伤里，才会使诗人保持清醒，使他明白自己从活佛手中接过了什么使命。《背着雨的云》中，背着雨的云和山里背着水的女孩，一个在天，一个在地，两种活法，两种命运，得失无法算计。后者接地气的活法带着许多缺憾，却丰满、充实、健康、快乐，但那丝感叹与不甘是必须存在的，它展现了人类对永恒性的追求。《种苦荞的人》表现了人与大地的默契，各自守着本分。人类那么知足，那么感恩，那个品尝荞饼的动作自然、朴实而又充满神奇："种苦荞的人 / 默默地咬了一口荞饼 / 不急于吃下去 / 而是默默地嚼着 / 好像他嚼着的不是荞饼 / 而是从太阳上掰下的 / 一块什么。"最后一句的想象如此浪漫，朴素的物象，大方而求拙的表述，突然拔高了人在宇宙中的形象，颠倒了人与自然的位置，而且完成得天衣无缝。

高大伟岸的鲁若迪基连悲情都带着微笑，他不像很多诗人那样过滤痛苦，让它结晶，而是像西西弗斯，直接把痛苦扛走，这是大力士或巨人的姿态。被扛走的痛苦去了哪里？是扔进山谷？抛向大海？还是深深掩埋？这成为一个秘密：世界的诗眼。

（原载《中国当代多民族文学共同体发展格局研究》2018 年版）

“小凉山诗人群”诗歌地方性知识书写研究

曹晓剑

“地方性知识”是美国人类学家克利福德·吉尔兹提出的人类学概念。他认为“‘地方’是一个相对性的概念，地方性也具有时空的限度”。从地理空间的角度看，“地方”作为一种地理空间的存在，特指某个区域。当人们提及该区域历史文化时，通常以该区域的地理称呼来命名，如“荆楚文化”“吴越文化”和“巴蜀文化”。不同的文化圈、地域、民族、艺术形式都是地方相对性的体现。从时间的维度上看，地方的动态生成需要经过漫长时间的积淀，不同时期都有其独特的文化内核，也是区分一个地方特质的方法。“知识”是人类在实践中认识客观世界的成果，包括事实或信息的描述等，但至今人们对知识还未有明确的界定。吉尔兹认为知识不完全等同于形色各异的文化符号，还包含了文化符号所承载的观念和意义，有着其独特的地方性。不同地区的文化符号有着明显的区别。

在《地方性知识：从比较的观点看事实与法律》中，吉尔兹指出：“地方性知识不仅指地方和事情发生的特殊经过，还有当地人对事物的特殊想象以及特殊理解。”首先，地方性知识除了特定的地域意义，还囊括了当地特定文化、语言、习俗、风物、价值观、立场、利益关系等，具有不可翻译性。其次，在不同的时空背景下，人们对事物的想象与理解也随着时间的流动而发生变化，这是地方性知识的流动性特点。

云南小凉山地处高寒山区，以彝族、普米族、摩梭人（纳西族支系）为主的少数民族在这片土地繁衍生息。在与艰苦环境的斗争和社会发展的变革中，他们以自己的智慧与勤劳，创造了独特的物质文化和精神文化，也成为小凉山诗人群重要的诗歌粮食。透过小凉山诗人群的诗歌，我们可以窥探到小凉山地区独特的风物、各民族的神话传说、图腾崇拜、生命仪式和宗教信仰等多样的地方性知识样貌。从一定意义上说，小凉山诗人群的诗歌，就是一个集中展示小凉山地方性知识的陈列馆。

一、小凉山风物书写

“风物”一词出自陶潜的《游斜川》诗序：“天气澄和，风物闲美。”风物一词在中国古汉语中指风景、物品或者是地方特产，有时也指代风俗或具有鲜明的地域性的物品。小凉山诗人的风物书写与他们生活的这片区域有着密切的联系。早年生活环境中的自然风景、粮食作物、民俗人情，都在年少之时熏陶了诗人，并逐渐形成最初的地域文化心理结构。雷平阳曾评价道：“阿卓务林写作的场域一直围绕着小凉山展开，山峦、白雪、村庄、河流、苦荞、鬼神，他笔下的太阳是小凉山的太阳,他笔下的江河是小凉山的江河,人物，命运，生与死，来与去，都是小凉山的。”小凉山诗人对风物的书写，除了风物本意，还是一种文化的象征。

（一）小凉山自然风景书写

自古以来，中国诗歌就离不开对自然风景的书写，谢灵运开创了描写山水风景的“山水诗”。王国维也在《人间词话》中论“情”与“景”。二十世纪五六十年代，云南少数民族诗人如晓雪、张长等通过对边地的风景体验，表达了对国家的想象，在风景中融入了民族团结、社会繁荣的时代主题,使他们在中国诗坛也占有一席之地。风景与诗人的情感的讨论也从未断绝。

由于地理环境因素的限制，小凉山地区可以说是一个半封闭的地区。在这样的客观条件下，与自然风景的接触便更贴近人心。祖先通过自然了解自己和认识周围环境，并在自然中获得生存的基本条件。在原始的自然崇拜的观念下，小凉山诗人群也创作了许多歌颂自然的诗篇。如鲁若迪基的《干净的树》《小凉山很小》《永远的孩子》，阿卓务林的《凉山》《黑色的大地》，阿克·雾宁石根的《美丽与精灵》和李永天的《喝着山泉行走》等，都是自然风景情感化的书写。如鲁若迪基的诗歌：

小凉山很小
只有我的拇指那么大
在外的时候
我总把它竖在别人的眼前

——《小凉山很小》

对世界来说小凉山很小，但小凉山给予诗人的文化滋养却让诗人足够自信。诗人将小凉山深沉的爱化为自己身体的一部分，自信地歌颂着小凉山。除了对自然进行情感化的书写，诗人还用诗歌命名了家乡。如诗歌：

那个像月亮
也像太阳的村庄，是故乡果流
那里的河
在我身上奔流为血
那里的山
在我身上生长为骨

——《果流》

无论走在哪里
我只背靠一座叫斯布炯的神山
我怀里
只揣着一个叫果流的村庄

——《选择》

在诗人心中，故乡“果流”是如太阳、月亮般充满光明的地方，而“果流”两个字除了饱含着希望也附带着丰收、自然崇拜等意蕴。李美皆曾写道：“果流，诗人村庄的名字，让我为汉语的魅力而折服，两个字的组合，就胜似一幅美轮美奂的图画，因为它是流动的美。五颜六色的鲜美的水果，从山谷间雀跃流过，一路芬芳，这就是这个名字呈现给我的画面。我怀疑这个名字是诗人音译或意译出来的，这是一个属于诗歌的名字。”经调查发现，诗人的家乡是坐落在泸沽湖畔翠玉乡的一个自然村，当地汉人并未对该自然村有固定称呼，也无相关文字记载。“果流”这个词来源于普米话中的“$ko^{55}lø^{13}$”，通过诗人诗意的音译，赋予了家乡名字更广阔的文化内涵，同时这也是地域命名的文字记录。现在乡镇也有“果流大酒店”“果流山庄”“果流批发部”等店铺名称，店主都来自诗人所在的自然村。“果流”在乡镇的广泛使用也是对诗人诗意命名的认同。

小凉山地属云贵高原，地貌呈山高谷深的复杂形态。在小凉山境内的河流，主要分为金沙江水系和雅砻江水系。长江流域是我国文明的发源地之一，在长江流域上游居住的小凉山各族人民，千百年来在此繁衍生息，并不断发展。作为小凉山地区母亲河的金沙江，与小凉山诗人群有着密切的联系。面对秀丽壮阔的金沙江，李黑在诗歌中写道：

云雾一声嘶鸣
高原峡谷深处
巨龙跋涉的身影像行者
坐在大山坚硬的怀抱
日夜瞅着它
经过小凉山腹地
在小凉山血管中爬行
风吹日晒雨淋不变的背影
弯曲了远去的目光

——《金沙江》

李黑用“巨龙”“坚硬的怀抱”来形容金沙江与小凉山，让金沙江奔腾磅礴的壮阔景象跃然眼前，是小凉山境内金沙江风貌的呈现。诗人将金沙江比作“鲜血”，流淌的金沙江正是小凉山生命力的象征。望着在群山之间远去的金沙江，诗人不由得感叹，时间虽在流逝，但东流的江水却不曾改变分毫。阿卓务林笔下的金沙江则是生态性的呈现：

金沙江是西部的血管
不信，你锯一锯森林的臂膀
看看流进长江的是不是污血
金沙江是东部的神经
不信，你戳一戳雪山的脑门
看看，滚入东海的是不是怒吼

——《金沙江》

诗歌两节中，诗人用“血管”“神经”强调金沙江对整个长江流域的重要性。诗人用“信”与“不信”让读者自行抉择，抉择的过程便是思考的过程。“污血”“怒吼”不禁让人们的心被重重一击，警示人们植被破坏和水土破坏对生态带来的恶劣影响。

金沙江边的那些树木
曾经历风风雨雨
曾见证祖先动人的私生活
层层叠叠的万年肥，掩饰不住
族人穿崖而行的小道
金沙江边的那些雪山
就好比祖先的凉山马
任我自由鞭策
如果你勒一勒缰绳
勒一勒追逐众神的皮鞭

你来的时候
莫嫌路多坎坷
你来了
苹果红了
荞麦黄黄
我含着笑

——《静静的泸沽湖》

镜子一般清澈的泸沽湖水倒映着周围的湖光山色，从山到水，从天空到湖面，层层递进将人带进泸沽湖静谧的画卷之中。在画卷中，“猪槽船”“苏里玛酒”“锅庄”“苹果”“荞麦”等具有小凉山地方性特点的风物，将人们从湖光山色带入平凡的湖畔人家，感受着泸沽湖独特的风土人情。生长在泸沽湖畔的诗人曹翔笔下的泸沽湖是这样的：

家乡的泸沽湖
冬天也不结冰
依然色彩斑斓
像母亲的臂弯
枕着儿女永远的甜蜜
清清的河水缓缓
像青涩的少男
却也
抵挡不了泸沽湖的诱惑
偷偷地溜了进去
傍晚，母亲围绕着玛尼堆转经
鸟群与神话一起栖落群山
泸沽湖磨着黑夜里的镰刀
割着星辰
木楞房淌出淡黄的灯光

花楼的花窗里影影绰绰
黑夜的泸沽湖
无愁的安静
收藏了无限的真诚
像一碗醇香的苏里玛酒
醉了乡村和远方的客

——《泸沽湖》

曹翔笔下的泸沽湖已区别于观光时对秀丽风景的赞美诗篇。“木楞房”“花楼”都是泸沽湖畔代表性风物，在少数民族家宅文化的影响下，除了房屋本意，也是“故乡”“家园”的象征。在这首诗中，诗人营造了一个温暖的泸沽湖意境。“意（情）与境（景）的关系也就是心与物的关系。”泸沽湖对曹翔而言是有温度的，是“冬天也不结冰”的温暖，是如母亲怀抱一样的温暖，是如同喝了苏里玛酒的温暖，也是淡黄色灯光营造出的温暖氛围，整首诗透露着闲适的宁静。任何美都呈于内心，现于外物。泸沽湖风物的书写，也是诗人自然审美的体现，更是对家乡发自内心的无限喜爱。

（二）小凉山粮食作物书写

粮食是人类赖以生存和发展的重要物质基础。地理位置与气候之间的差异导致各地区间的饮食文化也大不相同，因此农作物也具地方性的特点。地处西南高寒山区的小凉山，其贫瘠寒冷的环境中并不适合种植如大米一类的普通农作物。小凉山地区粮食作物有洋芋、苞谷、苦荞、蚕豆等，其中洋芋与苦荞因易生长、易打理、性耐寒而被广泛种植，这也是小凉山农作物的特点。

苦荞一般在开春时撒下种子，待到阳春三月便能看到漫山遍野的苦荞花，浪漫的苦荞花给予了小凉山诗人诸多灵感。如彝族诗人杨洪林在诗歌中写道：

将自己埋下
离阳光很近

漫山遍野的荞花
喜悦了大山深处的寂静
花瓣上
流淌着牧童丢失千年的童话
清风
驱赶着这瞬间的爱情
荞花离我而去
于是，我决定孕育荞花
时空，雕刻了我的基因纬度
从苦开始
将一丝丝甜意留给自然
这是我热爱荞花的一生

——《一粒苦荞》

诗人望着漫山遍野的苦荞花，首先想到的是祖先的民族记忆。“花瓣上 / 流淌着丢失千年的童话”指代苦荞在小凉山的族群历史中，抚育了一个族群的生命，同时也承载着一个族群悠久的文化历史。“苦荞”承载的“童话”则是诗人童年的美好记忆，是美好的象征。其次，诗人对苦荞的爱表现得十分直接，将苦荞花比作爱情。苦荞的花期在诗人的眼里瞬间而逝，对于苦荞花的不舍犹如对爱情的依恋，区别于唐代诗人“有花堪折直须折，莫待无花空折枝”。诗人静静等待苦荞花败，无花之时诗人选择自己孕育苦荞花，创造自己的美好回忆。最后，诗中苦荞花除了是美好的象征还指代着诗人自己，诗人孕育苦荞花的方式，是在来年开春“将自己埋下”，迎接新的苦荞花开。等到丰收时节，又是硕果累累，收获“漫山遍野的荞花”。诗人也将生殖崇拜融入了苦荞意象之中，苦荞因单支果实颇多，在小凉山地区也有“多子”的文化含义。

等到农历六月，苦荞便能收割。丰收时节还伴随着小凉山传统节日火把节，人们将成熟的苦荞酿成高原美酒，还会将苦荞磨成粉末制作为苦荞粑粑。对于凉山地区的人们而言，苦荞花是美好希望的象征。荞麦、荞饼是小凉山地区饮食文化的代表，苦荞对小凉山地区的生养之情更赋予了它更深的文化内涵。在鲁若迪基心里，苦荞是这样的：

小凉山上
苦荞是最普通的作物
那些种苦荞的人
最初的时候
把一片林子伐倒
用一把火烧了
随便挖几锄后
就撒上了苦荞
第一粒苦荞成熟的时候
布谷鸟品尝后飞走了
种苦荞的人燃起火把
用一只鸡在荞地边转转
默默祈祷上苍的恩典
他们用独特的方式
庆贺一个节日的到来
在铺开的披毡上欢快地滚动
虽然满坡的苦荞
最终只有几小箩筐荞粒
然而，他们不说一句话
把荞粒酿成美酒
磨成白金一样的面
收藏在柜子里
……
多少茬的苦荞
才能养活多少茬的人啊
叹息声里

种苦荞的人
默默地咬了一口荞饼
不急于吃下去
而是默默地嚼着
好像他嚼的不是荞饼
而是从太阳上掰下的
一块什么

——《种苦荞的人》

诗歌描写了开垦、播种继而收获的完整过程，以及庆祝火把节的喜悦之情。在诗歌中，诗人、“苦荞”与“种苦荞的人”之间互相联系。苦荞是凉山上最普遍的农作物，“种苦荞的人”同样是最普通的万千凉山人之一。在未开垦的土地上“随便挖几锄后/就撒下了苦荞”，诗人用如此简单的一句话，就把苦荞艰难的生存环境展示到了我们眼前。“苦荞”凭借自己顽强的生命力成长为“一粒粒饱满的荞粒”，成为种苦荞人的希望。其次，苦荞对于种苦荞的人来说，不再是普通的粮食。他们把苦荞磨成的面比作“白金”，将苦荞酿成美酒，庆贺节日的到来。苦荞对他们来说如此珍贵，是他们生命的希望。满坡苦荞，却只收获几小筐。但在节庆之时，种苦荞的人会拿出荞粒酿的酒和荞饼，这时候的“苦荞”是节日的象征，同时也反映了苦荞在小凉山地区饮食文化中的重要地位。将苦荞意象与民俗意象相互重叠，营造了一种区域性的文化氛围，这是小凉山地区人们的共同民俗记忆。之后，诗人“看着种苦荞的人，醉倒在荞秸秆”时，他是忧伤的。望着故土自然贫困的生活状态，诗人也不由得感叹“多少茬的苦荞/才能养活多少茬的人啊”，诗人将“茬”用在了“种苦荞的人”身上，就像种苦荞的人珍视荞粒一样，诗人也疼惜着仍然艰难生存的人们。可是到最后作者话锋一转“好像他吃的不是荞饼，而是从太阳上掰下的”，荞饼是苦荞的延伸意象，太阳是温暖、光明、希望的象征，而此时种苦荞的人手里掰下的也不再是荞饼，而是明亮的“明天”、希望的寄托。最后，诗人和“苦荞”

同样也有着特殊的情感纽带。苦荞的本质就是生命力顽强，朴实坚韧，就如同小凉山人们的内在品质一样。

整首诗中作者和“苦荞”“种苦荞的人”三者相互联系，诗人将种苦荞的人用一茬茬修饰，将种苦荞的人比作家乡的苦荞。鲁若迪基在诗歌《长不大的村庄》中曾写道，“更多的人一生下来/就长了根/到死都没有离开过”，诗人通过“苦荞”这一意象直接表达了对生命的关注。“苦荞”和“种苦荞的人”在生命之间是互相依存的关系，种苦荞的人给予苦荞成长的机会，苦荞带给种苦荞的人希望。在生命与生命的交流中，作者对生命有了新的感悟，感伤于贫苦人们的艰辛，感动于凉山人坚韧充满希望的品质。“苦荞”意象有多重情感表达，让小凉山诗歌也充满了苦荞的味道——甜苦交杂，正如诗人群对这片贫困土地的爱与悲伤。

洋芋作为另一种主要的粮食作物，同样被小凉山诗人群赋予了别样的情感，阿卓务林写道：

在云南的高山上
彝族人像洋芋一样耐寒
洋芋像彝族人一样普及
人们提到彝族人的时候
往往扯上洋芋的话题
人们在谈到洋芋的时候
也忘不了山上的彝族人
人们习惯在洋芋与彝族人之间
画上通感的等号
有一回，我的一位前辈去了欧洲
回来他特别骄傲地告诉我们
欧洲也有多子多福的洋芋
我们一下子自豪起来
好像心头的那匹狼
终于跑出了视野

——《耐寒的洋芋》

诗人笔下的洋芋已不再是普通的农作物，而是代表彝族人的一个文化符号。首先，在小凉山广泛种植的它如撒落在群山之间的彝族人一样，“多子多福”这一生殖崇拜的渗入，使洋芋成为生命力的象征。其次，洋芋耐寒的特点也正如小凉山彝族人不怕艰难困苦的优良品质，一定程度上也是“故乡”和“故乡的人”的象征，所以，当洋芋出现在遥远的欧洲，诗人也不自觉地自豪起来。洋芋也寄托着小凉山人们深厚的民族情感。诗人鲁若迪基在诗歌中写道：

小凉山上
耐寒的洋芋
是人们命里的黄金
此时，大卡车装着它
卷起漫天尘土
从崎岖的山道
穿过长夜
飞奔向通往武汉的
高速公路上……
这些命里的黄金
虽不能让逝者复生
但能让生者
尝到苦难中的坚韧
感到每一缕阳光
都携着一丝温暖

——《远山的爱》

2020年伊始，新型冠状病毒在全国蔓延开来，病例最为集中的武汉出现了医疗、生活物资的极大短缺。一方有难，八方支援。全国各地都为武汉送去了爱与关怀，小凉山地区也不例外。长期贫困的现实条件使小凉山无法提供大量资金，也没有足够的医疗物资，但经过号召，村民们自愿募集洋芋65.1吨，向灾区送上小凉山的关怀。在诗歌中，诗人用“命里的黄金”来表达洋芋对小凉山人的珍贵，当远方的人们遇到困难时，洋芋承载着小凉山人的情，传递着小凉山送去的温暖。洋芋耐寒不怕苦的特性，正是此时人们最需要的精神，挨过寒冬，便是生机勃勃的春天。在此艰难时刻，收到凉山情的重灾区人们，也能在品尝洋芋的甜时更加振作，充满希望。

小凉山诗人笔下的“苦荞”“洋芋”，作为文化符号，它们是连接族人与先祖的精神纽带，诗人通过对它的书写也传承着传统的民族文化。作为情感符号，对生长在小凉山的人来说，粮食是故乡文化的“根”性所在，它们承载着小凉山人们深厚的民族情感，同时还代表了小凉山人可贵的精神品质。

二、小凉山民族文化书写

无论是少数民族文学还是西方文学，对民族文化的书写都是一个不变的题材。民族文化的书写是小凉山诗歌地方性知识最直观的呈现。观照小凉山诗人群的诗歌文本，可以发现他们的诗歌中也蕴藏了丰富的民族文化元素，既有丰富的历史与神话传说，也有图腾崇拜的印记，还有对生命仪式的书写。小凉山诗人透过对地方性知识的阐述与诗意表达，为我们呈现了当地丰富立体的民族文化。

（一）神话与传说的符号书写

神话是世界文学的原初形态之一，广泛存在于世界各民族文学中。原始人认为任何事物的发生都是由看不见的神秘力量引起的，因此原始人凭想象和梦境，按照原始思维来解释世界和人类的关系。民间传说是人们自古至今创作、传承的口头文学作品，是民间文学的重要组成部分，具有十分鲜明的地域性。在少数民族地区，少数民族传说还带有浓重的神话色彩，相同的人物与事件时常会并存于神话与传说之中。透过神话与传说，我们能了解在无文字时代，祖先的精神活动以及社会生产、生活和其他情况，神话与传说作为一个族群的共同记忆，在民族文化中发挥着“根”的凝聚作用，对民族的发展史有着重要的意义。

小凉山地区地理位置得天独厚，留存着众多的少数民族神话传说，例如彝族传说《勒俄特依》《阿楚依平》《雪于十二支》《支格阿龙》，摩梭人神话《格姆女神》，普米族神话《嘎达米》《洪水滔天》，等等。对小凉山少数民族诗人而言，本民族的神话与传说是独特而重要的文化资源，所以在他们的创作中，总会透露出对民族神话与传说的想象性符号书写。无论是对于神话传说的描述，或是截取神话传说为其诗歌中的片段进行重构，小凉山诗人都通过诗歌为我们复原了诗人的民族历史记忆。

灾难是人类发展历程中最常见的因素，“神话就植根于大灾难之中，如果把大灾难排除在神话视野之外，我们就不能准确理解神话产生的情感背景”。洪水是人类成长经历中极为恐怖的灾难之一，几乎各个民族都有关于洪水灾难的神话作品流传。泸沽湖边普米族与摩梭人广泛流传着泸沽湖形成的传说。远古时候，在一个山洞里，哑巴少年发现一条能不断再生的巨大神鱼，就像是神灵对这位哑巴少年的馈赠，但之后，贪婪的村民却将神鱼从山洞里拖出来准备宰杀，在神鱼被拖出的一刹那，洪水暴发并涌向村庄。这时候正在喂猪的妇女，急中生智坐上了猪槽，才侥幸存活了下来。此后汇入村庄的水成了高原明珠泸沽湖，而猪槽船也成了泸沽湖水上重要的交通工具。普米族诗人鲁若迪基和殷海涛都曾写过猪槽船：

站立的树
某个早晨醒来
被掏空了心
成了喂猪的槽
一场大水
把一切都卷走
只有喂猪的女人
猪槽里逃生
如今
猪槽船静静地泊在

泸沽湖畔
等待着
远道而来的人
小心翼翼地坐上去
再划向传说的源头

——鲁若迪基《猪槽船》

谁也不会想起
只有黄昏
老人们讲起你的身世
静静地躺在母亲怀里
候鸟飞去飞来
诉说着那些往事
喂猪的大妈已经消失
大肥猪也不再光顾
然而
你却变成了船
载着摩梭人的生活
默默变老
最后
仰望蓝天
沉睡在木屋前的山摊上

——殷海涛《猪槽船》

少数民族的洪水神话主要包括几个固定的母题：洪水滔天、逃生、逃生工具、探测天意、血亲婚配等。诗歌中“猪槽船”作为泸沽湖的特色风物，诗人看到猪槽船，就想到久远的传说，就想到“喂猪的大妈”。这是一个勤劳朴实的妇女，在灾难来临时，却富有极大的民间智慧，才顺利避开灾难，这样的一个妇女形象，是普米族、摩梭人对劳动妇女的无限赞美。如今，“猪槽船”已成为泸沽湖相关文化的重要产物。猪槽船作为普米族、摩梭人记忆的承载者，不但承载着他们的传统民俗，还连接了现代人们与祖先的共同记忆。

小凉山诗人通过对神话、传说等民族符号的书写，不但反映出小凉山诗人们对本民族文化内涵进行更深层次的挖掘，而且将本民族的神话传说进行了现代诗学的转换。通过诗人真实的体验和想象，给读者带来了多重的情感体验。

（二）图腾崇拜的印记

图腾一词，来自北美奥杰拜人的语言，意为“我的血亲”“种族”等。图腾作为原始初民最早的宗教信仰之一，在某种程度上反映了原始人类对生命来源和生命本质的追问。图腾崇拜产生于原始社会后期，是原始宗教信仰发展到一定历史阶段的产物，它融自然崇拜、动植物崇拜、鬼魂崇拜、祖先崇拜为一体，在世界原始民族中都曾普遍盛行。

小凉山是多民族地区，各个民族都有着各自独特的民族文化，图腾是了解一个民族文化的最直接方式。彝族先民认为，人类是大自然的产物，人类与自然界的某些植物与动物有着渊源关系，而加以崇拜，其中对“龙”图腾、“鹰”图腾的崇拜尤为明显。彝族人视龙为威力、智慧、吉祥的象征，因此以龙命名人名，并认为凡是龙年龙月龙日生，命宫在龙方（东南方）的人，都是智慧超群、本领非凡的人。小凉山彝族诗人对龙图腾崇拜的印记，体现在对彝族传说人物“支格阿龙”的书写中，如阿卓务林在诗歌《阿卓务林》中写道：“我的父亲 / 英雄知格阿鲁的嫡孙 / 阴差阳错，我是土著的后裔。”在诗人以自己命名的这首诗中，提到自己的父亲是彝族英雄支格阿龙的子孙，虽然自己出生在远离先民故乡的土地，但是也并没有忘记自己的祖先。“支格阿龙”是彝族社会内情感认同与精神信仰的对象，是部族心中美好神圣的象征，从而维持了部族成员的情感纽带，是图腾认祖和标识功能的体现。

“鹰”图腾是彝族社会中最为普遍的图腾，他们认为鹰飞于高山之间，能够达到天邸，成为人类和天神的信使。阿卓务林在《识字的祭司》中写道：“祭司的抒情近似死神的布告 / 一只山鹰扑哧

一笑 / 向荒野渡我而去。”凉山地区的彝族通常认为他们受神鹰的庇佑，是神鹰的后代，从而崇拜鹰图腾，“鹰”也成为凉山地区彝族诗人自我身份标记与自我文化认同的标记。如彝族诗人黑羊在《一个彝族人的自白》中写道：“我是先祖神鹰忠实的后代。”又如阿卓务林在诗歌中写道：

你像一只刚要出巢的幼鹰
在我身前或身后飞来飞去
儿子啊，在我眼里的此刻
你的姿势比幼鹰更优美
你的翅膀比天空更广阔

——《你的火把比族人更渊源》

诗人将儿子比作幼鹰，标记他的文化身份。在诗人眼中，飞于广阔天空的鹰是让人自豪的，而儿子比飞翔的鹰更让他自豪，是诗人父爱的表达。诗人在另一首诗歌中又写道：

一只鹰在城市里找不到爱情
黑色的翅膀镶着金色的花边
在风的扇摇下刻满波浪的钢印
远离生命本该富含的命题
一只鹰的爱情如此地雪白
犹如它圣洁的头发一尘不染
尽管那是一个盛满智慧的头颅
要么轰轰烈烈要么一声不响
一只鹰的眼睛能够抵达远方
就像太阳光芒四射
一旦天黑了，一只鹰
要么一声不响要么轰轰烈烈

——《一只鹰》

阿卓务林以在城市里找不到爱情而孤独的“鹰”为开端，让本该翱翔于山间草原的“鹰”出现在城市，这本身就是冲突的。在城市上空飞翔的鹰，疾风之下，留下钢印也要自由飞翔，此时的“鹰”就像是每一个从乡土来到城市的彝族人，离开广袤森林到达高楼林立的都市，但就算孤独艰难，彝族人也要在那样的环境中像鹰一样高高飞翔。下一节诗中，“鹰”是圣洁而睿智的，关注着每一个彝族子孙，是彝族人的守护神。正是因为雄鹰的守护，彝族人才能不怕困难地自由“翱翔”，“要么一声不响，要么轰轰烈烈”，这是鹰的话语，也是彝族人的精神所在。

鹰图腾崇拜在普米族的文化中也十分盛行。普米族信奉万物有灵，翱翔于天际的雄鹰被视为勇敢、顽强生命力的象征。在地域命名中，古代普米族部落之一的雅拉达则山，就意为展翅的雄鹰。在祭祀仪式中，法器“鹰笛”是由鹰的骨头制作而成。在小凉山普米族诗人中，诗人以鹰的姿态为自我标识，如近年小凉山诗人群的新血液戈戎玭措，他在诗中写道：

洪水汹涌
在秋天来临之前
遗弃天空
男人们
以鹰的姿态蹲坐
铺开神话的扉页
喝酒，眺望

——《预想中的刺课》

赭色高原的山地上
秋天跛足了
人们习惯用鹰的姿态蹲坐
然后安静地喝酒
表达对土地深藏的爱

——《亿万年，其实不太遥远》

有别于陶渊明笔下“采菊东篱下，悠然见南山”的闲适田园生活，诗人笔下的普米族男性的闲适生活，是在秋高气爽之时，以“鹰的姿态”眺望高原。伴着美酒，如鹰一般的眼睛将家乡的土地收入眼底，满足而幸福。在物欲横流的当下，这样简单质朴的快乐，也是世人所追求的。

普米族史诗《创世纪“直呆木喃”》中记叙，宇宙之处并无天地，只有波涛汹涌，待一只青蛙出现后，才有了光明和黑暗，有了月亮和太阳，青蛙与普米族创世有着密切的联系。在传说《指引人喝到智慧水》中，青蛙是让普米族人喝下智慧之水，蜕变成拥有智慧生物的恩人。在传说《青蛙舅舅》中，青蛙是帮助普米族人生存下来的善者，普米族人至今还会称青蛙为“阿勾巴底”，意为青蛙舅舅。远古母系氏族时期，舅舅便是极其亲近的称谓。所以普米族也崇拜“蛙”图腾。鲁若迪基在诗歌中描述道：

雨后
指头那么大的蛙
满地跳来跳去
我小心翼翼
怕不小心要了它们的命

——《路遇》

这里的“蛙”对诗人而言，是如指头一般大小的存在，如此渺小，但是诗人却依然小心翼翼，怕不小心要了它们的命。除了诗人自身对动物的关爱，还饱含普米族“青蛙”图腾崇拜的印记。在普米族的民俗禁忌中，有不能杀害青蛙的内容，“见到青蛙便要让路，这个老规矩也一直传到现在”。曹翔在诗歌中写道：

一只青蛙
在荒芜的草地上，咕呱咕呱地喊着
它的出现

引起我一阵小小的惊慌
让我想起
亘古一个夏天的夜晚
天地间浑浊汹涌的灾难
一只青蛙的出现
是善神在强调我的记忆
阿妈和猪槽
祖先和自然
粗暴和宽厚

——《青蛙》

诗人路遇的“青蛙”，一瞬间唤醒了诗人古老的民族记忆。山洪暴发之时，青蛙指引人们跳上猪槽船，拯救了人们的生命。望着象征智者的青蛙，诗人不由得产生小小的惊慌，生怕有灾难将会发生。“青蛙”的出现提醒着诗人，大自然能够慷慨地给予，但在被破坏后也会有残暴的惩戒。对自然应持一种敬畏的态度。

除了对“青蛙”图腾的崇拜，对“羊”图腾的崇拜在小凉山普米族诗人的诗歌中也很常见。羊图腾贯穿着普米族的喜事与丧葬，在普米族的传统文化中占有极其重要的地位，鲁若迪基在诗歌中写道：

其实我心里是装着一群绵羊
走进城市的
我以为城市长满了黄金
还有广阔的牧场
然而，当我走进城市
我的羊群
被突然闯进的狼
吓得四处奔逃
我自己也迷失了方向

——《都市牧羊人》

鲁若迪基的笔下，羊成为对现代性思考的客体。诗人心中的绵羊亦是指诗人自己，现实中的城市与想象中的城市发生偏差，无所适从的情绪突然袭来。羊意味着白色、纯洁，而在现代化的冲击下又代表着传统与弱势的群体。随着社会生产力的发展，图腾崇拜可能失去原初的巫术神话色彩，但作为一种潜在的社会意识形态，它却演化为一种特殊的信仰和习惯，被自觉保留在民族精神、审美意识的深层结构中，构成民族传统文化的重要的遗传机制和审美意识。正是诗人民族血液中对"羊"图腾的崇拜，羊才会作为意象广泛地出现在鲁若迪基的诗歌《都市牧羊人》《羊》《坡上的羊》《一群羊从县城走过》《绿草》之中。

文化人类学视角下，图腾崇拜是早期人类审美文化的体现。普米族源于古代氐羌族支系，普米族人自称"白人"，在"白石崇拜"与羊图腾崇拜中，白色都是普米族图腾文化重要的色彩元素。小凉山普米族诗人和文平的《白色的河流》《送魂线》，鲁若迪基的《黑与白》《雪邦山上的雪》和戈戎玭措的《十三只绵羊》《可是》中，将羊、河流、海螺等传统民俗意象均加以白色元素。

小凉山诗歌中图腾崇拜的印记，是诗人对族源的追寻，也是诗人对自身民族身份认同的表现。图腾崇拜从图腾形态及颜色体现，培养和影响了先民的审美意识形态的形成和发展，诗人对图腾的二次艺术创造，强化了诗歌的民族性与现代诗歌的融合。

（三）仪式的书写

从人类学层面来说，仪式不仅是一个具体的社会行为，同时也是一个抽象的想象世界，但两者共通之处是仪式所具备的秩序性、象征性、宗教性。小凉山少数民族多数都有宗教信仰，宗教不仅成为少数民族赖以栖居的精神家园，更渗透在少数民族日常生活的方方面面，并以特定的仪式为载体而传承下来，这也是少数民族地方性知识的一个生动体现。仪式在小凉山少数民族社会生活中大量存在，它自身带有丰富的文化含义以及社会功能。人类早期的仪式与巫术及祭祀密切相关，具有较强的神秘感、庄严感。在贯穿人一生的仪式中，成人仪式、丧葬仪式显得尤其重要，它们不仅对应着人一生中两个重要的时间节点，更蕴含着人类对自身及世界的认识观念。

普米族和摩梭人在子女满十三周岁时，要在大年初一为儿童举行“成丁礼”，也称为“穿裤子”或“穿裙子”仪式，是摩梭人与普米族一生中最重要的仪式之一。摩梭家庭在举行成丁礼时会邀请达巴或喇嘛来为其主持，仪式开始时会诵经、祭祀祖先，然后在清脆的法铃声中，少男少女分别站在房内男、女柱旁的猪膘和装满粮食的口袋上，由主持人脱去其身上的长衫，改装易服。正如曹翔在诗歌中描述的：

原本是一棵高大的云南松
从森林的家里放弃生长
来到摩梭人家的祖母房
根部为女柱，立右边
顶部为男柱，站左边
用全部精力支撑了千年
这么多年，斗转星移
多少女孩男孩
牵着你的手
在达巴的祈祷中
走过13岁成丁礼
成长为女人男人
这么多年了，你习惯支撑
像母系家庭不能缺的
右边的老祖母左边的舅舅
千年的屹立
延续了母系大家庭
和周围温暖的事情
全部的美丽

——《男女柱》

“男女柱”是摩梭人的传统文化符号，诗歌中男女柱是举行仪式的位置标记，也是摩梭文化的见证者。在泸沽湖的母系家庭中，家里男子娶妻、女子出嫁，舅掌礼母掌财。而男柱女柱的位置正对应着祖母与舅舅，是摩梭人“母系氏族制”的强烈体现。在小凉山诗人的诗歌创作中，殷海涛的《穿裙子的女孩》《姑娘的彩裙》，拉木·嘎吐萨的《摩梭少女》，周雯的《梦幻甲搓》等都对成丁礼仪式进行了诗意的书写。和文平也在诗歌写道：

穿裙子的年龄是如花的年龄
穿裙子的年龄是长大成人的十三岁
穿裙子的年龄
是踩在猪膘和粮食上的古老习俗
穿裙子的年龄是多梦的年龄
穿裙子的年龄是展览一片色彩的缤纷
穿裙子的年龄
是盛开在山野里的索玛花
绽放着春天的美丽与娇羞

——《穿裙子的年龄》

成丁礼于个人而言如季节的交替，是一个告别旧我迎接新我的过程。在诗中，诗人给予将要“成人”的少女无限的祝福。诗人将其比喻为索玛花，粉白的索玛花热情地盛开，正如将成年的少女美丽而娇羞。诗歌中反复强调“穿裙子的年龄”，仪式对年龄的限定与该民族的传统文化与习俗息息相关。“十三”在普米族文化中有独特的含义，十三岁举行成丁礼后，才能正式参与劳动，死后才能葬回祖坟。火葬后族人会在火堆中捡拾十三节骨头，放入罐子，带回族人的“罐罐山”。于是，十三这个数字贯穿了普米族人一生最重要的两个生命仪式。

死亡是人类社会产生以来一直在不断探讨的问题。人死后会去到什么地方，在先民时代是一个难以解释的问题。人们对自己身体的构造还不太了解，并且受梦中景象的影响，认为人的思维和感觉不是他们身体的活动，而是灵魂与肉体的融合，人在肉体死亡之时，灵魂还能自由活动。由此，产生了“灵魂不死观念”。众多少数民族都坚信“灵魂不死”。普米族认为人死后灵魂将永远脱离尸体，尸体作为焚烧处理，但灵魂仍然存在。因而形成了一套安置尸体的丧葬仪式。丧葬仪式是民族文化的重要体现，普米族实行的火葬仪式有“报丧”“服丧”“停尸”“焚尸”“二次葬仪”五个环节。其中，焚尸环节的场地选择和“二次葬仪”都出现在小凉山普米族诗人的诗歌中，对丧葬仪式的书写，在对故人表达深思的同时，也是地方性知识的体现。

当到达焚尸的火葬地，韩规便会为其举行“绒肯”，即给羊子仪式，将羊祭献。鲁若迪基在诗歌的最后写道：

白绵羊啊，让我如何赞美你
我最终走的时候
你还驮着我的灵魂

——《白绵羊》

“羊”在普米族丧葬仪式中，要祭献心脏，通过韩规的念诵，承担着亡者灵魂回到族源地的牵引责任。“绒肯”之后，韩规便会为其念《指路经》，向亡灵指引本宗支的迁徙路线，让其平安地返回祖先的发源地，如普米族诗人和文平的诗：

在巴彦克拉山深深的褶皱里
我们远古的民族
放牧着自己悠久的历史
羌笛吹响了逝去的岁月
我们清楚地看到
一条白色的河流
永远流淌着和平与安宁

让老人们沿着一条送魂线
安然地回到母亲身旁

——《白色的河流》

从南到北的送魂线
白色的河流就这样流淌
一代又一代的人终于回到故乡
他们即将与祖先会面
这是活着的人最后的祝愿

——《送魂线》

白色的河流象征着“和平”与“安宁”，流淌的河流却又带着些许生命力的意味。故人已去但灵魂不灭，《指路经》如同送魂线一般，将族人送回祖先所在的地方。诗中的巴彦克拉山是普米族四大神山之一，也是普米族的发源地之一。诗人通过“放牧”“羌笛”“河流”塑造了一个自由辽阔的意境，通过一项营造的具象场景使灵魂的归属地不再虚无缥缈，这是对故者的最美好祝愿，也是对故者亲人最大的宽慰。在面对焚尸的“火葬场”，鲁若迪基写道：

两年的风雨
早漂白了经幡上的字
人世沧桑
火葬地依然
只是那棵树又长高了
曾采撷春天的泪花祭你
曾背负夏天的雷雨祭你
如花的愿望没有结果
你没能从火葬地冒出来
说：我俩回家吧
寂寞的火葬地就是一个回答

现在是冬天
心早已硬成火石
然而，只要一块火镰一点火草
火葬地边
我依然能燃起熊熊的火暖你

——《火葬地边》

“经幡”是亲人在送逝者时的祝愿，然而现在已经被风雨漂白，已经长高的“树”都提醒着诗人时间在飞速流逝，诗人希望看到逝者还未逝去，但未曾改变的火葬地给了诗人答案，“如花的愿望没有结果”。诗人将“火石”比作自己的心，是诗人坚强的心，也是想用自己心中的怀念来温暖故者，是对逝者最美好的祝福。

在火葬之后，普米族还要将骨灰罐送到坟山（罐罐山）下，举行二次葬仪。“罐罐山”凝结了普米族人对生死轮回转换之地的体验，体现着普米族人对生命的敬畏。鲁若迪基写道：

那天，当一位族内的长辈
指着一座山
说我们家族的罐罐山就在那里
我久久望着他手指的方向
怕将来走错了路
那里森林茂密
山脚下溪流淙淙
我莫名地感动起来
呵，今后无论身处天南地北
我最终都会走向这里
见到那些骑虎射日的人

——《罐罐山》

诗人用质朴的语言构建了一个如家园般温暖的灵魂归属地。体现出一种祖先信仰与对生命特殊感受的宗教精神，这也增添了诗歌的文化性与生命的厚重感。丧葬仪式的举行，很大程度上是精神寄托和情感慰藉的实现，强化了宗教信仰，增强了族群认同，同时也加强了当地社会成员之间的联系。完整的仪式，正在成为一种社会文化功能，逐步成为一种文化自觉，影响着世世代代的同族人。

小凉山诗人对民族仪式的符号书写，一定意义上也是对本民族文化的传承与自我身份的认同。地方性知识的差异性，会催生并强化自我与他者的区分，同时也形成了社会中人的自我认知和身份认同的基础。小凉山诗人对地方性知识的书写，在某种程度上强化并滋养了小凉山诗人的自我认知和身份认同，而诗人对风物及民族文化的书写也丰富了地方性知识。

一方水土养育一方人，一方人形成一种精神特质，一类精神特质孕育一种文化艺术，可以说地域环境对作家的影响深远。地域环境对小凉山文学的影响是无处不在的，它是小凉山诗歌中重要的题材之一。文学作品的创作中，生长环境、风俗习惯、地域文化对创作者的影响也越来越巨大。小凉山诗中地方性知识的书写，让我们可以窥探到小凉山地区独特的风物、各民族的神话传说、图腾崇拜、生命仪式和宗教信仰等多样的地方性知识，也是对云南立体区域文化的重要补充。

（原载《壹读》，2021 年第 2 期）

第五辑

诗心是一颗怎样的心

诗心是一颗怎样的心

——与诗人鲁若迪基的对话

萧惊鸿

鲁若迪基的诗是让我惊讶的。他的诗来自灵魂，来自小凉山的神，也来自小凉山的不害人的鬼。我感觉，他的诗就像是一棵大树，和他一同植根在小凉山，泸沽湖畔，和他一同生长，枝蔓哪怕伸到了地球的那一边，根，也还在小凉山的土地上。因此他看到欧洲的农民就会想起他的父亲。无论走到哪里，他怀里揣着的都是那个叫果流的村庄，倚着的都是那个叫作斯布炯的神山。无论是写情、写景，他都怀有一颗真善之心，没有半点无病呻吟。

研究鲁若迪基的诗，不能只停留在文化的表层上，而应该有机地联系成一个整体的文化格局。即从文化诗学的角度对他生活的民族、历史、地域、语言、习俗以及他的家庭教育、成长经历等的总合中来观照他的诗的审美趣味。从而对他的诗的审美特征、审美内涵做到总体把握。下面，是笔者与诗人的对话。

萧惊鸿：只要谈诗，我总是有些诚惶诚恐。我以为，不是每个人生来都是诗人，但每个人生来都做着诗人的梦。我七岁开始写诗，我的第一首诗居然是歌颂方腊起义的。八岁时因为作业写不好挨骂，又写过“我是笼子里的一只鸟”，含沙射影地把我妈比作魔鬼。可是再后来，我变成了天空中自由飞翔的那只鸟，诗歌的翅膀却不见了。所以我说我不是诗人，生来不是，后天也不是。但我对诗的景仰却是与生俱来的，对诗人的崇敬是始终都有的。请你说说你是什么时候开始写诗的呢？

鲁若迪基：我写诗应该说没有你早，你七岁写诗的时候，我还不会说汉话，才去学校读书，根本不知道那些字是学来干什么用的，更不知道诗歌是何物。我写诗是在上中学的时候，那是20世纪80年代——一个诗歌的狂热年代。在读了一些课本上的诗之后，我又翻阅了一些报刊上的诗，还看了流沙河先生的《写诗十二课》，非常喜欢这种表达方式，自己也有种想表达的冲动，于是，开始写诗。我发表第一首诗是在1988年第1期的《原野》上，我在上面发表了《诗梦》，写我在梦里写诗。

萧惊鸿：大体说来，我觉得当下的诗歌有两类。一类是有感而发，一类是无病呻吟。记得几年前，我在贝尔格莱德国际诗歌节给中国诗人当翻译。一天晚饭后在街头散步，遭遇了“诗歌朗诵会”。在夕阳里的街角，晚霞映照着地上觅食的鸽子，几位母亲坐在喷泉旁，哄逗着童车里的娃娃，还有三两情侣在街角深情拥吻。这时，一位不修边幅的大胡子男人走过来，站定后，旁若无人地用塞尔维亚语朗诵起诗来。母亲们抬起头，情侣们抬起头，三三两两的人们开始走向他，以他为中心围成了一圈。我相信诗是有魔力的。我的泪水顿时婆娑了双眼，心情特别激动，一心想加入这个群体。结果，随行的中国诗人用中文朗诵他们的诗，我用英文翻译。不同语言、不同肤色的诗歌朗诵，让我至今记忆犹新。对这种自发的街头诗会，你怎么看待呢？

鲁若迪基：诗其实与我们的生活是密不可分的，它其实是“生活”的一部分，只是在我们这里，不知什么时候开始，它成了“生活外”的部分。我们很难看到你描述的这种情景。我认为做什么事都需要一个环境和氛围，在一个生活忙乱、人心浮躁的社会，有多少人诗意地生活？有多少人能有诗心去朗诵？又有多少人能静下心来驻足倾听？我很羡慕你说的那种自发的街头诗会。我虽然没有在街头朗诵过，但回老家看望父母的时候，我经常在火塘边给我父母朗诵我的诗。我的诗常让我母亲潸然泪下，让我父亲感慨万千。我唯一与“街头”有关的是在汶川地震的时候，我带着自己的诗集参加了一次募捐活动。那天，当我站在街头，把一本本诗集递到献了爱心的人们手里时，我觉得整个大地都弥漫在无限的爱意里。现在回想，血液还在沸腾。

萧惊鸿：《毛诗序》里讲，“诗者，志之所之也。在心为志，发言为诗。情动于中，而形于言；言之不足，故嗟叹之；嗟叹之不足，故咏歌之；咏歌之不足，不知手之舞之足之蹈之也”。我想这正是诗歌的本质。诗人要先有诗心。千百年来，我们的先辈已经用他们的诗歌实践验证了这一理论，并为后人树起了一块块丰碑。如杜甫、李白等大诗人的诗歌成就甚至被后人认为高不可及，难以逾越。你是怎样看待中国的诗歌传统呢？对你又有什么影响？

鲁若迪基：中国是一个有着伟大诗歌传统的国家，历代的诗人们不仅创作了无数的优秀诗作，还留下了为数不少的关于诗歌的理论。这成了我们最宝贵的精神遗产。中国文学中，诗歌取得的成就应该说是比较高的。在浩瀚的文学天空里，那些天才的诗人以自己穿越时空的杰出诗作，闪烁着耀眼的光芒，照耀着我们的精神世界。确实，像杜甫、李白这样横空出世的诗人的诗歌，可以说达到了很高的高度。然而，时代不同了，人们的生活、思想观念也会随之变化，诗人作为这个世界的“发现者”，应该能敏锐地捕捉这种变化。不同的语境应该有不同的诗出现。我们在继承优良的诗歌传统的同时还应该有所发扬。

说到影响，中国的古典诗歌连埃兹拉·庞德（艾略特曾赠给他“为当代发明了中国诗的人”的名号）、卡洛琳·凯瑟等外国诗人都受其影响，自觉地借鉴中国古典诗歌技巧，我作为在中国古典诗歌沐浴下成长的中国诗人，如果说没有影响，那才是怪事。我是一位深受中国古典诗歌影响的当代诗人，我虽然写的是口语诗，但我的诗里有古典诗歌的影子。

萧惊鸿：是啊。我读了你的诗集《没有比泪水更干净的水》，感觉你的诗，自觉接续了我国古典诗歌的传统。你的诗是活在你心中的。读你的诗，感觉到一份纯真和一份质朴在支撑着你的诗心。就像一个地道老实的庄稼人勤恳又本分地经营着他的庄稼一样。那些带着山风和泥土味的诗让远离山风和泥土的人们深深陶醉。我想，你的诗，最大的特点或者说本质特征就是与生活实体密不可分，即你的诗的民间品质，是生活本身激发了你的创作灵感。小凉山的生活对于山之外的人来说先天地具有一种艺术美感，你的诗又真实记录了这种充满神奇梦幻般美感的生活。无论是写小凉山，还是写猪槽船，就连写送别，也是用了“你这向阳的红花呀”这与泥土相关的字眼。率直的语言表达和简单的叙事方式充满了民族地域特征。可见，民间文化资源被诗人诗化于文本当中。我想，这也是最为可贵的诗人的民间品质。

鲁若迪基：我以为有怎样的土地就有怎样的庄稼，有怎样的生活就有怎样的诗歌。你说到我诗歌中的民间品质，确实，我是汲取了民间的滋养的。云南西北绵延着千里小凉山，还深藏着梦幻般的泸沽湖。神秘的斯布炯神山下，有个美丽的村庄叫果流，我就诞生在那里。童年的记忆里，山村里没有电，更没有电视，一切现代文明的成果都离我们很远，生活应该说是清贫的。可是，我们离神话很近，离民歌很近，离诗歌很近。我们经常在火塘边听我母亲唱民歌，听我父亲讲故事。我母亲能唱彝族的、藏族的、纳西族摩梭人的、普米族的、还有汉族的民歌。她是个非常了不起的人，对我的影响很大。著名诗人于坚说，我母亲是那个美丽村庄的“女王”，她走过的地方，草都会伏下身去。民歌那种朴素的、简单而直截了当地抓住人心的手法对我是有影响的。我认为高明的诗人应该就是把一个复杂的东西简单化，而不是把一个简单的东西复杂化。我的诗歌最感动人的那部分都是写故土的，因为我的根在那里，因为我深深地爱着那片土地和那里的人们，那是需要我用一生去爱和表达的。

萧惊鸿：你说得对极了。是啊，这些诗的背后是诗人一生爱不完的爱。那么美的山，那么美的水，还有心灵那么美的民族，这些都是诗人无可比拟的创作财富。我想说，在这之上，还存在一种伟大的动机。那就是诗人迫切想让世界通过他的诗知道他的民族。一个生活在高山之中的民族，一个有着纯朴生活和美好情感的民族。可以说，你用诗歌的方式成为你的民族的代言人。

鲁若迪基：中国56个民族中，人口在30万以下的民族被称为“人口较少民族”，普米族就是其中之一。可是，长期以来由于各种原因，很多人不知道这个民族，更不知道它的文化。因此，我希望用我的诗歌让人们知道有这么个民族存在，让人们感受普米族独特的韩规文化。说到普米族的韩规文化，其实它与中国文化总的来说是相通一体的。中国文化的核心是天人合一，人们追求与自然的和谐；普米族是个自称培米的民族，韩规文化讲求万物有灵，人与自然和谐相处。无论是“天人合一”，还是“万物有灵”，都讲的是“联系”“和谐”。你说我用诗歌的方式成为我民族的“代言人”，我不敢以此自居。普米族是个人口较少民族，但是个非常勤奋向上的民族。如今在各个领域都有很多优秀的普米族儿女，在感受着中华民族大家庭温暖的同时，也在贡献着自己的聪明才智。我只不过是努力地、尽可能地用诗歌表达一下我民族的过去、现在和未来罢了，算不得什么。不过，当我的朋友赠诗给我说“热爱你，我就热爱上了一个民族”时，我心里还是很高兴的。

萧惊鸿：我觉得，你的诗除了上述的本质特征和与生俱来的美感外，还折射出一种对世界的根本性问题的思考和现实人生的思考。也就是说，你的诗有着直观的、朴素的哲理性。这一点恐怕来源于大山里的孩子对山外的世界和自身生存的一种思考吧？

鲁若迪基：其实，对世界的根本性问题的思考和现实人生的思考，我想，每一个有思想的诗人都会很自然地思考这些问题。我生长在山里，小时候常常看着家门前的小河想，它会流到哪里去呢？山外面是什么呢？为什么我出生在这里而不是其他地方？为什么死是那么容易，而生是那么艰难？我会想很多的问题。这些思考多年后会不经意间出现在你的诗歌里。譬如说时间，古代的一天和现在的一天是一样长的，可是，古代我们用一天时间才到达某个地方，现在我们借助现代交通工具，一个小时就到了，还有大半天时间来干其他事情。这个时间是一样还是不一样？是不是由于速度的原因，我们的时间“长”了？可是，我们生活的质量呢？我们能说比古人提高了吗？等等。如果说我的思考和别人有什么区别的话，我作为诗人，是用感性来思考理性的问题。因此，有些理性的问题，在我的诗里有了感性的表达。

萧惊鸿：王国维在他的《人间词话》里讲："词以境界为最上。有境界，则自成高格，自有名句。而境有造境，有写境。此乃理想与写实二派之所由分。境非独谓景物也，喜怒哀乐亦人心中之一境界。故能写真景物真感情者，谓之有境界。否则谓之无境界。红杏枝头春意闹，这一闹字而境界全出；云破月来花弄影，这一弄字而境界全出矣。"以诗人的角度，你是如何理解这段话的呢？这或可成为你的诗歌创作的理论支撑。

鲁若迪基：你说得对。但我开始写诗之时并没有注意那么多。这是个"修炼"的过程。我现在对我的每首诗都很认真，认真对待每个字、每个词、每一句话，尽可能对得起读者，对得起诗歌的良心。我以为一个诗人一生中能写出一首诗流传下去就不错了，而在一首诗中能有一句诗打动读者，就对得起读者了。对王国维这段话，叶嘉莹曾在《迦陵论词丛稿》中曾做过解释："境界之产生，全赖吾人感受之所及。因此，外在世界在未经吾人感受之功能予以再现时，并不得称之为境界。"我认为这样的理解是恰当的。

萧惊鸿：我认为，你的诗除了民间品质这一最大特征外，还有一个传统诗歌的审美特点，那就是境界美了，或者叫作意境之美。严沧浪在《诗话》里说："盛唐诸公唯在兴趣，羚羊挂角，无迹可求。故其妙处，透澈玲珑，不可凑拍，如空中之音，相中之色，水中之影，镜中之象，言有尽而意无穷。"读你的诗，像《没有比泪水更干净的水》《布谷鸟》《我曾见过的乌鸦》等篇什中，不乏意境美的诗句。这些诗句，由真善而及美，成为真善美的集合体。时而浪漫、时而忧伤、时而豪迈、时而深沉凝重的风格又从多个角度演绎了这种诗美，构成了总体上朴素的浪漫主义诗风。

鲁若迪基：谢谢你对我的诗的评价。的确，我在创作中自觉追求了中国古典诗歌中的意境美。至于浪漫、忧伤、豪迈、凝重，不是刻意为之，它与心情有关，与气质有关，与诗作产生的背景有关，还有与整首诗的气韵也有着很大的关系。若能在诗里做到"羚羊挂角，无迹可求"，"天空中没有翅膀的痕迹，而我已飞过"（泰戈尔），诗就很有韵味了。但好诗有时是可遇不可求的。

萧惊鸿：我想起了19世纪英国浪漫主义诗人，“湖畔派”诗人的代表华兹华斯。他的诗以描写自然风光、平民百姓闻名于世。文笔朴素清新、自然流畅，开创了新鲜活泼的浪漫主义诗风，解放了英语诗歌的语言和题材，平凡之中寓意深刻，寄托着诗人对人生的探索。他认为，童年至老死是至真至善逐渐销蚀的过程。所以，诗人如何能够保持一颗真善美之心，准确地说叫作诗心，恐怕是所有诗人共同追求的目标。对童年的回忆，对自然景象的回味成为诗人滋养心灵所凭借的手段，也是读者希望从诗中找寻的所在。作为“大自然的诗人”，华兹华斯认为“所有的好诗都是强烈情感的自然流露”，他提倡用民间的朴素清新的语言来写“普通生活里的事件和情境”。我想，相比你的诗歌创作的语言风格，有异曲同工之处。

鲁若迪基：你过奖了。我知道我只是个生活在小凉山、泸沽湖畔的普通诗人，若有什么与华兹华斯等大师“异曲同工”之处，那是一种巧合，可能我们都热爱自然、热爱生活，对那些生活在底层的人怀着深深的爱吧。而语言上，我认为口语是最朴素、最鲜活的，它应该能给诗歌注入新的活力。

萧惊鸿：我想，作为一名诗歌创作者，寻找那些带有真善美的基因的“意象”，是非常重要的，它们帮助你成就好的诗歌，这让你的诗与你的生活密不可分。在这里，我之所以提到华兹华斯，不仅是因为我个人非常欣赏他，也是因为，一个好的诗人的视野应是宽阔的，他不但要有自己独特的东西，也要广泛吸取中外优秀诗人的长处。我想，对于现代诗歌而言，在学习前人风骨、立意和气象的前提之下，回归清新、自然和简约，恐怕是多数人赞同的。这也几乎是每个时期大诗人渴求的诗境上品，真切希望你的诗朝着这个方向不断努力。

鲁若迪基：你说得极是。我会朝这个方向努力的。我诗歌中的意象大多数是我最熟悉的、在我生命里留下印记的东西。写诗的时候我不用“寻找”，它就会自然地‘冒”出来，就像地下水很自然地从某个地方冒出来一样。这种“冒”的前提是“水”本身就存在着。至于学习，我认为一个优秀的诗人应该向先贤学习、向民间学习、向国外的优秀诗人学习，博采众长。每个人都有自己的优劣，“取长补短”应该是每个诗人应有的品质。于我而言，朴素、自然、简约是我诗歌一贯追求的风格。

萧惊鸿：华兹华斯曾如此评价诗人，他说诗人是“人性的最坚强的保护者，是支持者和维护者。他所到之处都播下人的情谊和爱”。

对于鲁若迪基而言，我希望，他不仅仅是普米族的优秀诗人，也不仅仅成为中国当代优秀诗人，有那么一天，他会跻身于闻名世界的优秀诗人之列。

（原载《延河》，2011 年第 8 期）

作为一种照彻的诗歌

——对话鲁若迪基

霍俊明

霍俊明：鲁若迪基兄你好！前一段在丽江举行的《大家》活动我未能成行很是遗憾。但丽江（以及其他的高原地区）和诗歌的关系已经在这个时代具有了某种美学之外的时代象征性和精神意义。那么，先说下更大一点的问题，丽江、小凉山（比如其中一首诗《种苦荞的人》）作为一种特殊的“地方性知识”与你的诗歌写作和个人经验之间存在着怎样的关联或者影响？

鲁若迪基：俊明兄好！在丽江举行的《大家》创刊纪念活动有几场你还是主角呢，后来没见到你，才知有事来不了，我也感到很遗憾。不过，今天能同你聊聊与诗歌有关的一些话题，我还是很高兴的。怎么说呢，丽江虽地处边陲，但由于丽江古城被列入“世界历史文化名城”，东巴古籍被列入“世界记忆遗产”，“三江并流”地区被列入“世界自然遗产”，拥有三项世界级的“遗产”桂冠，丽江在外的影响应该说还是很大的。作为生活在这片土地上的少数民族诗人，抬头就能看到美丽的玉龙雪山，躺下来就能听到虎跳峡的涛声，走几步就能徜徉在“小桥流水人家”韵味的丽江古城，我感到很幸福。从精神层面说，在这个飞速发展的时代，丽江是人们心灵安放的一个地方，是人们梦想的“家园”。苏轼说“吾心安处即故乡”，丽江现在是很多人的“故乡”。至于丽江、小凉山和我之间，是一种亲缘关系。我出生在小凉山，现工作生活在丽江。从行政区划来讲，“小凉山”（宁蒗县的俗称）是丽江市下辖的一个县。

无论从哪个角度讲，我都只是它们的一个孩子。小凉山代表一种“茫荒”意象的话，丽江可能代表一种“现代”，我就在这种“矛盾”中写诗。这片土地是我的母土，我的诗歌是这片土地上最朴素的作物。如果我诗歌里有某些属于“地方性知识”的东西，确实来自我生命的一些经验，这些东西只属于这片土地，它使我的诗歌有了明显的地域特色，只要熟悉这里的人，读到这些诗歌，眼前就会出现犹如电影一样的亲切画面。

霍俊明：据我所知，围绕着小凉山产生了一个诗歌群落，你在当中亦发挥了很重要的作用。就小凉山诗群的形成、发展和特点、现状以及存在的问题谈一谈吧！

鲁若迪基：作为“小凉山诗群”的一员，我不敢说自己发挥了多大的作用，作为一个群体，应该说这是大家共同努力的结果。20世纪90年代后，小凉山地区涌现出一大批作者，他们以诗歌团队的形式出现，逐步得到国内评论界张永权、马绍玺、蔡毅、宋家宏、李骞、冉隆中、黄玲等的关注。后来关注的评论家越来越多，这个群体就被命名为“小凉山诗群”。这支诗歌队伍，有彝族、普米族、汉族、纳西族摩梭人、白族等，是个多民族的诗人群。在已举办的十届全国少数民族文学创作“骏马奖”评选中，这个群体有七届榜上有名，这在全国来说应该是不多见的。2006年，这个群体出版了诗群发现者和命名者、云南师范大学教授马绍玺先生编选的第一部诗选《小凉山诗人诗选》，入选了40多人的作品。之后又出版了两辑。2014年出版的‘诗选’第三辑，入选诗人近70人，其中大部分是青年诗人。这个群体的主要骨干诗人除了我外，还有阿卓务林、曹翔、李永天、李黑、任尚荣、阿克·雾宁石根、拉木·嘎土萨、殷海涛、和文平、和建全、和建华、戈戎玭措、黑羊、李凤、吉克木呷、曹媛、巴纳木、拉姆周雯、健如风、杨彦川、史寿林、彭咏梅、加撒古浪、佳斯阳春、华秀明、周宗寿等。在2014年由中国诗歌流派网、国际汉语诗歌协会发起，《星星》诗刊社、《诗潮》杂志社、《诗林》杂志社、《文学报》、《语文报》、《楚天都市报》、《西海都市报》、《贵州民族报》联合举办的“21世纪中国现代诗群流派评选暨作品大展”

中，“小凉山诗群”被评为“21世纪中国十二家影响力现代诗群流派”之一。这些诗人的作品朴素、自然，既传统又现代，大部分抒写了小凉山、泸沽湖美丽的自然风光和那里各民族的生活，具有很强的地域性和民族性。由于这个群体在同一地域生活、写作，因此多少存在同质化的倾向。在如何把丰厚的民族文化转换成现代诗歌元素，有的过于简单。

霍俊明：问一个老问题。你是在什么时候开始写诗的？或者说你是在什么情境下被“诗歌的闪电”击中和照彻的呢？

鲁若迪基：我开始诗歌创作是在20世纪80年代中期。那时，我在上一所粮食学校。也就在那时，班上的一位美女多看了我几眼，她的目光一下把我击中，让我情不自禁地写起诗来。可是，直到毕业我也没有拉一下她的手。多年后，等我出版了第一部诗集，还获了奖，自己觉得小有成就，想让她分享一下快乐。我通过好几位同学，终于打听到了她的单位，迫不及待地把电话打了过去。不知为什么，当电话那端传来她的声音时，我有点吞吞吐吐，但总算把大概的意思表达了出来。我告诉她自己出了诗集，要寄一本给她，里面有写给她的诗。这时候我的耳朵可能出了问题，有什么在轰鸣，好像她在说不用寄了，她现在不看什么书了，有空就带孩子……之后，我就什么也听不到了，心中有什么东西在碎裂。其实，只要知道了她的单位和地址，不打电话也可以把诗集寄给她的。为什么偏偏打那个电话呢？我很郁闷，我懊悔不已，我把这件事告诉妻子，她听了非常高兴。她说：“你那个同学太好了，让你死了心。不然，说不定你这个家伙，先是寄书，哪天不留神又偷偷跑去看她，鬼才知道会不会发生什么事呢？！”

霍俊明：全球化时代“少数族裔”或“少数民族”的写作已经成为重要的文学与文化现象，而“少数者”与主流文化和全球化之间是什么样的关系？是对抗、悖论和摩擦的，还是共生的以及相互转化和发现的关系？在一个快速奔进的城市化时代和去地方化的全球化时代，小凉山、丽江以及云南这样的西南高原在现实和精神层面是否发生了相应的变化？这些变化对你的生活和写作有相应的影响吗？或者说在这种情况下诗歌的“民族性”该如何形成有效抒写？

鲁若迪基：全球化时代，“少数族裔”的写作确实是这个世界的一大亮点。放眼世界来看，很多诺贝尔文学奖获得者还是“少数族裔”呢。如果把全球化比作大海，主流文化就是大江大河，“少数者”就像小溪。“主流”之所以成为主流，是因为它有巨大的包容性，有强大的力量。所以，主流最先与全球化发生关系，还有可能成为全球化的重要组成部分。“少数者”是无法对抗主流的，而且对抗也不是解决问题的最好办法，共生共存和发现才是最好的选择，正如费孝通先生所说：“各美其美，美人之美，美美与共，天下大同。”在一个快速奔进的城市化时代和去地方化的全球化时代，没有一处是宁静的，或者说“与世隔绝”的了。其他地方存在和面临的问题，在小凉山、丽江、云南高原依然存在。人不可能离开社会而生活，现实生活自然会影响到你的精神生活，影响到你的作品。作为少数民族诗人，我们除面临着一般人面临的问题外，还要面临其他诸如失去语言、习俗、文化、宗教甚至故乡的危险。某一天，当你说某某是某民族的诗人时，他可能只是一个符号，并不能够代表什么了。所以，在现有的条件下，诗歌的“民族性”主要就是用诗歌这一文学样式，更好地去表现这个民族在这个时代的境遇和心灵印记，把这个民族特有的具有世界特质的优秀文化挖掘和传递出去。

霍俊明：语言品质对于诗歌而言无比重要，无论是母语还是汉语，他们在你的诗歌写作中处于怎样的一种命运。或者说作为一种生存和精神上双重的“少数族裔”，在语言、写作和生存上是否存在着焦虑感或文化上的某种忧虑？或者其他的感受和心理？值得注意的是真正意义上作为“母语”的写作已经发生了很重要的变化。当然这也并非意味着“汉语”或“非母语”的写作就一定会对这些“少数者”的写作产生不利的影响。因为诗歌、母语和文化之间的对应和呈现关系并非明显的直线，而更像是血液和河流的关系。读你的诗集《一个普米人的心经》，有诸多感慨。我一直对这些“现代汉语”背后你的民族语言（比如果流斯布炯、阿达贡森格嘎、日果落帕石窝、宜底嘎琼嘎、木多瓦擦、噶佐噶呆等山神的名字）、写作心态、精神信仰、思想来源有着浓厚的兴趣，是否说一下这方面？在语言、汉子和普米族人之间是怎样的一种关联？也就是说你如何创造了既属于你个人又属于一个民族的“心经”？

鲁若迪基：诗歌是语言的艺术。当然，诗歌也不仅仅是语言，但语言是最基本的。作为少数民族诗人，我非常羡慕那些拥有自己文字的民族，他们可以用母语写诗——那是多么幸福的事！可是，普米族是个有语言但没有文字的民族。所以，我非常遗憾没有用母语写过诗。我是个用汉语写诗的普米族诗人。汉语意味着我融入这个社会的一个通道，意味着我的工作，包括我的写作。可是，我的母语却面临着流失，这种痛苦别人是无法感受到的。现在，有时回想过去看过的都德的《最后一课》，那是多么亲切的一篇文章！语言对一个民族是多么重要！我的焦虑是不言而喻的。

然而，从一些杰出的少数民族作家，如老舍、沈从文、阿来、吉狄马加、扎西达娃、叶梅等看，“非母语”写作非但没有影响他们的作品，相反成就了他们，这也给了我用汉语写诗的信心。汉字毕竟经过几千年的发展，非常丰富，它足以表达我们想要表达的东西。在我这里，汉语是祖国的语言，我是把它当作“母语”用的。

《一个普米人的心经》是我 2013 年出版的诗集。你说的那些民族语言，在我看来是很亲切和有画面感的，但对其他人而言就是陌生的了。可是，有些诗我要的就是这种“陌生感”，给人好奇，让人产生了解的兴趣。之所以有这个想法，因为这个世界很多东西我们是不知道的。这个世界的“标准”也就不应该是唯一的。我自小受佛教和普米族韩规教的影响，对“万物有灵”深信不疑，使得我的诗里连木头也会喊疼。我希望通过一个普米族诗人的眼光，融入普米族的历史文化，最终将二者巧妙结合，站在时代的前沿，敞开心扉，发出对这个世界的独特声音，这是我的梦想，但我觉得还没有做好，有待将来努力。

霍俊明：你曾在一篇文章中认为要用诗歌维护人类文化的多样性。那么，在你看来诗歌该用怎样的特殊话语方式来完成这一重大的使命呢？文化的多样性、语言的多样性以及诗歌的多样性之间该如何达成一种平衡？我想到彝族著名诗人吉狄马加。吉狄马加的民族身份并没有去建构一个排他性的世界，而是在一种多元文化的背景下实现多重自我观念的发现，从而能够维护一种多元主义的社会精神和文化资源。吉狄马加在自身的族群背景中观看他人，在他者的历史背景下反观自身。这使得吉狄马加的个人民族身份常常具有多重成分的声音或话语风格。

鲁若迪基：每个民族都有自己的文化，而文化是有差异的，这种“差异”应该是值得倡导和尊重的。我说用诗歌维护人类文化的多样性，因为我是个诗人，我只有诗歌这种方式，也就只有这个“武器”。维护一个静态的东西是容易的，维护一个动态的东西则很难。文化作为一个多种形态的东西，你去“维护”更是难上加难。我说的“维护”，无外乎就是在诗里多些本民族的元素，让更多的人通过我的诗歌知道 我的民族，知道我民族的文化。因为别人的“知道”，这种文化可能存活得广和久远，仅此而已。文化的多样性、语言的多样性决定着诗歌的多样性。如果没有文化的多样性、语言的多样性，也就没有了诗歌的多样性。所以，为了诗歌的多样性，我们应该通过认识的提高，在更高的层面上对多样文化和语言进行合理保护，使之得到传承和利用。确实，吉狄马加是个具有多重成分声音的诗人，他是少数民族诗人的杰出代表，是我们学习的榜样。

霍俊明：我想和你谈谈一个诗人的“身份”问题。说句实在话，我在很多报章杂志看到很多的诗人注明什么什么少数民族的身份，但是在他们那里我看到两种最为常见的现象：一个是这些表明了民族身份的诗歌不带有任何的民族性、地方性、语言性和个人性特征，而是与当下很多写作日常、景观、情感、现实的诗歌没有任何区别；另一个则是在强调所谓民族身份的同时，对属于民族和地方的语言、景观、文化、历史甚至宗教的抒写，带有模式化、概念化、浮泛化、同质化的症候。在后者这里我看不到任何诗人的独特“发现”和诗学意义上的“民族性”与创造性的个人化的历史想象力，甚至看不到一个诗人真实的生命状态——而更多是在宏大的文化符号、民族景观、宗教教义中丧失了个体的生命体验和情感温度，这实际上是一种“非少数”“伪身份”写作。换言之，随着文化资本的加剧以及城市化进程导致的对原生态地区和文化的倚重，再加之“少数民族”的国家政策，一种“仿民族”性写作正在火热兴起。很多写作者在各种场合标举自己的“少数”民族身份，但是他们的写作和精神事实已经和曾经的历史序列中的“少数”丧失了关联，而更多是沦为了标签化的“仿真”和“媚俗”性的写作。对此，你有何感受和想法？或者说你在诗歌写作过程中是如何思考、面对和解决这一少数民族身份诗人的写作问题的？

鲁若迪基：其实，注明少数民族身份也是一种普及知识，有的人根本就不知道中国的55个少数民族是由哪些民族构成的。我常常会遇到这样的情况，有人问我是什么民族，我告诉他普米族，他会反问有这个民族吗？末了来一句怎么没有听说过？所以，能标注一下没有什么不可。不过，现在标注作者民族身份的刊物似乎不多。确实，您说的两种现象是客观存在的。我常常也会思考这个问题，是少数民族作家写的就是“民族文学”？汉族写少数民族题材的算不算？等等吧。但是，无论怎么说先把它写出来是对的。因为，少数民族很多是没有文字的，接受汉文化教育有个过程，很多少数民族在中国改革开放后才有了自己的第一批书面作者。在这种情况下，都有个摸索的过程。另外，有的虽说是少数民族，其实连语言什么都没有了，它能“少数”吗？而且，随着全球化的进一步加剧，你所说的情况只会越来越突出。写作是个体劳动，只能靠自己领悟和修正。我在写作中追寻自己的心灵，忠实于自己的感受，忠实于自己的话语风格。我很少想到自己的“少数民族”身份，因为与这个身份有关的一切，早已融化在自己的血液里了。

霍俊明：与此同时，这种少数民族诗人的身份对你的写作肯定会有激励和裨益，那么也会存在一些其他方面的影响或者障碍吗？在一个愈益消解地方性和个性化差异的全球化时代，“少数”族裔的写作无疑有着特殊的力量，这也形成了不无特殊的诗学知识。当然，在全球化的语境之下，这种写作类型和精神征候也不能不沾染上“世界性”的问题。当可能性的愿景和危机陷阱同在，诗人尤其是少数族裔的写作者更应该平衡个体、族裔与世界性及合理性关系——在适度紧张的前提下寻求新的发现的可能性空间。

鲁若迪基：这种身份的激励作用，就是让我有种民族意识、责任意识和担当精神。如果我是个汉族诗人，我可能早去干别的事去了。可是，我的民族才有四万来人，更没有多少诗人，我写得好不好都得写啊。其他方面的影响就是因为“少”，因为“小”，我看什么都很大，这让我感到做什么都有点艰难，有时候束缚了自己。全球化语境下，平衡个体、族裔与世界性、合理性的关系，可能是摆在少数族裔诗人面前的最大问题。我很赞同你的分析，这种“平衡”，确实考量着少数族裔诗人的才情和智慧。但是，我想无论怎样“平衡”，只要有世界的眼光、民族的情怀、人类的良知和道德，诗人都会有属于自己的空间。

霍俊明：我注意到你的诗歌中有一部分来自“行走”和“途中见闻”。我非常感兴趣的是你那些去国外进行文化交流和地方考察过程中所写的诗，或者以此为背景的诗，比如《想起父亲》《自由女神》《曼哈顿》《麦芒》《埃菲尔铁塔》《斯图加特的一只喜鹊》《古罗马斗兽场》《威尼斯商人》《向日葵》《科隆大教堂》《餐桌上的粮食》《欧洲路旁的一则广告》，你在写作这些“国际性”题材（这个说法可能太蹩脚了）诗歌的时候你是以什么角度、方位和精神姿态来介入和处理的呢？这些异域的景观和文化、历史对你的生活和写作发生了什么样的刺激作用？

鲁若迪基：我的诗歌有些是“游记”，可是，这些诗歌是发自内心的思索和感叹，和一般走马观花写下的浅表东西有本质的区别。有时，我们把自己熟悉的一些事物，放置到一个陌生的地方时，会产生奇妙的感觉，这种“感觉”有时就是诗。时空的转化、认识的差异，可能会彻底颠覆自己过去的一些认识和经验。比如我写《想起父亲》，其实我就是看到一个巴黎郊外的农民，开着车来，爬上一辆耕地的拖拉机，把地犁了后又开车走了。同样是农民啊，小凉山上我的父亲却那么艰辛，差别是那么大，一想起来那种“痛”就弥漫在自己全身，让我潸然泪下。这让我对“农民”有了新的认识。

这些诗歌无论怎么写，我都会把自己放进去，以一个山里孩子、一个“少数者”的角度切入。这些切身看到的东西，使我明白世界的五彩缤纷，生活的多样性和认识的局限性。也使我感到有些固有的认识是有偏差的，需要修正。促使我从多角度看问题，多反观、审视自己，多了些自我批判的精神和勇气。

霍俊明：你的诗歌一度让我想到“谣曲”以及一个部落的现代性“古歌”。我一直对这种形式和内质都具备的一种特殊音质的“声音”感兴趣。作为一个多年的诗歌写作者，诗歌的“声音”你是如何认识和予以践行的。与“声音”相应，你的诗句和诗行都比较短。而一个问题是诗歌越短，其写作难度也会随之提升。稍有不慎，一首短诗就真的可能成为“短”诗（短板、短命的诗，思想和情感容量稀薄的诗）。那么尤其在处理十行以内的短诗时（比如《纸上的梦》《神话》《也是一种选择》《绿草》《羊》《沉睡的山》《雷锋》《祖国》《止不住》《远去的马》《沙漠》《批发站》《打折》《圆明园》《兵马俑》《天长地久》《阳光照在你眼睛的一瞬》《有一种恨是不是最深的爱》《爱的墓穴》等十行以内的诗），你认为最重要和最关键或者也最具难度的是什么环节？

鲁若迪基：我觉得诗歌的“声音”与一个人的学养、生活、气质、文化背景等是相关的。这个世界上，没有两个人的声音是一样的，除非你在模仿。可是，即便是模仿，别人也只会认为是那个人的声音，而不是你的声音。从这个意义上说，每个诗人都应该有属于自己的独特声音。我非常喜爱短诗，也尝试写点短诗。我把这当作走夜路时，偶尔哼哼的那种。有时，可能没有什么意思，有时你甚至都不知道自己哼过。这些短诗同我受民歌的影响有很大关系，有些民歌很短，但让人回味无穷，如我母亲教我的：“江边杨柳排队排，野鸡抱儿在高山。白天害怕岩鹰打，夜晚害怕火烧山。”就那么几行，生活的艰辛和悲悯就跃然纸上。再如普米族民间艺人马加措教我的：“麂子死在半坡上，獐子路过哭一场。问你獐子哭什么？不同父母同草场。”也是那么几行，那种博大的爱却表现得淋漓尽致。我觉得短诗最大的难度是要有“内核”，要有思想，要有让人思考和回味的东西。就像鞭炮一样，引线短了，一点就要炸。如果不炸，没有那声“响”，那就什么都不是了。

霍俊明：在你的诗歌中我读到了地理文化沟壑深处个人履历、民族记忆的闪烁斑点，而同样重要的还在于我看到了一个诗人个体的生命是如此实实在在地与大山、与火焰、与寒冷、与追记、不可分割地融合在一起，不故弄玄虚，也不故作高歌，无论是歌唱还是低音都流淌着个体的血液和真切的疼痛与欢欣。在时下的语境之下，民族性是问题，而生存也是问题。与此同时，你诗歌的“现实性介入”也很明显（比如《汇聚》《一滴血》《止不住》《疼》等写底层、地震等现实题材的诗）。而处理现实和当下生活时一般诗人很容易被吸附进去，或者说更容易成为新闻延伸性的伦理化和社会学的写作，从而缺少诗性的发现和对生活现实本身的提升。对此，你怎么看？

鲁若迪基：谢谢你对我诗歌的理解和评价。处理现实题材的诗歌确实难写，就像地震题材的，你要把它写好确实很难。可是，在那样的大灾大难面前，你会情不自禁地要把那种痛、那种爱与暖、那种人在自然面前的无助、那种命运的不可捉摸用诗去表现。这时候写得好不好不重要了，行动更重要。作为诗人来说，除了力所能及地捐款之外，写诗也是对灾区的一种支持。我的有些诗歌还写了“国际题材”的，由于电视、网络等媒体的发达，世界上发生的很多事就像邻村发生的一样，让你不得不去思考。有时，这种思考是没有结果的。因为这个世界上的有些事，不是“思考”能解决的。可是，作为一个诗人除了思考你还能做什么呢？我会常常像一位“政治家”一样，想起这个世界上的很多事，让自己苦不堪言。我时常为自己渺小的心怀着博大的爱而憔悴。在已发生的事的基础上，上升到诗，每个人可能会有不同的方式。如果仅仅把看到的记录下来，那的确和新闻没有多少差别了。我觉得把看到的“背后”的东西多想想，可能就会有诗的东西出现。

霍俊明：我喜欢带有寓言性的诗歌。你的诗歌也不乏这种寓言性（比如代表性的诗《老人的山岗》）和戏剧性，对此你自己怎么认识？

鲁若迪基：寓言性的诗歌具有故事、哲理等吸引人的地方，但并非所有的题材都适用。其实我没有刻意去写寓言性的诗歌，当我想到某首诗的时候，有的写成了这个样子，有的写成了那个样子，怎么表现好怎么写，随性而为。我可能考虑得最多的是要表现的内容，很少去思考怎样去表现这个问题。因为有些技术性的东西，你都可以掌握和熟悉，不说为什么就会自然地找到适合的形式。

霍俊明：写作这么多年，目前你的写作状态怎样？是否遇到了一些困难？还是已经找到了属于自己的诗学突破口？

鲁若迪基：目前我的状态一般吧。今年主要编了几本书，如与和文平、和建全两位普米族作家编选了《新时期中国少数民族文学作品选·普米族卷》，与丽江普米族文化研究会会长胡革山一起编选了《当代普米族诗人诗选》，等等，写的诗比较少。我觉得自己的创作在徘徊，需要找到一个突破口，但还没有找到。我有时真想沿着祖先的迁徙路线步行一趟，一个村庄一个村庄地游走，把我的同胞们生活的地方完整地走一遍。但由于工作原因，一直没有实现。我想，等我走遍了普米族的村村寨寨、山山水水，我的诗可能会有个大的突破。

霍俊明：多谢兄接受此次访谈，这次对话在我看来对当下的诗歌写作也具有某种启示性和参照性。

鲁若迪基：不客气。访谈中的有些问题我是想过的，但并不深入；有些问题我是没有想过的，因你的提示和启发有所思索。我想，这些思考对我今后的写作也会有一定的帮助。所以，我更要感谢你。谢谢！

（原载《中国作家》，2015年第5期）

诗歌是大地上的另外一种作物

朱彩梅

朱彩梅：尊敬的鲁若迪基先生，您好！首先要感谢您亲自帮我邮寄来《我曾属于原始的苍茫》和《没有比泪水更干净的水》两部诗集，细细品读后，感觉您的诗歌语言清新、情感质朴，我很是喜欢那扑面而来的自然气息和原始意味，在当下诗歌中，这是非常难得的，谢谢您！请问您为何要写诗？写诗这件事在你生命中占据一个什么位置？

鲁若迪基：这个年代能静下心来看诗的人不多了，您还“细细品读”我的诗，我很感动，谢谢您。为何写诗？记得在徐志摩诗歌奖颁奖会上，主持人也曾问过我这个问题。我当时回答说因为爱要表达。确实，最初的时候可能是这个原因。后来，恨也可能会写诗。现在，写诗是表达的需要，是我与这个世界沟通交流的重要方式。至于写诗这件事在我生命中占据什么位置，我觉得写诗不是我生命的全部，但它是我生命中的重要组成部分，因为写诗，我的生命质量得到了提高。

朱彩梅：您觉得什么是好诗？一个优秀的诗人应该具备什么素质？

鲁若迪基：为什么几千年来，很多人都会喜欢一些诗歌？这种“喜欢”里，我想就可能有我们认为的“好诗”的因素。我觉得好诗一是可感的，就是能够让您感觉到什么的，而不是让您莫名其妙的；二是可引发您的思索和联想；三是应该有公道、正义、悲悯、自由的人类情怀和诗歌精神。

一个优秀的诗人，除了具备语言天赋外，心中应该要有大爱，“诗人”应该是“诗”和“人”的完美统一，而不是二者的分裂。

朱彩梅：在一首诗中，语言和内容是什么关系，您觉得哪个更重要？您找到自己的言说方式了吗？

鲁若迪基：在一首诗中，语言和内容应该是一只鸟的一对翅膀，离开了哪只翅膀，这首诗都“飞”不起来，都一样重要。我觉得我是找到了自己的言说方式的，你看我的诗应该感觉得到。

朱彩梅：是的，您的诗歌很独特，语言质朴、简洁、纯净，直击人心。有谁对您的诗歌创作产生过重要影响吗？

鲁若迪基：我看书是比较杂的，古代的、现当代的、外国的，我很难说谁对我的诗歌创作产生过重要影响。但是，我在诗歌创作道路上，曾得到很多人的帮助和支持，有的还不是写诗的。

朱彩梅：您怎么看待诗人创作与所处地域的关系？能结合云南、宁蒗或者说小凉山对您写作的影响谈谈吗？

鲁若迪基：我觉得诗人的创作和地域是息息相关的，我觉得有怎样的土地就有怎样的庄稼，诗歌是大地上的另外一种作物，诗人离不开养育他的土地而存在，诗歌则不可能离开诗人而存在。

对我而言，俗称为“小凉山”的宁蒗是我母亲的土地，是我父亲的山，没有她就没有我，我永远是她的孩子，我诗歌里很多部分是献给她的。虽然我也可能会写其他的诗歌，但是，我觉得我能成为一个诗人也罢，能写其他诗歌也罢，从某种角度也是小凉山赋予了我这个能力。

朱彩梅：在全球化时代，您怎样看待诗歌的“本土性”？您觉得云南诗歌的“本土性”体现为哪些元素？

鲁若迪基：“本土性”应该是有别于其他地方的东西，“云南十八怪”这些东西别的地方有吗？没有，所以它也可以说是“本土性”呢。

我觉得云南诗歌的“本土性”，应该有优美的云南自然风光的元素，还要有丰富多彩的各个民族文化的元素，说大一点，只要与“云南”这个词有关的过去、现在、将来都可以成为云南诗歌“本土性”的元素。其实，技巧的东西，我们的也可以变成别人的，别人的也可以变成我们的，是不好说“本土性”的。“本土性”应该是打上了地域烙印的东西。

朱彩梅：请问普米族身份对您的汉语诗歌写作意味着什么？

鲁若迪基：普米族身份对我而言意味着，我是一个用汉语进行诗歌创作的普米族诗人，我写下的那些分行的文字会被打上“普米族”的烙印，这就要求我尽可能地把这个民族的文化，通过诗歌的形式传递出去。可是，普米族的韩规文化博大精深，这项工作非常艰难，我至今也没有把它做好，还有待于今后努力。

朱彩梅：您是“小凉山诗群”的核心诗人，请谈谈您和诗群近年的创作。

鲁若迪基：“小凉山诗群”是云南继‘昭通作家群”后又一文学品牌。最近，由中国诗歌流派网、国际汉语诗歌协会发起，《星星》诗刊社、《诗潮》杂志社、《诗林》杂志社、《文学报》、《语文报》、《楚天都市报》、《西海都市报》、《贵州民族报》联合举办的“21世纪中国现代诗群流派评选暨作品大展”（简称“三刊五报”大展）中，“小凉山诗群”被评为“21世纪中国十二家影响力现代诗群流派”之一。这个荣誉来之不易，凝聚着“小凉山诗群”所有诗人的心血，也凝聚着包括您在内的所有研究者的关心、帮助和支持。借此机会，向所有关心这个群体的人们表示感谢。

近年来，据不完全统计，这个群体中的阿卓务林、李永天、李黑、任尚荣、阿克·雾宁石根、陈南江等都出版了专著，曹翔还获得了全国少数民族文学创作“骏马奖”，其他如和建全、黑羊等也获得了一些奖。我自己很惭愧，没有多少可值得一说的。

让我感到高兴的是，这几年一些新鲜血液又注入这个群体，如戈戎玭措、李凤、吉克木呷、杨艳川、曹媛、华秀明等等，他们让这个群体充满了生机和活力，希望您能多关注他们。

朱彩梅：会的，这么多年来，诗歌一直滋养着我，我会持续关注当代新诗尤其是云南诗人的创作。非常感谢您的分享！祝您身安、心悦、笔健！

鲁若迪基：不客气。也祝您多出成果，吉祥如意！

［原载《名作欣赏》（评论版），2020 年第 11 期］

附录一　友人诗

泸沽湖船歌

——致鲁若迪基先生

哥　布

猪食槽木船划到湖中央
坐在船头的是摩梭姑娘

结伴的鱼儿游在湖中央
它们在演绎我们的友谊

捧喝一掬泸沽湖的甜水
你猜那感觉像遇到了谁

猪槽木船划到湖中央
摩梭姑娘开始放声歌唱

水里的鱼儿静静倾听
我们的心里充满了温馨

幸福之鸟飞过蓝蓝天空
满湖波光荡漾我们心中

你唱起朋友相聚又分手

真真唱到了我的心首

无论什么时候请你记住
有一个人在红河边
永远默默为你祝福

（原载《红河文学》，1999年5—6期）

便条集 237（外一首）

于 坚

普米族人鲁若迪基
与会者之一　休息时
我们去游泳池放松
在更衣间　被白瓷砖滑倒了两次
他个头高大　肌肉结实　皮肤黝黑
怒江的泅渡者　有着孟加拉虎
培养出来的目光
他很不习惯地顺着金属梯子
缓缓地下降到水中
那小小的游泳池
忽然汹涌起来

（原载《花城》，2001 年第 4 期）

谈论云南

在石屏会馆喝茶的时候
我们再次谈起云南
白云和光都停下来候着
记不清这是第几次谈了
从我们开始滔滔不绝地谈论这个省以来
许多人已经失踪
许多话题倒闭了

关于汽车的争议已经蒸发
66 年的事也懒得再说
再也不讲那幕先锋派电影
不提那个大家都讨厌的家伙
再也不说那个骚货的事
但喝几盅酒　云南
又一次被提起来
老生常谈　滇东北的梨花
又开了　高黎贡山新来的一种雀谁也没见过
又谈到他母亲今年做的腊肉和糯米饭
滇西北的梅里雪山　还是没有人爬得上去
有人刚刚从澜沧江边回来
说起藏族人的马匹和荞麦
谁又说起他老家的烤洋芋了
毫无新意　但我们再次听着他重复
再次说起南诏王埋在苍山下那批黄金
一千零一年过去了　还是没有下落
有人去了临安府　发现爷爷家的瓦还好好的
她爱上了土司的后裔
叫我们猜那是尼玛次仁还是鲁若迪基
再次谈到滇西北的群峰
那是一群我们永远无法超越的英雄
再次谈到怒江　澜沧江和昆明坝子
再次感动　再次沉默半晌　然后说起马灯
大理有一个本主庙的神叫作李将军
再次谈到德宏　1987 年的秋天
在那里教书　傣族人的甘蔗收获时
地里发现了一床席子
我们无休无止地谈论云南
白云不厌倦　不走　一直听着

花长得更接近我们
我们是写诗的
其他云南人不写诗
但说起来也差不多
邻桌的在说泸沽湖
我们都出生于此
吃饭　喝酒　劳动　工作
终老于云南故乡各地
被高山掩埋或被小河冲走
报纸经常抱怨　在中国
那些背井离乡打工的人口中
云南人很少　这些家乡宝没见过世面
也不想见了　我们又一次说起云南
啊　永生的云南老母
当我们谈着你的时候
高原上又停下一个春天
来源不同的水悄悄地落在大地上
有的是雨　有的是雪　有的是河流
有的来自我们的眼眶

（原载《滇池》，2008 年第 4 期）

鲁若迪基

吴　然

泸沽湖边
一间木楞房
高个子的
鲁若迪基
磨亮
一大堆诗句
推窗一洒
溅起一湖
星光

（原载《春城晚报》，2007 年 11 月 24 日）

普米族诗人鲁若迪基

艾 吉

鲁若迪基　高原上的普米族人
高原没有白生你
你有高原般的身板
高原般的胸怀

我们神交已久
直到 2009 年秋天
从人群中我一眼认出
你就是我渴望见到的诗人
我把手庄重地伸向你
仿佛这是历史性的时刻
“鲁若迪基　我是艾吉”
我们就这样实现了缘分

跟着你的诗
我多少次从红河梦游
抵达普米族人的故乡
那块我陌生的土地
赶马的汉子们
头上有鹰盘旋
身边有姑娘歌唱
热爱你
我就热爱上一个民族

像你的个头

你的诗高过人群
只是你的酒量
跟个头不匹配
被我轻易拿翻
我也被你拿翻过
为此你伤了几天

丽江对于很多人
只是美丽的风景
丽江对于我
美丽的风景并不重要
重要的是你　鲁若迪基
我的普米族兄弟
你唱歌和朗诵诗时弯腰摆手的样子
好笑又可爱　童心十足　多么难忘
你这个家伙多么难忘
我为什么要忘呢
我怎么能忘呢

（2010 年）

赠诗人鲁若迪基

桑恒昌

你的目光，一次次
打湿我的心底
从那里，流出两行
带着体温的小溪
鲁若迪基

把我们的酒倒在一起
然后分开，一杯给我，
一杯给你，喝吧，
这是混血的液体
鲁若迪基

说到别离，一根
美丽的刺扎进心里
疼为小凉山的诗
疼为普米族的你
鲁若迪基

我们的合影，已留在
泸沽湖的镜头里
情感长出两个驼峰
一个是我，一个是你
鲁若迪基

（原载“新诗吧”，2015 年 2 月 13 日）

鲁若迪基

加撒古浪

穿过摇摇晃晃的人间
你曾属于原始的苍茫
一首《小凉山很小》
湿润了多少游子的夜晚
不管身在哪里
怀里只揣一个叫果流的村庄
时不时念诵一个普米人的心经
顿时，潸然泪下
我确信，那是世界上最干净的水

(2015 年 5 月 6 日)

玉龙雪山入门

——赠鲁若迪基

臧　棣

属于你我的世界
在这里终于撞上了它的
边界。比南墙更高的
雪，给生活安装好了
强烈的反光。世界很小，
世外，也并不限于仅指
迷宫的破绽，它其实
可以有好多意思：比如，
蓝天就像刚刚扯下的面纱。
雄伟的礼貌，以至于
从哪个方向看，非凡地静寂
都是它独有的性感。
草甸上，偶尔还可看到
几个纳西汉子在调教
他们心爱的猎鹰。
云的呼吸里，白，比晕眩
还漩涡；我们全都是
我们的漏洞。如何弥补
甚至比如何拯救还神秘。
就在对面，毫不避讳你的眼光；
又叫黑白雪山的波石欧鲁
正练习比崇高还巍峨，
以便我们能更好地参考
我，有可能就是你。

（2016年8月23日）

惊 叹

——致鲁若迪基

周宗寿

背靠那座叫斯布炯的神山
怀揣那个叫果流的村庄
走在通往世界的路上
您总把拇指一样大的小凉山
竖在别人眼前
而当您深情而忧郁的目光
回望泸沽湖
掠过金沙江
穿越四海五洋
您心底涌动的一行行文字
有如白雪覆盖下的珠穆朗玛
隆起一峰洁白的惊叹
这时您跷起的大拇指
就被凝望成了一座看不到巅峰的山
连同那个叫作普米的民族
都被世界竖在眼前

（原载“中国诗歌网”，2017 年 4 月 21 日）

普米族诗人

阮殿文

因为诗歌
我认识了鲁若迪基
因为鲁若迪基
我认识了普米族

是呀，神知道——
普米族诗人鲁若迪基
他的诗一流出泸沽湖
我们便成了兄弟

(2020 年秋天)

附录二　创作年表

一、1967 年

12 月 3 日，出生于云南省宁蒗彝族自治县翠玉乡二坪村委会一个当地人叫“光溜溜”、普米语叫“果流”、地图上标注为“龙洞坪”的村庄。二坪村委会人口 2400 余人，几乎全为彝族，普米族仅有 3 户 18 人。鲁若迪基来自其中一个普米族家庭，父亲阿争伍斤为普米族启布贡阿争氏族，母亲玛雅车尔拉姆为普米族玛雅氏族。

二、1974—1988 年

先后就读于太红小学、二坪完小、翠玉中学、宁蒗民族中学、云南省楚雄粮食学校。在校期间，先后得到杨文华、王久贤老师的汉语启蒙教育，和学礼、卢振华、肖树生、易如文等老师对鲁若迪基的文学习作给予了鼓励和指导。

三、1988 年

1 月，在《原野》（季刊）第 1 期发表诗歌处女作《诗梦》，责任编辑史义。

4 月，在《玉龙山》（季刊）第 2 期发表组诗《普米族人的心曲》。

5 月 24 日，在《昆明报》发表诗歌《郊外》。

6 月，《丽江文化》第 2 期发表诗歌《无题》。

7 月，从云南省楚雄粮食学校毕业分配至宁蒗县工作。之后，与诗人任尚荣、李黑、史寿林、宋兰杰、郁先吉等组织“黎吉鸟诗社”。

9 月，与诗人李黑创办油印文学刊物《格姆》，5 期后停刊。

12 月，在《泸沽湖》第 2 期发表诗歌《走出死亡谷（外二首）》。

四、1989 年

1 月，在《泸沽湖》第 1 期发表小小说《榜样》。

3 月，参加首次文学活动——川滇两省盐源县、宁蒗县泸沽湖笔会。

4 月，在《丽江文化》第 4 期发表诗歌《记住这个冬天——悼胡万青前辈》；在《玉龙山》（季刊）第2期发表组诗《爱的诗笺》。

5月26日，在《凉山日报》发表诗歌《我》。

7月13日，在《云南日报》发表散文《父亲和他的“饭团子”》；20日，在《泸沽湖》第2期发表小小说《蓝色畅想曲》，在第7期《丽江文化》发表漫画《今天要去卖猪》。

10月，在《滇池》第10期发表诗歌《别》。

五、1990年

1月，在《大西南文学》第1期发表诗歌《我以树的名义》；在第1期《金沙江文艺》发表诗歌《我是小凉山》；在第1期《玉龙山》（季刊）发表诗歌《在我生长的地方（外一首）》。

3月，在《滇池》第3期发表诗歌《山路》。

5月9日，在《云南日报》发表诗歌《面对山》。

10月，散文《父亲和他的“饭团子”》入选云南民族出版社出版的散文集《五彩云霞》。

11月，诗歌《面对山》荣获《云南日报》“南国云”诗歌创作比赛二等奖。

六、1991年

1月1日，在《丽江报》发表诗歌《我曾属于原始的苍茫》；在《玉龙山》（春）发表《散文诗四章》；在《原野》（季刊）第1期发表诗歌《山里的少女（外二首）》。

5月，诗歌《我以树的名义》入选南洋出版社出版的诗选集《中国青年乡土诗选》。

7月15日，在《丽江报》发表诗歌《感觉的春天》。

10月，在《玉龙山》发表诗歌《我是山里人》。

七、1992年

1月，在《滇池》第1期发表诗歌《我爱……》。

7 月 30 日，在《丽江报》发表散文《哦，那令人醉心和心碎的美丽》；31 日在《春城晚报》发表诗歌《思（外一首）》；在《玉龙山》（双月刊）第 4 期发表诗歌《秋语》；在《原野》（季刊）第 3 期发表诗歌《雨中》。

10 月，在《滇池》第 10 期发表诗歌《火葬地边》；20 日，在《丽江报》发表小小说《生死之间》。

11 月，加入丽江地区文联文学协会；在《玉龙山》（双月刊）第 6 期发表散文《外公》。

12 月 16 日，在《云南日报》发表散文《山恋》。

八、1993 年

1 月，在《玉龙山》（双月刊）第 1 期发表诗歌《哭亡友》；在《怒江》第 1 期发表诗歌《山里人（外二首）》。

4 月 21 日，在《春城晚报》发表诗歌《虎跳峡》。

5 月，纪实文学作品《辣子洞人》入选云南民族出版社出版的《腾飞的玉龙》；在《边疆文学》第 5 期发表诗歌《爱（外一首）》。

9 月，在《玉龙山》（双月刊）第 5 期发表散文《在平凡的岗位上》。

12 月，在《星星》第 12 期发表诗歌《与山有关》。

九、1994 年

1 月，在《边疆文学》第 1 期发表诗歌《金沙江（外三首）》。

2 月 10 日，在《丽江报》发表随笔《相信自己》。

4 月，在《民族文学》第 4 期发表散文《永远的雪》；13 日，在《春城晚报》发表诗歌《春天》。

5 月，加入云南省作家协会；18 日，在《宁蒗报》发表散文《雾中的女人》。

十、1995 年

1 月 31 日，在《丽江报》发表随笔《悲剧的诞生》。

3 月，在《玉龙山》（双月刊）第 2 期发表诗歌《诗三首》。

9 月 19 日，在《春城晚报》发表诗歌《谁听我倾诉》。

十一、1996 年

6 月 11 日，在《春城晚报》发表散文《遭遇地震》。

10 月，在《边疆文学》第 10 期发表组诗《为你而歌》。

12 月 24 日，在《春城晚报》发表诗歌《无诗可读的日子》。

十二、1997 年

11 月，诗歌《金沙江（外三首）》荣获第五届全国少数民族文学创作“骏马奖”新人新作奖。

12 月 1 日，在《人民日报》（海外版）发表第五届全国少数民族文学创作“骏马奖”获奖感言。

十三、1998 年

1 月 10 日，在《春城晚报》发表诗歌《让风吟诵》。

6 月 20 日，在《云南日报》发表散文《飞向北京》。

9 月 18 日，在《云南日报》发表散文《我真的不想在乎你》；24 日，在《春城晚报》发表《扛着摄像机写作的人——记阿昌族作家曹先强》。

10 月，在《民族文学》第 10 期发表组诗《泸沽湖之恋》；29 日，在《春城晚报》发表散文《月光》。

十四、1999 年

4 月，在《边疆文学》第 4 期发表组诗《泸沽湖之恋》。

7 月 13 日，在《春城晚报》发表诗歌《给你》；29 日，在《春城晚报》发表诗歌《手心》。

8 月，诗歌《远离秋天的日子》入选《中国少数民族文学经典文库·诗歌卷》（1949—1999）。

9 月，组诗《泸沽湖之恋》入选《〈边疆文学〉诗歌精选》。

10 月，荣获第三届边疆文学奖·少数民族文学新人奖；在《民族文学》第 10 期发表组诗《等你》；6 日，在《春城晚报》发表小小说《挑水的男人》。

11 月 11 日，在《春城晚报》发表小小说《祝你好运》。

十五、2000 年

1 月，诗集《我曾属于原始的苍茫》由民族出版社出版。

3 月，与北岛、杨炼、多多、于坚、严力等 31 位诗人参加《作家》杂志 2000 年中国新诗大联展；在《作家》杂志第 3 期发表诗歌《冬天来临》《天泪》；28 日，在《春城晚报》发表诗歌《生日礼物》。

6 月，诗歌《雪地上的鸟》《雪地诗篇》入选《1999 中国新诗年鉴》。20 日，在《春城晚报》发表诗歌《身边的风》。

8 月 4 日，在《春城晚报》发表诗歌《电话凝思》。

10 月，在《边疆文学》第 10 期发表组诗《不一样的天空》。

11 月 10 日，在《春城晚报》发表诗歌《给兰子》。

12 月，诗歌《金沙江（外三首）》荣获第三届云南省文学艺术创作奖荣誉奖；29 日，当选丽江地区第三届作家、民间文艺家协会理事。

十六、2001 年

1 月，《诗选刊》第 1 期转载《不一样的天空（组诗选三）》。

2 月 9 日，在《春城晚报》发表《鲁若迪基诗抄（十五首）》。

4 月，与欧阳江河、芒克、王小妮、王家新、伊沙等 34 位诗人参加《上海文学》2001 年中国新诗大联展；在《上海文学》第 4 期发表诗歌《我曾见过的乌鸦》；在《民族文学》第 4 期发表组诗《爱，没有季节》。

6 月，《诗选刊》第 6 期转载诗歌《我曾见过的乌鸦》。

7 月，获第三届全国各族青年团结进步优秀奖；诗歌《木耳》《光芒》入选《2000 中国新诗年鉴》。

9 月，组诗《不一样的天空》荣获第五届（2000 年度）《边疆文学》奖；《诗刊》第 9 期“发现：报刊佳作选”转载诗歌《云南的天空》《棠梨树》。

10 月，在《边疆文学》第 10 期发表组诗《泸沽湖及其他（八首）》；11 日，在《春城晚报》发表诗歌《铸了一柄剑》。

十七、2002 年

6 月，加入中国作家协会。在《边疆文学》第 6 期“新世纪力作”栏发表《鲁若迪基的诗》。

8 月，诗歌《木耳》被翻译成英文收录于 *In Your Face:Contemporary Chinese Poetry In English Translation* 在澳大利亚出版。

9 月，诗集《我曾属于原始的苍茫》荣获第七届全国少数民族文学创作“骏马奖”；在深圳参加中组部、国家民委主办的第二期边境线和西部民族地区党政主要领导干部经济管理研讨班学习；8 日，《芙蓉》第 4—5 期合刊发表《鲁若迪基的诗（十首）》。

十八、2003 年

3 月，参加朱文导演的电影《云的南方》拍摄，扮演泸沽湖洛水村村长，该片获国内外多个电影节大奖。

5 月，获第三届云南青年五四奖章。

6 月，诗歌《木耳》被翻译成英文在英国 *Mordern Poetry In Translation*（*MPT*）第 21 期发表。

8 月，出席在昆明召开的第四届全国少数民族文学创作会议；26 日，为祝贺第四届全国少数民族文学创作会议召开，在《云南日报》推出专版，发表记者对金炳华、吉狄马加、阿来、鲁若迪基的专访。

9 月，随云南作家代表团出访法国、德国、意大利、瑞士、荷兰等 10 国。

十九、2004 年

1 月 3 日，与费嘉、哥布、聂勒、高专等 8 位诗人参加在昆明举办的“云南诗歌之夜”诗歌朗诵会，用普米语朗诵诗歌《我爱……》，中外两位主持人分别用汉语、英语朗诵了《我爱……》。

7 月，浙江电视台《新青年制造》“中国先锋诗歌”栏目第 7 期推出“七月鲁若迪基”专栏，配发诗人简介、推荐语，推荐诗歌《我是父母不平凡的“处女作”》《云南的天空》。该栏目制作人为诗人梁晓明，第 3—6 期被推荐诗人分别是舒婷、北岛、南野、顾城。

8 月，在《民族文学》第 8 期发表组诗《旅欧诗抄》；6 日，在《云南日报》发表诗歌《老人的山岗（外一首）》。

11 月，在《大家》第 6 期发表组诗《鲁若迪基的诗》，该组诗的第三首为《小凉山很小》，第六首为《选择》。

12 月，诗集《我曾属于原始的苍茫》荣获丽江市首届文学艺术创作奖荣誉奖。发表在《芙蓉》的《鲁若迪基的诗》荣获丽江市首届文学艺术创作奖二等奖；2 日，《中国新闻出版报》转载诗歌《小凉山很小》；4 日，《文艺报》作品推介榜榜首推介刊发于《大家》的《鲁若迪基的诗》；《人民文学》第 12 期发表诗歌《一群羊从县城走过（外一首）》，该诗获《人民文学》“德意杯”首届“青春中国”优秀诗歌奖；在《滇池》第 12 期发表诗歌《在深圳》《批发中心》。

二十、2005 年

1 月，诗歌《一群羊从县城走过》入选《2004 年中国诗歌精选》；在《攀枝花》第 1 期发表《诗二首》；当选第一届云南民族学会普米族研究委员会副秘书长。

2 月 4 日，在《云南日报》发表组诗《兰坪行》。

3 月，发表在《大家》的《鲁若迪基的诗》获《南方都市报》《新京报》第三届华语文学传媒大奖 2004 年度诗人提名奖；《鲁若迪基诗选（二十一首）》入选《云飞扬——云南签约作家作品选》。

4 月，在《星星》第 4 期发表诗歌《伊拉草原（外一首）》。

5 月 14 日，在《丽江日报》发表随笔《关于〈1958 年〉》。

6 月，诗歌《1958 年》《光棍村》《一群羊从县城走过》《餐桌上的粮食》《一口气》被杨志达翻译为英文收录于《云南少数民族诗人诗选》，由西风翻译社出版；4 日，在《丽江日报》发表散文《六世达赖喇嘛的情怀》；在《诗刊》第 6 期下半月刊发表《兰坪行（二首）》。

7 月 9 日，在《丽江日报》发表散文《给马石宝致悼词》。

8 月，中共宁蒗县委、宁蒗县人民政府授予“小凉山十大文化人”；在《星星》第 8 期发表组诗《没有比泪水更干净的水》。

10 月 15 日，在《丽江日报》发表散文《曾经的一次陈述》；《诗选刊》第 10 期转载组诗《没有比泪水更干净的水》。

11 月，在《边疆文学》第 11 期“新世纪力作”栏发表《关于〈1958 年〉及其他》（散文随笔 6 篇、诗歌 15 首）；10 日，《诗潮》第 11—12 月号发表组诗《天长地久》；26 日，在《丽江日报》发表随笔《又是哪个白痴在说话》。

12 月，组诗《兰坪行》荣获第七届云南日报文学奖；15 日，在《云南诗歌报》发表《诗二首》。

二十一、2006 年

2 月，英汉对照诗集《鲁若迪基抒情诗选》由中国前外交官、云南大学原外语系主任杨志达教授翻译，香港天马图书出版公司出版；23 日，《丽江日报》宁蒗新闻版发布宁蒗彝族自治县成立 50 周年 50 人系列报道 21——“诗人鲁若迪基”。

3 月，当选第六届云南省作家协会副主席，兼任云南省作家协会青年创作委员会主任；4 日，在《丽江日报》发表随笔《一点秘密——写在〈鲁若迪基抒情诗选〉出版之际》；25 日，在《丽江日报》发表散文《朱文和〈云的南方〉》。

4 月，云南省委宣传部、云南省文化厅、云南省文联授予云南省“四个一批”云南文学艺术新人奖；散文《六世达赖喇嘛的情怀》获 2005 年云南省报纸副刊好作品一等奖；15 日，在《丽江日报》发表组诗《诗人、乞丐及其他》。

5 月，《散文选刊》第 5 期转载 2005 年《边疆文学》第 11 期发表的散文《一匹叫尼采的公马》。

6 月，香港《华夏民族》杂志发表《鲁若迪基诗选》；2 日，《云南日报》发表散文《远去的梦》。

8 月 19 日，在《丽江日报》发表散文《一棵树的命运》。

9 月 17 日，参加云南省作家协会、《边疆文学》编辑部、中共宁蒗县委、宁蒗县人民政府、县委宣传部在泸沽湖举行的“小凉山诗歌现象研讨会”，做了题为《群山之上的小凉山诗群》的发言；在《边疆文学》第 9 期发表组诗《鲜花开放（十三首）》；30 日，在《丽江日报》发表《群山之上的小凉山诗群》；在《丽江社会科学》（宁蒗县庆特刊）发表《群山之上的小凉山诗群》。

10 月，在《星星》第 10 期发表诗歌《梦想与歌唱（三首）》。

11 月，出席中国作家协会第七次全国代表大会。《关于〈1958 年〉及其他》荣获 2005 年度边疆文学奖；11 日，在《丽江日报》发表散文《在宁蒗民族中学的日子》。

12 月，诗歌《一群羊从县城走过》荣获丽江市第二届文学艺术创作奖荣誉奖；9 日，在《丽江日报》发表散文《我的上司胡全》；在《民族文学》第 12 期发表散文《远去的梦（外一篇）》。

二十二、2007 年

2 月 3 日，在《丽江日报》发表散文《橱窗里的女郎》。

3 月，散文《朱文和〈云的南方〉》荣获第二十三届云南新闻奖三等奖；诗歌《没有比泪水更干净的水》入选《中国〈星星〉五十年诗选》；在《诗刊》第 3 期下半月刊发表《诗五首》。

4 月，散文《朱文和〈云的南方〉》荣获 2006 年云南省报纸副刊好作品一等奖。

5 月，在北京参加全国人口较少民族作家研讨班学习，任班长。在《滇池》第 5 期发表组诗《鲁若迪基的诗》；在《芳草》第 3 期发表诗歌《泸沽湖及其他（十一首）》。

7 月，散文《远去的梦》荣获第八届云南日报文学奖。

8 月，诗集《没有比泪水更干净的水》荣获中国作家协会 2007 年重点作品扶持；在《民族文学》第 8 期发表散文《破费了一根火柴（外一篇）》。

9 月 6 日，在《文艺报》发表散文《斯图加特的一只喜鹊》。

11 月，出席全国青年创作会议；在第 11 期《民族文学》发表组诗《草原》。

12 月，在《人民文学》第 12 期发表诗歌《唯一的骨头》；25 日，在《文学界》（季刊）第 4 期发表随笔《青年的意味》。

二十三、2008 年

1 月，诗歌《从我身边流过的河》入选《2007 中国最佳诗歌》；在第 1 期《芳草》发表诗歌《小凉山很小（十九首）》，配发谢有顺评论《想念一种有感而发的诗歌》，该组诗荣获《芳草》文学杂志首届汉语诗歌双年十佳奖。

2 月，原载《芳草》2007 年第 3 期诗歌《泸沽湖及其他》获《星星》诗刊与四川师范大学文理学院联袂举办的“2007 年中国・星星年度诗人奖”提名奖。

4 月，中共丽江市委、丽江市人民政府授予其首届丽江市“宣传文化突出贡献奖”。

5 月 23 日，在《云南日报》发表诗歌《汇聚》；28 日，在《文艺报》发表组诗《汶川大地震》。

6 月 14 日，在《丽江日报》发表散文《热爱洋芋的人们》。

7 月，在《民族文学》第 7 期发表组诗《无言的大地》；在《红岩》（双月刊）第 4 期发表诗歌《一滴鲜红的血》；19 日，在《丽江日报》发表散文《永宁温泉》。

8 月 2 日，在《丽江日报》发表散文《父亲寻牛记》。

10 月 11 日，在《丽江日报》发表散文《神秘的弯针》。

12 月，《民族文学》第 11、12 期合刊“纪念中国改革开放 30 周年本刊回顾展”入选组诗《爱，没有季节》；在《人民文学》第 12 期发表诗歌《长不大的村庄（外一首）》；在《星星》第 12 期发表诗歌《关于羊（二首）》；在《民族文学》（增刊）发表评论《灵魂深处的歌》《女儿国诞生的诗人》。

二十四、2009 年

2 月，随中国作家代表团访问台湾，参加两岸文学交流座谈会。在第 2 期《诗选刊》下半月刊发表组诗《拇指上的山乡》；7 日，在《丽江日报》发表散文《“拉登”和他的母亲》。

3 月，散文《热爱洋芋的人们》荣获 2008 年云南省报纸副刊好作品二等奖；6 日，在《中国民族报》“赏读中国 · 云南篇”推出小凉山诗人群作品，发表诗歌《小凉山很小》。

4 月，在《边疆文学》第 4 期发表散文《身边的人和事（七篇）》。

5 月 2 日，在《丽江日报》发表散文《智叟宣科》；11 日，在丽江师范高等专科学校做文学讲座。

6 月，《半月谈》杂志社《资料卡片杂志》第 6 期卷首语转载诗歌《长不大的村庄》。

9 月，在《青海湖》第 9 期发表散文《朋友二题》；赴北京参加鲁迅文学院第十二届中青年作家高级研讨班学习，任班长；5 日，在《丽江日报》发表散文《善缘》。

10 月，诗歌《泸沽湖之恋》翻译为蒙古文、藏文、维吾尔文在《民族文学》第 2 期蒙文版、藏文版、维吾尔文版发表；18 日，在《丽江日报》发表组诗《壮乡行》；29 日，参加在北京召开的文学创作座谈会，中共中央政治局委员、中央书记处书记、中宣部部长刘云山出席并发表重要讲话。

12 月，诗集《没有比泪水更干净的水》由作家出版社出版；2 日，在《人民日报》发表散文《用诗证明》；诗歌《长不大的村庄（外一首）》入选《新中国成立 60 周年少数民族作品选 · 诗歌卷》；15 日，在《丽江师范高等专科学校学报》第 4 期发表论文《略谈汉文化背景下民族文学的价值》。

二十五、2010 年

1 月，结束在鲁迅文学院的学习；11 日，参加繁荣云南少数民族文学座谈会，做了题为《永恒的记忆》的交流发言；在《时代文学》第 1 期发表组诗《异域的思绪》；21 日，在《人民日报》发表随笔《守护人类文化多样性》。

2 月，在《诗刊》第 2 期上半月刊发表诗歌《都市牧羊人》；在第 2 期《边疆文学》发表散文《过去和正在过去的（四篇）》；28 日，在《大理学院报》发表组诗《小凉山的歌》。

3 月，散文《智叟宣科》荣获 2009 年云南省报纸副刊好作品三等奖；25 日，在《文学界》（季刊）第 1 期发表《永恒的记忆》。

6 月，在《诗探索》（作品卷）第 2 辑“新诗集视点”发表《鲁若迪基诗十首》、诗集《没有比泪水更干净的水》自序。

7 月，参加云南省第二届青年创作会议，做了题为《让文学与青春同行》的工作报告。

8 月，参加繁荣云南诗歌论坛并做交流发言。

9 月，诗集《没有比泪水更干净的水》入围第五届鲁迅文学奖；在《大理文化》第 9 期“本期力作”栏发表散文《心灵的轨迹（六篇）》。

11 月 26 日，在《云南日报》发表组诗《泸沽湖情歌》。

12 月，诗歌《我爱过的女人走了》《长和短》《想你想空了心》被翻译成维吾尔文发表在 2010 年《克孜勒苏文学》第 4 期。

二十六、2011 年

1 月，诗歌《泸沽湖之恋》翻译为蒙古文、维吾尔文、藏文入选《〈民族文学〉30 周年精品选》蒙古文卷、维吾尔文卷、藏文卷；组诗《爱，没有季节》入选《〈民族文学〉30 周年精品选・诗歌卷》；诗歌《小凉山很小》入选《2010 中国年度诗歌》；当选第二届云南民族学会普米族研究委员会副会长。

2 月，散文《用诗证明》获中国作家协会、人民日报社“盛世民族情”征文优秀作品奖。

3 月，在《文学港》(双月刊)第 2 期发表组诗《泸沽湖情歌》；25 日，在《文学界》(季刊)第 1 期发表《真挚的情感，朴素的表达》。

5 月，随中国少数民族作家代表团访问美国。散文《用诗证明》入选《智慧不会衰老：人民日报 2010 年散文精选》；在《民族文学》第 5 期发表组诗《神话》；12 日，在纽约《世界日报》发表诗歌《女山》。

6 月，任丽江市文联党组书记。

7 月，在《青海湖》第 7 期发表散文《胡宗南的存款》。

8 月，参加第三届青海湖国际诗歌节；诗歌《小凉山很小》《选择》《女山》《一群羊从县城走过》入选《诗歌：无限的可能——第三届青海湖国际诗歌节诗人作品集》；在《延河》第 8 期发表组诗《爱比恋更疼》，配发肖惊鸿的《诗心是一颗怎样的心——与诗人鲁若迪基的对话》。

11 月，出席中国作家协会第八次代表大会；组诗《神话》被翻译为维吾尔文、蒙古文、藏文在《民族文学》第 6 期维吾尔文版、蒙古文版、藏文版发表。

12 月，组诗《神话》获 2011 年《民族文学》年度文学奖；在《诗歌 EMS 周刊》发表《诗三首》；名录及诗歌《一群羊从县城走过》入编张炯、邓绍基、郎樱主编的《中国文学通史》；在《民族文学》第 12 期发表散文《泸沽湖故事》；《民族文学》增刊“庆祝中国共产党成立九十周年‘心连心’专刊”转载组诗《神话》；25 日，在《文学界》(季刊)第 4 期发表随笔《切实肩负起自己的责任》。

二十七、2012 年

1 月，李少君在网络“每月好诗”推荐《小凉山很小》《选择》《女山》《一群羊从县城走过》；诗歌《小凉山很小》《选择》《泸沽湖恋曲》被翻译成朝鲜文在《长白山》第1期大型文学双月刊发表；在《诗红河》第1期“本期领衔”发表组诗《游荡的风》、《省着写诗》（创作谈）、马绍玺评论《鲁若迪基诗歌论》；在《丽江》（文学双月刊）第1期发表评论《继承与发展中的丽江诗歌创作》。

2月16日，在《都市时报》“大手笔”栏发表《诗八首》。

3月，诗集《没有比泪水更干净的水》获第七届云南文艺基金奖二等奖；组诗《我总想起一个叫雷锋的人》获光明日报社、诗刊社等举办的“雷锋——道德的丰碑”全国诗歌大赛二等奖；组诗《我总想起一个叫雷锋的人》入选《雷锋之歌·诗歌卷》；组诗《神话》入选《2011·中国少数民族文学年度选·诗歌卷》；5日，在《光明日报》发表组诗《我总想起一个叫雷锋的人》；在第3期《诗刊》下半月刊发表诗歌《我总想起一个叫雷锋的人（二首）》；在第3期《鸭绿江》发表诗歌《我总想起一个叫雷锋的人（二首）》；在第3期《诗潮》发表诗歌《我总想起一个叫雷锋的人（二首）》；奥秘画报社下半月刊《方向》第3期转载诗歌《披星戴月的女人》；25日，在《文学界》（季刊）第1期发表《继承与发展中的丽江诗歌创作》。

4月，诗歌《碎》入选《2011年中国诗歌排行榜》；在《民族文学》第4期发表组诗《青海及其他》；在《中国诗歌》第4期“网络诗选”发表诗歌《小凉山很小（外二首）》。

5月20日，在人民大会堂参加中国作家协会纪念《在延安文艺座谈会上的讲话》发表70周年座谈会，做了题为《源头与活水》的大会交流发言；22日，参加中国作家协会组织的鲁迅文学院第十二期少数民族中青年作家研讨班座谈会，做了题为《发展中的云南人口较少民族文学》的交流发言（中国作家网转载），中共中央政治局委员、中央书记处书记、中宣部部长刘云山出席并做重要讲话；24日，在《文艺报》发表《源头与活水》；29日就小凉山诗群接受《艺术云南》采访（在第4期《边疆文学·艺术云南》发表）；在《作家通讯》第3期发表《源头与活水》；在《西藏文学》（双月刊）第3期发表《没有比泪水更干净的水》（外五首）。

6月，诗集《没有比泪水更干净的水》获云南省作家协会2012

年云南少数民族文学创作精品奖；诗歌《我是山里人》入编赵敏俐、吴思敬主编的《中国诗歌通史》；9日，作为8位被研讨作家之一，参加中国作家协会、中共云南省委宣传部、云南省作家协会在北京共同主办的“倾听红土地的声音·云南少数民族文学研讨会”；25日，在《文学界》（季刊）第2期发表《坚持以人民为中心的创作》《发展中的云南人口较少民族文学》；30日，在《丽江日报》发表散文《怀念罗桑益世活佛》。

7月，任第八届中国作家协会少数民族文学委员会委员；2日，在《文艺报》发表随笔《我的诗歌梦想》。

9月，出席第五届全国少数民族文学创作会议；组诗《神话》被译为朝鲜文、哈萨克文在《民族文学》朝鲜文创刊号、哈萨克文创刊号发表。

10月，诗歌《1958年》入选《新世纪诗典》（第一季）；在第10期《山东文学》下半月刊发表组诗《忧伤的风》。

11月，诗集《没有比泪水更干净的水》荣获第三届徐志摩诗歌奖；30日，在《云南政协报》发表《诗三首》。

12月，在《中学生阅读》（初中版）发表散文《“赫”老师》；1日，在《丽江日报》发表随笔《民族文学大有可为》；《诗刊》第12期“2012年诗歌年选”选载诗歌《麦芒》；《鲁若迪基作品（二十七首）》入选《西天的云彩——中国（海宁）·徐志摩诗歌奖获奖作品选》。

二十八、2013年

1月，诗歌《清凌凌的黄河》入选《2012年中国诗歌排行榜》；诗歌《清凌凌的黄河》《最平均的是死亡》入选《2012中国最佳诗歌》。

2月25日，《文艺报〈文学院专刊〉》推出专版，刊载《诗歌是大地上另外一种作物》（本人创作谈）、于坚《他的诗歌让世界知道他的民族》（印象记）、杨玉梅（山梅）《一颗独一无二的心灵——谈鲁若迪基的诗歌》（评论）。

4 月，在《西部》上半月刊第 4 期“西部头题”栏发表组诗《雪一样的普米人》。

5 月 4 日，在《银川日报》“名家有约”栏发表《诗歌是大地上另外一种作物》。

6 月，散文《用诗证明》荣获第四届丽江市文学艺术创作奖文学类荣誉奖一等奖；在《民族文学》第 6 期发表《道不尽的诗歌》（卷首语）。

7 月，诗集《一个普米人的心经》获中国作家协会 2013 年重点作品扶持；诗歌《小凉山很小》入选《21 世纪诗歌精选》；10 日，在《两江文艺》发表组诗《鲁若迪基的诗》；27 日，在《云南日报》“云之美”整版发表组诗《泸沽湖》；在《民族文学》第 7 期发表散文《歌乐山风雨》。

8 月，诗歌《快乐的山》入选《爱情照耀着我们》。

9 月，《诗歌是大地上另外一种作物》（作家自述）、于坚《他的诗歌让世界知道他的民族》（文友印象）、杨玉梅（山梅）《一颗独一无二的心灵——谈鲁若迪基的诗歌》（评家观点）入编文艺报社主编《文学生长的力量：30 位中国作家创作历程全记录》。

11 月，在《国际汉语诗歌》第一卷发表《鲁若迪基的诗》。

12 月，随云南作家代表团访问老挝，受到老挝党中央书记处书记、万象市委书记兼市长苏甘·马哈拉，老挝党中央委员、老挝新闻、文化和旅游部部长波显坎·冯达拉会见。诗集《一个普米人的心经》由长江文艺出版社出版。

二十九、2014 年

2 月 20 日，出席在北京召开的中国少数民族作家学会第三届代表大会，当选第三届中国少数民族作家学会理事；在《民族文学》第 2 期发表组诗《高处低吟》。

3 月，诗歌《一群羊从县城走过》被翻译为英文在《人民文学》英文版《路灯》2014 年春季号发表。

4 月，参加中国（昆明东川）第 15 届国际诗人笔会。

5 月 12 日，在《文艺报》发表随笔《追寻梦想》；在《诗歌月刊》第 5 期下半月刊“重温经典”栏发表《鲁若迪基的诗（十二首）》。

6 月，参加中国·东南亚·南亚昆明作家论坛，做了题为《让诗歌成为民族记忆的一部分》的大会交流发言；25 日，在《文学界》（季刊）第 2 期发表《让诗歌成为民族记忆的一部分》。

7 月，在《关雎爱情诗》（夏季号）发表《关于兰（二首）》。

8 月，诗歌《好似一阵吹过故乡的风》入选《2013 年中国新诗排行榜》；诗歌《都市牧羊人》入选《中学生朗诵诗 100 首》；诗歌《泸沽湖之恋》翻译为蒙古国文入选庆祝中蒙建交 65 周年《中蒙文学作品选集》；在《诗潮》第 8 期发表《诗九首》；6 日，《江南时报》“中国诗歌地理·云南篇”发表其诗歌《1958 年》。

9 月，《诗潮》第 9 期推出“小凉山诗群”作品，发表组诗《鲁若迪基的诗》。

10 月，主编的《新时期中国少数民族文学作品选·普米族卷》由作家出版社出版；18 日，在《云南日报》发表组诗《悼费嘉》。

11 月，《杂文选刊》第 11 期下半月刊转载诗歌《一个农民的话》。

12 月，诗集《没有比泪水更干净的水》入选中国作家协会少数民族文学作品对外翻译项目“阅读中国·五彩丛书”。

三十、2015 年

1 月，云南省人民政府授予第七次全省民族团结进步模范个人。诗歌《老人的山岗》入选《2014 年中国诗歌精选》；诗歌《我总想起一个叫雷锋的人》入选《诗刊》主题诗选（2010—2014）《心声》；《西部》第 1 期发表诗歌《永远的孩子》。

3 月，随云南作家代表团（为副团长）参加越南河内第二届亚太国际诗歌节，受到越南国家主席张晋创接见，诗歌《如果没有了你》被翻译为越语、英语等朗诵；诗集《时间的粮食》入选“云南作家精品文库”，由云南人民出版社出版；诗歌《机会》入选《2014 中国新诗排行榜》；25 日，在《文学界》（季刊）第 1 期发表随笔《让诗歌照亮世界》。

4 月，主编的《新时期云南少数民族文学作品选 · 普米族卷》由云南民族出版社出版；《中国诗歌》第 4 期“中国诗选”选载《我总想起一个叫雷锋的人》。

5 月，在《中国作家》（文学）第 5 期“新实力”栏发表组诗《忧伤的河》，配发霍俊明评论《对照一种照彻的诗歌——对话鲁若迪基》，封三做了介绍。

6 月，长诗《独龙江》获中国作家协会 2015 年重点作品扶持；参加南亚 · 东南亚 · 中国昆明作家论坛。

7 月，在《国际汉语诗歌》（2014 年卷）发表《鲁若迪基的诗》；在第 7 期《中国作家》（纪实）发表诗歌《德江县城》；15 日，组诗《高处低吟》被翻译为朝鲜文、蒙古文、维吾尔文在《民族文学》第 4 期朝鲜文、蒙古文、维吾尔文版发表。

8 月，诗歌《永远的孩子》入选《中国 2014 年度诗歌精选》。

9 月，应邀参加第二届西南联大国际文学节，并做主题演讲。为云南师范大学文学院研究生做讲座；诗歌《雪地上的鸟》《1958 年》《选择》《小凉山很小》《给兰子》《一口气》《体内的野兽》《一群羊从县城走过》《诗》被翻译为英文，入选《第二届西南联大国际文学节作品集》（英汉双语）；《特区文学》（双月刊）第 5 期“中国当代诗集评荐”对诗集《没有比泪水更干净的水》做了推介；在《中国作家》（纪实）第 9 期发表组诗《德江》；在《草地》（文学双月刊）第 5 期发表组诗《比恐惧还要恐惧》；在中国少数民族作家学会成立 30 周年之际，《中华儿女》第 18 期推出专题《民族作家新一代》，发表了对吉狄马加、叶梅、次仁罗布、鲁若迪基等 8 位少数民族作家的专题报道，其中，对鲁若迪基的报道题为《鲁若迪基：用诗歌让世界知道普米族》。

10 月，诗歌《老人的山岗》入选《2016 年天天诗历》。

11 月，在《民族文学》第 11 期发表组诗《妩媚江山》。

三十一、2016 年

1 月，当选第七届云南省作家协会副主席，兼任云南省作家协会少数民族文学委员会主任；诗集《没有比泪水更干净的水》英文版，由 Saul Thompson 翻译，英国欧若拉出版社出版；诗歌《罐罐山》入选《2015 年中国诗歌精选》。

2 月，与胡革山共同主编的《当代普米族诗人诗选》由长江文艺出版社出版。

6 月，诗集《一个普米人的心经》获中国人口文化促进会、中国作家协会第十五届中国人口文化奖文学类二等奖；应邀参加西昌邛海“丝绸之路”国际诗歌周，诗歌《罐罐山》、随笔《我的诗歌“身份证”》入选《词语疾风中的凉山——西昌邛海“丝绸之路”国际诗歌周诗文选》。

7 月 10 日，在《丽江日报》发表组诗《清音》；在《丽江社会科学》第 3 期发表与杨玉梅、和文平合作的丽江市社科课题研究基金立项成果《论新时期普米族文学的思想内涵与艺术特色》。

8 月，在《民族文学》第 8 期发表随笔《诗人在这个世界的光应该是多棱镜的》。

9 月，诗歌《罐罐山》入选《2017 天天诗历》；在《民族文学》第 9 期发表组诗《在扶阳古城》；在《边疆文学》第 9 期发表组诗《乡韵》；18 日，在《丽江日报》发表随笔《弘扬长征精神，创作伟大作品》。

10 月，诗歌《白绵羊》入选《2015 年中国新诗排行榜》。

11 月，诗作《地缝》入围深圳读书月“2016 年度十大好诗”，诗歌《小凉山很小》《选择》《长不大的村庄》《女山》《从我身边流过的河》《1958 年》《一群羊从县城走过》《云南的天空》《自白》《山语》《无法吹散的伤悲》等 18 首，被澳大利亚拉筹伯大学语言研究所研究员荷拉姆翻译为荷兰语。

12 月，出席中国作家协会第九次全国代表大会，当选第九届中国作家协会全委委员；17 日，在《云南日报》发表组诗《乡韵》；25 日，在《文学界》（季刊）第 4 期发表随笔《民族作家的担当与责任》。

三十二、2017 年

1 月，组诗《高处低吟》入编汉维文学翻译双语读本《咳嗽天鹅》；诗歌《苞谷地》入选《每日一诗》（2017 年卷）；诗歌《小凉山很小》《女山》《最平均的是死亡》《如果没有了你》《泸沽湖》被翻译为西班牙语，在《人民文学》第 1 期西班牙语版《路灯》发表。

2 月 6 日，在《人民日报》发表诗歌《石头城（外一首）》；在《边疆文学》第 2 期发表《独龙江（长诗节选）》；《诗选刊》第 2 期转载诗歌《一群羊从县城走过》。

3 月，任中国作家协会第九届少数民族文学委员会委员；5 日，在《丽江日报》发表散文《知识分子的楷模——悼李世宗先生》。

4 月，诗歌《小凉山很小》入选《中国新诗百年志》；诗集《时间的粮食》获中国少数民族作家学会首届“陵水杯”民族文学奖（专著奖）；诗歌《小凉山很小》入选《新诗百年诗抄》；20 日，《新华文摘》第 8 期“中国诗歌年度回顾选（2016 年）”转载诗歌《泉口草场》；在第 4 期《诗刊》发表组诗《母语》。

6 月，诗集《没有比泪水更干净的水》英文版，由 Saul Thompson 翻译，中国出版集团、中译出版社出版；5 日，在《文艺报》发表诗歌《飞云口（外一首）》；11 日，在《丽江日报》发表随笔《中华文学的重要收获》；在第 2 辑《诗探索》作品卷发表小传、创作年表、诗歌 35 首。

7 月，诗歌《自白》《心中的菩萨》《唯一的骨头》《有一个念想的人》《比夜更黑》被翻译为蒙古文在《锡林郭勒》（双月刊）第 4 期发表。

9 月，任第一届中国作家协会文学工作者职业道德委员会委员；在《西部》（文学双月刊）第 5 期“西部头题”栏发表散文《昭通信札》。

10 月，应邀参加第六届墨西哥城国际诗歌节，先后在墨西哥学院、新莱昂自治大学文学院、新莱昂自治大学孔子学院、齐瓦瓦自治大学孔子学院做文学讲座；诗歌《长不大的村庄》《快乐的山》《小凉山很小》《雪地上的鸟》《一口气》《女山》被翻译为英文，入选陕西师范大学出版社出版的《回望高原：中国西部美术展称誉五届诗画集》（英汉双语版）。

11 月，诗歌《自白》《心中的菩萨》《唯一的骨头》被翻译为蒙古国文，在蒙古国《季节与作家》发表；云南省政协办公厅《热土》"新诗百年专题"发表《鲁若迪基的诗》。

12 月，诗集《母语唤醒的词》由云南人民出版社出版；在《壹读》第 12 期杂志发表《独龙江》（长诗节选）；25 日，在《文学界》（季刊）第 4 期发表随笔《一个基层文学工作者及少数民族作家对十九大的领会和理解》。

三十三、2018 年

1 月，诗集《没有比泪水更干净的水》阿拉伯文版，由 Rami Toukan 翻译，黎巴嫩 Digital Future 出版；诗歌《小凉山很小》入选人民日报出版社出版的《那些孩子们喜欢的诗歌》；诗歌《雪邦山上的雪》入选《2018 年中国新诗日历》；诗歌《比恐惧还要恐惧》入选《2017 中国年度诗歌》；在《民族文学》第 1 期发表组诗《山水之间》；23 日，在《昭通日报》发表《鲁若迪基的诗（十九首）》。

2 月，在《边疆文学 · 文艺评论》第 2 期发表《在"一带一路"讲好中国故事》。

3 月，诗歌《比恐惧还要恐惧》及导读入选《读家记忆 2017 年度优秀作品 · 诗歌导读》；诗歌《木底秦水库》《斯布炯神山》《清凌凌的黄河》入选《2017 中国年度作品 · 诗歌》；在《民族文汇》第 2 期发表《散文二题》。

4 月 5 日，《新华文摘》第 7 期"中国诗歌年度回顾选——2017 年"转载诗歌《马帮》；在《重庆文学》第 4 期发表组诗《鲁若迪基的诗》。

5 月，在《民族文学》第 5 期发表组诗《陵水拾句》；在《滇池》第 5 期发表散文《卡巴》。

6 月，散文《昭通信札》入选人民文学出版社出版的《21 世纪年度散文选 2017 散文》；诗歌《小凉山很小》入选人民日报出版社《那些中学生喜欢的当代诗歌》。

9 月，组诗《神话》入选《民族文学精品选（2011—2017）· 诗歌卷》；在《民族文学》第 9 期发表组诗《细微的事物》；在《贺州文学》（双月刊）第 5 期发表《鲁若迪基的诗》。

11 月，诗歌《小凉山很小》《最平均的是死亡》入选百花洲出版社出版的《中国当代诗选》，西班牙语版由智利新普雷门特出版社出版；诗歌《马帮》入选《2017 年中国新诗排行榜》。

12 月，诗歌《雁声里的火》入选《2019 年中国新诗日历》；诗歌《我不知道》《1958 年》《小凉山很小》《女山》《一群羊从县城走过》《雪地上的鸟》《自白》翻译为俄语，入选《风的形状——中国当代诗选》在俄罗斯出版。

三十四、2019 年

1 月，随云南文化交流代表团访问阿根廷；诗歌《下龙湾》入选《2018 年中国诗歌精选》；诗歌《阿依河》入选《2018 中国年度诗歌》。

3 月，诗歌《我不知道》《1958 年》《女山》《小凉山很小》《雪地上的鸟》被谷羽、阿列克谢 · 菲里莫诺夫翻译为俄语在芬兰《文学词语》2019 年“春之卷”发表。

7 月，组诗《山水之间》入选《金石榴：中国少数民族文学作品年度精选（2018）· 诗歌卷》。

8 月，当选丽江市文联第四届主席；诗歌《我恰巧走在那条路上》入选《2018 年中国新诗排行榜》。

9 月，参加第三届成都国际诗歌周；诗歌《果流》、随笔《用诗歌搭建心灵的桥梁》翻译为英文收录于《2019 第三届成都国际诗歌周》（中国诗人卷）；在《民族文学》第 9 期发表散文《师友》。

10 月，出席第六届全国少数民族文学创作会议；应邀参加缅甸仰光举办的湄公河文学奖颁奖典礼，诗集《母语唤醒的词》荣获第十届湄公河国际文学奖；诗歌《小凉山很小》《女山》《泸沽湖》《最平均的是死亡》《如果没有了你》翻译为西班牙语，收录于《海上

的霞光——中国诗人在拉丁美洲》（西汉双语版诗选）在墨西哥出版，蒙特雷国际书展首发；在《壹读》第10期发表《努力开创新时代丽江文艺美好未来》。

12月，在《人民文学》第12期发表诗歌《转山节（外一首）》；25日，在《文学界》第4期（季刊）发表《让诗歌河流一样滋润心灵的世界——湄公河文学奖获奖感言》。

三十五、2020年

1月，兼任《壹读》杂志主编。诗歌《自白》《心中的菩萨》《唯一的骨头》被哈森翻译为蒙古国文，入选《中国当代诗歌111首》在蒙古国出版；蒙古国科学院语言研究所藏学研究中心主任、诗人、文学评论家达·苏米亚在序里专门点评《唯一的骨头》；在《诗选刊》第1期发表组诗《鲁若迪基自选诗》。

2月，在《中国诗歌网》发表组诗《非常时期》；诗歌《我不知道》《1958年》《小凉山很小》《女山》《选择》《一群羊从县城走过》入选谷羽编选的《当代诗读本（二）》（汉俄对照），列入"十三五"国家重点图书出版规划项目，由天津大学出版社出版；14日，在《光明日报》发表诗歌《体温表（外二首）》。

3月，在《诗选刊》第3期发表组诗《非常时刻》。

5月，散文《师友》入选人民文学出版社《21世纪年度散文选2019散文》；诗歌《雪邦山上的雪》入选《2020年中国新诗日历》；在《民族文学》第5期发表组诗《春殇》。

6月，诗歌《转山节》入选《2019年中国新诗排行榜》。

7月，诗歌《又见泸沽湖》入选《中国2019年度诗歌精选》；25日，在《云南日报》发表散文《合山的石头》。

9月9日，在线参加在北京召开的中国少数民族作家学会第四届代表大会，当选第四届中国少数民族作家学会副会长。

10月，与陈洪金共同主编的《2019年丽江文学作品选》由云南人民出版社出版；诗歌《小凉山很小》入选《回眸70年——我

和我的祖国文学征文作品集》；在《诗刊》第10期发表诗歌《摩梭女人》。

11月，参加云南省文联、云南省民宗委召开的2020云南少数民族文学工作会，并做大会交流发言，诗歌《木底秦水库》入选《诗探索》创刊40周年纪念丛书《是什么让海水变蓝——诗探索·作品卷诗歌精选》；诗歌《选择》入选商务印书馆《高铁之诗》；24日，与诗人蓝蓝（女）应邀在线参加埃斯库多国际诗歌节中国单元。

12月19日—20日，与诗人余幼幼（女）应邀在线参加非洲之角国际诗歌节（埃塞俄比亚第一个国际诗歌节）。

三十六、2021年

1月，当选第四届中国诗歌学会理事；诗歌《一口气》入选《2020年中国诗歌精选》；在《中国作家》（文学）第1期发表诗歌《东波甸谣》；在《民族文学》第1期发表组诗《吉祥甘孜》。

2月26日，在《云南政协报》发表组诗《我的父亲母亲》。

4月，诗歌《小凉山很小》《泸沽湖》《最平均的是死亡》《女山》《如果没有了你》被翻译为西班牙语在阿根廷*LIBER OAMERICA*发表；在《丽江社会科学》第2期发表与陈洪金合作的《丽江市普米族文化发展调查报告》；28日，在线参加墨西哥梅里达国际书香节。

5月，《诗选刊》第5期转载诗歌《跑马溜溜的山上》。

6月，诗歌《摩梭女人》入选《中国2020年度诗歌精选》。

7月，诗歌《死神》入选《2020年中国新诗排行榜》；策划并主编的《文艺丽江》创刊。

9月，在《民族文汇》（双月刊）第5期发表组诗《爱的咏叹》。

10月，在《青年文学》第10期发表《鲁若迪基的诗（二首）》；诗歌《小凉山很小》《泸沽湖》《最平均的是死亡》《女山》《如果没有了你》被翻译为西班牙语在秘鲁*Kametsa*发表；在《草堂》第10期发表《杜甫草堂》。

11月，在《十月》第6期发表组诗《小凉山上》；在《星星》

第 11 期发表《睡袋一样的故乡（外一首）》。

12 月，出席中国作家协会第十次全国代表大会，当选第十届中国作家协会全委委员。

三十七、2022 年（1 月至 5 月）

2 月，在《民族文学》第 2 期发表组诗《侗乡游踪》；与陈洪金共同主编的《2020 年丽江文学作品选》由云南人民出版社出版。

3 月，任中国作家协会第十届少数民族文学委员会委员。

4 月，《诗选刊》第 4 期转载诗歌《一粒米的哀思》。

5 月，诗歌《一群羊从县城走过》被翻译为日语在日本《诗与思想》第 5 期发表；诗歌《塔公草原》入选花城出版社《2021 中国诗歌年选》；组诗《鲁若迪基诗选》，配发马绍玺评论《把山头含在嘴里的诗人》在《汉诗》2022 年第 1 季发表。

后 记

我是20世纪90年代中期开始注意到鲁若迪基的诗歌的，那时我刚大学毕业参加工作。《春城晚报》有一个文学副刊，名叫“山茶”，我特别喜欢，每期都买来读。鲁若迪基的诗就经常发表在“山茶”上。我阅读后感到他的诗不是我熟悉的那种，有一种独特的、之前我较少遇到的诗歌品质。于是我把这些诗剪下来贴在一个专门的本子里。那时的我刚入社会，课业和事务都不多，有的是时间和梦想。那本贴有鲁若迪基诗歌和中外名家作品的本子，是我希望借此进入文学殿堂的理想阶梯。稍后我开始了诗歌研究，还给不认识的鲁若迪基写过信，在信里对他进行创作访谈。再后来我们就认识了，偶尔还能见一面。我因为喜欢他的诗歌，还写了几篇专门讨论他诗歌的论文，产生了一些影响。

鲁若迪基曾说过：“我的终极目的不是要成为一个世俗意义上有名的诗人，而是要成为一个‘民族文化的守望者’，就像美国作家塞林格笔下的‘麦田里的守望者’一样，希望用自己的诗歌为人类文明留住一份由历代普米族人创造的、在中国西南的崇山峻岭中还鲜活地存在着的普米族文化。”在诗歌题材和情感日渐私人化的当下，鲁若迪基的这份追求显得如此不合时宜。可是，就像但丁所说的那样，诗人是那种善于走自己的路的人。鲁若迪基用他还不算长的创作旅程向我们证实，他是一个遵守诺言又勇于走自己的路的诗人。

鲁若迪基是那种深得故乡“土地根性”滋养的诗人。他的诗关注的是故乡小凉山的土地、土地上以“少数”命名的人群，所表现的也是那些基本的事物和基本的情感。他是一个因为要去“守望”所以对守望的对象忠贞得近乎痴情的诗人。他在诗里写道，“天空太大了/我只选择头顶的一小片／河流太多了／我只选择故乡无名的那条／茫茫人海里／我只选择一个叫阿争伍斤的男人／做我的父亲／一个叫车尔拉姆的女人／做我母亲／无论走在哪里／我只背靠一座／叫斯布炯的神山／我怀里／只揣着一个叫果流的村庄。”我以为，这首名为《选择》的小诗可以象征性地视为鲁若迪基的诗歌哲学，即在潮流中学会退守，在退守中努力珍惜和守望自己的文化根性。正是这种“退守脚下”的诗歌理念，让鲁若迪基把自己从当下诗坛流行的知识范式和虚幻的想象世界中退回，把诗歌的根深扎在那“只有针眼那么大”（《小凉山很小》）的小凉山上，使自己成为一位拥有并真实地生活于故乡的诗人。

海德格尔说：“接近故乡就是接近万物之源。”鲁若迪基诗歌的这种“退守”品质，是要为自己的艺术生命从脚下的土地寻得生命的源泉。鲁若迪基诗中的事物和情感，就是他每日生活中的具体事物和情感，他不需要再去想象它们，更不需要去虚构它们，他要做的就是描摹和表现它们。于是，在鲁若迪基的优秀诗作里，他不仅为我们提供了清晰的画面感，而且把诗歌的深层情感和意义都拿出来让我们“看见”。所以，鲁若迪基的诗歌是清新、亮丽、温暖、大方的诗歌。

这几年，研究鲁若迪基诗歌的人和作品越来越多。我们把之前的研究成果辑录成册，既是为方便研究者开展新的工作，也是督促鲁若迪基写出更优秀的作品奉献给读者。选编中我们把文章分为五辑及附录，每辑按文章发表时间的先后排列，目的是呈现研究的本来面目。丽江市一级巡视员、丽江市政协原党组副书记、常务副主席高世祥先生一直关心、督促着鲁若迪基的诗歌创作事业，他欣然为本书写了精彩的序言，云南人民出版社的编辑老师为本书的出版付出了诸多的智慧和辛劳，我们向他们深深致谢。

由于能力和时间限制，这次编选还有很多不足，敬请作者和读者见谅。不足之处留待将来弥补。

期待已经“在路上”的鲁若迪基诗歌创作越来越好！

马绍玺

2022 年 5 月 29 日